Donovan Murphy glissa la bague dans sa poche poitrine. L'énorme diamant, presque parfait, était précisément ce à quoi Dani s'attendrait quand il lui demanderait de l'épouser, durant leur déjeuner.

Mais elle voulait davantage, il le savait. Il jeta un coup d'œil aux documents concernant la fusion. L'union de l'entreprise familiale de Dani, Matthews Electronics, et de sa propre société, DM Security, était une excellente affaire. Il était logique que Dani et lui étendent leur partenariat à la chambre à coucher. Ils étaient faits l'un pour l'autre : une belle carrière et le succès professionnel étant au centre de leurs vies respectives, ils n'envisageaient pas d'avoir d'enfants. Tant pour lui que pour elle, une famille serait un fardeau. D'ailleurs, ni l'un ni l'autre ne recherchaient l'amour ou la passion. Bien sûr, entre eux il y avait du respect, de l'attirance, des intérêts compatibles. Que vouloir de plus ?

Il poussa un soupir de satisfaction.

Dire qu'il avait grandi avec le sentiment de n'avoir sa place nulle part… Mais maintenant, l'avenir lui souriait, et cette bague l'aiderait à conclure l'affaire.

Un bip provenant de son ordinateur le prévint d'un appel en entrée. C'était Anita, son assistante, ou le Cerbère, comme la surnommaient les autres membres du personnel.

— Une jeune femme souhaite vous voir, monsieur Murphy. Elle n'a pas de rendez-vous, mais se montre très insistante.

Il perçut un certain malaise dans sa voix. D'ailleurs, c'était étrange, Anita lui fournissait toujours tous les renseignements dont il avait besoin lorsqu'un visiteur inattendu se présentait.

— Cette femme a-t-elle un nom ?

— Elle dit qu'elle est une vieille amie et qu'elle n'a pas besoin de rendez-vous.

Un mauvais pressentiment l'envahit, lui donnant la chair de poule. Cette sensation lui avait sauvé la vie plus d'une fois, lors de ses années dans l'armée. Alors, pas question de l'ignorer.

— Notez ses coordonnées et dites-lui de prendre rendez-vous. Merci, Anita.

On pouvait en apprendre beaucoup grâce à un nom et à un numéro de téléphone, surtout quand on avait les ressources dont il disposait. Juste avant de raccrocher, il entendit de l'agitation au bout de la ligne.

— Non ! entendit-il dire Anita d'un ton ferme. Je ne vais certainement pas…

Puis des mouvements brusques. Que se passait-il ?

Il ne tarda pas à le savoir. Le bruit qu'il avait entendu dans son oreillette venait vers lui. Il serra les dents, contrarié. Il dirigeait une entreprise internationale spécialisée dans la sécurité. Et pourtant, quelqu'un pouvait entrer dans ses bureaux et créer ce chahut ? Il se dirigea vers la porte de son bureau, mais avant qu'il puisse l'atteindre elle s'ouvrit à la volée, et une femme entra en trombe. Pendant une fraction de seconde, tout sembla se figer.

Kayla Porter.

Bon sang.

La dernière fois qu'il l'avait vue, cinq ans plus tôt, elle était endormie sur le canapé-lit, dans l'appartement modeste où elle avait vécu jusqu'alors avec sa sœur Sienna, aujourd'hui décédée. Le lit qu'ils avaient partagé pendant quelques heures incroyablement intenses et torrides, avant qu'il s'en aille.

Kayla s'arrêta net dès qu'elle posa les yeux sur lui. Cinq années s'étaient écoulées depuis leur dernière rencontre, pourtant elle n'avait pas changé. Toujours ce style un peu hippie des années 1960, cette longue chevelure blonde et ondulée. Il se rappelait même le parfum de son shampoing aux herbes. Un parfum doux, à son image. Ce souvenir le troubla profondément.

— Contente de te revoir, Van, dit-elle de sa voix si sensuelle.

Elle avança de quelques pas et le toisa de pied en cap. Son regard lui disait qu'elle appréciait ses cheveux impeccablement coupés et le soin qu'il apportait aux détails : le choix de son costume, ses chaussures bien cirées.

— Je vois que le militaire en toi n'a pas disparu, commenta-t-elle en souriant.

Non, elle n'avait pas changé. Toujours aussi effrontée. Elle pensait toujours être la bienvenue où qu'elle aille et croyait que les gens lui pardonneraient à peu près tout.

— J'en déduis que c'est toi qui as embêté mon assistante. Tu n'aurais pas pu prendre rendez-vous ?

À la seconde où les mots sortirent de sa bouche et où il vit la surprise et la peine dans son regard bleu azur, il les regretta. Mais c'était ainsi avec elle. Elle avait toujours eu le chic pour faire ressortir ses mauvais côtés, depuis l'enfance. Certes, elle avait quatre ans de moins que Sienna et lui, et, à l'époque, cette différence d'âge avait eu son importance. Mais leur relation ne s'était pas apaisée quand ils étaient devenus adultes. En fait, elle le rendait nerveux, et lui donnait le sentiment de perdre le contrôle. Voilà pourquoi, après leur unique nuit d'amour, il était parti sans un mot. Il se sentait honteux chaque fois qu'il y pensait, ou qu'il se souvenait avoir promis à Sienna, avant son décès, de veiller sur Kayla.

Le passé finissait toujours par vous rattraper, apparemment.

— Je suis désolé, dit-il, avançant vers elle. Maintenant que tu es là, que puis-je faire pour toi ?

Il tenta de ne pas s'attarder sur ses lèvres pulpeuses, pour éviter de se souvenir de la saveur sucrée de ses baisers. Un éclair de désir le traversa, mais il le réprima sans pitié. Il n'était plus cet homme-là. Il ne se laissait plus guider par ses émotions et ses besoins physiques. Il avait enfin appris à se maîtriser, à ne pas agir sur un coup de tête. Il avait aussi appris à soupeser, envisager, reconnaître les risques et les dangers. Et, pour une raison qu'il ignorait, tous ses sens étaient en alerte rouge à cet instant.

Un bruit provenant du couloir leur parvint. Elle eut soudain l'air affolée.

Elle avança vers lui, mains tendues.

— Van, je dois te parler d'un sujet important. J'ai vraiment besoin de ton aide. Je…

Anita entra dans le bureau, l'air totalement perdue, ce qui n'était guère étonnant puisqu'elle avait un bébé dans les bras.

Un bébé ? Il regarda son assistante, puis son collier

de perles serré dans un petit poing potelé. Enfin, il lança un regard interrogateur à Kayla.

— C'est le tien, je présume ? lança-t-il.

Lorsque le bébé leva les yeux vers lui, il resta sans voix. Car ces yeux étaient identiques à ceux qu'il voyait chaque matin dans son miroir.

— Le tien aussi, pour être précise, murmura-t-elle.

Kayla devinait que Van se rappelait cette nuit qu'ils avaient partagée après les funérailles de Sienna. Il évaluait l'âge du bébé, faisait des calculs, et trouvait des chiffres qui ne collaient pas. Le bébé commença à s'agiter, et elle s'avança pour le reprendre dans ses bras. Si sa baby-sitter ne l'avait pas lâchée sans préavis, elle n'aurait jamais emmené la petite ici.

— Allons, Sienna. Lâche le collier de cette gentille dame.

— Sienna ? s'exclama Van.

— Elle porte le prénom de sa mère, dit-elle. Ça lui va bien, tu ne trouves pas ?

Il la fusilla du regard. Elle allait sûrement être mise sur la sellette. Il n'avait jamais réellement expliqué ce qu'il avait fait dans les forces spéciales, mais elle ne doutait pas que les interrogatoires fassent partie de ses nombreuses compétences.

— Sa mère ? Sienna ?

Elle se tourna vers l'assistante, qui attendait toujours à la porte.

— Merci, je pense que cela ira maintenant.

Anita lança un regard à Van.

— Oui, merci, Anita, confirma-t-il. Pouvez-vous téléphoner à Dani et lui dire que je serai en retard à notre déjeuner ? Voyez si elle veut plutôt reprogrammer notre rendez-vous ce soir.

— Oui, monsieur, tout de suite. Êtes-vous sûr pour… ?

Anita fit un geste vague vers elle et le bébé.

— Je pense pouvoir m'en sortir, affirma-t-il. Puis il fixa les yeux sur elle. Un frisson la parcourut. Elle était partagée entre l'appréhension et l'excitation. Le souvenir de sa nuit avec lui était encore très vif, mais il avait été très clair lorsqu'il l'avait quittée sans un mot, elle ne l'intéressait pas du tout. En poussant un soupir, elle rassembla son courage et serra Sienna contre elle, ce qui lui valut un cri de surprise de sa petite fille. De nouveau, elle regretta d'avoir dû l'emmener à ce pénible rendez-vous.

Dès qu'Anita eut fermé la porte, il prit la parole.

— Kayla, pourquoi es-tu venue ?

Elle prit une grande inspiration.

— Comme je te l'ai dit, j'ai besoin de ton aide.

— Un coup de fil n'aurait-il pas suffi ?

Son détachement était blessant, mais il l'aidait à renforcer sa résolution.

— Non, ça n'aurait pas suffi. La dernière fois que nous nous sommes vus…

Elle eut la bouche sèche et déglutit.

— Après l'enterrement de Sienna, reprit-elle, tu m'as dit que je pouvais te téléphoner si j'avais besoin de quoi que ce soit.

— Je le pensais. Mais tu dois comprendre que, même toi, tu ne peux pas débarquer à l'improviste et t'attendre que je te reçoive sur-le-champ.

— Je suis désolée, mais c'est vraiment important… Sinon je n'aurais pas…

Elle devrait tout lui dire sans attendre. Mais l'homme devant elle était un étranger. Disparu, le voisin d'à côté, celui qui avait reçu plus de corrections de son père qu'il n'en avait méritées, qui avait laissé Sienna devenir amie avec lui, qui adolescent l'avait tirée, elle, de bien des mauvais pas. Disparus le soldat, l'amant passionné d'une nuit qui avait ébranlé son monde. À sa place se trouvait un individu froid, posé et distant. Un homme si différent qu'elle commençait à se demander si elle l'avait vraiment connu un jour.

— Cela la concerne ? demanda-t-il, désignant le bébé.

— En un sens, oui. Tu veux la porter ?

Sans attendre de réponse, elle franchit la courte distance qui les séparait et tendit Sienna à son père, qui parut horrifié et contrarié quand il tendit les bras d'instinct pour recevoir sa fille.

— Tu vois ? dit-elle. Elle n'est pas si terrible, non ?

Durant une seconde, la petite Sienna sembla sur le point de pleurer. Kayla se força à sourire à sa petite fille, et cela sembla fonctionner, car Sienna reporta son attention sur l'homme qui la portait. Une de ses petites mains potelées agrippa le revers du col de sa veste, l'autre se portant vers sa bouche. Seigneur, l'expression de Van ! Elle étouffa un rire. On aurait dit qu'il tenait une grenade dégoupillée.

On frappa à la porte, et une femme ravissante entra sans attendre d'y être invitée.

— Pardon de te déranger, Donovan, mais j'étais déjà dans le parking quand Anita a téléphoné, alors j'ai pensé…

Elle se figea en voyant Van, un bébé dans les bras.

— Je vois que tu es occupé. Je suis désolée, je repasserai plus tard.

— Non, Dani, attends. S'il te plaît.

Il rendit le bébé à Kayla, suscitant un cri de protestation la part de Sienna.

— Ne dis rien, lui chuchota-t-il avant de se diriger vers la nouvelle arrivée.

Elle aussi se tourna vers cette dernière et, calant Sienna sur une hanche, lui tendit la main.

— Bonjour, je m'appelle Kayla. Ma sœur et moi étions des amies d'enfance de Van.

La jeune femme s'avança pour lui serrer la main.

— Dani Matthews, dit-elle d'un ton posé, mais non sans adresser un regard entendu à Van.

Visiblement, à en juger par les éclairs qui brillaient dans ses yeux, il était furieux.

— Tu veux bien nous excuser un instant ? dit-il à Dani.

Imperturbable, Dani hocha la tête avec grâce. Ses cheveux coupés au carré dansèrent avant de se remettre parfaitement en place. Kayla en fut fascinée. Avec l'humidité habituelle de San Francisco, ses propres cheveux étaient un perpétuel amas désordonné de boucles blondes.

— Merci, murmura-t-il, je reviens tout de suite.

— Prends ton temps, dit Dani avec un charmant sourire, mais le regard plein de questions.

Sans perdre une seconde, il se tourna vers Kayla, la prit par le bras et la conduisit vers une petite salle de réunion. Il ferma la porte derrière eux.

— Arrêtons de tourner autour du pot, Kayla. Je veux des réponses, et il vaudrait mieux pour toi qu'elles soient bonnes.

— Van, je ne plaisantais pas. J'ai vraiment besoin de ton aide.

Quand Sienna gémit, elle caressa nerveusement la tête du bébé. Tout à coup, son idée ne lui semblait plus aussi géniale. Mais elle avait retourné le problème dans tous les sens et n'avait pas trouvé d'autre moyen d'obtenir l'argent dont elle avait besoin.

— Qu'est-ce qu'elle a ? demanda-t-il.

— Elle a faim, et elle est dans un endroit qu'elle ne connaît pas. Ça perturbe ses habitudes. Je suis désolée. Le moment est vraiment mal choisi, n'est-ce pas ? J'aurais dû réfléchir un peu plus.

Ses seins la picotaient, signe d'une montée de lait imminente.

— Vraiment ? Cela aurait-il changé quelque chose ? marmotta-t-il.

Elle ignora sa pique.

— Il y a cinq ans, tu as promis de m'aider en cas de besoin. Tu étais sérieux ?

Elle espérait que son offre tenait toujours. Sinon, ses projets pour l'avenir et sa promesse à sa sœur seraient anéantis.

Il jeta un coup d'œil à sa montre de luxe et lui lança un regard irrité.

— Je ne dis jamais rien que je ne pense pas. Si tu t'expliquais ? Tu as dix minutes maximum.

— Merci.

Elle posa la main sur sa poitrine. Même à travers son costume, elle sentit sa chaleur, la puissance de ses muscles sous le tissu. Malgré elle, son corps se mit à réagir ; son cœur s'accéléra, ses sens s'éveillèrent. Il la dévisagea. Se sentant rougir, elle laissa retomber sa main.

La capacité innée de Kayla à le faire sortir de ses gonds n'avait pas diminué malgré le temps et la distance. Il tempéra son impatience et lui fit signe de s'asseoir. Le bébé s'agita, tirant sur le T-shirt de Kayla. Fasciné, il la regarda relever son haut, exposer le bout d'un sein et guider son téton vers la bouche du bébé. Ce n'était pas la première fois qu'il voyait une femme allaiter son enfant, et ce ne serait sans doute pas la dernière, mais il ne pouvait s'empêcher de ressentir une très forte émotion.

Son enfant — un enfant qu'il n'aurait jamais cru voir un jour — nourri ici, juste devant lui ! Sa naissance n'aurait pas dû se produire, pas alors que sa mère biologique était décédée depuis cinq ans. Mais pour résoudre cette énigme, il n'avait pas besoin de l'aide de Kayla. Il se rappelait avoir accepté d'être un donneur pour Sienna, afin qu'elle puisse faire congeler des embryons avant de commencer son traitement contre le cancer. Il comprenait donc parfaitement comment cette petite fille pouvait être son bébé et celui de Sienna. Ce qu'il ignorait en revanche, c'était pourquoi Kayla avait mis cet enfant au monde.

— Explique-toi, ordonna-t-il d'un ton sec, tentant de ne pas se laisser dépasser par son angoisse.

Il n'avait pas voulu être père et avait immédiatement renoncé à ses droits parentaux. Et cela, avant même de découvrir la vérité sur sa famille. Avant d'apprendre que l'alcoolisme qui avait marqué la vie de ses parents et avait conduit à ce qu'on leur retire sa garde pouvait, en partie au moins, être héréditaire. Avant de se rendre compte qu'il avait emprunté le même chemin autodestructeur, et de prendre la décision de ne jamais transmettre ce terrible héritage.

— J'ai besoin d'argent. D'un prêt.

— Ça explique pourquoi tu es ici, mais ça n'explique pas *elle.*

Il désigna le bébé d'un geste.

— Sienna et moi avions un accord. Si le transfert des embryons n'était pas possible, ils seraient légués à la recherche ou…

Détruits. Même lui ne pouvait se résoudre à prononcer le mot à voix haute. À l'époque, cela n'avait pas tant compté pour lui. Mais maintenant, face à ce bébé ? C'était une tout autre histoire.

Elle brisa le silence.

— Peu avant son décès, elle a changé d'avis. Avec l'aide de son avocat, elle a rédigé un codicille à son testament et m'a fait don de ses embryons, afin que les enfants qu'elle avait toujours voulus aient une chance de voir le jour. Je lui ai promis que son rêve deviendrait réalité.

— Et maintenant, tu veux de l'argent de ma part pour couvrir tes frais, c'est ça ? Pour l'éducation d'un enfant dont je ne veux pas ?

Ses mots flottèrent dans l'air. Il avait été délibérément provocateur dans sa formulation, et voyait bien qu'elle luttait pour ne pas lui renvoyer une pique bien sentie. Ils s'étaient souvent accrochés par le passé, et maintenant voilà que cela recommençait. Quand elle eut repris contenance, elle répondit :

— Pas pour l'éducation de Sienna, non. Tu trouveras peut-être cela difficile à croire, mais je n'ai pas pris la décision d'être mère à la légère. J'ai économisé durant des années, j'ai un travail que j'adore, je me suis bien organisée. Mais ma situation a changé, et je ne te demanderais pas ton aide si ce n'était pas d'une importance vitale. Nous avons…

Elle sembla choisir ses mots avec le plus grand soin.

— Nous avons subi un petit revers, et j'ai juste besoin d'un prêt, jusqu'à ce que nous retombions sur nos pattes.

— Un prêt ?

Il scruta son visage pour voir si elle mentait.

— Combien ?

Il sortit de sa poche son téléphone portable, prit le stylet, ouvrit une page vide et posa l'appareil devant elle.

— Tiens, note les coordonnées de ton compte, et je te ferai un virement.

Mais elle resta immobile.

— Qu'y a-t-il ? demanda-t-il.

— Comme ça ?

— Comme quoi ?

— N'importe quelle somme ? Tu me la donneras simplement ?

Son mauvais pressentiment l'envahit de nouveau.

— Qu'y a-t-il, Kayla ? répéta-t-il.

Elle déplaça le bébé dans ses bras, et quand elle leva de nouveau la tête vers lui, il vit que ses yeux étaient embués.

— Elle me manque. Et à toi ? murmura-t-elle.

— Oui, elle me manque, reconnut-il. Mais nous devons aller de l'avant, pas vrai ?

— C'est ce que je fais. J'avance. J'ai des projets, des projets très précis.

— Dis-moi lesquels, dit-il d'un ton prudent.

— Je vais avoir tes autres bébés, les deux embryons

restants de Sienna. J'étais bien partie. Je comptais espacer chaque grossesse de deux ans mais…

Tout ce qu'elle dit ensuite fut inaudible tant ses oreilles bourdonnaient. *Des* bébés ? Non !

La voix douce de Kayla finit par pénétrer le brouillard de son esprit.

— … et avec la clinique qui ferme et compte détruire les embryons non réclamés, je ne peux pas attendre d'avoir amassé assez d'économies pour financer deux autres grossesses. Le temps m'est compté.

À ces mots, il frémit. Cela ne pouvait pas arriver. Pas alors qu'il savait quel horrible héritage avait été transmis de génération en génération dans sa famille. Et certainement pas maintenant qu'il était sur le point d'agrandir DM Security, de fusionner avec l'entreprise de Dani et de l'épouser.

Soudain, le solitaire qu'il avait dans sa poche sembla le brûler à travers l'étoffe de son costume. Dani et lui étaient sur la même longueur d'onde. Ils contribuaient au bien de la société à travers leurs engagements caritatifs et leurs compétences. Ils n'avaient aucune envie d'avoir des enfants. Ils avaient même prévu de ne surtout pas en avoir. Kayla avait déjà eu un bébé avec son ADN. Un enfant avec une prédisposition génétique à l'alcoolisme. C'était déjà trop. Mais d'autres enfants ? Qui seraient élevés par une mère aussi inconstante et peu fiable que Kayla ? C'était le désastre assuré.

— Non ! s'exclama-t-il.

Elle sembla déroutée.

— Non, tu ne me prêteras pas d'argent ?

— Non, tu n'auras pas ces bébés.

- 2 -

Kayla resta sans voix. Elle n'allait pas laisser Van dicter sa loi. Elle commença à protester.

— Je te demande pardon ?

— Ça n'arrivera pas. Pas une fois de plus.

Franchement, elle ne pouvait pas en croire ses oreilles.

— Il y a cinq ans, tu as dit…

— Je ne te laisserai pas faire, même si cela me coûte jusqu'à mon dernier dollar. J'ai commis une erreur en acceptant d'être donneur pour Sienna. Je ne vais pas aggraver cette erreur en t'aidant maintenant.

— Eh bien, c'est là que tu te trompes. C'est moi qui prends les décisions concernant les embryons, pas toi.

— Pas quand mon équipe d'avocats se chargera du dossier. Je peux faire durer un procès aussi longtemps qu'il le faudra, et je n'hésiterai pas à en arriver là.

Qui était cet homme ? Elle le reconnaissait à peine. Le Van d'autrefois était différent. Il aurait voulu apporter son aide. Peut-être pouvait-elle encore atteindre le Van d'avant. Elle devait essayer. Pour sa sœur.

— Nous l'aimions tous les deux, Van. Tu la soutenais, tu voulais qu'elle réalise ses rêves. C'est exactement ce que j'essaye de faire. Je veux que ses rêves prennent vie.

— Arrête, Kayla !

La petite Sienna, surprise, lâcha son sein.

Elle se rhabilla rapidement.

— Que j'arrête quoi, Van ?

— N'essaye pas d'utiliser ta sœur pour me manipuler. Tout est différent maintenant. Sienna est morte. Son rêve de maternité a disparu avec elle, assena-t-il.

Elle se leva et appuya sa fille contre son épaule, caressant son petit dos, davantage pour son propre réconfort que pour celui de l'enfant.

— Non, Van, son rêve n'a pas disparu. Cette magnifique petite fille en est la preuve. Et je veillerai à ce qu'elle ait un petit frère ou une petite sœur pour grandir avec elle. Toi plus que quiconque, tu devrais comprendre pourquoi je suis si déterminée.

— Alors, prépare-toi à une longue bataille, car il est hors de question que j'autorise la naissance d'autres enfants. Ni maintenant ni jamais.

Elle afficha un sourire feint.

— Peu importe que tu l'autorises ou pas, puisque tu n'as pas ton mot à dire. Tu as renoncé à tes droits parentaux, je te rappelle.

— Rien n'est gravé dans le marbre, Kayla. Et j'ai bien plus d'argent qu'il n'en faut pour m'assurer que tu n'auras pas le droit de mener ton projet à terme.

— Nous verrons, rétorqua-t-elle. Tu sais, je suis triste pour toi. Tu es devenu froid et insensible. À un moment au cours de ces cinq dernières années, tu as perdu ton cœur.

Elle arrivait à peine à réfléchir sur le trajet de retour. En partie à cause des hormones, sans doute. Car elle avait commencé la préparation au transfert d'embryons dès qu'elle avait reçu la lettre de la clinique annonçant sa fermeture prochaine. Maintenant, elle devait décider si elle allait ou non au bout de son projet. Et si elle optait pour le transfert d'un seul embryon, comme elle l'avait fait avec Sienna, ou des deux embryons restants, ce qui impliquait bien sûr une probabilité de grossesse gémellaire. Si seulement le laps de temps n'était pas si court ! Elle avait tout calculé soigneusement, pour s'assurer de pouvoir avoir les enfants de sa sœur sans se mettre dans l'embarras financier. Élever un enfant coûtait cher, mais avec beaucoup d'heures supplémentaires, et un plan d'économies strict, elle avait réussi à se constituer un bas de laine. Cela suffirait-il pour financer la naissance et l'entretien de jumeaux ? Quelle que soit la façon dont elle abordait le problème, elle ne trouvait pas de solution.

Eh bien, se dit-elle avec optimisme, elle continuerait à travailler et à mettre de l'argent de côté — même si les frais de crèche allaient entamer ses économies. Elle se demandait encore pourquoi sa colocataire, Zoé, l'avait abandonnée du jour au lendemain. C'était étrange. Elles avaient mis en place ce qu'elle pensait être un arrangement équitable : en échange d'être logée et nourrie, Zoé s'occupait de Sienna pendant qu'elle était au travail. Zoé n'avait jamais mentionné qu'elle n'était pas heureuse de la situation.

Quand elle l'avait rencontrée, Zoé, puéricultrice au chômage, vivait dans la rue avec cinq dollars en poche. Avoir un toit avait dû être un grand soulagement. C'était Zoé qui avait suggéré de s'occuper de Sienna. Alors, pourquoi était-elle partie sans préavis ?

Quand elle arriva à l'appartement de deux chambres qu'elle louait dans le quartier de Lakeshore, elle n'avait pas davantage de réponses. Elle mit aussitôt Sienna au lit, car elle s'était endormie dans la voiture. Elle prit le temps de poser un regard plein d'amour sur sa petite fille chérie, qui était aussi l'enfant de Sienna et de Van.

Pourquoi était-il si distant, si décidé à empêcher la naissance de ses autres enfants ? Cela n'avait pas de sens. Il avait pourtant passé cet accord avec Sienna de son plein gré.

Quoi qu'il en soit, elle irait jusqu'au bout, décida-t-elle. Elle avait fait une promesse, et elle la tiendrait. Il lui faudrait faire preuve de beaucoup de prévoyance et d'organisation, deux choses qui, à la base, n'avaient jamais été son point fort. Mais elle avait développé ces compétences avec le temps, pour se préparer à devenir mère célibataire. L'important, elle le savait, était de procéder étape par étape. Pour l'instant, sa première préoccupation était de réinscrire Sienna dans la crèche qu'elle avait fréquentée avant l'arrivée de Zoé.

Elle prit son téléphone et remarqua qu'elle avait un message. Elle fronça les sourcils, étonnée de ne pas avoir entendu l'appareil sonner, avant de constater qu'il était en mode silencieux. Étrange, elle ne se souvenait pas avoir coupé le son. Elle écouta le message, espérant que c'était Zoé qui expliquait où elle était passée.

Mais ce n'était pas Zoé. C'était un message automatique de sa banque, lui notifiant que son compte était à découvert. Impossible. Tout bonnement impossible ! La nausée monta dans sa gorge tandis qu'elle ouvrait son application bancaire sur son téléphone et consultait son compte. Mais c'était bien là, sur l'écran. La totalité de ses fonds avait été transférée hier soir sur un autre compte. Mais comment… ?

Avec des doigts tremblants, elle composa le numéro

de téléphone de sa banque. Elle sentit sa gorge se serrer tandis qu'elle expliquait au conseiller combien d'argent devrait être sur son compte. Elle connaissait la somme exacte, puisqu'elle consultait son solde sur son téléphone chaque soir. Et hier soir… La terreur lui noua le ventre. Hier soir, elle était justement en train de consulter son compte quand on avait frappé à la porte. Elle avait laissé son téléphone sur la table basse pour aller ouvrir, et Zoé s'était retrouvée seule dans le salon durant au moins cinq minutes. À travers le bourdonnement dans ses oreilles, elle entendit le conseiller lui parler.

— Vous avez procédé à un gros virement hier soir, mademoiselle Porter. Cela apparaît clairement sur l'écran. Un paiement à une certaine Mlle Zoé Thompson.

— Mais je ne l'ai pas fait. Elle a dû le faire elle-même.

Elle ravala les larmes qui étaient montées dans sa gorge. Tout son argent. Disparu. Comment allait-elle faire ?

— Avez-vous laissé à Mlle Thompson l'accès à votre compte ? Selon les conditions du…

— Je connais les conditions, et non, je ne lui ai pas laissé l'accès à mon compte.

— Mademoiselle Porter, même si le paiement a été effectué par erreur, sachez que nous ne pouvons pas annuler cette opération sans le consentement de la personne à qui les fonds ont été versés.

— Mais je n'ai pas autorisé l'opération ! s'exclama-t-elle d'une voix où perçait le désespoir.

— Sachez aussi que si nous vous aidons à recouvrer un paiement effectué par votre application mobile, nous devrons vous facturer des frais pour recouvrement électronique. Vous trouverez les tarifs dans notre guide.

— Faites tout ce que vous pouvez, quels que soient vos tarifs, je les accepte. Il faut que je récupère mon argent.

Ce ne fut que plus tard, quand la banque la rappela pour l'informer que Zoé avait clôturé ses comptes et que les fonds ne pouvaient être récupérés qu'elle sentit tout espoir s'évanouir. Après avoir déposé une réclamation à la banque et déclaré le vol à la police, elle laissa enfin libre cours à ses larmes.

Elle regarda autour d'elle. Les seules choses qui lui restaient étaient ses meubles, ses vêtements et les quelques dollars dans son sac. Zoé ne lui avait rien laissé d'autre. Pas d'argent de côté, pas de bas de laine. Rien. La rage, la peur et la confusion bataillaient en elle. Quand elle avait accueilli Zoé chez elle, elle avait sincèrement cru l'aider. Et elle lui avait fait confiance. À tel point qu'elle lui avait confié Sienna au quotidien.

Elle savait que Zoé avait eu un passé difficile, et qu'elle s'était retrouvée dans la rue après avoir perdu son travail et avoir été expulsée de son appartement par son petit ami. Zoé n'accordait pas aisément sa confiance, mais elle avait cru qu'elles avaient dépassé cet obstacle et que Zoé avait appris à voir les bonnes choses que la vie avait à offrir. En effet, railla une petite voix, Zoé avait vu ce qu'elle avait à offrir, et avait tout pris.

Elle essuya ses larmes. Tout était sa faute. Elle faisait toujours confiance aux gens. Toujours. Et maintenant, elle payait le prix de sa naïveté. Les conséquences de la situation s'abattirent sur elle comme une chape de plomb. *Réfléchis, Kayla. Et respire. Tu ne peux pas t'effondrer maintenant,* s'intima-t-elle, essayant désespérément de calmer les tremblements qui la secouaient.

Elle tenta de se reprendre, de respirer lentement

et profondément, de retrouver le calme intérieur qui d'habitude n'était jamais loin, mais sans succès. La police n'était guère optimiste sur ses chances de récupérer son argent. Malgré les informations qu'elle leur avait données au sujet de Zoé, celle-ci n'était qu'une voleuse parmi tant d'autres dans cette ville. Elle avait peut-être même quitté l'État à l'heure qu'il était.

Que faire à présent ? Elle avait besoin d'argent, pour élever ses bébés et assurer leur avenir, mais aussi pour payer son loyer et ses autres charges quand elle devrait cesser le travail. Mais qui lui prêterait ce dont elle avait besoin ? La banque ne serait d'aucune aide, puisqu'elle semblait la tenir pour responsable de la perte de ses économies. Elle n'avait plus de famille vers qui se tourner. Et la plupart de ses amies ressemblaient à ce qu'elle était avant : elles vivaient dans l'instant présent et n'étaient guère prévoyantes pour l'avenir. Alors, qui d'autre ?

Un nom seul lui venait à l'esprit. Van Murphy. Même s'il avait été on ne peut plus clair aujourd'hui, peut-être qu'avec le temps il changerait d'avis. Tout homme avec une once de dignité voudrait aider ses enfants, non ? Et puis, il était loin d'être dans le besoin. Hélas ! elle se rappela son regard glacial quand il avait menacé de lui interdire d'utiliser les embryons restants. Il ne l'aiderait pas. Bien au contraire, il ferait tout pour l'empêcher de réaliser le rêve de sa sœur.

Elle n'avait pas les moyens d'engager une bataille juridique, encore moins contre le genre d'avocats que Van pouvait s'offrir. Elle devrait racler les fonds de tiroir, et entamer la procédure de transfert des embryons sans aucun argent de côté.

L'autre option était d'abandonner ces bébés et la promesse faite à sa sœur. Une chose qu'elle ne ferait jamais.

Après avoir parlé avec son avocat, Van glissa son téléphone dans sa poche avec un calme forcé. Il n'osait pas bouger, de peur de casser quelque chose. Quoique, à cet instant, une bonne rixe dans un bar puisse l'aider à évacuer la colère qui l'étouffait.

Kayla avait osé.

Malgré ses menaces, ou peut-être à cause d'elles, elle s'était fait transférer les embryons restants de Sienna, avant qu'il puisse faire mettre en place une injonction légale pour l'en empêcher. Deux embryons, pour être précis, si les informations de son avocat étaient correctes. Il expira lentement et concentra son attention sur le tableau accroché au mur de son bureau. En temps normal, le paysage marin, représentant la péninsule de Monterey vue depuis le balcon de sa chambre, l'apaisait. Il lui rappelait jusqu'où il était arrivé. Mais rien ne pouvait le calmer pour l'heure.

Son pire cauchemar était en train de se réaliser.

Pour la première fois depuis très longtemps, il ignorait comment agir. Machinalement, il sortit ses clés de voiture. Il enfila sa veste et parcourut le couloir pour rejoindre son ascenseur privé. Une fois dans le parking souterrain, il se dirigea vers son Audi, se glissa sur le siège et activa le GPS. Il sélectionna l'adresse qu'il avait entrée après la visite de Kayla, un mois plus tôt.

Il aurait préféré ne pas la revoir, mais puisqu'elle avait décidé d'ignorer ses souhaits il n'avait pas le choix. Il bouillait intérieurement, et il dut faire appel à toute sa maîtrise durement acquise pour garder son calme. Une étape à la fois, se rappela-t-il. Pour l'instant, son objectif premier était de parler à Kayla. Pour lui dire quoi, il ne le savait pas encore. Rien de courtois, en tout cas.

La circulation étant assez fluide, il rejoignit Lakeshore en peu de temps. Soudain, il vit des véhicules aux gyrophares bleus et rouges dans le quartier de Kayla. Il se gara et sortit de sa voiture prestement.

Il observa les numéros des immeubles. Celui de Kayla était très près de l'endroit où stationnaient deux voitures de police et une ambulance. Même à cette distance, il entendit les cris de colère d'une femme que les policiers guidaient vers l'un des véhicules. Que se passait-il ?

— Tu me dois de l'argent, Kayla ! Tu m'en dois ! Tu devais m'aider !

Il sentit un courant froid le parcourir. Cette folle avait-elle agressé Kayla ? Il accéléra le pas et approcha de la foule qui s'était formée sur le trottoir. Deux agents de police tentaient de contenir la femme au regard féroce, qui se débattait comme une furie. Où était Kayla ? Il leva les yeux vers l'immeuble. Au premier étage, un rideau tourbillonnait à travers une vitre brisée. Sans réfléchir, il se fraya un chemin dans la foule et se dirigea vers le bâtiment, mais fut arrêté par un agent.

— Monsieur, vous ne pouvez pas passer.

— Kayla Porter, où est-elle ?

— Et vous êtes ? demanda l'agent d'un air sévère.

— Un ami. Un ami *très proche,* insista-t-il.

— Elle est dans l'ambulance, monsieur, avec le bébé.

L'ambulance ? Une terreur glacée l'envahit. Était-elle blessée ? Et la petite ? Il courut vers le véhicule. Tandis qu'il approchait de l'arrière de l'ambulance, il aperçut Kayla à l'intérieur, qui portait un pansement blanc sur le front. Il sentit son ventre se nouer, jusqu'à ce qu'il voie Sienna endormie dans ses bras — elle ne pleurait pas, ne semblait pas blessée. Une vague de soulagement le balaya.

Kayla était livide mais, hormis ce pansement, Sienna et elle semblaient indemnes. Elle ne l'avait pas encore vu. Son regard était rivé sur la furie recroquevillée à l'arrière d'une voiture de patrouille. Il vit Kayla pâlir encore quand l'autre femme lui lança des invectives, juste avant qu'un agent ferme la portière et que le véhicule s'éloigne.

Il n'y avait rien qu'il puisse faire pour l'instant, hormis attendre.

Après dix minutes, quelqu'un aida Kayla à descendre de l'ambulance. Il résista à l'envie de courir vers elle. Alors qu'une femme policier conduisait Kayla et Sienna jusqu'à leur immeuble, il les suivit dans l'escalier.

La porte de l'appartement de Kayla était grande ouverte. Il franchit le seuil et découvrit le chaos à l'intérieur : les tables retournées, la lampe brisée, les portes de placard ouvertes et les étagères vidées de leur contenu.

L'agent l'aperçut.

— Monsieur, vous êtes sur une scène de crime. Veuillez sortir, ordonna-t-elle.

— Je suis un ami de Mlle Porter.

Puis, il se força à ajouter :

— Et le père du bébé.

— Est-ce vrai, mademoiselle Porter ? Voulez-vous qu'il reste ?

Elle sortit d'une pièce et ferma doucement la porte derrière elle. Dès qu'elle posa les yeux sur lui, elle sursauta. Il vit le choc se peindre sur ses traits. Mais aussi la culpabilité, puisqu'elle savait sans doute pourquoi il était ici.

— Oui, il peut rester.

Elle détourna la tête et évita soigneusement de croiser son regard.

L'agent se tourna vers lui.

— Bien, dit-elle. Vous pouvez entrer.

Après un bref signe de tête, il avança, naviguant à travers les débris pour rejoindre Kayla, près d'un canapé retourné. Elle tremblait, pourtant la brise du soir qui passait par la fenêtre brisée était assez douce pour un mois de mai. Elle n'avait pas froid, de toute évidence elle était sous le choc, après ce qui s'était passé ici. Il retira sa veste et la posa sur ses épaules. Elle tressaillit quand ses mains se posèrent sur elle, mais ne refusa pas la chaleur que la veste offrait.

Il attendit patiemment pendant qu'elle faisait sa déposition, et serra les poings de rage quand elle décrivit l'intrusion dans son appartement d'une femme en qui elle avait autrefois eu confiance. Son attention s'aiguisa quand l'agent demanda :

— Et vous dites que c'est la femme qui a vidé votre compte le mois dernier ?

— Je… Je ne peux pas parler de cela maintenant, esquiva-t-elle, jetant un coup d'œil vers lui.

— Ne t'empêche pas de faire une déclaration complète à cause de moi, dit-il calmement. Donne à l'agent les informations dont elle a besoin.

Devant son insistance, elle poursuivit, toutefois il devinait qu'elle choisissait ses mots avec soin. Mais aucune dose de prudence ne pouvait déguiser les faits, et à la fin de son récit il était furieux. Bon sang ! non seulement Kayla avait fait entrer une inconnue chez elle, mais elle lui avait confié la garde de Sienna. Avait-elle perdu l'esprit ? Il lui faudrait attendre qu'ils soient seuls pour tirer tout cela au clair.

L'agent termina son interrogatoire en conseillant fortement à Kayla de faire changer ses serrures.

— Je m'en charge, intervint-il. Merci.

La femme les observa, Kayla et lui. Puis, après un bref hochement de tête, elle sortit et ferma la porte derrière elle.

Il se tourna vers Kayla, sentant la colère monter en lui. Il ne put garder le silence une seconde de plus.

— À quoi as-tu pensé, bon sang ?

— Ce soir ? À rester en vie, surtout.

Son attitude désinvolte ne fit rien pour calmer sa fureur.

— Tu sais très bien que je ne parle pas de ce soir. Tu me dois une explication, et je ne partirai pas tant que je ne l'aurai pas obtenue.

- 3 -

Kayla redressa une chaise et s'y laissa tomber. Elle était exténuée. Comme si le fait d'avoir dû affronter une Zoé droguée ne suffisait pas, elle devait affronter Van, aussi ?

Elle leva les yeux vers lui. La fureur qui émanait de lui n'était peut-être pas visible, mais elle la ressentait très bien. Presque sur sa peau, comme une vague brûlante.

— Ça ne peut pas attendre demain ? Comme tu peux le voir, je suis un peu débordée pour l'instant.

L'un des missiles de Zoé l'avait atteinte au front, et elle avait mal. Elle toucha avec précaution le pansement que le secouriste avait appliqué sur la blessure et ferma les yeux. Elle sentit, plus qu'elle ne vit, Van avancer vers elle.

— Ça va ? As-tu besoin de voir un médecin ?

Elle laissa retomber la main et rouvrit les yeux.

— Non, ça va. C'est une blessure superficielle. Je suis juste très fatiguée maintenant. Je ne suis pas prête pour une grosse dispute.

Elle rassembla ce qui lui restait de courage et lui lança :

— Tu pourrais peut-être téléphoner et prendre rendez-vous.

Il sembla surpris une seconde, puis amusé. Mais la frustration et la fureur ne tardèrent pas à réapparaître dans son regard.

— Tu ne te débarrasseras pas de moi si facilement. Tu me dois des réponses, et je ne partirai pas tant que je ne les aurai pas obtenues.

— Il faudra qu'elles attendent que j'aie rangé tout ça, dit-elle en désignant son salon et sa cuisine sens dessus dessous.

— Bien. On range, ensuite on discute.

— Van, non. Il est tard, je suis épuisée, et je ne veux qu'une chose, aller me coucher.

— Sans changer les serrures ? Avec cette vitre cassée ?

Elle se contenta de secouer la tête, incapable de parler. Cette soirée avait été terrifiante. Quand Zoé était entrée grâce à sa clé et avait exigé encore plus d'argent, elle avait cru qu'elle pourrait la calmer. Elle s'était lourdement trompée ! Zoé était devenue folle et s'était approchée du lit où Sienna dormait en proférant des menaces. Elle n'avait pas réfléchi. L'instinct maternel avait simplement pris le dessus, la poussant à se lancer sur Zoé. Toutes deux étaient tombées sur le grand lit, et elle l'avait frappée, déterminée à protéger sa petite fille des griffes de cette folle. Zoé avait été surprise et elle en avait profité pour l'attraper et la traîner hors de la chambre, où elle s'était ensuite barricadée avec Sienna. Son bébé avait hurlé de toutes ses forces pendant toute cette scène.

Après cela, Zoé avait totalement perdu la tête et elle n'avait pu que l'entendre, impuissante, mettre à sac son appartement. Elle n'avait même pas pu appeler la police, car son téléphone était resté dans le salon. Mais ses voisins, alertés par le vacarme, s'en étaient chargés.

Un autre frisson de terreur la parcourut. La procédure de transfert d'embryons remontait à deux jours à peine.

Il était recommandé d'éviter tout stress et toute activité physique. Or, non seulement elle s'était battue avec Zoé, mais elle avait dû pousser la vieille commode en bois de sa grand-mère contre la porte pour l'empêcher de revenir dans la chambre. Déjà, tout son corps la tiraillait. Elle se tint le ventre. Elle ne pouvait pas perdre ses bébés !

— Kayla ? s'impatienta Van.

Elle s'efforça de rassembler ses pensées.

— J'ai une assurance. J'appellerai quelqu'un quand j'aurai vu le gérant de l'immeuble afin de faire une liste des dégâts, dit-elle d'une voix faible.

— Et combien de temps penses-tu que cela prendra avant qu'ils fassent venir des entrepreneurs ? Laisse-moi faire, plutôt.

Sans attendre de réponse, il composa un numéro sur son téléphone. Elle appuya la tête contre le dossier de la chaise et ferma les yeux, les rouvrant uniquement quand il eut fini son appel.

— Une équipe viendra ici dans environ vingt minutes, annonça-t-il.

Quelle était l'étendue de son pouvoir, au juste ? Elle n'avait pas envie de connaître la réponse à cette question. Il lui adressa un regard déterminé, comme s'il savait exactement ce qu'elle pensait.

— Tu as une mine affreuse, dit-il. Je peux t'apporter quelque chose ?

— Puisque tu le demandes, un million de dollars, ce serait bien, répondit-elle avec désinvolture.

Elle regretta aussitôt ses paroles, se rendant compte que cela n'aiderait pas sa cause.

— Je suis désolée. Je suis encore sous le choc et je ne sais plus ce que je dis. Peut-être…

Elle se tourna vers la cuisine, fixa les placards vides, dont certaines portes étaient sorties de leurs gonds.

— J'aurais aimé une tasse de thé, mais la cuisine est un champ de bataille.

— Laisse-moi faire, dit-il, s'y dirigeant et redressant la chaise haute de Sienna au passage.

Il ramassa la vieille bouilloire électrique et la brandit.

— C'est en bonne voie, dit-il.

Il rinça l'appareil et mit de l'eau à chauffer. Puis, il se mit à ranger la vaisselle dans les placards — du moins, ce qui n'avait pas été cassé.

— Tu n'as pas à faire cela, protesta-t-elle.

— Tu as dit que nous parlerions quand tout serait rangé. Je range.

Donc, il attendait toujours des réponses. Pendant qu'elle sirotait son thé, il continua à s'affairer dans la cuisine, la remettant en ordre autant qu'il le pouvait. La vaisselle cassée alla dans un carton. La nourriture intacte fut stockée dans le petit cellier. Quand l'équipe d'ouvriers arriva, il avait presque fini de tout remettre en ordre.

Elle fut surprise en découvrant les hommes qui passèrent sa porte. L'un avait une jambe artificielle, un autre de graves brûlures sur un côté du visage et du cou et plusieurs doigts en moins. Après avoir salué Van avec une camaraderie qui remontait manifestement à des années, ils se mirent rapidement au travail. Ils remplacèrent la vitre cassée et installèrent de nouvelles serrures. Elle regarda les hommes travailler et leur donna des instructions pour replacer les meubles intacts. Lorsque, ensuite, ils commencèrent à installer un système de sécurité, elle protesta.

— Van, qu'est-ce que c'est ? Je n'ai pas besoin d'un système de sécurité dernier cri et je ne peux certainement pas me le permettre.

— Fais-moi plaisir, dit-il d'une voix dure. La sécurité est mon métier et, corrige-moi si je me trompe, c'est ma fille dans cette chambre, et ce sont mes enfants que tu portes.

Si elle les portait toujours…

— Ou-oui, parvint-elle à dire malgré la vague d'émotion qui menaçait de la submerger.

C'était la première fois qu'elle l'entendait reconnaître ces bébés comme les siens. Et il avait sous-entendu qu'il prendrait soin d'eux. À cette pensée, elle fut soulagée. Il allait l'aider. Ne venait-il pas de le dire ?

Il était plus de minuit quand les ouvriers eurent enfin terminé. Van les raccompagna puis ferma la porte à clé. À double tour, remarqua-t-elle. Elle réprima un bâillement quand il revint vers elle. Il mit un jeu de clés dans sa poche et lui en donna un deuxième.

— Tu gardes un double ?

— Disons que je protège mon investissement, répondit-il d'un ton énigmatique.

— Ton investissement ?

— Puisque tu sembles incapable de prendre soin de toi de manière responsable, c'est à moi de le faire.

L'espoir qui était monté en elle un peu plus tôt s'évanouit lentement.

— Comment ça ?

— Il est trop tard pour le transfert des embryons, je le sais. Même si je désapprouve fortement ton acte, je ne peux plus rien faire. Mais je peux m'assurer que mes enfants sont en sécurité.

— C'est ce que je veux aussi.

— Vraiment ? C'est pourtant toi qui as accueilli une sans-abri chez toi. Une femme dont tu ne connaissais même pas le profil. Une droguée, Kayla ? C'est ça, ton idée de la sécurité ?

— Elle n'était pas droguée quand je lui ai proposé de vivre ici. Et elle avait des références. C'est une puéricultrice expérimentée, et elle adorait Sienna.

Elle avait beau se défendre, elle savait au fond d'elle qu'il avait raison. Elle accordait sa confiance trop facilement. Et où cela l'avait-il menée ? À la ruine.

— Tu savais qu'elle avait été suspendue de son dernier poste parce qu'elle avait été contrôlée positive à des tests de drogue, non pas une mais deux fois ?

Ce n'était pas possible ! Comment avait-elle pu être si naïve ? La nausée l'envahit, et ce n'était pas uniquement à cause des hormones.

— Non, je l'ignorais.

— À l'évidence.

Il se passa la main dans les cheveux. Ébouriffés, ils lui donnaient un air encore plus séduisant.

— Je veux la garde des enfants, déclara-t-il.

— Une garde partagée. Je suis d'accord. Je pense qu'il est important que les enfants puissent connaître leur père.

Son regard vert devint aussi profond et insondable qu'un lac de forêt.

— Non, Kayla, tu m'as mal compris. Je veux la garde exclusive. Celle de Sienna, et des autres bébés quand ils seront nés.

La nausée se fit soudain plus forte.

— Un peu de sérieux. Tu ne peux pas l'arracher au

seul parent qu'elle ait connu. Ce serait cruel. Et puis, elle est à moi. Aucun juge ne t'accordera la garde exclusive. Tu as déjà renoncé à tes droits parentaux.

— Aucun juge ? Vraiment ? Et quand je parlerai de ta situation, de ton instabilité, de tes mauvais choix et de tes amies peu recommandables, penses-tu vraiment qu'un juge ne me considérera pas de manière plus favorable ? Voyons voir.

Il se mit à énumérer quelques-unes de ses bêtises d'adolescente, certaines ayant inclus un passage au poste de police.

— Tout le monde commet des erreurs d'adolescent, se défendit-elle. La moitié de la population de ce pays n'aurait pas d'enfants si les erreurs de jeunesse étaient le seul critère pour établir qui est digne d'être parent.

— Et maintenant, Kayla ? Tu es quoi ? C'est quoi ton métier ? Masseuse ?

Le mépris qu'elle perçut dans sa voix lui fit de la peine, mais elle releva le menton et le regarda droit dans les yeux.

— Je suis une massothérapeute diplômée. Il y a une différence, tu sais. Je suis respectée, et je suis douée pour mon travail.

— Un emploi qui t'éloigne de Sienna, n'est-ce pas ? Un emploi qui fait que tu la confies à une personne totalement inapte. Et, dis-moi, Kayla, ton emploi paye-t-il si bien que tu puisses te permettre de cesser de travailler et de t'occuper de trois enfants en bas âge ? Ou comptais-tu aller au refuge pour sans-abri du quartier, pour trouver une autre nounou ?

— Je m'en sortirai. Avec ton aide, bien sûr.

— Avec mon aide. Tu es incroyable ! Combien d'argent te reste-t-il à la banque ?

— Ça ne te regarde pas.

Elle avait économisé quelques centaines de dollars depuis que Zoé l'avait ruinée. C'était ridicule.

— Même si tu mets de l'argent de côté, ce sera loin de suffire pour payer ton loyer, puisque tu devras cesser de travailler après la naissance des bébés, j'imagine.

— Je me débrouillerai. Comme je l'ai toujours fait. Je vendrai les bijoux de Sienna s'il le faut.

Elle toucha la chaîne en or autour de son cou. Il suivit son mouvement des yeux, et elle sentit son regard brûlant sur sa peau.

— Et quand tout sera dépensé ? Sois honnête avec toi-même, Kayla. Aucun tribunal ne te déclarera apte à être mère — surtout face à moi. Je suis un ancien militaire décoré, un homme d'affaires stable et prospère, je suis fiancé et j'ai une maison déjà payée.

Fiancé ?

Sans qu'elle sache pourquoi, cette information provoqua une vague de tristesse en elle, comme si elle avait perdu quelque chose de très important sans même s'en rendre compte. C'était stupide ! Ce n'était pas comme si Van et elle avaient été très proches quand ils étaient enfants. Et cette unique nuit après l'enterrement de Sienna avait été davantage un exutoire à leur chagrin que le résultat de leur attirance. Malgré tout, elle ne pouvait pas le regarder sans repenser à cette nuit. À l'époque, elle s'était demandé si cela pouvait être le point de départ d'une relation sérieuse. Elle l'avait espéré, autant l'admettre. Mais il avait fui, n'est-ce pas ? Comme il l'avait fait quand il avait eu dix-huit ans et qu'il s'était enrôlé dans l'armée. Ou quand la maladie de Sienna avait été diagnostiquée et qu'il avait rejoint les forces spéciales. Apparemment, dans les moments critiques, on ne pouvait pas compter sur Van Murphy. Alors, quel genre de père serait-il ?

Elle se leva et redressa les épaules.

— Tu crois peut-être que tout ce qu'il faut pour être parent, c'est de l'argent. Prépare-toi à une bataille monumentale. Un homme comme toi ne pourrait jamais être un père digne de ce nom, et mes enfants — oui, les *miens* — méritent mieux qu'un homme qui fuit chaque fois que les choses se compliquent. Ils méritent de recevoir de l'amour, et je parie que c'est une chose que tu ne seras jamais capable de donner, à personne.

Van resta bouche bée. Les mots de Kayla étaient des balles de plomb qui avaient percé son bouclier. Elle avait sans doute raison. Les enfants méritaient certainement plus d'amour et d'affection qu'il ne pouvait en donner, mais ils méritaient aussi mieux que la vie qu'elle comptait leur offrir.

Il afficha un sourire forcé.

— Tu n'as pas changé du tout, à ce que je vois. Toujours rêveuse, toujours à penser que tout s'arrangera au final, si tu y *crois* assez. Mais la vie, la vraie vie, ce n'est pas ça.

— Ah non ? Parle-moi des hommes que tu as fait travailler ce soir. Ce sont des frères d'armes ?

Où voulait-elle en venir ? Il croisa les bras et fit un signe de tête positif.

— Et quand ils ont quitté l'armée, ils étaient fauchés, non ? Et sans doute brisés, physiquement et mentalement.

Il serra les dents. Oui, cela avait été une période très difficile pour eux.

— Et tu les as aidés, n'est-ce pas ? insista-t-elle. Tu leur as donné un travail, un but, tu leur as rendu leur fierté. Parce que tu croyais en eux. Tu leur as montré qu'ils avaient toujours des compétences, une valeur, quelque chose à offrir. Et ils vont beaucoup mieux maintenant, non ? Alors ne me dis pas que les choses ne se sont pas arrangées au final.

Il n'aimait pas la tournure que prenait cette conversation. Et les émotions qu'elle éveillait en lui.

Il se dirigea vers la porte.

— Oui, c'est ça, Van. Prends la tangente, comme toujours !

Depuis la chambre, il entendit les pleurs de Sienna.

— Ma fille a besoin de toi, dit-il. Tu ferais mieux de t'occuper d'elle.

— Oui, c'est juste. Je suis ce qu'il y a de mieux pour elle, ne t'avise pas de l'oublier.

Ce qu'il n'allait pas oublier, c'était le regard furieux qu'elle lui lança. Il le hantait encore quand il descendit l'escalier et se dirigea vers sa voiture d'un pas pressé. Elle avait raison, il fuyait, admit-il en regagnant le centre-ville. Mais ce qu'elle ne comprenait pas, c'était que fuir permettait de survivre. D'être en sécurité, sur le plan physique et émotionnel.

Il regarda l'heure sur le tableau de bord. Cela ne valait pas la peine de faire une heure et demie de trajet pour rejoindre sa maison à Monterey. Même s'il réservait un vol de nuit et prenait l'hélicoptère, il aurait à peine le temps de s'endormir que, déjà, il devrait reprendre un vol pour San Francisco. Autant aller à son appartement ici en ville.

Après avoir garé sa voiture dans le parking souterrain de l'immeuble, il prit son ascenseur privé. Dès que les portes s'ouvrirent sur son appartement, il sut qu'il n'était pas seul.

Une lampe était allumée dans le salon, baignant la jeune femme blottie dans son canapé d'une lumière dorée. Dani. Depuis combien de temps était-elle ici ? Elle avait dû sentir sa présence, car elle s'étira et ouvrit les yeux.

— Tout va bien ? demanda-t-elle, se levant avec grâce et marchant vers lui. J'ai téléphoné à ta gouvernante pour savoir si tu étais chez toi à Monterey ce soir, et comme tu n'y étais pas j'ai supposé que tu viendrais ici. Tu es content de me voir ?

Elle l'embrassa. Il lui rendit son baiser distraitement.

— Je ne t'attendais pas, dit-il.

Elle afficha une moue déçue devant son accueil peu enthousiaste.

— Je sais. Mais puisque je suis là, nous pouvons profiter au mieux de ce qui reste de la soirée.

Elle replaça une mèche de cheveux derrière son oreille. Le geste fit étinceler son solitaire, lui rappelant la décision qu'il avait prise en chemin. Elle afficha un sourire charmeur, mais quand elle se rendit compte qu'il était indifférent elle reprit un air sérieux.

— Qu'y a-t-il, Donovan ? Tout va bien ?

Il soupira. Non, tout n'allait pas bien, loin de là !

— Il faut qu'on parle, dit-il.

— Ça ne me dit rien qui vaille. Cette discussion

peut-elle attendre ? Tes préoccupations te paraîtront peut-être moindres demain matin et…

Elle arqua un sourcil et lui offrit un regard plein de promesses.

— … peut-être pourrais-je te distraire en attendant ?

En toute autre circonstance, il aurait accepté son offre. Mais après la décision qu'il avait prise, ce n'était plus possible.

— Je suis désolé, Dani…

— C'est elle, n'est-ce pas ?

— Je te demande pardon ?

— Cette femme avec le bébé, qui est venue le mois dernier. Cet enfant est le tien ?

Il se passa la main sur le visage. Ce serait plus difficile qu'il ne l'avait cru.

— Évidemment, devina-t-elle. C'est une magnifique petite fille, et elle te ressemble beaucoup. Mais ce n'est pas nécessairement un problème. Tout le monde peut être acheté, Van, quand on y met le prix. Même les maîtresses du passé. Paye sa mère pour qu'elle te laisse tranquille. Si tu règles ce petit problème, nous pourrons poursuivre notre projet comme prévu.

— Ce n'est pas aussi simple.

Il expliqua son accord avec Sienna et le fait que Kayla avait décidé de porter les enfants de sa sœur — ses enfants *à lui*.

— Je ne vois pas où est le problème, dit-elle. Tu n'as pas besoin de t'impliquer dans leur vie. Elle est venue te trouver pour avoir de l'argent, alors, donne-le-lui. Débarrasse-toi de ce problème, Donovan.

La dureté dans sa voix montrait un aspect de sa personnalité qu'il avait toujours deviné chez elle. Dani

Matthews n'aimait pas que l'on contrecarre ses plans. En temps normal, lui non plus. Mais ce soir, quelque chose avait changé en lui. Un instinct dont il n'avait pas soupçonné l'existence avait fait tomber ses barrières. Un instinct paternel.

Sa mère et son père l'avaient abandonné pour se noyer dans l'alcool. Ses parents adoptifs ne l'avaient jamais encouragé ni félicité pour ses réussites et ne lui avaient jamais témoigné d'amour. Van ne serait comme aucun d'entre eux. Il avait l'occasion d'être un père digne de ce nom pour ses bébés. De leur offrir la stabilité et les chances que son éducation ne lui avait jamais données.

— Non, rétorqua-t-il. Je suis désolé, Dani, mais nos fiançailles sont annulées. Je vais être un père pour mes enfants.

- 4 -

Le cœur serré, Kayla était allongée sur la table d'examen et fixait intensément l'écran de l'appareil d'échographie. Si seulement le médecin trouvait ce second rythme cardiaque !

— S'il vous plaît, l'implora-t-elle. Essayez encore.

— Kayla, un sur deux, c'est déjà très bien. Beaucoup de femmes n'arrivent pas jusque-là, dit le médecin d'un ton réconfortant.

Même si elle connaissait les probabilités, elle ne pouvait s'empêcher d'éprouver un sentiment d'immense tristesse à la pensée que l'un des embryons ne se soit pas implanté.

— Vous avez raison, bien sûr, s'obligea-t-elle à répondre. J'ai beaucoup de chance.

Et elle continua de se le répéter pendant le trajet jusqu'à son travail, mais dès qu'elle entra dans la clinique où elle travaillait, elle sentit sa contenance s'effondrer. Après un regard sur elle, Susan, sa directrice et collègue, la prit dans ses bras.

— Oh ! Ma chérie, les nouvelles sont si mauvaises ?

— J'en ai perdu un, Susan. L'échographie n'a montré qu'un rythme cardiaque.

— C'est tout de même une bonne chose, non ? Tu auras un bébé.

Susan la relâcha et la tint à bout de bras.

— Regarde-toi. Je croyais que tout espoir était perdu.

Kayla lui offrit un sourire embué de larmes.

— Je suis désolée. Je suis juste… C'est seulement…

Comment trouver les mots pour décrire ce sentiment de tristesse et de culpabilité qui la tenaillait ? Chaque fois qu'elle se disait qu'elle n'aurait rien pu faire différemment pour s'assurer que les deux embryons s'implantent, elle se rappelait cette soirée où elle en était venue aux mains avec Zoé. Tout était sa faute. C'était *elle* qui avait amené Zoé chez elle. *Elle* qui avait laissé son téléphone sur la table basse, lui donnant ainsi accès à son compte bancaire. *Elle* qui n'avait pas fait changer ses serrures après le départ de Zoé.

Quel que soit l'angle sous lequel elle examinait la situation, son irresponsabilité sautait aux yeux. Elle avait l'impression d'avoir manqué à sa parole, envers le bébé perdu et envers sa sœur.

Avant même son échographie, la journée avait mal commencé. Ce matin, elle avait reçu un courrier des avocats de Van lui notifiant qu'il demandait la garde de Sienna. C'était une attaque contre elle, qui ciblait son droit en tant que mère de Sienna et du bébé qu'elle portait. Hélas ! elle n'avait aucune arme pour se défendre. Des larmes roulèrent sur ses joues.

— Allons, ma chérie, ne t'en fais pas, dit Susan. Si tu prenais le reste de ta journée ? Tu n'as que trois rendez-vous. Je te remplace, d'accord ?

Elle accepta avec réticence l'offre de Susan. Elle ne pouvait pas vraiment se permettre de prendre des congés supplémentaires alors que ses finances étaient si serrées, mais l'idée de consacrer le peu d'énergie qui lui restait à des patients était au-dessus de ses forces.

Sienna étant à la crèche jusqu'à 17 heures, elle décida de l'y laisser et prit la direction de son appartement. Elle dormait mal ces derniers temps. Peut-être pourrait-elle faire une sieste, et aviser ensuite, quand elle aurait les idées plus claires.

Elle dormait sur son canapé depuis deux heures quand elle entendit frapper à sa porte. Elle se leva et se frotta le visage. Ses joues étaient mouillées Elle avait donc pleuré dans son sommeil, songea-t-elle tandis que la dure réalité se rappelait brusquement à elle.

De nouveaux coups résonnèrent sur la porte.

— Kayla ? Je sais que tu es là.

Van. Évidemment ! Il avait le chic pour tomber aux pires moments. Elle se traîna jusqu'à la porte.

— Je ne suis pas vraiment d'humeur pour des visites aujourd'hui. Tu peux revenir un autre jour ? demanda-t-elle à travers le panneau de bois massif aux serrures flambant neuves.

— Ce n'est pas une visite de courtoisie. Ouvre-moi.

— Si tu te demandes si ton courrier est arrivé aujourd'hui, la réponse est oui. Tu peux partir maintenant.

— Je suis ici parce que je m'inquiète pour toi. Ouvre cette porte.

Elle affaissa les épaules tandis que l'émotion la submergeait de nouveau. Il s'inquiétait pour elle ? Impossible. Elle n'était qu'une pensée périphérique pour lui. Mais il se faisait du souci pour ses enfants, peut-être. Elle retira la chaîne, déverrouilla les deux serrures puis ouvrit la porte.

— Entre, l'invita-t-elle d'une voix apathique.

Elle ne plaisantait pas quand elle avait dit ne pas être d'humeur pour des visites, mais surtout elle n'était pas d'humeur à le recevoir *lui*. Elle lui tourna le dos pour retourner vers le canapé, non sans avoir humé une bouffée de son eau de toilette. Étrange, elle ne lui donnait pas la nausée comme tant d'autres odeurs en ce moment. La fragrance le résumait à la perfection. Un mélange masculin et boisé, avec une note d'agrumes plus piquante. Un parfum qui lui rappelait qu'il n'était plus le garçon avec lequel elle avait grandi — ni même l'homme avec qui elle avait cherché à oublier sa tristesse, après l'enterrement de Sienna.

Il entra, ferma la porte à clé et la rejoignit près du canapé, sur lequel elle s'était de nouveau allongée. Il l'étudia intensément, presque comme s'il essayait de lire en elle.

— Je suis allé te voir à ton travail.

Elle sentit son moral baisser encore. Susan était une femme adorable, mais très indiscrète. Elle avait sans doute tout raconté à Van.

— Ta directrice m'a dit que l'un de tes embryons ne s'était pas implanté, dit-il, confirmant ses craintes.

Il marqua un temps et prit une profonde inspiration.

— Ça va aller ? Y a-t-il quelque chose que je puisse faire ?

— Non, personne ne peut rien faire. Ça arrive. Je m'y attendais à moitié, mais… j'avais tout de même de l'espoir.

Tandis qu'il arpentait la pièce, elle l'observa à la dérobée. Du haut de son mètre quatre-vingt-dix, il emplissait l'espace. L'énergie contenue en lui était presque palpable. Comme s'il était prêt à se battre à tout instant. Comme si rien ni personne ne pouvait l'attaquer par surprise. Il avait toujours été ainsi, même enfant, mais quand il n'y avait que Sienna et elle, il avait parfois baissé sa garde. L'armée avait sans doute renforcé cette hyper vigilance en lui. Mais il n'était plus dans une zone de guerre, à moins que l'on tienne compte de l'attaque juridique qu'il avait lancée sur elle ce matin.

À cette pensée, elle s'assit.

— Que veux-tu, Van ? Voir si je vais bien ? Tu m'as vue. Tu peux repartir.

— Parle-moi de l'échographie, dit-il, s'asseyant sur une chaise et se penchant vers elle, les coudes appuyés sur les cuisses. Comment est-ce ? Qu'as-tu vu ?

Était-ce de l'intérêt, de l'inquiétude… ou bien de la simple curiosité ? Le cœur serré, elle lui résuma la procédure et lui parla de l'image indistincte sur l'écran.

— On ne peut pas voir grand-chose. C'est encore tôt, conclut-elle.

— Mais le médecin a entendu un battement ?

— Je l'ai entendu aussi.

Il s'adossa à la chaise et leva les mains en l'air.

— C'est fou !

— Comme je l'ai dit, c'est encore tôt.

Oui, il y avait eu un rythme cardiaque, mais tout pouvait encore arriver. Il faudrait du temps avant que le fœtus soit considéré comme viable. Pour l'heure, il ne ressemblait même pas à un bébé — l'échographie n'était qu'une somme de taches sombres et claires pour elle —, mais le son avait confirmé sa présence. Elle devrait s'accrocher à cela et en éprouver de la joie. Ce n'était pas son genre de se laisser abattre, mais elle pleurait le rythme cardiaque manquant — et avec lui, elle pleurait de nouveau sa sœur.

Van n'avait plus l'habitude de se sentir impuissant. Il était un homme d'action. Son métier consistait à assurer la protection et la sécurité des gens. Le fait de n'avoir aucun contrôle sur la situation présente serait une bonne excuse pour prendre un verre. Mais il ne buvait pas. Pas depuis qu'il avait appris la vérité sur ses parents. En fait, non, il avait cessé de boire avant. Juste après cette nuit avec Kayla, après l'enterrement de sa sœur. Durant la soirée, ils avaient trop bu et ensuite… Il chassa cette pensée avant qu'elle se forme tout à fait dans son esprit. Quand il buvait, il faisait des choses stupides — des choix stupides. Voilà pourquoi il avait banni l'alcool de sa vie. Et la décision la plus stupide qu'il ait jamais prise avait été d'être un donneur pour son amie Sienna. Mais il n'aurait jamais cru que les choses se dérouleraient ainsi. À présent, il avait une petite fille, et bientôt un deuxième bébé.

Son pire cauchemar se réalisait, mais il devait agir, pour s'assurer que ses enfants ne connaissent pas la vie désastreuse qu'il avait eue. Ils avaient besoin d'un modèle fort, de quelqu'un qui pourrait les guider et les aider à devenir des adultes sérieux et responsables. Il fallait qu'il soit un bon père, même s'il n'avait pas choisi de l'être. Même s'il s'était dit bien des fois qu'il ne pourrait pas ou ne voulait pas avoir des enfants et les élever.

Désormais, il avait l'obligation morale de veiller à ce que ses bébés aient le meilleur, sur le plan affectif et matériel. Cela voulait dire être le meilleur père possible. Ses enfants auraient une éducation solide, vivraient dans un environnement sécurisant. Et quelles que soient les idées farfelues de Kayla sur la parentalité, il s'était fait une promesse : ce serait lui qui prendrait les décisions difficiles dans leur vie. Lui qui assurerait leur sécurité, maintenant et à l'avenir. Si cela signifiait faire en sorte que leur mère soit prise en charge vingt-quatre heures sur vingt-quatre jusqu'à la naissance du futur bébé, eh bien soit.

Elle avait besoin de son aide, et il la lui apporterait — même si elle résistait. Ce qu'elle ignorait, c'est que ces dernières années il s'était habitué à réussir, dans tous les domaines. Il userait de tous les moyens pour atteindre son but.

Il choisit ses mots avec soin.

— Tu sais, tu n'es pas obligée de te compliquer la vie à ce point.

— Vraiment ? ironisa-t-elle. C'est drôle que tu dises ça, alors que c'est toi qui me compliques la vie.

D'un air qu'elle voulait désinvolte, elle repoussa le courrier des avocats reçu le matin même sur la table basse. Il ignora son geste, comme sa contrariété.

— Ce que je veux dire, c'est que tu n'es pas obligée de tout faire toute seule.

— Ah ! selon toi, je devrais simplement céder à tes exigences ? Te donner Sienna, comme ça ? Oublier que je l'ai portée dans ma chair, que je lui ai donné naissance, que je l'ai allaitée et élevée seule ces dix derniers mois ? Oublier que c'est l'enfant de ma sœur et que j'ai promis de l'élever ?

Sa voix tremblait, trahissant sa vulnérabilité. Soudain, il eut envie de la serrer dans ses bras, de lui promettre que tout irait bien. Mais que lui arrivait-il ? Il ne voulait pas éprouver ce genre de sentiments envers elle ! Ni envers quiconque, d'ailleurs. Il avait appris à ne rien ressentir d'autre que ce qu'il voulait ressentir, quand il voulait le ressentir. Il compartimentait et planifiait sa vie ; il n'improvisait pas. Ses décisions étaient fondées sur l'analyse et la raison, et non sur l'émotion. Il n'offrait pas de câlins aux femmes en larmes, même si elles portaient ses enfants.

De nouveau, l'impulsion malvenue de la réconforter le saisit. Et il la réprima aussitôt.

Il était temps de sortir le grand jeu. Il n'avait peut-être pas envie de ressentir des émotions, mais il était prêt à les utiliser pour manipuler Kayla et obtenir ce qu'il souhaitait. À tout prix.

— Sienna n'aurait pas voulu que tu agisses ainsi, Kayla. Tu le sais. Tu as dit toi-même qu'elle aurait voulu que je fasse partie de l'aventure, que je t'aide et que je te soutienne.

— Que tu me soutiennes, oui. Pas que tu m'arraches tout ce qui m'est cher.

Elle se raidit, et il vit la déception et la peine se refléter dans ses yeux azur. Il se sentait honteux, comme s'il venait de frapper un petit animal sans défense. Pourquoi éprouvait-il ces sentiments, bon sang ? Il devait bouger, s'éloigner d'elle. Il se leva, fit les cent pas, tout en énumérant toutes les raisons pour lesquelles elle devrait accepter son offre. Il expliqua qu'elle serait logée chez lui, dans sa maison de Monterey, au calme, qu'il lui assurerait une sécurité financière et un train de vie confortable, ainsi qu'à ses enfants. Après tout, n'était-ce pas ce qu'elle avait voulu depuis le début, lorsqu'elle était venue le voir le mois dernier ? Ne lui donnait-il pas, quoiqu'un peu tard, exactement ce qu'elle avait demandé ?

Quand il eut enfin terminé, elle avait repris contenance.

Certes, elle était encore pâle et avec les yeux rougis, mais il y avait une lueur combative dans son regard. Une lueur qui lui rappelait l'ancienne Kayla. Celle qui avait des idées farfelues et qui les poursuivait, sans se soucier des conséquences — comme elle l'avait fait, du reste, avec cette grossesse.

— Donc, tu es en train de dire que je devrais quitter cet appartement, cette ville, abandonner un travail que j'adore, m'installer dans ta belle maison de Monterey, confier Sienna à une nounou inconnue et passer mon temps à faire pousser ton prochain enfant dans mon ventre. Et après la naissance du bébé, tu comptes me le prendre ainsi que ma fille et me mettre à la porte ? Merci, mais je ne suis pas intéressée.

— Évidemment, présenté comme ça, ça ne semble pas tentant, j'en conviens. Mais quelle autre option as-tu ? Comment vas-tu t'en sortir si tu dois travailler dans ton état, sans aucune aide ? Ton amie Susan m'a dit à quel point tu étais malade quand tu étais enceinte de Sienna. Comment a-t-elle dit ? Hyper quelque chose.

— Hyperémèse gravidique.

— C'est ça. Et si ça t'arrivait de nouveau ?

— J'étais déjà malade à ce stade avec Sienna. Peut-être que cette fois je n'aurai pas de soucis de santé. Peut-être que tout se passera à merveille.

Elle se raccrochait aux branches, c'était évident.

— Mes recherches m'ont appris que les femmes qui ont présenté ce symptôme ont 86 % de risques de le développer de nouveau à la grossesse suivante, objecta-t-il.

— Tes recherches, railla-t-elle avec un petit rire incrédule. Sur Internet, je présume ?

Elle applaudit doucement.

— Bravo, Van. Bravo.

Il réprima son agacement.

— Même si cela ne dure que durant ton premier trimestre, comment feras-tu pour travailler ? Et Sienna, n'oublions pas ses besoins. Pourras-tu vraiment tout faire toute seule ?

— Bien sûr. Je ferai tout ce que je dois faire.

— Tu ne comprends pas, n'est-ce pas ? Tu as besoin d'aide. De *mon* aide.

— À tes conditions, répliqua-t-elle avec amertume.

— Mes enfants, mes conditions.

— Tu oublies que j'ai la garde, sur le plan légal, de tes enfants.

Il fit glisser le courrier des avocats vers elle.

— Pour combien de temps encore, Kayla ?

Il la fixa. Pourquoi le combattait-elle avec tant de force ? Elle n'avait jamais voulu être mère. Sa vie avait toujours été une succession de voyages. Randonnées à Katmandou. Auto-stop en Papouasie-Nouvelle-Guinée. Recherche d'opales en Australie. Parfaite antithèse de sa sœur, elle n'avait jamais voulu être attachée à rien ni à personne. Son seul lien permanent avait été avec Sienna — ce devait être pour cela qu'elle se montrait si obstinée. Parce qu'elle tenait à honorer la promesse faite à sa sœur. Toutefois, elle savait sûrement que Sienna aurait voulu pour ses enfants un foyer stable et sécurisant. Il pourrait le leur offrir. Elle ne le pouvait pas. Il doutait qu'elle le veuille vraiment, d'ailleurs. Elle avait toujours été un esprit libre — elle n'avait pas pu changer à ce point. Alors, il essaya une autre tactique.

— Écoute, nous ne sommes pas obligés de nous battre sans arrêt. Je te payerai en tant que mère porteuse, pour

Sienna et pour cet enfant. Ensuite, tu pourras aller de l'avant et continuer à mener ta vie.

— Non. Ce sont *mes* enfants. Je ne les laisserai à personne, et surtout pas à toi. Tu les as déjà abandonnés une fois, quand tu as tenté d'empêcher le transfert d'embryons. Tu es tout aussi susceptible de les abandonner de nouveau quand il y aura des difficultés, ou quand tu commenceras à ressentir trop d'émotions. C'est ce que tu fais toujours.

Ses mots le blessaient, mais il ignora la douleur, comme il l'avait toujours fait.

— Les choses ont changé. J'ai changé.

— Et ta fiancée ? Se réjouit-elle de cette occasion d'avoir une famille toute prête ? De ne pas avoir à subir les aspects peu agréables de la grossesse, comme les nausées, les vergetures et l'accouchement ?

— Dani et moi ne sommes plus fiancés.

Dani avait essayé de le faire changer d'avis, mais il avait été catégorique. Ils continueraient à travailler ensemble, car aucun d'eux ne laisserait des fiançailles annulées entraver une entente professionnelle parfaite et un projet de fusion lucratif, mais il savait qu'elle le pensait fou de vouloir s'occuper de ses enfants.

— Pourquoi ? Attendait-elle trop de ta part, Van ? Elle provoquait trop d'émotions en toi, peut-être ?

— Nous avons nos raisons.

Il n'allait certainement pas lui dévoiler les détails.

— Et j'ai les miennes, rétorqua-t-elle.

— Alors, nous sommes dans une impasse.

Elle croisa les bras et leva les yeux vers lui.

— Oui, c'est certain.

Il se passa la main dans les cheveux et fit quelques pas avant de se retourner.

— Nous savons tous les deux que j'obtiendrai la garde des enfants. Je suis prêt à négocier avec toi un droit de visite après la naissance du bébé.

— Un droit de visite ? répéta-t-elle d'un air dédaigneux. Je t'en prie ! Tu sais pertinemment que ce n'est pas suffisant. Ce sont *mes* enfants. Sur tous les plans.

— Sauf sur le plan biologique.

Ils se livrèrent un duel silencieux par regards interposés, mais il était un maître dans ce domaine, il le savait. Elle fut la première à détourner les yeux.

— D'accord, très bien, concéda-t-elle d'un ton amer. Je vais réfléchir à ton offre.

— Tu vas y réfléchir sérieusement ?

— J'ai dit que je le ferais, non ?

Il scruta son visage, puis regarda ses mains pour s'assurer qu'elle n'avait pas croisé les doigts comme quand elle était enfant. Elle semblait dire la vérité.

— Je reviendrai à la fin de la semaine pour avoir ta réponse.

— La fin de la semaine ? Mais c'est dans quelques jours à peine !

— C'est tout ce que je suis prêt à concéder. Si je n'ai pas ta réponse d'ici là, j'ordonnerai à mes avocats d'accélérer la demande de garde pour Sienna.

Il se dirigea vers la porte d'un pas décidé.

— Tu ne peux pas me faire ça ! Ce n'est pas juste ! protesta-t-elle.

— Ah non ? C'est ce qu'on verra.

- 5 -

Kayla passa en revue sa salle de soins, s'assurant que tout était prêt pour son prochain rendez-vous. Elle était épuisée. La fatigue de la grossesse, le fait de s'occuper de Sienna et les terribles nausées dont elle souffrait depuis quelques jours avaient anéanti toute son énergie.

Mais elle s'en sortirait, il le fallait. Une de ses amies avait suggéré de mettre en place une cagnotte pour l'aider à passer ce cap difficile. Pour pouvoir au moins se payer un avocat, si elle devait affronter Van au tribunal. Force était de l'admettre, l'idée l'avait brièvement séduite, mais ne serait-ce pas se raccrocher aux branches ? Elle ne doutait pas que devant un juge Van présenterait cela comme un exemple de plus de son inaptitude à être mère.

Elle s'étira vers l'arrière, avant de se redresser. Sortant de sa salle, elle se dirigea vers la réception pour recevoir son prochain patient. À mesure qu'elle avançait, des voix lui parvinrent. La voix d'un homme, suivie d'un rire presque charmeur de Susan. Puis de nouveau, la voix masculine. Une voix si familière qu'elle eut un haut-le-cœur et s'arrêta net.

Van, ici ? Non, ce n'était pas possible ! Elle posa la main sur son ventre et ferma les yeux un instant. La clinique était fréquentée surtout par des patients en convalescence ; or, il n'était pas en convalescence, pour sûr ! Elle prit une inspiration pour tenter de se calmer et se remit à avancer.

— Ah ! la voilà ! s'exclama Susan en la voyant arriver.

Il la toisa de pied en cap.

— La voilà, en effet, dit-il.

Au ton de sa voix, elle devina qu'il était venu pour obtenir des réponses.

Elle déglutit, mais cela ne l'aida pas à dissiper son appréhension. La date limite qu'il avait fixée était dépassée, et pour éviter de lui parler elle avait éteint son téléphone et avait même rendu visite à une amie sur la côte ce week-end, juste au cas où il passerait chez elle. Elle aurait dû se douter qu'il la traquerait jusqu'à son travail !

— M. Murphy, dit-elle avec un petit signe de tête. Puis-je vous aider ?

— Je l'espère. J'ai une douleur à la nuque.

Il ne fit aucun effort pour désigner ladite douleur, et se contenta de la fixer comme à travers un viseur, ne laissant aucun doute sur la source de son prétendu mal.

— Nous traitons surtout des gens en convalescence ici. Je ne peux pas vous aider.

Elle entendit Susan inspirer brusquement. Elle n'avait jamais été impolie avec un patient auparavant.

— M. Murphy, je vous prie de nous excuser un instant, dit Susan avec douceur.

Elle adressa un sourire à Van puis se tourna vers elle et l'entraîna dans un petit bureau.

— Qu'est-ce que tu fais ? s'exclama-t-elle. Je sais que tu as des problèmes avec lui, mais si cet homme a besoin d'un massage de la nuque, alors, tu lui masses la nuque !

— Ce n'est pas pour cela qu'il est venu, protesta-t-elle.

— C'est ton lieu de travail, lui rappela Susan avec fermeté, et tes problèmes personnels ne doivent pas entrer en ligne de compte. À présent, je te suggère d'emmener ton patient dans ta salle de soins et de faire le nécessaire.

Sans attendre de réponse, Susan sortit et retourna à la réception.

— Merci pour ton soutien, marmonna-t-elle avant de lui emboîter le pas.

Elle se força à sourire à Van.

— Si vous voulez bien me suivre.

Il lui rendit son sourire, à l'évidence satisfait d'avoir remporté cette bataille. Une fois dans la salle, elle lui demanda de retirer sa cravate et sa chemise, et de s'allonger sur le ventre sur la table de massage. Quand il fut installé, elle s'enduit les mains d'huile et commença par masser les muscles de ses épaules et de son cou. Elle tenta d'ignorer la sensation de son corps contre ses paumes, d'éviter toute pensée concernant la dernière fois où elle avait touché sa peau nue.

Il était toujours musclé, mais pas autant qu'à l'époque, quand il était encore dans l'armée. Caresser sa peau ravivait des souvenirs qu'elle aurait préféré oublier. Leur alchimie physique. Le plaisir qu'ils s'étaient donné. L'espoir de forger une relation adulte et durable avec lui. Mais aussi sa tristesse quand elle avait compris, au petit matin, qu'il était parti sans même lui dire au revoir.

Elle appliqua davantage de pression sur ses épaules raides. Pour évacuer un peu de sa frustration et de son impuissance, présentes et passées. Il en avait besoin, de toute façon. Même si ce rendez-vous était sans doute une ruse pour la forcer à lui parler, les tensions de ses muscles réclamaient d'être dénouées.

En temps normal, elle passait plus de temps à échauffer les muscles de ses patients, qui étaient pour la plupart plus faibles et plus âgés. Mais il n'aurait pas droit à de tels égards. Pendant un instant, elle pouvait avoir l'illusion de détenir le pouvoir sur lui. Elle avait horreur d'être manipulée, il le savait pertinemment.

— Tu pourrais appuyer un peu moins fort, grommela-t-il.

— Tu es venu ici pour un massage thérapeutique, non ? lui rappela-t-elle, appliquant une pression supplémentaire sur un nœud particulièrement récalcitrant. Tu es très raide. Tu devrais essayer de te détendre.

— Je me détendrai quand tu me donneras ta réponse. Pourquoi as-tu cherché à m'éviter ?

Pouvait-elle prétendre qu'elle avait besoin de réfléchir encore ? Non, ce serait une perte de temps. Il avait été clair, elle n'avait que quelques jours pour se décider et, même si elle n'avait pas voulu l'admettre le jour où il était venu la trouver chez elle, elle avait déjà pris sa décision avant même qu'il ait quitté son immeuble. Ce qui la contrariait, c'était d'avoir dû prendre cette décision. Une décision qui mettait Van en position de force. Mais, sans ses économies, elle n'avait pas d'autre option.

— Kayla ? insista-t-il.

— Sienna et moi sommes parties en week-end. C'était prévu depuis longtemps.

— Je vois. Alors, plutôt que de m'en informer, tu as décidé de me faire mariner ? Je me suis même demandé si tu avais quitté la ville. Tu te rends compte que m'éviter ainsi ne fait qu'aggraver ton cas, dis-moi ? Un bon avocat pourrait faire passer ton escapade pour un enlèvement.

Il marqua un temps avant d'ajouter :

— J'ai de très bons avocats.

Elle se raidit, près de protester, mais se ravisa. Inutile de repousser cette conversation plus longtemps.

— Je suis désolée, dit-elle, se décalant et concentrant son attention sur une autre partie de son dos.

Il gémit quand elle passa à un autre nœud douloureux.

— Mais si cela peut te réconforter, j'ai pris une décision.

Elle le sentit se raidir sous ses mains. Il était sans doute en train de gâcher tout son dur labeur.

— Et ? demanda-t-il.

— J'ai quelques conditions.

— Évidemment, fit-il, sarcastique. Alors, vas-y. Énonce-les.

— Je suis prête à envisager une garde partagée. En échange, tu couvriras tous mes frais prénataux et post-nataux, qu'ils soient médicaux ou personnels.

— Personnels ?

Elle réprima un sourire. Elle avait économisé le moindre penny, ces cinq dernières années, afin de pouvoir élever ses futurs enfants. S'il était prêt à dépenser des sommes folles dans une bataille judiciaire, il ne devrait pas voir d'inconvénient à utiliser un peu de ses fonds apparemment inépuisables pour la gâter un peu. Ce n'était pas une condition sine qua non, bien sûr, mais se faire choyer serait un agréable à-côté.

— Eh bien, il me faut une nouvelle garde-robe, pour commencer.

— Pourquoi ai-je le sentiment que tu ne prends pas cela au sérieux ? marmonna-t-il.

— Oh ! je suis tout à fait sérieuse !

Van compta jusqu'à dix et s'efforça de se détendre, ce qui n'était guère facile quand Kayla semblait si décidée à extraire autant de tension de ses muscles qu'elle le pouvait. Mais, s'avisa-t-il, il touchait presque au but.

— Rien d'autre ? demanda-t-il avec autant de courtoisie qu'il le pouvait.

— Quand tu me montreras un contrat incluant mes conditions, je le signerai.

— Tu cesseras ton travail et tu viendras vivre chez moi ?

Il sentait déjà qu'elle fatiguait. Son métier était très physique, elle ne pourrait pas continuer à l'exercer jusqu'à un stade avancé de sa grossesse.

— Je devrai donner un préavis, mais, oui, s'il le faut.

Elle était vaincue, il le savait. Il avait envie de brandir le poing et de crier victoire. Ce qu'il s'abstint de faire.

— Je m'occupe de la paperasse. Tu es suivie par un médecin ? Ton dossier devra être transféré à un praticien plus près de chez moi.

— Je te donnerai ses coordonnées tout à l'heure.

Elle se pencha, mettant tout son poids dans le massage de son dos. Maintenant qu'elle ne cherchait plus à le punir, c'était agréable. Un peu trop, même. Il s'intima de se détendre, de cesser de lutter mentalement et physiquement, maintenant qu'il avait ce qu'il voulait. Les gestes de Kayla se firent plus légers et, après une très douce pression à la base de la colonne vertébrale, elle lui essuya le dos avec une serviette chaude et recula.

— Voilà, j'ai fini. Tu peux te relever quand tu te sentiras prêt.

Lorsqu'il s'assit sur la table de massage, elle lui apporta un verre d'eau.

— Tiens, il faut que tu boives. Cela t'évitera un mal de tête à cause des toxines.

Il accepta le verre, remarquant que maintenant que le massage était terminé elle évitait soigneusement de le toucher. Il l'observa tandis qu'elle consultait son téléphone et écrivait sur un morceau de papier.

— Voilà les coordonnées de mon obstétricien, dit-elle.

Il rangea le petit morceau de papier dans sa poche.

— Quand emménages-tu ?

— Tu ne m'as pas encore montré le contrat.

— Tu temporises encore, Kayla ?

Elle soupira.

— Ça ne m'enchante guère de renoncer à mon indépendance, et je ne suis pas convaincue que ce soit la meilleure solution.

Lui n'en voyait pas de meilleure.

— Tu dis que tu dois donner ton préavis. Combien de temps ? Un mois ? Deux semaines ?

— Un mois. Et je dois aussi donner un préavis d'un mois à mon propriétaire.

— Je veillerai à ce que le contrat te soit apporté demain matin. Tu seras ici ?

— J'ai une journée chargée donc, oui, je serai ici.

Il l'étudia un instant. Tout son corps montrait sa défaite.

— Ce n'est pas une peine de prison, Kayla. Tu ne le regretteras pas.

Elle soutint son regard.

— Je le regrette déjà, mais je n'ai pas vraiment le choix, non ?

Il pourrait lui mentir, mais il n'en avait pas envie.

— Non, en effet.

— Tu connais la sortie, dit-elle, lui tournant le dos.

Il attendit quelques secondes, se sentant bizarrement en position de faiblesse. Il aurait dû éprouver un sentiment de triomphe. Il avait obtenu exactement ce qu'il voulait, en dehors de cette condition concernant la garde des enfants. Et cette clause n'était guère un problème, car tôt ou tard Kayla finirait par montrer sa véritable nature irresponsable. Ensuite, il serait assez facile pour lui d'obtenir une garde exclusive. Si sa soif d'évasion la reprenait, elle pourrait même céder sans résistance. Tout se déroulait à merveille.

Alors, pourquoi avait-il l'impression d'avoir perdu quelque chose de bien plus important que cette bataille ?

- 6 -

Ce ne devrait pas être si facile de faire ses bagages et de passer d'une vie à l'autre, songea Kayla en négociant un virage. Mais puisqu'elle avait passé l'essentiel de sa vie à découvrir de nouveaux horizons, elle devrait considérer cela comme une aventure de plus, voilà tout. Tandis qu'elle se garait devant la maison, elle se tourna vers Sienna, qui était restée éveillée pendant la majeure partie du trajet jusqu'à cette propriété isolée, qui surplombait l'océan Pacifique.

En général, elle n'était pas impressionnée par les excès de grandeur mais, elle devait l'admettre, cet endroit était vraiment unique. Derrière de grandes grilles de fer forgé s'élevait une grande demeure à deux niveaux de style méditerranéen. Son cœur tressauta. Van vivait *ici* ?

Cette immense propriété était bien trop grande pour un homme seul ! Peut-être ce séjour ne serait-il pas si terrible, en fin de compte. Dans une maison de cette taille, Van et elle pourraient s'éviter aisément.

La bâtisse était imposante et néanmoins accueillante. Située au sommet de la colline, elle offrait sans doute une vue imprenable sur l'océan, et même si elle semblait isolée, elle était proche des villes de Monterey et de Carmel. Van avait une maison de rêve, idéalement située, et maintenant il allait avoir sa fille auprès de lui.

Les grilles s'ouvrirent.

— J'imagine que c'est pour nous, commenta-t-elle, engageant sa vieille Toyota dans l'allée.

Dans son rétroviseur, elle vit les grilles se refermer derrière elles. Le sentiment d'être prise au piège flotta dans son esprit.

Ne sois pas stupide. C'est la meilleure chose pour Sienna et le bébé. Si ce n'était pas le cas, tu ne serais pas là.

Il avait eu raison sur un point, sa grossesse ne lui aurait pas permis de travailler très longtemps. Une fois que l'hyperémèse gravidique avait commencé, elle n'avait plus supporté tous les différents parfums que les patients portaient, sans parler des huiles aromatiques employées à la clinique. Susan lui avait trouvé une remplaçante et l'avait libérée de son préavis en lui souhaitant beaucoup de bonheur pour la suite. Elle aurait très bien pu emménager chez Van plus tôt, mais elle avait mis un point d'honneur à rester dans son appartement jusqu'au dernier jour de loyer payé.

Elle avança jusqu'à l'entrée de la maison. Van vint aussitôt vers la voiture, l'air inquiet. Elle aurait sans doute dû le prévenir qu'à mi-parcours le fait de changer Sienna lui avait provoqué une sévère nausée qui l'avait forcée à faire une longue pause. Il lui avait fallu près d'une heure avant de pouvoir avaler quelques gorgées d'eau et reprendre la route. L'une des pires conséquences de son état, c'était qu'elle avait dû sevrer Sienna de manière abrupte. Elle gardait à peine assez de liquide pour ne pas se déshydrater et ne pouvait donc plus allaiter sa fille.

Avant même qu'elle coupe le contact, il ouvrit sa portière.

— Tu as eu des ennuis en route ? J'ai essayé de t'appeler.

— Je suis désolée, j'ai oublié de recharger mon téléphone avant le départ. Nous avons dû faire une pause.

Elle omit d'expliquer les raisons de l'arrêt, pour éviter qu'il souligne sa fragilité une fois de plus. Même sans savoir à quel point elle était affaiblie, il avait été réticent à la laisser conduire, mais elle avait été catégorique et s'était accrochée à son indépendance jusqu'à la dernière seconde, quoi qu'il lui en ait coûté.

Elle sentit son regard sur elle et perçut sa contrariété.

— Ce n'est pas important maintenant, dit-il en lui tendant la main. Tu es ici, c'est ce qui compte.

La note possessive dans sa voix la surprit. Son air inquiet avait presque disparu quand il l'aida à sortir de la voiture. Il était vêtu de façon plus décontractée que d'habitude, et durant un instant elle se souvint de l'ancien Van. Mais ce Van-là n'existait plus, se dit-elle en allant vers la portière arrière pour sortir Sienna de son siège auto. Le nouveau Van, dans un jean savamment délavé et un T-shirt un peu trop seyant, était un inconnu. Un inconnu aussi troublant qu'exaspérant.

— Laisse-moi faire, dit-il.

— Non, ça ira. Elle vient de se réveiller et elle n'est pas encore habituée à toi. Elle pourrait se mettre à pleurer.

— Elle devra s'habituer à moi tôt ou tard, fit-il valoir, ouvrant la portière du côté de Sienna et détachant son harnais.

Elle recula, sonnée par ce qu'il venait de dire. Elle avait été si occupée, entre ses derniers jours à la clinique et les cartons à faire, qu'elle n'avait pas songé à ce que serait son quotidien après son emménagement.

C'était désormais ici qu'elle vivrait, avec Sienna, Van et le bébé à naître, au moins jusqu'à ce que celui-ci soit sevré. Cette dernière pensée raviva son sentiment d'être prise au piège. Elle posa une main sur son ventre et prit une profonde inspiration.

Tout en sortant de son siège une Sienna étonnamment aimable, il observa Kayla.

— Tu vas bien ? Tu es un peu pâle.

— Tu ne cesses de me dire à quel point j'ai bonne mine, ironisa-t-elle pour détendre l'atmosphère. Je suis fatiguée, c'est tout.

— Je t'avais pourtant proposé de venir te chercher ou de t'envoyer un chauffeur.

— Tu me connais, indépendante à l'excès.

Elle fit un sourire rassurant à Sienna, qui regardait Van d'un air curieux.

— Et puis, je te vois mal conduire ça, ajouta-t-elle en désignant sa voiture cabossée. Cabossée, oui, mais toujours fiable.

— Je ne veux pas *te* voir conduire ça, commenta-t-il avec un regard dédaigneux vers le véhicule.

Sienna semblait incertaine, mais quand il la tint contre lui et lui sourit elle lui rendit son sourire. Elle les observa et vit le moment exact où il fut captivé par sa fille. Son regard émeraude s'approfondit, comme s'il venait de prendre conscience de quelque chose de profond, de vital, et son sourire s'empreint d'une tendresse nouvelle. Sienna lui tapota la joue, poussant un petit gloussement de joie quand elle sentit sa barbe piquante sous ses petites paumes.

Au lieu d'être soulagée que sa fille ne pleure pas dans les bras d'un inconnu, elle éprouva une étrange tristesse.

Était-ce cela qu'elle avait craint tout ce temps ? Le fait de partager Sienna avec Van ? Elle ne pouvait pas être si mesquine, tout de même ? Peut-être bien que si. Elle devrait s'adapter à des changements majeurs, tout comme Van. La perspective était difficile à envisager, et peu plaisante.

Il déposa un baiser sur les cheveux de Sienna puis reporta son attention sur elle.

— Viens, je demanderai à Jacob de mettre ta voiture dans le garage plus tard. Tu n'as qu'à laisser la clé sur le contact.

— Tu as des domestiques ? s'étonna-t-elle.

Il esquissa un sourire.

— Cela fait-il de moi un méchant capitaliste ? Si oui, désolé, mais en effet j'ai des domestiques. Jacob s'occupe des voitures et des jardins et Imelda, son épouse, s'occupe du ménage et des repas. Il y a aussi Annabelle, qui t'aidera à t'occuper de Sienna.

— Une nounou ? s'exclama-t-elle sans parvenir à masquer sa surprise et son irritation. Je te l'ai dit quand j'ai signé ton accord, je n'ai pas besoin d'une nourrice.

— *Notre* accord, rectifia-t-il. Considère-la comme une mesure de précaution.

— Est-ce une autre tentative de saper mon statut de mère ? Ou alors, tu espères que Sienna reportera son affection sur une autre femme pour que quand je serai forcée de partager la garde avec toi je lui manque moins ?

— Allons, Kayla, détends-toi ! Annabelle est ici pour t'aider, pour s'occuper des tâches quotidiennes qui deviendront de plus en plus difficiles pour toi au fil des jours, surtout si tes nausées durent. Elle est très qualifiée, elle était infirmière en pédiatrie avant de devenir assistante maternelle. Quels que soient tes sentiments à mon égard, ne la juge pas avant de l'avoir rencontrée, tu veux bien ?

— Je suis à dix semaines de grossesse à présent. J'irai mieux bientôt. Et puis, je suis responsable de l'éducation de Sienna et je ne vois pas pourquoi cela devrait changer sous prétexte que je suis enceinte.

Il ne réagit pas, se limitant à regarder Sienna, un sourire aux lèvres.

— Si tu veux offrir à cette Annabelle des vacances grassement payées dans ta maison luxueuse, libre à toi. Ça ne me dérange pas. J'espère seulement qu'elle ne s'ennuiera pas, reprit-elle.

Il se fendit d'un rire amusé. Sienna ouvrit de grands yeux, puis rit avec lui. Cela lui coupa presque le souffle. Était-elle déjà devenue une étrangère dans cette petite famille dysfonctionnelle ?

— Je ne vois pas ce qu'il y a de drôle, marmotta-t-elle.

— La plupart des mères que je connais adoreraient avoir une nounou pour les aider. Ne serais-tu pas simplement jalouse du temps qu'Annabelle passera avec Sienna ?

— Je suis sa mère. Il est naturel que cela me gêne qu'une autre personne, dit-elle en lui décochant un regard appuyé, prenne soin de ma fille.

— Pourtant, tu étais contente de la laisser à une toxicomane, non ? rétorqua-t-il avec tout autant d'aigreur.

— J'ignorais qu'elle…

— Rassure-toi, j'ai mené une enquête approfondie sur Annabelle. Maintenant, si tu as fini de pinailler sur les choses que tu ne peux pas changer, allons à l'intérieur.

Il se dirigea vers la porte, avec Sienna dans les bras.

Tiraillée entre l'envie de taper du pied et celle de le suivre, elle choisit la seconde option.

Elle était si décontenancée qu'elle faillit ne pas remarquer l'opulence des lieux, mais une légère vague de nausée la poussa à s'arrêter sur le seuil. Elle jeta alors un regard autour d'elle. La maison de Van était purement et simplement magnifique. Les hautes portes s'ouvraient sur une vaste entrée. Un grand escalier à la balustrade richement ornée montait jusqu'à l'étage. Sur le côté, elle vit un grand salon dont les baies vitrées donnaient sur une belle terrasse.

Elle avança de quelques pas. La lumière se répandait généreusement sur les vastes espaces, tandis que le sol aux dalles couleur or pâle conférait une ambiance accueillante. Elle aperçut une salle à manger et une bibliothèque aux murs plaqués de bois.

— Je n'arrive pas à croire que tu aies toute cette maison pour toi tout seul. Et du personnel, ajouta-t-elle d'un ton moqueur.

— C'est chez moi, dit-il simplement. Tu sais d'où je viens. Je m'étais promis qu'un jour je m'offrirai le meilleur, à tous niveaux. C'est ce que j'ai fait.

Elle eut l'impression d'avoir été remise à sa place. Ses remarques sarcastiques avaient été méchantes et inutiles. Elle s'était concentrée sur ce qu'elle percevait comme un excès matérialiste et avait oublié ce qu'il avait enduré. Elle allait lui présenter des excuses quand il lança :

— Tu imagines sans doute combien de sans-abri on pourrait héberger ici, pas vrai ?

— Ça m'a traversé l'esprit, avoua-t-elle.

— Il n'est pas nécessaire de vivre dans la rue pour ne pas avoir de foyer.

Il désigna une arcade.

— Viens, je vais te présenter Imelda. Elle vous donnera une collation avant de vous faire visiter la maison. Ne t'inquiète pas pour tes bagages, Jacob te les apportera tout à l'heure.

— Van ?

Il s'arrêta sous l'arcade. Le père et la fille offraient un magnifique tableau, et pendant un instant elle sentit son cœur manquer un battement. Elle sut que la vie qu'elle avait menée avec Sienna allait changer à partir d'aujourd'hui. Elle baissa les yeux pour cacher son trouble.

— Pardon d'avoir été si désagréable.

En guise de réponse, il haussa les épaules, mais ne la quitta pas des yeux. Elle se sentit rougir. Sienna et lui se ressemblaient tellement, avec leurs cheveux noirs et leurs yeux verts. Quiconque les verrait ne douterait pas de leur lien de parenté. De nouveau, elle eut l'impression d'être une pièce rapportée, superflue. Cette sensation dura jusqu'à ce que Sienna tende ses petits bras potelés vers elle et s'exclame :

— Mama !

Une vague de bonheur la submergea. Rassérénée, elle alla rejoindre sa fille. *Sa* fille, se rappela-t-elle. Oui, c'était son enfant à elle, tout comme le bébé qu'elle portait dans son ventre. Elle n'avait pas besoin d'un accord juridique pour le savoir. Elle prit Sienna dans ses bras, et se sentit apaisée.

Il continuait de l'observer.

— Je sais que tous ces changements sont difficiles pour toi, Kayla, mais c'est la meilleure solution. Pour nous tous.

— Parfois, j'ai juste un peu de mal à m'en convaincre, avoua-t-elle.

Elle enfouit le visage dans les cheveux de Sienna et le regretta aussitôt quand l'odeur de shampoing pour bébé taquina ses narines. Elle tenta de réprimer la nausée qui l'envahit.

Van s'était senti démuni quand Sienna était repassée dans les bras de Kayla, ce qui était ridicule. Mais au moins, il comprenait ce que Kayla devait ressentir en voyant quelqu'un d'autre s'occuper de la petite, d'autant qu'elle avait l'habitude d'avoir sa fille pour elle seule.

— Eh bien, nous devons tous les deux nous adapter, commenta-t-il.

Jusqu'ici, il n'avait songé qu'à la logistique liée à l'arrivée de Kayla et Sienna chez lui. La rédaction du contrat, la confirmation que Kayla avait résilié son bail et donné son préavis à son employeur. Et, contrairement à ce qu'il avait affirmé au départ, il n'avait aucune envie de lui compliquer la vie. Il voulait simplement agir au mieux pour ses enfants.

Dans la cuisine, il présenta Kayla à Imelda, qui s'extasia devant le bébé. Kayla commença à se détendre petit à petit.

— N'est-elle pas adorable ? dit Imelda avec un tendre sourire. Et elle ressemble tellement à son père ! Au fait, M. Murphy, votre petit frère a téléphoné pour confirmer sa visite, demain matin.

— Petit frère ? s'étonna Kayla.

— Ce n'est pas son vrai petit frère, dit Imelda. M. Murphy s'investit dans l'organisme Big Brothers Big Sisters en tant que tuteur. Le jeune Alex n'a pas de papa, et quand il a commencé à avoir des soucis à l'école sa mère a jugé qu'il avait besoin d'une figure masculine forte pour le guider. Depuis qu'il voit M. Murphy, Alex est devenu un excellent élève. Vous devriez les voir ensemble ! On dirait qu'ils ont tous les deux douze ans quand ils sont dans la piscine. Je vous assure, mon Jacob doit remonter le niveau d'eau chaque fois qu'Alex vient.

— Je peux l'imaginer, murmura Kayla d'un ton distrait.

— Et Alex va adorer cette petite, continua Imelda, chatouillant Sienna sous le menton.

Il sentit son téléphone vibrer dans sa poche, ce qui lui rappela qu'il avait du travail.

— Imelda, pourriez-vous donner à ces deux demoiselles une collation puis leur montrer leurs chambres respectives ? Je dois retourner au bureau, mais je serai là pour le dîner.

— Nos chambres respectives ? s'exclama Kayla. Sienna a toujours dormi avec moi. Je ne veux pas qu'elle soit plus perturbée que nécessaire.

Il soupira. Allait-elle discuter chacune de ses décisions ?

— Il est important que tu te reposes. Annabelle sera de service pendant la nuit. Honnêtement, Kayla, tu as vu ta mine ces derniers temps ? Une bonne nuit de sommeil ne te ferait pas de mal. Voyons si Sienna s'adapte dans une chambre à elle, tu veux ? Si cela la perturbe, nous l'installerons avec toi.

Elle soutint son regard, et l'espace d'un instant il crut qu'elle allait lui opposer d'autres arguments. Mais elle sembla faiblir, tout son corps s'affaissant comme si elle n'avait plus d'énergie.

— Ça me semble raisonnable, dit-elle d'une voix faible.

Il posa la main sur son épaule.

— Merci, Kayla. Sincèrement.

Il savait à quel point cela lui avait coûté de céder sur ce point, d'autant que cela signifiait qu'elle passerait moins de temps avec Sienna. Mais il était déterminé. Elle semblait vraiment épuisée, et il se sentait coupable, même si dernièrement il avait souvent pris de ses nouvelles par téléphone. Il aurait dû aller la voir en personne, mais comme il avait dû superviser personnellement une commande importante à l'étranger, il n'avait pas eu l'occasion de lui rendre visite. En réalité, il aurait pu la créer, cette occasion, mais il ne l'avait pas fait.

Était-ce si mal de vouloir éviter les conflits ? Kayla lui avait assuré à plusieurs reprises que tout irait bien, qu'elle allait bien, que le bébé allait bien — s'il entendait le mot « bien » une fois de plus, il allait exploser ! Mais il était évident que tout n'allait pas bien. Elle était pâle, amaigrie, et ses yeux étaient cernés. S'il avait eu des scrupules à la faire venir ici de force, il n'en avait plus aucun désormais.

— Puis-je vous offrir quelque chose à manger, mademoiselle Porter ? Et Sienna ? Vous me direz ce qu'elle préfère.

Elle pâlit nettement. Son regard bleu se posa sur lui, réclamant son aide en silence. Soudain, il comprit. Il lui prit Sienna des bras et la confia rapidement à son employée, qui parut surprise.

— Demandez à Annabelle de s'occuper d'elle, dit-il.

Puis, sans perdre de temps, il prit Kayla par la main et l'emmena dans une salle de bains du rez-de-chaussée.

Elle eut à peine le temps de marmonner un bref merci avant d'être saisie d'un vomissement. Ne voulant pas la laisser seule, il mouilla une petite serviette et la posa doucement sur sa nuque. Puis il maintint ses cheveux sur le côté tandis qu'elle s'agenouillait sur le sol carrelé. Après ce qui lui sembla une éternité, elle sembla se remettre.

— Merci, dit-elle d'une voix tremblante lorsqu'il l'eut aidée à se relever. Je suis désolée que tu aies dû voir ça.

— Ne t'en fais pas. C'est ce qui t'a retardée durant ton trajet ?

L'idée qu'elle conduise dans cet état était vraiment inquiétante, pour sa sécurité et celle de Sienna.

— Je ne m'attendais pas à être si mal en point aujourd'hui. Honnêtement, j'allais mieux, mais…

— Kayla, tu dois apprendre à accepter l'aide des autres. Il est clair que tu ne peux pas te débrouiller seule. Du moins, tant que les nausées durent.

Et elles dureraient peut-être longtemps. D'après ses recherches, certaines femmes se battaient contre l'hyperémèse gravidique pendant toute leur grossesse. Et même au-delà.

— Eh bien, tu as fait en sorte que je n'aie pas le choix maintenant, n'est-ce pas ? rétorqua-t-elle.

Elle soupira et secoua la tête.

— Je suis désolée, Van. Je suis agressive aujourd'hui. Cette situation… J'ai l'impression d'avoir perdu tout contrôle sur ma propre vie.

Il l'étudia. C'était la chose la plus honnête qu'elle lui ait dite depuis qu'elle avait débarqué en trombe dans son bureau, et qu'elle avait ébranlé son monde soigneusement ordonné.

— Cette situation m'affecte aussi, Kayla, dit-il avec douceur. J'en suis bien conscient, c'est surtout ta vie qui est bouleversée, et j'en suis désolé, mais tu ne peux pas tout faire toute seule.

— Je me suis bien débrouillée la dernière fois.

— Tu ne t'occupais pas en même temps d'une enfant de onze mois. Sois indulgente avec toi-même. Si ce n'est pour toi, au moins pour Sienna. Je vais te conduire à ta chambre, et tu pourras faire une sieste, en sachant que l'on s'occupe bien de Sienna. Quand tu seras prête, tu descendras et tu mangeras quelque chose.

Il voyait bien qu'elle voulait protester, mais, de toute évidence, la fatigue l'en empêcha.

— D'accord, emmène-moi dans mon cachot, dit-elle avec un soupir théâtral.

Il haussa un sourcil.

— Un cachot ? C'est comme ça que tu me vois ? Comme un geôlier ?

Elle garda le silence.

— Peu importe, marmonna-t-il. Tu as ta propre suite avec salle de bains, alors, tu auras de l'intimité si tu es de nouveau malade. Si tu as besoin d'aide, tu peux composer le 1 sur le téléphone fixe, cela te connectera directement à Imelda.

— Et Sienna ?

— Annabelle s'occupe d'elle. Je passerai du temps avec elle dès mon retour du bureau. Ne t'inquiète pas, tout se passera bien.

Kayla voulut protester. Elle avait placé Sienna en crèche par obligation, et maintenant qu'elle ne travaillait plus, elle tenait à s'occuper *elle-même* de sa fille. Malgré tout, elle se sentait si épuisée pour l'instant que si elle ne s'allongeait pas bientôt, elle s'effondrerait sans doute.

Et Van l'avait suffisamment vue mal en point comme cela. Ce serait vraiment plus simple, tant qu'elle se battait contre ces nausées quasi permanentes, de céder.

Elle le suivit jusqu'à l'escalier principal et remarqua qu'il avait ralenti le pas pour s'adapter à sa cadence. Quand ils étaient enfants et que ses jambes plus petites ne lui permettaient pas de les suivre, Sienna et lui, dans leurs aventures, il ralentissait toujours pour qu'elle puisse les rattraper. Bien sûr, il n'avait jamais manqué une occasion de la taquiner à ce sujet. À l'époque, aucun d'eux n'aurait imaginé où ils en seraient aujourd'hui !

Décidée à ne pas céder à l'émotion qui menaçait de la faire pleurer à ce souvenir, elle cligna furieusement des yeux et faillit le heurter quand il s'arrêta devant une porte.

— Voici ta chambre. La salle de bains est sur la droite.

— Joli cachot, commenta-t-elle avec un faible sourire.

Elle se dirigea vers les portes-fenêtres ouvertes qui donnaient sur un balcon. De fins voilages dansaient dans la brise. On aurait dit un décor de cinéma. Un immense lit était placé face à l'océan. La décoration était sobre et épurée, pourtant la pièce était chaleureuse.

Il était resté près de la porte et l'observait d'un air étrange.

— Tu n'es pas une prisonnière, Kayla. Tu peux aller et venir à ta guise.

Oui et non. Elle n'était peut-être pas enfermée, mais il contrôlait sa vie, pour sûr. Aujourd'hui et pour les mois à venir. Et elle n'aimait pas du tout cette cage dorée, aussi belle soit-elle.

- 7 -

Lorsque Kayla ouvrit les yeux, elle découvrit une petite bouteille d'eau pétillante et quelques crackers sur la table de chevet. Elle se sentit gênée que quelqu'un soit entré et l'ait trouvée en train de dormir.

Sa bouche étant sèche, elle prit une gorgée d'eau et se rallongea. Bon, pas de nausée. Après quelques instants, elle se leva avec précaution et alla sur le balcon. Dehors, le soleil couchant se reflétait à la surface d'une piscine. Où était Sienna ? Qui la gardait ? Elle ne tarda pas à le savoir. Sur la pelouse près du bassin, une jeune femme brune aux longues jambes tenait les mains de Sienna et l'aidait à marcher. C'était *elle,* Annabelle ? Cette femme semblait trop jeune pour être aussi expérimentée que Van le disait. Mais peut-être son expérience s'étendait-elle à d'autres domaines.

Elle se força à chasser ses pensées négatives. Seigneur, cette situation devait sérieusement la perturber, elle n'avait jamais été jalouse ! Et elle n'allait pas commencer aujourd'hui, surtout pas à cause de Van.

Tout de même, c'était étrange que ce changement la trouble tant. Elle avait passé l'essentiel de sa vie d'adulte à voyager et à vivre des expériences nouvelles. Jusqu'à ce qu'elle perde sa sœur, cela ne l'aurait pas dérangée le moins du monde de s'installer dans une maison luxueuse pour un temps déterminé. Mais elle s'était habituée à son appartement de Lakeshore. C'était devenu son chez-elle à la seconde où elle avait ramené la petite Sienna de l'hôpital. Elle avait travaillé dur pour payer le loyer et remplir le réfrigérateur. Cette maison, en revanche, lui donnait le sentiment d'être une étrangère.

Pourtant, rien de tout cela n'était la faute de la nourrice. C'était puéril d'en vouloir à cette femme qu'elle n'avait jamais rencontrée, juste parce qu'elle faisait son travail. Le fait que Van la recommande n'était pas non plus une raison valable, même si la nounou semblait particulièrement douée dans le domaine de la grâce et de la beauté. Dans l'herbe, Sienna gloussait et riait, et Kayla eut un petit sourire.

Mais son sourire s'évanouit quand elle vit Van, visiblement déjà rentré du bureau, les rejoindre et tendre les bras à Sienna. Le bébé alla joyeusement vers son père et la nounou posa la main sur le bras de Van. Ce contact physique la surprit. Depuis combien de temps Van connaissait-il Annabelle ? N'avait-il pas été sur le point d'épouser une autre femme, Dani ? Apparemment, les femmes semblaient se bousculer au portillon, songea-t-elle avec une pointe d'amertume. Sienna, bien sûr, ignorait ce qui se jouait entre les deux adultes qui la gardaient. N'ayant jamais été timide avec les étrangers, elle était à l'aise dans les bras de Van. Lui manquait-elle ? Peut-être pas. En observant le trio, elle se sentit de trop, une fois de plus.

Van choisit ce moment précis pour lever les yeux et lui faire signe.

— Tu te sens mieux ? lança-t-il. Viens, je vais te présenter Annabelle !

Gênée d'avoir été surprise en train de les observer,

elle fit un petit geste en guise de réponse et courut vers la salle de bains pour se rafraîchir. Quelques minutes plus tard, douchée, habillée et les cheveux noués en queue-de-cheval, elle descendit l'escalier, sans savoir comment trouver son chemin jusqu'à la piscine. Imelda sortit de la cuisine et lui sourit.

— M. Murphy m'a dit que vous alliez les retrouver à la piscine. Je vais vous montrer le chemin.

— Merci, dit-elle en lui rendant son sourire. Et merci pour les crackers et l'eau pétillante.

— C'est M. Murphy qui m'a demandé de vous les apporter. Il est très soucieux de votre santé, et de celle du bébé.

Les paroles d'Imelda auraient dû la réconforter, mais au contraire elle se sentit encore plus surveillée. Imelda lui donna une tape rassurante sur le bras.

— Ne le laissez pas vous étouffer. Il a peur, c'est tout, et il n'a pas l'habitude d'éprouver cela. Et puis, il n'a pas de contrôle sur ce qui est en train de se passer. Vous et la petite Sienna lui faites du bien.

— Du bien ? Comment ?

— Il s'est coupé de ses émotions, j'imagine que cela remonte à longtemps. C'est pourquoi ses fiançailles avec Mlle Matthews nous inquiétaient Jacob et moi. Il n'avait pas besoin d'une femme comme elle. Il lui faut de la chaleur et de l'affection.

Parlaient-elles bien du même Van ?

— Oh ! je vous prie de m'excuser ! Je vous fais la conversation alors que vous voulez sans doute retrouver votre petite fille. Suivez-moi.

En traversant un grand couloir, elle remarqua une salle de jeux dotée d'une table de billard, une salle de projection et, d'après ce qu'elle aperçut par une porte ouverte, une chambre d'amis. Elle suivit Imelda jusqu'à un patio. Van et Sienna jouaient dans l'herbe sous le regard d'Annabelle.

— Avant de partir, dites-moi ce que vous aimeriez que je prépare pour le repas de la petite, et à quelle heure vous souhaitez la faire dîner.

Elle indiqua à Imelda les aliments que Sienna préférait et ceux à éviter.

— Je m'y mets tout de suite. Je vous verrai peut-être à la cuisine plus tard. Ou préférez-vous manger sur le balcon, où vous n'aurez pas à subir trop d'arômes différents ?

— Le balcon, s'il vous plaît. Juste pour cette fois.

— Pas de problème. On dirait que Sienna a repéré sa maman, commenta Imelda avec un sourire.

Sienna, qui s'était roulée dans l'herbe avec son père, rampait maintenant à grande vitesse sur la pelouse parfaitement entretenue. Son cœur s'emplit de joie. Kayla la rejoignit et la prit dans ses bras, savourant la sensation de son petit corps contre elle. Van ne tarda pas à les rejoindre.

— Le repos t'a fait du bien, observa-t-il. Tu as meilleure mine.

— Je me sens bien mieux, oui.

Elle décida de prendre les devants avec Annabelle et s'avança en lui tendant la main.

— Bonjour, je suis Kayla Porter, la mère de Sienna.

Annabelle sourit et lui serra la main.

— Vous avez une magnifique petite fille. Je m'appelle Annabelle Sorensen, mais vous pouvez m'appeler Belle.

Le sourire de la jeune femme était chaleureux et

amical, et elle semblait parfaitement professionnelle, aussi Kayla se détendit-elle un peu.

— Belle, répéta-t-elle. Ravie de vous rencontrer. Je suis désolée de ne pas avoir été disponible plus tôt.

— Aucun souci, mademoiselle Porter. Ma sœur a vécu exactement la même chose à chacune de ses grossesses, alors je comprends tout à fait. Vous me direz ce que vous souhaitez pour les journées de Sienna, et je ferai de mon mieux pour m'assurer qu'elle soit perturbée le moins possible durant votre séjour ici.

Et voilà. Que ce soit involontaire ou délibéré, Annabelle venait de lui rappeler que sa présence ici n'était que temporaire. Elle sentit son sourire se crisper, mais s'intima de se détendre. Elle avait sans doute mal interprété son commentaire. Apparemment, cette situation faisait ressortir chez elle une agressivité qu'elle n'appréciait guère. Elle n'aimait pas être ainsi, et elle était la seule qui puisse changer cela.

Belle l'observait, attendant une réponse. Alors, elle afficha son plus beau sourire. Elle serait courtoise, décida-t-elle. Très courtoise.

— Merci. Je sais que ce n'est qu'un travail pour vous, mais j'apprécie vos efforts.

D'accord, peut-être pas si courtoise, mais elle n'avait pas voulu être cassante. Même Van lui lança un regard surpris.

— Je sais exactement ce que vous voulez dire, répondit Belle, toute en grâce et en charme. Cependant, je vous l'assure, je ne suis pas ici pour vous remplacer mais uniquement pour vous aider en cas de besoin.

Il y avait une telle sincérité dans sa voix qu'elle se sentit honteuse.

À cet instant, le téléphone de Van sonna.

— Désolé, mesdames, un problème urgent, dit-il après avoir consulté son écran. Je vous laisse faire mieux connaissance.

Il leur adressa un bref sourire puis colla le téléphone contre son oreille. Elle l'entendit prononcer le nom de Dani tandis qu'il se dirigeait vers la maison. Donc, malgré ce qu'il avait affirmé, ils étaient toujours en couple ? Et qu'en était-il de Belle ? Plus important, qu'en était-il d'elle-même ? Elle s'agita, contrariée par le chemin qu'empruntaient ses pensées.

— Tout va bien ? Voulez-vous que je porte Sienna ? offrit Belle.

— Ça ira, merci.

— Elle a un très joli prénom. Van m'a dit que c'était le prénom de votre sœur, c'est bien ça ?

Belle faisait des efforts pour entretenir la conversation, aussi répondit-elle poliment.

— Oui, Sienna est sa fille.

— Van me l'a dit. Je trouve cela merveilleux que vous mettiez au monde les enfants de votre sœur.

— Van vous en a parlé ? Ce sont des informations plutôt personnelles, commenta-t-elle sans parvenir à masquer la surprise dans sa voix.

— Oh ! Van et moi nous connaissons depuis longtemps !

Elle la dévisagea, le cerveau en ébullition. Belle sembla désarçonnée par son expression, puis se mit à rire.

— Oh ! non ! Pas dans ce sens-là. En fait, Van était dans l'armée avec mon frère. Après la mort de Nicholas, il a décidé de garder un œil sur toute notre famille. Quand il a su que j'arrêtais pour un temps mon métier d'infirmière en pédiatrie, il m'a demandé si ce travail de nourrice m'intéresserait. J'ai sauté sur l'occasion. Après tout, qui ne voudrait pas vivre ici ? Même ma compagne est jalouse.

Belle était donc en couple, et avec une femme. Kayla se détendit un peu. Non que cela fasse la moindre différence, puisqu'elle n'avait pas son mot à dire sur les personnes que Van fréquentait. Mais dans ce cas, pourquoi était-elle si soulagée ?

Le lendemain matin, Kayla fut réveillée par quelques coups légers contre la porte de sa chambre. Elle regarda l'horloge. À sa grande surprise, elle constata qu'elle avait dormi toute la nuit, et qu'elle avait dépassé l'heure de réveil habituel de Sienna.

— Qui est-ce ? demanda-t-elle.

— C'est Imelda, ma chère. Je vous ai apporté un petit déjeuner léger.

Imelda entra avec un plateau.

Kayla s'assit, gênée.

— Je ne m'attends pas que vous me serviez comme une princesse !

— Ce sont les ordres de M. Murphy. Vous devez être chouchoutée et choyée.

— Il a dit ça ?

— Eh bien, pas exactement en ces termes, répondit Imelda avec un clin d'œil. Mais il tient à ce que vous ne vous inquiétiez de rien et que vous vous reposiez.

— Mais je dois voir Sienna.

— Elle va très bien. Belle lui a donné son petit déjeuner à 6 h 30, et maintenant elles sont près de la piscine avec M. Murphy et Alex.

Alex, le petit frère de Van. Elle était curieuse de voir comment Van et lui interagissaient. Cela pourrait lui donner une idée du genre de père qu'il comptait être. Et le fait que Sienna soit avec lui et Belle réveillait son instinct maternel.

— La crème solaire de Sienna, elle était dans la poche latérale de…

— … son sac à langer. Rassurez-vous, Belle s'occupe de tout. Pour l'instant, prenez tranquillement votre petit déjeuner. Vous descendrez quand vous le souhaiterez. La journée s'annonce bien, n'est-ce pas ?

— Jusqu'ici, oui, admit-elle.

Lorsqu'elle fut bien installée, Imelda posa le plateau devant elle. Des toasts nature étaient disposés sur une assiette, à côté d'un petit bol de fruits frais. Imelda prit une petite théière et remplit une tasse de porcelaine.

— Thé au citron et au gingembre. S'il n'est pas à votre goût, nous trouverons quelque chose qui vous convienne.

Elle prit la tasse et huma le breuvage avec prudence.

— Ça sent bon.

— Excellent, approuva Imelda en souriant. Je ne manquerai pas de dire à M. Murphy que ses recherches ont porté leurs fruits. Il a dit que vous deviez manger des petites quantités de nourriture toutes les deux heures et que nous devions veiller à vous hydrater.

— Rien que ça ! J'ai l'impression d'être une enfant trop gâtée, dit-elle avec un rire qui ne masqua pas tout à fait son irritation.

— Je sais que cela semble un peu excessif, mais M. Murphy était très inquiet pour vous hier. Il veut le meilleur pour vous et pour le bébé.

Il s'inquiétait surtout pour le futur bébé, elle en était certaine. Elle n'était que la mère porteuse. Elle prit une gorgée de thé avec méfiance, et attendit la vague familière de nausée qui accompagnait en général tout ce qu'elle avalait à cette heure de la journée, mais heureusement son ventre décida d'accepter cette nouvelle boisson.

— Cela vous plaît ? demanda Imelda.

— Merci, c'est vraiment délicieux.

Imelda eut un sourire satisfait.

— Bien. Nous vous verrons un peu plus tard, dans ce cas ?

— Absolument.

Van sentit tout de suite la présence de Kayla. Un courant électrique bien trop familier le traversa alors même qu'Alex l'éclaboussait copieusement.

— Attends une minute, Alex. Nous avons de la compagnie.

Il nagea jusqu'au bord de la piscine et sortit de l'eau. Il vit Kayla se diriger droit vers Belle et Sienna, qui jouaient à l'ombre sur la pelouse. Il chercha sur son visage des signes du mal qui l'avait tant épuisée hier. À son grand soulagement, il comprit qu'elle allait mieux. Ses joues étaient légèrement colorées, et ses cernes bien moins marqués. Sa peau était encore diaphane, cependant, lui donnant un air fragile qu'il ne lui avait jamais vu autrefois. Le besoin de la protéger, ainsi que l'enfant qu'elle portait, s'avérait plus fort qu'il ne l'avait imaginé.

— Kayla, dit-il quand elle fut près de la piscine. Je suppose que tu as bien dormi.

Elle posa un bref regard sur son torse humide puis

reporta son attention sur son visage, comme si la vue de sa peau nue la gênait.

— Très bien, je te remercie. C'est Alex ? demanda-t-elle, jetant un coup d'œil au garçon qui venait de sortir du bassin pour les rejoindre.

— Oui, bonjour, dit le garçon, lui tendant la main comme Van le lui avait appris. Je suis le petit frère de Van.

— Enchantée, dit-elle, serrant sa main ruisselante. Tu me rappelles Van quand il avait ton âge.

— C'est vrai ? C'est cool ! s'exclama Alex. Et vous êtes encore amis ?

Le jeune garçon rougit en se rendant compte que sa question pouvait être vexante.

— Je suis désolé..., commença-t-il.

Elle rit. Un petit rire léger et rafraîchissant. Tout ce qu'il n'était pas en général. Elle avait toujours été joyeuse ; et lui, ténébreux. Sienna avait été entre les deux. Elle avait été celle qui maintenait l'équilibre de leur trio.

— Tu n'as pas à être désolé. Je me pose la même question, dit-elle avec un regard appuyé à Van. En fait, c'était le meilleur ami de ma sœur mais, oui, j'imagine que nous sommes toujours amis.

— Meilleur ami d'une fille ? s'exclama Alex en donnant à Van une tape sur le bras.

— Un vrai homme peut avoir des amies filles, répondit-il.

— Et où est votre sœur maintenant ? demanda Alex.

Il sentit son ventre se nouer.

— Elle est morte il y a cinq ans, dit-elle.

— Mince ! je suis désolé, dit Alex avec toute la maladresse de sa jeunesse.

— Alors, depuis quand Van et toi êtes frères ? dit-elle, changeant de sujet en douceur.

Il l'observa tandis qu'elle discutait avec Alex. Elle avait le contact facile avec les enfants, remarqua-t-il. Elle était en train de nouer un lien avec lui bien plus vite qu'il ne l'avait fait.

— Et vous êtes la mère de Sienna ? demanda encore Alex avec sa curiosité naturelle.

— C'est ça.

— Comment ça se fait qu'elle ait une nounou aussi ?

— Alex, rappelle-toi, nous en avons parlé, intervint-il. Kayla n'était pas en forme, et Belle est là pour lui apporter son aide.

— Mais Sienna est ton bébé aussi, non ? Comment ça marche ? Vous êtes ensemble tous les deux ?

Il chercha une réponse et se décida pour l'explication la plus claire qu'il puisse trouver.

— C'est compliqué.

— Pourquoi ?

Il étouffa un grognement. Il avait toujours encouragé Alex à poser des questions, à ne pas se contenter de ce qui était en surface. Mais comment expliquer la situation à un garçon de douze ans, de plus en plus curieux de la vie ? Et surtout, comment la lui expliquer sans que cela lui vaille un coup de fil de la mère d'Alex ce soir, pour exiger de savoir à quoi il exposait son fils ? À son grand soulagement, Kayla prit la parole.

— Comme l'a dit Van, c'est compliqué. Sienna a toujours voulu des enfants, mais elle est tombée malade, et elle n'a pas pu les avoir. Alors je les ai pour elle.

— Même si elle n'est plus en vie ?

— C'est ça.

Alex haussa les épaules.

— Ça a l'air cool.

Il lui était très reconnaissant d'avoir su exactement quoi dire. Sans nul doute, il aurait dégoûté Alex avec une explication bien trop détaillée.

Un sourire impertinent aux lèvres, Alex lui donna un petit coup de coude.

— Le dernier à plonger paye les sundaes à Carmel ! s'exclama-t-il, et il courut vers le bassin.

— Tricheur ! lança-t-il, amusé. Et on ne court pas près de la piscine !

Il se tourna vers Kayla.

— Merci. C'est un gentil garçon, mais il pose beaucoup de questions.

— Pas de problème. Tu ferais mieux d'aller le rejoindre. Ça va déjà te coûter un sundae, et qui sait ce qu'il ajoutera si tu traînes encore ?

Elle lui offrit un sourire qui provoqua une étrange sensation en lui. Il la réprima aussitôt. Laisser libre cours à son attirance pour elle était une mauvaise idée. Notamment parce qu'ils étaient diamétralement opposés, et…

Plutôt que de continuer son analyse, il décida d'aller rejoindre Alex. Mais, tandis qu'il se dirigeait vers la piscine, il hésita, et se retourna vers elle.

— Tu es la bienvenue pour te joindre à nous. Amène Sienna, si tu veux.

Oh ! bravo, Van ! Comme si la voir dans une blouse de mousseline presque transparente et un jean moulant n'avait pas suffi, il voulait la voir en bikini maintenant ? Il était fou, c'était la seule explication. Elle refuserait sûrement. Elle avait été claire, elle n'avait pas envie de le côtoyer plus que nécessaire.

Pourtant, elle sembla réfléchir à sa proposition.

— Il fait encore un peu froid, non ?

— Je peux attendre au bord pour envelopper Sienna dans une serviette à la seconde où elle sortira, intervint Belle. La piscine est vraiment agréable. Van fait contrôler la température toute l'année.

Elle hocha la tête.

— Alors, d'accord. Sienna a toujours adoré l'eau. Donnez-moi dix minutes pour la préparer.

— Et toi ? Tu viendras aussi ? ne put-il s'empêcher de demander.

L'espace d'une seconde, il crut qu'elle refuserait, mais elle fit un bref signe de tête positif.

— Bien sûr.

— Bien. Je vais dépenser un peu de l'énergie de ce gamin en attendant, dit-il.

Il la regarda se diriger vers Belle, assise à l'ombre avec Sienna, et fut envahi par une nouvelle bouffée de désir. Mais où avait-il la tête ? S'il l'avait invitée à vivre ici, c'était uniquement pour qu'elle puisse se reposer pendant sa grossesse. Quand il songea qu'elle portait *son* enfant, l'attirance se fit plus forte, et un sentiment de possessivité monta en lui.

— Bon sang, marmonna-t-il.

Quoi qu'il dise ou fasse, il la désirait toujours, se dit-il avant de plonger de l'eau.

Pourtant, la désirer était une chose. Coucher avec elle était une complication inimaginable.

- 8 -

Mais quelle idée ! se réprimanda Kayla tout en habillant Sienna d'une couche imperméable et de son petit maillot de bain anti-UV. Elle ne voulait pas passer plus de temps avec Van que le strict nécessaire, et pourtant elle venait d'accepter de le faire. Dans une piscine, rien de moins !

L'espace d'un instant, elle songea qu'elle l'avait trouvé très séduisant lorsqu'il était sorti de l'eau. Elle revit sa peau hâlée humide et brillante, les gouttelettes caressant les contours de ses muscles. Bien vite, son corps réagit. Son rythme cardiaque s'accéléra, et une onde de chaleur se propagea au creux de son ventre. Au moins, ce n'était pas de la nausée, se dit-elle pour tenter d'oublier son émoi.

Elle devrait finir de préparer Sienna et renoncer à se baigner elle-même. Mais l'attrait de la piscine était trop fort. Elle adorait l'eau, depuis toujours. Elle aimait la sensation de légèreté qu'elle procurait. Et puis, quels ennuis pourrait-elle bien se créer, chaperonnée par un bébé de onze mois et un enfant de douze ans ?

Cependant, quand elle enfila son bikini, elle eut de nouveau des doutes. Ses seins étaient déjà plus généreux qu'en temps normal et débordaient de son haut. Ce n'était certainement pas une tenue appropriée devant des enfants, décida-t-elle en observant son reflet dans le miroir. Elle enfila un T-shirt par-dessus son bikini. Voilà qui était mieux. Le vêtement cachait aussi son ventre, qui commençait à s'arrondir. Cette grossesse se voyait bien plus tôt que la première, étant donné la perte de poids qu'elle avait subie ces derniers jours.

Assise sur le sol, Sienna était adorable dans son maillot de bain à volants rose et blanc.

— Tu es vraiment mignonne, dit-elle, prenant sa fille dans ses bras. Ta mère t'aurait tant aimée !

Une bouffée de nostalgie l'envahit. Ces fichues hormones mettaient ses émotions sens dessus dessous ! Mais c'était bon de se souvenir de Sienna, de penser qu'elle serait heureuse de voir sa fille vivre dans un si bel endroit. De se dire qu'elle avait réalisé son rêve de maternité. Avec l'aide de Van, comme sa sœur l'aurait voulu, même s'il se montrait un peu trop autoritaire. Elle voulait croire que les choses se passeraient au mieux pour les enfants, et s'accrocher à cette pensée.

Alex était sorti de la piscine quand elle descendit, mais Van était encore dans l'eau et faisait des longueurs. Un sixième sens avait dû l'avertir de sa présence car, avant même qu'elle approche du bassin, il se retourna et nagea vers elle.

— Confie-moi Sienna, dit-il. Je vais jouer avec elle pendant que tu te détends.

Elle voulut rétorquer qu'elle était tout à fait capable de jouer avec sa fille, mais ravala les paroles qui avaient jailli automatiquement dans son esprit. Tout à l'heure, elle avait ressenti une pointe d'envie en le voyant nager. Cela faisait longtemps qu'elle n'avait pas pu faire plus que barboter dans l'eau avec Sienna.

— Merci, dit-elle, tendant un bébé joyeux et agité à son père.

Sienna l'éclaboussa aussitôt, et il s'esclaffa. Son rire était si chaleureux que son cœur s'emplit de joie. Elle les observa tandis qu'il tenait Sienna avec précaution et battait des jambes avec nonchalance. Le père et la fille allaient si bien ensemble ! Il avait manqué bien des étapes du développement de Sienna jusqu'ici, mais il semblait désormais résolu à profiter au mieux de leurs journées.

Elle sentit les larmes lui monter aux yeux.

C'était elle qui avait décidé de ne pas l'informer de sa paternité, même si elle savait que sa sœur n'aurait pas été d'accord. La réaction initiale de Van, quelques semaines plus tôt, l'avait confortée dans sa décision, mais le voir ainsi avec Sienna lui donnait quelques regrets. Certes, il n'avait pas voulu être père, mais maintenant qu'il l'était… Eh bien, il s'adaptait vite, c'était indéniable.

Si seulement elle ne ressentait pas ces picotements d'excitation chaque fois qu'elle était près de lui ! Cela lui compliquait la vie, c'était le moins qu'on puisse dire. Ressentait-il la même chose, se rappelait-il la passion dans laquelle ils s'étaient perdus tous les deux ? Elle en doutait. Si tel avait été le cas, il ne l'aurait pas quittée sans un mot, non ? Elle devait garder cela en tête. S'accrocher à la déception et à la colère qu'elle avait éprouvées quand elle s'était réveillée seule au matin, alors qu'elle s'était endormie dans ses bras. Toutefois, elle espérait qu'il avait changé et qu'il n'abandonnerait pas ses enfants.

Elle se mit à nager, savourant la sensation de l'eau contre sa peau. Le T-shirt qu'elle avait enfilé était un peu serré. Elle essayerait de trouver un maillot une pièce qui, avec un peu de chance, lui irait pendant une partie de sa grossesse. Après quelques minutes, elle se mit sur le dos et se laissa flotter.

— Tu aimes ? demanda Van à quelques brasses d'elle.

— Beaucoup.

— Tu peux te baigner aussi souvent que tu le veux. De jour comme de nuit.

— Merci.

Elle posa les pieds sur le sol du bassin, et observa Sienna qui barbotait gaiement. Les grandes mains puissantes de Van maintenaient son petit dos. Elle semblait en totale confiance avec lui, et tout à fait ravie. Au bord du bassin, Belle attendait, une épaisse serviette blanche entre les mains, ses longues jambes plongées dans l'eau.

— Pensez-vous que cela suffit pour Sienna, Kayla ? demanda-t-elle. J'emmène Alex prendre une collation et je peux prendre Sienna aussi, si vous le souhaitez.

— Il a encore faim ? lança Van en riant. Ce gamin ne fait que manger !

— Je suis en pleine croissance, intervint Alex depuis la chaise longue dans laquelle il jouait avec son téléphone.

— Kayla ? demanda Van. Cela te va si Belle emmène Sienna à l'intérieur ?

— Je peux le faire, protesta-t-elle.

— Non, ne vous dérangez pas, dit Belle. Profitez de votre baignade. Nous serons dans la cuisine quand vous aurez fini.

Si elle refusait maintenant, elle passerait pour une tête de mule.

— D'accord, merci. Je ne vais pas tarder à rentrer.

— Prenez tout le temps que vous voulez, dit Belle avec un sourire.

Belle se leva pour attendre Sienna et l'envelopper dans la serviette.

Van faisait des bruits de moteur tout en faisant avancer Sienna dans l'eau, qui poussait des cris de joie. De nouveau, elle ne put s'empêcher de sourire. Sa petite fille s'épanouissait ici. Cette interaction avec de nouvelles personnes ne pouvait que lui faire du bien. Elle avait honte de l'admettre, mais jusqu'à maintenant elle n'avait jamais songé à tout ce que Van pouvait offrir à Sienna. Elle avait fait de son mieux pour s'assurer que sa petite fille ait tout ce dont elle avait besoin. Mais elle avait le sentiment désormais que cela n'avait peut-être pas suffi.

Contrariée par le chemin que prenaient ses pensées, elle se remit à nager. Elle adopta un rythme lent et régulier, pour éviter de s'épuiser, car la fatigue exacerbait toujours sa nausée. Au bout de dix minutes, elle sentit une main ferme sur son épaule.

— Tu as toujours été un vrai poisson. Mais à mon avis, il est temps que tu arrêtes pour aujourd'hui.

La colère l'envahit aussitôt.

— Van, pourrais-tu cesser de me dire en permanence ce que je dois faire ? Je suis une adulte. Je suis capable de m'occuper de moi correctement.

— C'est vrai, acquiesça-t-il. Mais en l'occurrence, puisque tu portes mon bébé, « correctement » ce n'est pas suffisant.

Elle vit la détermination dans son regard. Pis, l'inflexibilité. Ses yeux semblaient encore plus insondables que d'habitude, avec ses cils mouillés et sombres. Il avait toujours été le seul capable de la battre à la nage quand ils étaient enfants. Elle prit soudain conscience qu'à l'époque, même s'il maintenait une distance entre eux — il ne confiait ses secrets les plus intimes qu'à Sienna —, il n'avait jamais été loin d'elle. Physiquement.

À la différence qu'autrefois elle n'avait jamais éprouvé l'envie de caresser sa poitrine nue comme à cet instant. De suivre le relief de ses muscles pectoraux, de faire courir ses doigts sur ses abdominaux bien dessinés. Ou encore de faire cheminer le bout de sa langue sur son cou, sur sa mâchoire puissante.

Elle essaya de se concentrer sur ce qu'il venait de dire. Pour réveiller son irritation, en espérant que cela éteindrait le désir en elle. Hélas ! c'était peine perdue.

— Mademoiselle Porter ? C'est l'heure de votre collation, lança Imelda depuis le patio.

La tension entre eux se dissipa. Il recula un peu et afficha un petit sourire.

— Tu vois ? Même Imelda pense qu'il est temps de sortir de la piscine.

— Imelda ne fait que ce que tu lui ordonnes de faire, murmura-t-elle, irritée contre elle autant que contre lui.

Toutefois, elle obéit et sortit du bassin. Son T-shirt collait à son corps comme une seconde peau. Rendu transparent par l'eau, il ne lui offrait plus aucune protection contre le regard de Van. Elle souleva le vêtement pour le décoller de son corps et l'essorer. Il ne la quitta pas des yeux, son regard dérivant vers la courbe de ses seins et plus bas, jusqu'à son petit ventre rond.

Elle le vit rougir, serrer les mâchoires. Gênée, elle lui tourna le dos et se dirigea vers une table abritée d'un parasol, sur laquelle Imelda avait posé un petit plateau. Mais elle sentait toujours le regard de Van sur elle.

Imelda prit un peignoir en éponge sur une chaise.

— Vous devriez ôter ce T-shirt et mettre ce peignoir pour ne pas prendre froid. Ce n'est pas encore les grasses chaleurs, fit-elle valoir gentiment.

— Oh ! ce n'est pas le mien !

— Non, c'est le mien.

La voix de Van derrière elle.

Elle sursauta. Elle ne l'avait pas entendu approcher. Il s'essuya le corps avec un grand drap de bain qu'il enroula nonchalamment autour de sa taille.

— Mais je t'en prie, mets-le, dit-il.

Sa pudeur et la fraîcheur de la brise la poussèrent à obtempérer. Elle retira le T-shirt et le laissa tomber sur le sol. Il avait pris le peignoir et le tenait pour elle. Dès que l'éponge épaisse l'enveloppa, elle se sentit protégée, mais le léger effluve de son parfum attisa son trouble.

— Et toi ? Tu ne vas pas avoir froid ? bredouilla-t-elle.

— Pour l'instant, ça va. Ça t'ennuie si je prends un café avec toi ? Je te promets de m'asseoir dans le sens du vent.

— Si ça m'ennuie ? Non.

L'arôme du café ne la dérangeait peut-être pas à cet instant, mais sa présence, si.

— Tu ne devrais pas être avec Alex ?

— Il n'a pas besoin de moi pour l'instant, n'est-ce pas Imelda ?

— Il est avec Jacob, M. Murphy. Ils empilent les pierres plates pour la cascade du jardin, à l'avant de la maison. C'est un enfant très manuel, vous ne trouvez pas ?

Il eut un sourire amusé, qui provoqua une onde électrique en elle, comme la caresse d'un amant.

— C'est une façon de dire qu'il veut toucher à tout. Dites à Jacob de m'envoyer Alex s'il le dérange.

— Oh ! il ne le dérange pas du tout ! répondit Imelda avec bienveillance. Jacob apprécie sa compagnie.

Imelda s'adressa à elle.

— Belle fait faire une sieste à Sienna, car elle semblait un peu fatiguée après sa baignade. Elle m'a demandé de vous en informer.

— C'est une bonne chose, approuva-t-elle. En temps normal, elle dort toujours une petite heure avant le déjeuner.

Il afficha un air perplexe.

— Quoi ? demanda-t-elle quand Imelda fut repartie.

— Le fait que Belle ait pris une telle liberté ne soulève pas de protestation de ta part ?

— Non. Elle a agi pour le bien de Sienna.

— Bien. Et tu as une heure devant toi pour te reposer. La collation te convient-elle ?

Elle regarda l'assiette de légumes coupés et prit un bâtonnet de carotte.

— Oui. Et, merci, mais je n'ai pas besoin de repos.

Il fronça les sourcils, l'air inquiet.

— Ne me harcèle pas, Van.

Van la dévisagea, surpris.

— Tu trouves que je te harcèle ?

— Cela t'étonne ? Tu ne cesses de me dire ce que je dois faire.

Il devinait qu'elle contenait sa colère. Il ne l'avait jamais connue si farouche. Elle avait toujours été joyeuse et facile à vivre. Mais, ces dernières années, beaucoup de choses avaient changé. Et puis, il ne l'avait jamais côtoyée enceinte.

Il l'observa. Dans son peignoir, elle semblait si petite, si fragile. Pourtant, quand elle était sortie de la piscine, la rondeur de ses seins et la forme de son ventre ne lui avaient guère échappé. S'il n'avait pas su qu'en temps normal elle avait un ventre plat, il n'aurait sans doute pas prêté attention à sa rondeur nouvelle, mais il ne pouvait s'empêcher de ressentir une pointe de fierté et de possessivité quand il songeait que son enfant grandissait en elle.

C'était une pensée à la fois étrange et terrifiante. Avait-il sans le vouloir transmis la prédisposition génétique de sa famille à ses enfants ? Il n'était pas certain de l'avoir évitée lui-même. Il avait totalement banni l'alcool de sa vie, mais était-ce suffisant ? Même s'il ne buvait plus du tout, les tendances alcooliques de ses parents étaient encore gravées dans son ADN. Elles pouvaient être transmises à ses enfants.

Il se rendit compte qu'elle attendait une réponse. De quoi parlaient-ils, déjà ? Ah oui ! de harcèlement !

— C'est peut-être de la sollicitude, argua-t-il. Tu y as pensé ?

Il prit la carafe isotherme qu'Imelda avait laissée sur la table et se servit une tasse de café.

— Ne me mens pas, Van. Nous savons tous les deux que tu ne te soucies pas de moi. Et cela me va. Mais au moins, soyons honnêtes l'un envers l'autre.

Lorsqu'elle fit un mouvement, l'avant de son peignoir s'ouvrit, exposant la courbe de ses seins et le creux de son décolleté. Il en avait vu plus quand elle portait ce

T-shirt mouillé que maintenant, pourtant cet aperçu d'elle dans son peignoir provoqua un afflux de désir en lui, au point que sa main trembla quand il reposa la carafe.

— L'honnêteté, cela me va tout à fait, répondit-il en la regardant droit dans les yeux. Dis-moi, pourquoi séjourner ici t'irrite-t-il à ce point ?

— Je n'ai pas l'habitude d'être si… couvée.

— Tu veux dire, comme un œuf ? la taquina-t-il.

— À défaut d'une meilleure comparaison, oui. Sauf que c'est moi qui couve un œuf, non ?

Il rit.

— En quelque sorte. Mais tu sais que tu peux aller et venir comme bon te semble. Comme je te l'ai dit hier, tu n'es pas une prisonnière.

— Et Sienna ? Je peux l'emmener quand je vais et viens comme bon me semble ?

Il hésita, ce qui suffit à raviver sa colère.

— Tu vois ? C'est exactement de ça que je parle ! Je suis sa mère, bon sang ! C'est moi qui l'ai portée, qui l'ai mise au monde, qui me suis occupée d'elle depuis le jour de sa naissance. Moi. Pas une nounou surpayée. Ou un homme qui veut soudain contrôler chaque aspect de la vie d'enfants dont il a cessé de se soucier avant même qu'ils soient nés !

— Je m'en soucie. Ne sous-estime pas cela, Kayla.

— Tout contrôler autour de toi, ce n'est pas de la sollicitude. C'est de l'oppression. Vraiment, Van, tu dois revenir à la réalité.

— Et tu penses sans doute être la personne qui pourra m'y aider ?

— Je ne prendrai même pas cette peine, répliqua-t-elle avec dédain.

Une légère brise souffla sur eux, et il remarqua qu'elle avait soudain pâli.

— Tout va bien ? s'enquit-il, reposant sa tasse.

— Oh ! je t'en prie ! Cesse de t'inquiéter à tout bout de champ ! J'ai juste senti l'odeur du café. Ni ta boisson ni ta compagnie ne me conviennent. Si tu veux bien m'excuser, je rentre.

Elle recula sa chaise et se leva. Le col du peignoir bâilla de nouveau, provoquant une nouvelle bouffée de désir. Avec cet accrochage, son corps et son esprit étaient en total désaccord. Il se leva à son tour et la retint par le bras. Elle regarda sa main sur le peignoir, puis leva les yeux vers son visage.

Il laissa retomber la main et la regarda s'éloigner. Que se passait-il avec lui ? Pourquoi faisait-elle ressortir le pire chez lui, alors qu'il était adulte et pleinement maître de ses sens ? Du moins, il l'était quand elle n'était pas dans les parages.

— Van ! Van ! Viens voir ce qu'on a fait ! s'exclama Alex en courant vers lui.

— J'arrive, répondit-il, se réjouissant de cette distraction.

Une distraction, voilà ce que Kayla Porter avait toujours été. Peut-être n'était-ce pas une si bonne idée de l'avoir fait venir chez lui, mais s'il voulait se faire une place dans la vie de ses enfants, il devait accepter sa présence. Pour l'instant, du moins.

Cela ne signifiait pas qu'il n'avait pas envie de l'étrangler de temps en temps.

L'étrangler, ou autre chose ? le nargua une petite voix au fond de lui.

Non, il n'irait pas sur ce terrain. Cela ne lui vaudrait que des ennuis.

- 9 -

Après sa dispute avec Van, Kayla fit tout son possible pour l'éviter les jours suivants. Ce qui ne fut guère difficile. Chaque matin aux aurores, il se rendait à l'aéroport de Monterey et pilotait son hélicoptère jusqu'à son bureau de San Francisco. Et il y restait de longues heures. Pour y travailler ou pour se distraire, cela ne la regardait pas, se rappela-t-elle fermement en consultant la pendule de l'entrée. S'il était 21 h 30 et qu'il n'était pas là, ce n'était pas son problème. Cependant, pour un homme qui prétendait vouloir s'occuper de sa progéniture, il passait peu de temps avec sa fille.

Et voilà, elle était de nouveau contrariée. En colère. Ce qui ne lui ressemblait guère. Elle avait toujours été d'une nature joyeuse. Elle savait voir le bon côté des choses en toutes circonstances. Mais le fait de vivre sous le même toit, aussi luxueux soit-il, que Van Murphy la perturbait. Depuis quelques jours, elle s'était remise à faire un peu de yoga avant de se coucher. Cela l'aidait à se recentrer sur elle-même, ce dont elle avait bien besoin en ce moment !

Habillée d'un pantalon de yoga ample et d'un de ses T-shirts délavés favoris, elle alla dans le salon, retira ses chaussures, et se planta sur le grand tapis. Les fibres de laine étaient épaisses et douces sous ses pieds nus, et elle y enfonça les orteils. Quel plaisir ! À quand remontait la dernière fois où elle avait pris une minute rien que pour être dans l'instant ? Certes, elle avait fait ses exercices, mais de manière mécanique, sans unir le corps et l'esprit.

Elle s'agenouilla lentement, leva les bras et pressa les paumes l'une contre l'autre devant elle comme pour prier, puis ferma les yeux et s'efforça de se détendre. Lentement, elle inspira et expira, et ses pensées commencèrent à s'éclaircir.

Après deux minutes à peine, Van, toujours lui, envahit de nouveau son esprit. Elle lui en voulait de passer tant de temps loin de la maison. Sienna était encore petite, mais bientôt elle serait assez grande pour remarquer son absence. Était-ce vraiment le genre de père qu'il comptait être ?

Mais elle se rappela la façon dont il s'était comporté avec Alex samedi dernier. Une vraie révélation. Avec cet enfant, il était différent. Moins autoritaire qu'avec elle, pour commencer, songea-t-elle avec une pointe d'irritation.

Arrête. Cesse de penser à lui. Détends-toi. Vide ton esprit. Inspire. Expire.

Elle continua son échauffement, mais le Van version grand frère continua de faire intrusion dans ses pensées.

Ce Van-là l'intriguait. Pour encourager Alex à poursuivre ses efforts scolaires, il lui avait même promis un tour en hélicoptère s'il avait de bonnes notes jusqu'à la fin de l'année. Avec lui, il se montrait ferme et gentil à la fois. Presque – oserait-elle le dire ? – paternel. Intéressant, pensa-t-elle en prenant sa première pose avec une aisance acquise par des années d'expérience.

Peut-être Van offrait-il à Alex ce qui lui avait manqué durant toute son enfance.

Dieu sait que ses parents étaient très stricts ! Sienna et elle, en revanche, avaient eu la chance d'avoir des parents aimants. Ils avaient toujours récompensé les bonnes notes par un repas spécial ou un petit cadeau. Chaque réussite était célébrée, et chaque échec considéré comme une occasion d'apprendre et de recevoir des encouragements. Avec les parents de Van, c'était une autre histoire. S'il manquait un cours ou avait une mauvaise note, il était puni et recevait une correction. Il avait toujours prétendu que ses bleus et ses éraflures étaient dus à sa maladresse, sans jamais avouer la vérité.

Enfant, il passait beaucoup de temps chez elle. Elle le revoyait, assis à la table de la salle à manger, écoutant son père faire un petit discours après qu'elle avait gagné un prix de créativité à l'école primaire. Il avait toujours gardé ses distances, pourtant – c'était évident – il avait eu envie de faire partie de cette famille, de ce foyer chaleureux. Était-ce pour cela qu'il avait tenu à bâtir cette maison ? Voulait-il recréer ce sentiment d'appartenance qu'elle et Sienna avaient toujours tenu pour acquis ? C'était une question à laquelle elle songerait plus tard.

Elle commença ses asanas en position debout et eut enfin le sentiment d'être dans l'instant présent. Elle était en équilibre sur une jambe, la main tenant son pied gauche qu'elle avait levé sur le côté jusqu'au niveau de la taille.

— N'est-ce pas dangereux ?

Comme si ses pensées l'avaient fait apparaître, Van s'était matérialisé à côté d'elle. Et il arborait un air désapprobateur, une fois de plus. Elle baissa la jambe et planta fermement ses pieds sur le sol.

— Si ça l'était, crois-tu que je le ferais ? rétorqua-t-elle aussi calmement qu'elle le pouvait.

Elle oscillait entre le soulagement de le voir enfin et l'irritation d'avoir été interrompue dans sa méditation.

Il semblait fatigué. Sa cravate était desserrée, et les deux boutons supérieurs de sa chemise ouverts, lui offrant un aperçu de son torse hâlé. Autrefois, elle l'avait embrassé à cet endroit, songea-t-elle, mais bien vite, elle reprit le contrôle de ses pensées.

— Tout va bien, Van ?

— Oui, j'ai juste eu une journée chargée. Nous sommes en train de résoudre les problèmes techniques d'un nouveau système. Et, comme d'habitude, tout ce qui peut aller de travers va de travers.

— On dirait qu'un peu de yoga te ferait du bien à toi aussi, plaisanta-t-elle. Ou un bon whisky.

Il se figea.

— Je ne bois pas.

— Ah ? j'ignorais que tu avais arrêté. Une raison particulière ? Pardon, je suis indiscrète ! Tu n'as pas à répondre si tu n'en as pas envie.

Il lui offrit un bref sourire, et évita en effet de répondre.

— Tu as fait des projets pour demain ? demanda-t-il.

— Des projets ? Non, pas vraiment. Sienna a une dent qui pousse, mais si elle n'est pas trop grincheuse, je comptais l'emmener à l'aquarium. J'ai pensé au zoo, mais… tu sais, trop d'odeurs, dit-elle avec un petit rire.

La nausée était plus supportable maintenant qu'elle était reposée, mais une sortie au zoo en plein été demeurait au-dessus de ses capacités.

— Ça me paraît une bonne idée, approuva-t-il. Ça t'ennuie si je me joins à vous ?

— Tu ne dois pas travailler ? s'étonna-t-elle.

— C'est l'avantage d'être le patron. Je peux prendre du temps pour moi quand je le veux. Mais peut-être préfères-tu être seule avec Sienna ?

Elle se rappela le garçon réservé d'autrefois. Celui qui restait toujours en retrait, de crainte de ne pas être le bienvenu. Et elle prit sa décision.

— Non. Sienna adorerait que tu viennes aussi.

Il plongea le regard dans le sien, et elle vit une lueur étrange briller au fond de ses prunelles émeraude.

— Et toi ?

Elle retint son souffle. Une délicieuse chaleur se diffusait en elle, alors qu'il lui était difficile de mettre des mots sur ce qu'elle ressentait. Car, sans savoir pourquoi, elle voulait passer du temps avec lui. Comme autrefois. Mais elle n'allait certainement pas le lui avouer.

— J'apprécierais ton aide pour m'occuper de Sienna, bien sûr.

Elle vit la lueur dans ses yeux faiblir.

— Tu te sens mieux cette semaine ? demanda-t-il, s'asseyant sur une chaise.

— Oui, mon état s'améliore de jour en jour.

— Bien. Et tu ne t'es pas surmenée ?

— Non, dit-elle en soupirant. Tes troupes se sont assurées que je n'ai pas à lever le petit doigt de toute la semaine.

Il afficha un petit sourire, qui éclaira son visage habituellement sombre.

— Mes employés avaient des ordres. Tu as bien

meilleure mine maintenant que tu es reposée. À quelle heure comptais-tu partir demain ?

— L'aquarium ouvre à 10 heures, et Imelda m'a dit que c'était à quinze minutes d'ici.

— Alors, 9 h 45 ?

Elle réprima l'envie de faire un salut militaire.

— Oui. Mais, comme je l'ai dit, cela dépendra de l'humeur de Sienna.

— À nous deux, je suis sûr que nous réussirons à la distraire.

Il étouffa un bâillement.

— Si tu veux bien m'excuser, je vais me coucher.

Une image de son corps nu entre les draps blancs envahit son esprit. Elle sentit ses joues s'empourprer.

— Dors bien, dit-elle, d'une voix plus rauque qu'elle ne l'aurait voulu.

Il soutint son regard, et durant un bref instant elle crut revoir cette lueur brûlante dans ses yeux. Une lueur qui lui rappelait l'homme qui lui avait fait l'amour cinq ans plus tôt. Son cœur s'emballa, et elle sentit un délicieux frisson monter le long de son dos. Mais, bien trop vite, la lueur disparut, au point qu'elle se demanda si elle n'avait pas rêvé.

Elle resta là, tremblante, tandis qu'il quittait le salon et montait l'escalier. Van était un homme séduisant, il était donc normal qu'elle ait ce genre de réaction physique face à lui, d'autant plus qu'elle savait de quoi ils avaient été capables ensemble. Mais cette fois, c'était plus que cela, elle le savait Seulement, elle ne voulait pas examiner ses sentiments de trop près. De peur qu'ils deviennent ingérables.

Les hormones. Ce sont elles qui exacerbent ta colère,

tes larmes... ou ton excitation, murmura une petite voix en elle. Elle secoua la tête, comme si cela pouvait chasser la réalité qu'elle refusait d'admettre. La vérité était que, même s'il l'avait quittée après leur unique nuit de passion, et même s'il avait pris le contrôle de sa vie récemment, elle le désirait toujours.

Elle le désirait, oui. Mais elle n'assouvirait pas son désir. Non seulement parce qu'elle ne le voulait pas, mais aussi parce que Van ne le voulait pas non plus, c'était évident. Elle n'avait aucune envie d'être rejetée de nouveau. D'autant qu'aujourd'hui elle était bien plus vulnérable qu'autrefois.

Elle tenta de reprendre ses exercices de yoga, mais son esprit refusait de lâcher prise. Alors, elle renonça, éteignit la lumière et se dirigea vers sa chambre. Des heures plus tard, elle n'avait toujours pas trouvé le sommeil. Son esprit ne cessait de lui offrir des scénarios délicieusement troublants. Des scénarios qui ne firent qu'aggraver son tourment.

Van se leva de bonne heure le lendemain, et fut surpris de trouver Kayla dans la cuisine avec Sienna.

— Belle n'est pas levée ? demanda-t-il après leur avoir dit bonjour.

Il tenta d'ignorer le fait que Kayla n'était pas encore habillée. Son débardeur moulait ses seins pleins, et le bas de son pyjama exposait ses hanches et son petit ventre.

Elle le foudroya du regard.

— Tu ne peux pas attendre d'elle qu'elle s'occupe de Sienna la nuit et qu'elle se réveille à l'aube. Et puis, c'est son jour de congé aujourd'hui. Tu sais, ce jour où les gens normaux font des choses normales comme, je ne sais pas, ne pas travailler.

Il l'observa, surpris.

— Tu t'es levée du pied gauche ce matin ?

— Non, et ma journée était parfaitement agréable.

« Jusqu'à maintenant. » Même lui pouvait entendre les mots non dits qui flottaient dans l'air.

— Papapapapa !

Elle et lui se tournèrent vers Sienna, installée dans sa chaise haute. Van sentit une vague de joie le parcourir.

— Qu'est-ce qu'elle vient de dire ?

— Tu l'as entendue. Elle le répète depuis qu'elle s'est levée ce matin.

Il sourit à Sienna, qui lui tendit les bras.

Voilà qui expliquait sans doute la mauvaise humeur de Kayla.

— Tu devrais lui essuyer les mains d'abord, lui conseilla-t-elle.

Elle alla mouiller un petit chiffon avant de le lui donner. Il la regarda un instant avant de comprendre. Elle s'attendait qu'il essuie les mains de la petite ? Il avait porté Sienna quelques fois et avait joué avec elle dans la piscine, mais en dehors de cela il avait passé très peu de temps avec elle. Une mission militaire aurait été moins impressionnante.

— Tu obtiendras les meilleurs résultats si tu tiens son avant-bras d'une main et que tu utilises l'autre pour essuyer sa main, lui conseilla-t-elle. Et assure-toi de bien passer entre ses doigts.

Impossible de ne pas remarquer son ton ironique.

Elle s'appuya contre le plan de travail et l'observa d'un air presque réjoui.

— Quelle est cette bouillie sur ses mains, au juste ?

— De la banane écrasée, pour l'essentiel.

— Pour l'essentiel ?

— Et des céréales. Ça colle si on ne rince pas tout de suite. Et ça laisse des taches tenaces.

— Papapapapa ! s'exclama joyeusement Sienna, mettant soudain les mains sur la tête, ce qui transféra une grande partie de ladite bouillie dans ses cheveux.

— Oh non ! Et maintenant ?

Il se tourna vers Kayla, complètement perdu.

— Ta tête ! fit-elle entre deux rires incontrôlables. Si tu pouvais voir ta tête !

Il avait survécu aux corrections régulières que son père adoptif lui avait administrées. Il avait passé l'essentiel de ses dix ans dans l'armée en service actif. Il avait bâti une société de plusieurs millions de dollars en partant de rien. Alors, il n'allait pas laisser sa fille avoir raison de lui !

— Allons, Sienna, sois gentille avec papa, dit-il.

Il avança avec précaution.

— C'est un bébé, pas un animal sauvage, ironisa Kayla.

La petite gloussa, ce qui le fit rire à son tour.

— Je devrais peut-être l'emmener dehors et la rincer avec le tuyau d'arrosage, avança-t-il.

— Oui, je sais que c'est tentant, mais je doute que ce soit nécessaire. Allons, elle ne va pas te mordre. Aurais-tu peur ?

Il n'avait pas peur, non, mais Sienna était son premier bébé, c'était normal qu'il appréhende ce genre de situation ! Il prit une profonde inspiration, puis avança, saisit l'une des mains de Sienna et l'essuya aussi vite que possible, puis fit de même avec l'autre. Sienna, bien sûr, remit aussitôt les mains dans la mixture contenue dans son bol et l'appliqua directement dans ses cheveux. Derrière lui, Kayla s'esclaffa, et Sienna l'imita.

— Tu ne devrais pas l'encourager. Ce n'est pas une façon de se tenir à table, maugréa-t-il.

Il saisit le bol sur le plateau de la chaise haute et le mit dans l'évier, avant de rincer le chiffon et d'approcher Sienna de nouveau, bien décidé à réussir sa mission. Elle ferma ses petits poings quand il les nettoya, mais il persévéra avec fermeté et douceur. Puis il fit de son mieux pour nettoyer ses cheveux, avant de la détacher et de la sortir de sa chaise.

— Alors, comment j'étais ? demanda-t-il à Kayla d'un ton triomphant.

Elle hocha lentement la tête.

— Pas mal. Tu manques un peu de pratique, mais ce n'est pas mal du tout pour une première fois.

Elle lui prit le chiffon des mains, le rinça puis retira le reste de bouillie dans les cheveux de Sienna, tout en distrayant la petite fille. Il l'observa, surpris par son adresse.

— Tu es vraiment douée.

— J'ai eu quelques mois pour m'entraîner.

Il prit soudain conscience de tout ce qu'elle avait réussi à faire seule si longtemps. Et si bien. Il n'aurait pas cru cela d'elle. Elle avait toujours été du genre à s'attirer des ennuis au lycée — parce qu'elle était rêveuse, qu'elle ne rendait pas ses devoirs à temps. Elle avait évité l'université, choisissant de prendre une année sabbatique pour assouvir sa soif d'évasion. Finalement, elle avait passé plusieurs années à parcourir le monde. Mais elle avait été présente pour sa sœur quand elle était tombée malade. Bien plus qu'il ne l'avait été.

— Je ne l'avais jamais réalisé auparavant, mais tu as accompli un travail formidable avec Sienna. C'est une magnifique petite fille. Merci.

— Eh bien, je ne l'ai pas eue pour te faire plaisir, répondit-elle d'un ton placide.

Néanmoins, il vit une lueur de plaisir dans ses yeux.

— Je le sais, et je me réjouis que tu aies fait ce choix.

— Tu te réjouis que je ne t'aie pas prévenu de ta future paternité ?

Il déposa distraitement un baiser sur les cheveux de sa fille et respira les parfums mêlés de banane, de céréales et de shampoing pour bébé.

— Oui, je suppose. Je t'en aurais empêchée d'une manière ou d'une autre et…

— Et nous ne serions pas là aujourd'hui, finit-elle pour lui.

Quand elle se pencha vers le lave-vaisselle pour y mettre le bol de Sienna, il fut hypnotisé par la façon dont son pyjama s'étira sur ses fesses. Son corps ne manqua pas de réagir, mais il reprit le contrôle de ses sens. Car il s'agissait de Kayla. La mère de son bébé, et future mère d'un autre enfant qu'il n'aurait jamais cru vouloir ou aimer. Il ne devrait pas être attiré par elle.

Elle se releva et l'interrogea du regard.

— Quoi ? demanda-t-elle. J'ai une tache sur mon pantalon ou quelque chose de ce genre ?

— Non. Rien de tel.

— Je peux te laisser avec Sienna pendant que je vais me doucher ? Il y a des livres dans le coin là-bas, dit-elle, désignant une banquette à l'autre bout de la cuisine. Elle aime qu'on lui lise des histoires.

— Tu vas la laisser seule... avec moi ?

— Tu es son père, non ? Être un père, c'est un peu plus que lui essuyer les mains et l'emmener à l'aquarium. Tu t'es fait plutôt rare depuis notre arrivée. Je pensais que tu voudrais apprendre à connaître ta fille, dit-elle d'une voix pleine de défi.

— Je voulais m'assurer qu'elle était en sécurité, qu'on s'occupait d'elle, et de toi, se défendit-il.

— Mais tu ne voulais pas mettre la main à la pâte ?

Il hésita. Pour être tout à fait franc, il ignorait comment être un bon père. Ses parents biologiques avaient été jugés incapables de s'occuper de lui, et à l'âge de trois ans il avait été adopté par des gens qui voulaient être parents, mais qui ignoraient comment élever un enfant. Le seul exemple de bon père qu'il ait eu était celui de Kayla.

— Je ne sais pas à quoi je m'attendais. Mais je veux être un bon père. Je veux protéger mes enfants, je le voudrai toujours.

Il vit son expression se radoucir.

— Van, tu n'es pas ton père. Tu ne lèveras pas la main sur tes enfants quand tu seras en colère. C'est ce qui te perturbe ? Tu penses que tu pourrais être comme lui ?

— Ce n'était pas mon père, se surprit-il à répondre. J'ai été adopté.

— Tu... Tu quoi ? Adopté ? Quand l'as-tu su ?

— Peu après la mort de ta sœur. J'aurais dû m'en douter, d'ailleurs.

Elle s'avança vers lui et posa la main sur le bras. Son regard bleu était empreint de compassion.

— Ça n'a pas dû être facile.

— Non. Mais ça m'a aidé à comprendre certaines choses. Et maintenant, je les remets de nouveau en perspective.

Il observa le bébé dans ses bras. Pouvait-il être un bon père ? Avait-il sans le vouloir transmis une maladie potentiellement mortelle à cette magnifique petite fille ?

Elle retira sa main, et il fut surpris de ressentir un manque.

— Chaque jour est un nouveau jour, Van. Tu peux repartir de zéro aussi souvent que tu le souhaites.

Une pensée qui la résumait parfaitement. Elle prenait toujours des nouveaux départs et était toujours en quête de nouvelles aventures. Il avait longtemps pensé qu'elle était incapable de s'engager, mais l'enquête qu'il avait fait mener sur elle montrait que depuis la mort de sa sœur, elle menait une vie stable, comme elle l'avait affirmé. Excepté le fait qu'elle avait hébergé plusieurs personnes en difficulté, prenant des risques. Mais cela partait d'une bonne intention. Et, à l'exception de l'incident avec sa dernière protégée, les gens qu'elle avait aidés avaient pu prendre un nouveau départ grâce à elle. Peut-être devrait-il s'inspirer d'elle, au lieu d'essayer de la changer, et de la faire entrer dans la case qu'il jugeait correspondre à sa place.

Cette dernière pensée le frappa. Où au juste pensait-il qu'elle avait une place ? Pour l'heure, il voulait qu'elle soit chez lui, afin de s'assurer qu'elle ne mette pas en danger le futur bébé, ou elle-même — ou Sienna. Mais qu'adviendrait-il d'elle quand le bébé serait né ? Où serait sa place, dès lors ?

- 10 -

Tout était calme quand Kayla descendit après sa douche. Elle savait qu'Imelda n'était pas loin, aussi n'avait-elle pas été inquiète à l'idée de confier Sienna à Van, mais elle fut surprise de ne pas les trouver dans la cuisine où elle les avait laissés vingt minutes plus tôt. Imelda s'affairait aux fourneaux avec son efficacité habituelle.

— Imelda ? Avez-vous vu Van et Sienna ? Ils étaient dans la cuisine quand je suis montée me doucher.

Le visage d'Imelda s'éclaira.

— Oui, ils sont dans le garage. M. Murphy a reçu une livraison. Il a dit que vous deviez les rejoindre.

Le garage ?

— Savez-vous de quoi il s'agit ?

— Oui, mais je ne peux rien vous dire, c'est une surprise. Allez-y, et vous verrez.

Ne pouvant rien faire d'autre, elle emprunta le couloir qui menait au garage et ouvrit la porte communicante. Elle s'arrêta net.

— Où est ma voiture ?

— Juste devant toi, répondit Van.

Occupé à installer Sienna dans un siège auto, il se redressa et désigna d'un geste le monospace Audi rutilant garé à la place où aurait dû se trouver son véhicule.

— Ce n'est pas ma voiture, Van. Je ne trouve pas ça drôle.

— Kayla, détends-toi. Ceci est ta nouvelle voiture.

Il sortit un jeu de clés de sa poche et le lui tendit.

— Tiens, ce sont tes clés. Si nous allions faire un tour ? Sienna est déjà attachée dans son siège.

— Je… Je ne comprends pas.

Elle se sentait totalement déroutée. Venait-il vraiment de lui acheter un monospace qui valait plusieurs fois son salaire mensuel ? Et s'était-il débarrassé de sa voiture sans même la consulter ?

— Non, je ne peux pas l'accepter. Je veux récupérer ma voiture.

— Kayla, toi et moi savons que ce tas de rouille n'allait pas durer très longtemps. Je n'aimais pas l'idée que tu la conduises, surtout avec Sienna à bord. J'en ai fait don à un lycée technique, les élèves s'en serviront pour un projet de rénovation.

Sa colère monta si vite qu'elle eut bien du mal à la contenir.

— Tu n'avais pas le droit de faire une chose pareille. Cette voiture m'appartenait.

— Je voulais que tu sois en sécurité. Que vous soyez tous en sécurité. J'ai fait ce que tout adulte responsable aurait fait, et si tu étais toi-même plus responsable, tu le comprendrais. Ne peux-tu pas simplement dire merci, prendre les clés et aller de l'avant ?

Ses arguments étaient recevables, mais elle était tout de même furieuse.

Elle prit une grande inspiration et se força à répondre calmement.

— Van, un adulte responsable m'en aurait parlé. Nous aurions pu discuter des options, faire réparer ma voiture, ou la remplacer par un véhicule plus sûr mais abordable, dans lequel j'aurais été à l'aise. Donner ce qui m'appartient sans ma permission et le remplacer par un véhicule que je n'aurais jamais choisi, ce n'est pas être responsable mais despotique. Je ne suis pas ton employée ou l'un de tes soldats. Tu ne peux pas prendre toutes les décisions en t'attendant que je me conforme simplement à tes souhaits.

Il semblait si abasourdi qu'elle se radoucit. Oui, il avait dépassé les limites, mais depuis combien de temps n'avait-il pas eu quelqu'un dans sa vie qui ne soit *pas* un subordonné ? Il dirigeait une grande entreprise, et beaucoup de gens comptaient sur lui pour prendre les bonnes décisions. Il avait l'habitude d'avoir tout en main, et c'était en général une bonne chose. Mais pas maintenant, pas ici. Pas avec elle.

— Je comprends que tu doives t'adapter, concéda-t-elle. Tu es devenu papa du jour au lendemain et tu essayes encore de trouver tes marques. Et, avoua-t-elle, admettant ses torts par souci d'équité, je sais que mes nombreuses erreurs de jeunesse ne plaident pas en ma faveur. En outre, je discute la plupart de tes choix depuis mon arrivée. Mais j'ai besoin de savoir que tu ne prendras plus de décisions comme celle-ci, qui affectent ma vie et mes biens, sans me consulter. Nous sommes dans le même bateau, Van. Des partenaires égaux. Ce qui veut dire que tu ne peux plus agir dans mon dos comme tu l'as fait. Est-ce clair ?

— Oui, je… Je comprends.

À sa grande surprise, il ajouta :

— Et tu as raison. Je suis désolé, j'aurais dû te consulter. Je ne peux pas revenir en arrière, mais ça n'arrivera plus.

Sidérée, elle marqua un temps. Jamais elle ne l'avait vu céder sur quoi que ce soit. Enfin, elle parvint à lâcher un « merci ».

— Tu es d'accord pour essayer l'Audi ? demanda-t-il.

— J'essayerai de ne pas la détester, plaisanta-t-elle.

Lorsqu'elle prit les clés, il afficha son petit sourire sexy, et elle sentit son cœur tressauter.

— Merci, dit-il avec douceur.

Elle se mit au volant pendant qu'il s'installait côté passager. Il lui montra comment régler le siège et les rétroviseurs, et lui expliqua les caractéristiques de la voiture. Elles étaient nombreuses et variées. Seigneur, pourrait-elle se rappeler ne serait-ce que de la moitié ?

— Les hommes, marmonna-t-elle.

— Pardon ?

— Les hommes. Toujours à parler des fonctionnalités. Dis-moi juste comment démarrer cet engin, tu veux ?

Il gloussa, et après qu'il lui eut fait une démonstration, elle démarra et sortit du garage.

Elle parcourut l'allée et passa les grilles. Elle suivit ses instructions pour une courte virée dans le voisinage, puis revint à leur point de départ.

— Alors, qu'en dis-tu ? demanda-t-il quand elle eut coupé le contact.

— À ton avis ? ironisa-t-elle. Bien sûr que je l'adore, je serais folle de ne pas l'aimer. Elle est très agréable à conduire, la visibilité est fantastique, et elle est très élégante, qui plus est.

Elle caressa le volant de cuir et le siège de chaque côté de ses jambes.

— Tu n'es pas obligée de faire tous ces compliments. Nous pouvons l'échanger pour une autre si tu préfères.

Elle soupira.

— Non, c'était un bon choix. Je la garde. Merci, Van. Je vais sans doute passer les vingt prochaines années à craindre que quelqu'un ne l'abîme ou ne la vole, mais merci.

— Elle est pourvue d'un système antivol à distance, alors au moins tu n'auras pas à t'inquiéter de cela.

— Assez avec les fonctionnalités ! Elle est très belle, et je te suis très reconnaissante.

Il hocha la tête, l'air satisfait.

— Bien. Alors, nous la prenons pour aller à l'aquarium ?

— Bien sûr.

— Tu n'es plus fâchée ?

Elle l'observa et comprit que sa question était sérieuse.

— Non, je ne suis plus fâchée.

Il détendit les épaules et afficha un sourire franc cette fois.

— Bien. Dans ce cas, allons-y. J'ai demandé à Imelda de préparer un pique-nique, ainsi nous n'aurons pas à nous presser pour rentrer.

— Tu as pensé à tout, dit-elle avec une pointe d'aigreur qu'elle regretta aussitôt.

— C'est mon travail, dit-il simplement. Je ne pense pas que je pourrai vraiment changer un jour, mais je peux essayer de t'écouter quand la situation te concerne ou concerne les enfants. Cependant, pour tout ce qui est de votre sécurité, je risque d'être un peu têtu.

Il avait toujours eu à cœur de protéger les gens autour de lui, elle le savait bien Mais est-ce que quelqu'un, en dehors de sa défunte sœur, avait jamais veillé sur lui ? Elle ne put résister et lui posa la question.

En train de détacher Sienna de son siège, il se figea.

— Eh bien, je me protège moi-même, bien sûr.

— Bien sûr.

Elle tendit les bras vers sa fille.

— Viens, ma belle. Allons te préparer pour voir les poissons, d'accord ?

Sienna poussa un cri enthousiaste, puis lança de toutes ses forces :

— Papapapapa !

— Oui, ton père vient aussi.

Pour la première fois de sa vie, Van avait le sentiment d'être à sa place. Et il ignorait comment réagir. Ni que faire de ce sentiment, dans son monde soigneusement construit. Bien sûr, il savait que, maintenant qu'il avait décidé d'assumer son rôle de père, il ferait tout son possible pour que ses enfants ne manquent de rien, mais il n'avait pas vraiment réfléchi au-delà de l'aspect matériel. Mais c'était d'une famille dont il s'agissait ! De *sa* famille.

Son instinct lui commandait de fuir, ou au moins de retourner au bureau avant qu'il soit trop tard, mais une part de lui souhaitait réellement jouer un rôle actif dans cette sortie. Et dans la nouvelle vie qui l'attendait. Il voulait voir Sienna s'amuser. Agir en bon père. Personne ne lui avait jamais dit à quel point élever des enfants était terrifiant. Et s'il arrivait quelque chose ? Ce matin, pourtant, tout se passait à merveille. Kayla avait dit que Sienna pourrait être grincheuse à cause de sa poussée dentaire, mais il en avait vu peu de preuves jusqu'ici. Tout à l'heure, pendant qu'il avait tranquillement lu des livres à sa petite fille, il s'était surpris à se détendre et à savourer l'instant.

Sienna avait été captivée par les livres animés, rangés dans un panier. Elle les avait choisis elle-même, puis avait exigé d'être sur ses genoux, où elle avait appuyé son petit dos chaud contre lui et l'avait écouté lui lire les histoires, en l'imitant pour soulever les rabats. Il avait éprouvé une fierté incroyable.

De la fierté, mais pas seulement. Il s'était aussi senti tellement proche de Sienna. Il avait l'impression qu'il pourrait déplacer des montagnes pour elle. Voir ses petits doigts tourner les pages et écouter ses babillements pendant qu'elle essayait de répéter ce qu'il disait avait été magique, et lui avait fait prendre conscience de tout ce qu'il avait manqué.

Désormais, l'idée d'une garde partagée avec Kayla lui semblait bien moins plaisante. Il ne voulait pas être un père à temps partiel. Ce qu'il avait été cette semaine, puisqu'il était rentré tard chaque soir. Cela avait-il été vraiment nécessaire que ce soit lui qui règle les moindres détails ? N'employait-il pas du personnel hautement qualifié dans chaque service de sa société afin de pouvoir s'absenter quand il le souhaitait ?

Mais il n'avait pas vraiment voulu quitter son bureau, n'est-ce pas ? Il avait travaillé tard pour éviter Kayla. Voilà, il se l'avouait enfin. En revanche, ce qu'il n'était toujours pas prêt à s'avouer, c'était pourquoi il l'évitait.

Il entendit Kayla et Sienna descendre l'escalier, et les rejoignit dans l'entrée.

— Eh bien, Kayla, tu ne voyages pas léger, à ce que je vois ! plaisanta-t-il tout en la soulageant d'un grand sac qu'elle portait à l'épaule.

— Pas moi, elle.

Elle avait enfilé un jean et une blouse de coton au plastron incrusté de minuscules miroirs. Une tenue décontractée et néanmoins élégante, à son image. Elle ne ressemblait en rien à Dani, et il ne pouvait absolument pas imaginer son ex-fiancée porter en même temps un bébé et un sac avec cet air joyeux que Kayla semblait arborer en permanence. Cette pensée le surprit. Même si Dani et lui avaient prévu de se marier, ils n'avaient pas voulu d'enfants, donc il ne l'aurait jamais vue ainsi. Mais c'était tout de même étrange de comparer Kayla et Dani, et de conclure que Dani n'était pas à la hauteur. Elle avait pourtant été tout ce qu'il croyait vouloir chez une femme. Du moins, c'était ce qu'il s'était dit pendant un an.

— Eh bien, qu'est-ce que tu as mis là-dedans ?

— La routine. On ne peut pas simplement glisser son portefeuille dans sa poche quand on fait une sortie avec un bébé, tu sais.

— Je vois ça.

— Nous devons passer à la cuisine pour préparer son biberon.

— Inutile, Imelda l'a préparé, et Jacob l'a sans doute déjà mis dans la voiture.

— Et sa poussette ?

— C'est réglé. Jacob a transféré toutes tes affaires dans l'Audi. Je ne sais pas comment tu faisais pour tout faire rentrer dans ton ancienne voiture. Tu as beaucoup plus de place dans la nouvelle.

Elle lui décocha un regard glacial.

— Van, tu m'as déjà convaincue d'accepter la nouvelle voiture, non ? Inutile de m'en faire l'article sans arrêt.

Il sourit, amusé par leur badinage.

— C'est bon de savoir que tu n'as pas changé d'avis ces vingt dernières minutes.

— J'ai beau être une femme, je ne suis pas si inconstante, répliqua-t-elle avec un sourire taquin. Si on continuait la conversation sur la route ? L'aquarium ne va pas tarder à ouvrir, et j'aimerais arriver avant qu'il y ait trop de monde.

Au bout du compte, ils passèrent un long moment à l'aquarium. Sienna apprécia les différentes espèces présentées mais la vue d'une pieuvre géante du Pacifique la fit hurler. Sous les regards inquiets et compatissants des autres visiteurs, ils s'empressèrent de l'emmener hors de la salle. Il tenta de la calmer, mais seule Kayla put arrêter ses sanglots. Il ne s'était jamais senti aussi impuissant de toute sa vie. Si c'était cela être parent, il ne voulait pas en être un.

Dès que cette pensée surgit, il eut l'impression d'avoir trahi ses plus grandes valeurs. D'abandonner sa petite fille. Cela le força à réfléchir, à remettre les choses en place. En fait, ce n'était pas le fait d'être père qu'il refusait. La vérité le frappa : il aurait voulu être la personne capable d'apaiser sa fille.

— C'était plus facile quand je l'allaitais encore, dit-elle. Parfois, le fait de téter l'aide à se calmer. Peux-tu me passer son biberon ?

Il fouilla dans le sac et sortit le porte-biberon isotherme.

— Tiens, dit-il après avoir retiré le capuchon du biberon.

Elle lui adressa un regard reconnaissant.

— Tu veux le lui donner ?

— Volontiers, acquiesça-t-il sans se laisser le temps de réfléchir.

— Allons nous asseoir à l'ombre.

Elle avança pendant qu'il conduisait la poussette. Quand elle eut trouvé un banc, elle lui fit signe de s'asseoir et posa Sienna sur ses genoux. Pendant un instant, Sienna sembla sur le point de pleurer de nouveau, aussi lui tendit-il le biberon. Elle le saisit et se mit à téter furieusement.

— Voilà qui est mieux, n'est-ce pas ? se surprit-il à dire à sa fille.

Lorsque le bébé le regarda dans les yeux, il sentit quelque chose changer en lui. Une émotion tellement forte qu'il en eut le souffle coupé. Comment avait-il pu envisager, ne serait-ce qu'une seconde, de ne pas s'occuper lui-même de cette merveille de la nature, de cette version féminine de lui ?

— Elle est adorable, non ? dit Kayla avec douceur.

Elle s'assit à côté de lui et caressa les cheveux de Sienna.

— Chaque jour, je la regarde et je m'émerveille. Le miracle de sa conception, la personne qu'elle va devenir…

— C'est un petit miracle, pour sûr, approuva-t-il, la voix rauque.

Il essaya de cacher son trouble, car il ne montrait jamais de faiblesse. Il restait toujours à la périphérie des choses, en sécurité. Mais tandis que les paupières de Sienna commençaient à se fermer et qu'elle devenait plus lourde dans ses bras, il sut qu'il était fou de cette précieuse petite fille. Hélas ! cela le rendait très vulnérable, et il détestait cela.

— Maintenant qu'elle est endormie, je la remets dans sa poussette ? demanda-t-il.

— Oui, si tu ne veux pas la porter plus longtemps.

— Cela ne m'ennuie pas de la porter, mais je pense qu'elle sera mieux installée dans la poussette.

Elle l'observa, comme si elle devinait la révélation qu'il venait d'avoir. Comme si elle comprenait l'amour et la peur qui s'agitaient dans son cœur. Il soutint son regard en silence. Enfin, avec un petit soupir, elle abaissa le dossier de la poussette.

— Voilà, tu n'as qu'à l'allonger. Nous pouvons continuer de nous promener ? Tu n'es pas pressé de rentrer ?

— Non, j'ai pris ma journée pour pouvoir la passer avec Sienna. Ce serait dommage de l'écourter.

Durant l'heure suivante, ils passèrent d'une salle à l'autre. Sienna se réveilla juste au moment où ils approchaient des loutres, et il fut soulagé de voir qu'elle était de meilleure humeur. Puis il remarqua ses joues rougies et ressentit une pointe d'inquiétude.

— Elle va bien ? demanda-t-il, en caressant doucement les joues de Sienna.

— C'est un symptôme de la poussée dentaire.

Une autre chose dont il n'avait eu aucune idée. Son sentiment d'être perdu s'accroissait. Comment les gens faisaient-ils ? Aucun des articles ou des livres qu'il avait lus ne l'avait préparé à l'immensité de la tâche qui l'attendait. Bon sang, pourquoi Kayla, qui avait toujours été un électron libre, s'était-elle lancée dans la maternité ? C'était un tel engagement !

— Pourquoi as-tu décidé de porter les enfants de Sienna, au lieu de faire don des embryons ?

C'était une question qu'il aurait dû poser dès le départ, songea-t-il.

— J'y ai pensé pendant longtemps. Avoir ces enfants moi-même était une perspective effrayante. Tu as vu comment nous vivions Sienna et moi.

Il songea à l'appartement minuscule dans lequel elle l'avait emmené ce soir-là après l'enterrement, et hocha la tête.

Elle poursuivit.

— Mais je me disais que les enfants de Sienna méritaient de voir le jour et d'avoir quelqu'un qui pourrait leur dire à quel point leur mère était merveilleuse. Et ma sœur méritait de voir son rêve se réaliser, même après sa mort. C'est aussi simple que ça.

Non, ce n'était pas aussi simple. La décision de Kayla avait entraîné toutes sortes de conséquences. Des conséquences qui le taraudaient chaque jour, à chaque seconde, et même chaque nuit dans ses rêves.

— Mais les responsabilités qui vont avec, tu n'y as pas songé ? Elles ne t'effrayent pas ?

— Le côté financier, tu veux dire ? Je n'ai pas pris les choses à la légère. J'ai cumulé plusieurs emplois, je me suis privée du superflu et j'ai économisé le moindre dollar avant le premier transfert d'embryons. J'avais fait un plan à long terme qui m'aurait permis d'avoir les bébés — trois, idéalement — à deux ans d'intervalle. Ce n'est que parce que la clinique fermait et comptait détruire les embryons non réclamés que j'ai été obligée de choisir une autre option.

— Comme venir me voir ?

— Comme venir te voir. Pour être franche, je ne

savais pas à quoi m'attendre. J'avais espéré que tu sois plus ouvert.

Il médita ses paroles.

— M'aurais-tu parlé des enfants un jour, si tu n'avais pas eu besoin de mon aide financière ?

Il lut le regret sur son visage.

— Non, sans doute pas.

— Eh bien… Ça a le mérite d'être honnête.

Le silence s'étira entre eux pendant un moment, jusqu'à ce qu'elle s'éclaircisse la voix.

— Tu aurais aimé que je n'aie pas Sienna ? Ou ce bébé ? demanda-t-elle, passant la main sur son ventre. Tu aurais préféré que les embryons soient détruits à la fermeture de la clinique ?

Son cœur cogna. Quelques mois plus tôt, il aurait répondu par l'affirmative et n'y aurait plus pensé. Mais il ne pouvait même pas supporter cette idée, maintenant qu'il avait porté Sienna, qu'il lui avait lu des histoires, qu'il avait essuyé ses petites mains, qu'il l'avait nourrie… qu'il l'aimait. Aimer ? Une autre vague d'émotion l'envahit. Il n'était pas capable d'aimer. Il ne voulait pas aimer. Il ne voulait plus jamais être aussi vulnérable. Mais il ne pouvait rien lui avouer de tout cela.

— Bon, ça n'a plus d'importance désormais, n'est-ce pas ? s'entendit-il dire. Sienna est là, et dans quelques mois il y aura un nouveau bébé. Je suis simplement heureux qu'il n'y en ait pas d'autres.

Il se tourna, ignorant le choc qui s'était peint sur le visage de Kayla, et se concentra sur les loutres qui s'ébattaient dans l'eau. Oui, il était heureux qu'il n'y ait pas d'autres bébés, parce qu'il lui était déjà presque impossible de se dire qu'il aimait Sienna. Et si cela arrivait avec l'autre bébé aussi ? Aimer si fort, si profondément, lui donnait le sentiment d'être faible et sans défense. Il savait à quel point il était dangereux de s'exposer, que ce soit avec un parent adoptif violent, un ennemi invisible ou dans une contrée inhospitalière. Le cœur d'un homme pouvait-il vraiment grandir autant sans subir de dégâts ? Son propre cœur le pourrait-il ?

- 11 -

Kayla avait le cœur serré. Pendant le reste de la sortie, les paroles de Van tournèrent en boucle dans son esprit. Elle n'aurait pas dû aborder le sujet, mais elle ne s'était pas attendue à une réponse aussi brutale ! Il aimait passer du temps avec Sienna, elle en était certaine, et son instinct paternel, bien que timide au départ, était désormais plus qu'évident. Pourtant il avait été très clair, il ne voulait plus d'enfants. Pour quelle raison ? Parce que c'était elle leur mère ?

Sa bonne humeur avait disparu, et il lui était difficile de les regarder ensemble sans se demander à quel point il lui en voulait d'avoir fait entrer cette enfant dans sa vie. Quand les nausées désormais moins fréquentes la saisirent avec une férocité inhabituelle après le déjeuner, elle fut heureuse de rentrer. Au moins, dans la maison, elle pourrait s'enfermer à clé avec sa peine et ses soucis. Et peut-être comprendre comment elle avait pu se tromper à ce point sur lui.

Aurait-elle mieux fait de lui cacher l'existence de Sienna et son projet d'avoir les autres enfants de sa sœur ? Comme il l'avait dit, ça n'avait plus d'importance. Elle ne pouvait pas revenir en arrière ni défaire ce qu'elle avait fait, quand bien même elle l'aurait voulu.

Plus tard ce soir-là, elle eut du mal à trouver le sommeil. Ce n'était guère étonnant, puisqu'elle avait fait la sieste une bonne partie de l'après-midi. Elle sortit sur le balcon de sa chambre et regarda au loin. À quel moment sa vie était-elle devenue si compliquée ? Elle avait toujours mené une existence simple, sans attaches ni responsabilités, jusqu'à ce qu'elle prenne conscience que le rêve de maternité de sa sœur allait mourir avec elle.

Elle s'était persuadée qu'elle avait mis au monde Sienna pour sa sœur, mais était-ce vraiment le cas ? Porter les enfants de sa sœur lui avait permis de fonder une famille, sans avoir à construire au préalable une relation sérieuse avec quelqu'un.

Certes, elle avait connu des hommes, mais elle avait toujours refusé de se fixer avec la même personne au même endroit très longtemps. La vie de couple créait des attentes qu'elle n'avait jamais été prête à combler. Maintenant qu'elle se repassait le film de sa vie, elle mesurait à quel point son existence avait été superficielle. Certes, elle avait porté des vêtements fabriqués avec des matières renouvelables ; elle avait fait des dons pour la replantation de forêts chaque fois qu'elle avait voyagé, afin de compenser son empreinte carbone. Elle avait toujours été fière de sa spontanéité, de sa capacité à vivre dans l'instant, sans cadre strict, sans emploi du temps. Mais pourquoi tout cela, si ce n'était pour fuir la vie d'adulte ? Devenir mère lui avait ouvert les yeux sur bien des choses. Elle avait notamment appris que les décisions fondées sur les émotions n'étaient pas forcément les meilleures. La preuve avec Van ! Comment avait-elle pu penser que ce serait une bonne idée de lui demander une aide financière, alors qu'elle n'avait même pas eu la politesse la plus élémentaire de l'informer qu'il était père ?

— C'était stupide, stupide, *stupide,* marmonna-t-elle à voix haute.

Et elle en payait le prix à présent. Non seulement elle, mais aussi Sienna et Van — et peut-être même le bébé à venir. La réalité de ce qu'elle avait fait à Van, à sa vie, à ses projets d'avenir, s'abattit sur ses épaules comme une chape de plomb. Il devait y avoir un bon côté dans tout cela, tenta-t-elle de se rassurer. N'était-elle pas une éternelle optimiste, capable de voir le meilleur en toutes circonstances ?

Elle savait que sa nature impulsive la conduisait parfois à blesser les gens malgré elle, et que sa tendance à se mêler des affaires des autres pouvait lui faire du tort — comme avec Zoé —, mais elle avait un grand cœur. Du moins, c'était ce qu'elle s'était dit. Mais peut-être s'était-elle trompée tout ce temps ? Elle s'était persuadée qu'elle faisait les choses pour les autres alors qu'en réalité elle les faisait pour elle-même, sans se soucier des conséquences.

Elle serra la rambarde tandis que des larmes chaudes coulaient sur ses joues. Avait-elle tout détruit dans la vie de Van ? Avait-elle gâché toute chance pour lui de connaître le bonheur avec ses enfants, à cause de la façon dont elle avait agi ? Elle aurait pu jurer qu'il était fou de Sienna, et cette pensée l'avait emplie d'espoir pour sa petite fille et pour le bébé qu'elle portait. Mais sa réaction tout à l'heure l'avait fait douter. Peut-être était-il trop tard pour qu'il noue un véritable lien avec ses enfants. Et si tel était le cas, c'était elle la fautive.

Avait-elle commis une terrible erreur en réalisant

le rêve de sa sœur ? Non, bien sûr. Elle ne pouvait pas associer cet horrible mot à ses enfants qu'elle aimait plus que tout. Et ses bébés méritaient davantage. Ils méritaient deux parents aimants. De préférence, des parents sur la même longueur d'onde quant à l'avenir de leur progéniture.

Peut-être aurait-il été plus simple de laisser à Van la garde exclusive des enfants. Dès que cette pensée lui traversa l'esprit, elle la rejeta avec force. C'étaient ses enfants à elle aussi. Elle avait mûri et amené de la stabilité dans sa vie pour être digne d'être mère. Elle devait croire qu'elle avait fait le bon choix.

Van se ferait à la situation, tôt ou tard.

Elle rentra dans la chambre et ferma la porte-fenêtre, car l'air était devenu frais et humide, puis retourna dans son lit. Il fallait que sa relation avec Van s'améliore. Ils avaient déjà fait du chemin et s'étaient révélés capable de trouver des compromis. Cela n'avait pas été facile, et elle avait renoncé à une grande partie de son indépendance. Disparus son travail, son appartement, et même sa voiture. Mais elle avait reçu beaucoup en échange et se réjouissait que ses enfants aient tant d'opportunités désormais. Van pouvait leur offrir des choses qu'ils n'auraient jamais pu avoir si elle n'avait dû compter que sur ses seules ressources. Et il avait fait des sacrifices. N'avait-il pas rompu ses fiançailles après avoir appris qu'il était père ?

Elle n'avait jamais pris le temps de songer à tout ce que cela impliquait pour l'autre femme, dont l'avenir avait été chamboulé. Et elle se sentait profondément honteuse. Cette Dani devait la détester. À cause d'elle, ses projets avec Van avaient été anéantis, uniquement parce qu'elle n'avait pas pris le temps de réfléchir.

C'était elle qui avait créé cette situation. Elle devait donc trouver un moyen de réparer ses torts. Sinon, la vie serait très sombre. Pour ses enfants, et aussi pour Van. Elle devait tout faire pour empêcher cela.

Kayla avait remarqué que Van faisait l'effort de passer du temps avec Sienna chaque jour, le matin, ou juste avant l'heure de son coucher à 19 heures. Toutefois, lorsqu'il rentrait tôt, il disparaissait dans son bureau une fois Sienna couchée, et y restait toute la soirée. Au moins, il passait du temps avec son bébé, se consola-t-elle. Mais en ce qui la concernait, leur relation était plus froide que jamais.

Voilà pourquoi, deux semaines plus tard, elle fut surprise de découvrir qu'il l'attendait dans la cuisine. Il était assis à table et lisait un rapport tout en buvant son café. Son regard fut attiré par ses mains. Elles étaient grandes, fortes, mais dotées de longs doigts fins. Elles étaient marquées par des cicatrices qu'il n'avait pas dans sa jeunesse. L'armée, sans doute. Cela lui rappela qu'il y avait beaucoup de choses qu'elle ignorait à son sujet. Un jour, peut-être, elle aurait le courage de lui poser des questions. Elle s'obligea à détourner les yeux pour éviter de songer aux choses indécentes que ses mains étaient capables de faire.

— Bonjour, lança-t-elle d'une voix aussi enjouée que possible. En retard pour le travail ?

— Je t'emmène à ta visite médicale, dit-il sans lever les yeux de son rapport.

Elle s'arrêta net.

— Oh ! tu as le temps pour ça ?

Dès que les mots eurent quitté ses lèvres, elle regretta de les avoir prononcés. N'apprendrait-elle donc jamais à réfléchir avant de parler ? Elle n'en voudrait pas à Van s'il se vexait.

— Je suis désolée, s'empressa-t-elle d'ajouter quand il lui lança un regard noir. Je ne voulais pas dire cela comme ça. Tu es très occupé en ce moment, à l'évidence. Et je ne m'attendais pas que tu puisses venir.

— C'est pour ça que tu ne m'as pas parlé du rendez-vous ?

Pour être honnête, si elle n'avait rien dit, c'était parce qu'elle avait été terrifiée à l'idée qu'il ne montre aucun intérêt pour ce rendez-vous, ou pour elle. Et elle n'avait pas voulu se sentir rejetée. Oui, c'était lâche, mais elle ne voyait vraiment pas l'utilité d'ajouter plus de conflits dans leur vie que ceux qu'elle avait déjà créés.

Il balaya sa propre question d'un revers de la main.

— Oublie ce que je viens de dire. Imelda m'a dit que tu avais une échographie aujourd'hui. Ton dossier a été transféré à un obstétricien de Monterey ?

— Oui, Belle m'en a recommandé un.

— Bien, dit-il, se levant de table. Sais-tu combien de temps le rendez-vous prendra ?

— Non. Je dois faire quelques tests, et comme c'est mon premier rendez-vous avec ce médecin, cela sera peut-être plus long que d'habitude.

— Des tests ? Quel genre de tests ? Je croyais qu'aujourd'hui c'était juste une échographie de routine.

— Eh bien, étant donné l'hyperémèse gravidique, le médecin doit particulièrement surveiller la taille et le développement du bébé. Mais il y a aussi des tests sanguins et ce qu'ils appellent une mesure de la clarté nucale, pour s'assurer qu'il n'y a pas d'anomalies chromosomiques ou autres.

Il pâlit.

— Et s'il y en a ?

— Inutile de s'inquiéter à l'avance, dit-elle avec une insouciance qu'elle était loin d'éprouver.

— Tu irais au bout de la grossesse ? insista-t-il.

En guise de réponse, elle haussa les épaules, mais elle savait que si la question se posait, elle ferait ce que sa sœur aurait fait. Elle porterait et aimerait cet enfant, quoi qu'il arrive.

— Eh bien…, dit-elle en tentant d'afficher un sourire rassurant, nous aviserons quand nous serons fixés. Cela ne sert à rien d'envisager le pire.

— Tu oublies qu'envisager le pire c'est mon métier.

Il alla mettre sa tasse dans le lave-vaisselle.

— Préviens-moi quand tu seras prête à partir. Je serai dans mon bureau.

Et il disparut de nouveau, la laissant aux prises avec des sentiments contradictoires. Une part d'elle était heureuse de ne pas avoir à conduire pour se rendre à son rendez-vous. Au moins, s'il y avait des mauvaises nouvelles, elle ne serait pas seule. Mais une autre part d'elle redoutait sa compagnie, car ces derniers temps il n'était pas à prendre avec des pincettes.

Van regarda avec attention l'image qui était apparue sur le moniteur, tandis que le médecin émettait un son indistinct.

— Tout est normal ? demanda-t-il, se penchant vers l'écran.

Il était difficile de distinguer quoi que ce soit. Le médecin se tourna vers lui et sourit.

— Donnez-moi un instant, M. Murphy. Je dois prendre quelques mesures et envoyer les informations à l'obstétricien de Mlle Porter.

Il s'agita sur son siège et sursauta quand Kayla glissa la main dans la sienne.

— Tout ira bien, Van. Détends-toi. Il n'y a aucune raison pour que quelque chose se passe mal.

Mais il arrivait souvent que les choses se passent mal, il le savait mieux que quiconque. Il resserra les doigts autour des siens, et elle lui offrit un sourire rassurant avant de reporter son attention sur l'écran. Elle renifla, et il la surprit à essuyer discrètement une larme.

Il fut saisi par une vague d'inquiétude.

— Qu'est-ce qui ne va pas ?

— Rien, dit-elle tandis que d'autres larmes coulaient sur ses joues. N'est-ce pas un vrai miracle ? Regarde, il est là, sur l'écran.

— Et voilà le rythme cardiaque, dit le médecin.

Des bruits de battements résonnèrent dans la pièce.

— Ça me semble très rapide, commenta Van en regardant l'écran fixement. Est-ce normal ?

— Tout est parfaitement normal, assura le médecin.

Il régla l'échographe, et l'image sur l'écran devint plus distincte.

— Vous avez demandé à connaître le sexe du bébé si possible, alors voyons cela. Tenez, le voilà.

— C'est un garçon ? demanda Kayla en lui serrant la main avec force.

— Votre bébé est très coopératif et se montre très

bien. Et, oui, c'est un garçon. Félicitations ! Était-ce ce que vous espériez ?

— Cela m'était égal. Je voulais simplement un autre bébé en bonne santé. Et toi, Van ?

Mais il était incapable de parler. D'abord une fille, et maintenant un fils ? Alors qu'il avait décidé de ne jamais avoir d'enfants, qu'il n'aurait jamais pensé être père ? L'émotion menaçait de le submerger, aussi se concentra-t-il sur les ongles de Kayla, enfoncés dans sa paume. Cette légère douleur physique l'aidait à oublier le tourbillon insensé de joie, de peur et d'enthousiasme qui embuait son regard et comprimait sa poitrine.

Malgré le bourdonnement dans ses oreilles, il entendit Kayla parler au médecin.

— Il est un peu dépassé. Il a manqué les échographies avec notre fille, alors tout cela est nouveau pour lui.

— Je comprends, dit le médecin en souriant.

Il continua à prendre différentes mesures. Il était fasciné — sa petite tête, la courbe de son dos, ses jambes, ses bras. C'était un petit humain. Un enfant. *Son* fils.

— Il suce son pouce ? demanda-t-il.

— Tout à fait.

— C'est fou ! s'exclama-t-il.

Kayla avait parlé d'un vrai miracle, et elle n'avait pas tort. Songer que l'image sur l'écran représentait le bébé niché dans son ventre dépassait presque l'entendement. Dire qu'il avait voulu manquer tout cela !

Néanmoins, le problème de son ADN le taraudait toujours. Et si son fils ou Sienna avaient la même disposition à l'autodestruction ? Il avait la responsabilité de veiller à ce qu'ils n'empruntent pas cette voie. Kayla s'était battue pour avoir ces enfants, sans savoir qu'ils portaient peut-être en eux une bombe à retardement. Ces bébés méritaient le meilleur. Pouvait-il le leur offrir ? Serait-ce suffisant ?

Ces questions l'obsédèrent pour le reste de la journée. Il s'enferma dans son bureau pour tenter d'y échapper, en vain. Après un long appel vidéo avec Dani concernant un problème avec l'un de leurs clients au Moyen-Orient, il ferma son ordinateur portable et le repoussa sur le bureau. Il faisait noir dehors. Et il était tard. C'était pourquoi Dani et lui s'accordaient si bien, songea-t-il. Tous deux voulaient faire au mieux, mettaient le travail avant tout le reste, quelle que soit l'heure. Pourrait-il continuer à travailler autant avec deux enfants à la maison ? C'était peu probable.

La vie qu'il s'était choisie avait commencé à changer de manière irrévocable. Et, il fallait bien l'admettre, il avait peur. Il pouvait compter sur les doigts d'une main les occasions où il avait éprouvé ce sentiment. La première fois que son père adoptif avait levé la main sur lui, et la première fois qu'il avait été envoyé au front. Mais ce qui était en train de se passer lui semblait encore plus terrifiant.

Il s'étira et entendit les nœuds de son dos craquer. Un bain de minuit serait une bonne idée, songea-t-il. Quelques brasses dans la piscine l'aideraient peut-être à apaiser ses tensions. Se dépenser jusqu'à l'épuisement, voilà ce qu'il lui fallait.

C'était une soirée splendide, songea Kayla. L'air était frais, mais l'eau de la piscine était un délice sur sa peau quand elle descendit les marches du bassin. Elle se mit sur le dos et flotta un instant, fixant le ciel étoilé. Elle avait l'impression d'être dans un autre monde. Et, de bien des façons, c'était le cas.

Elle perçut un mouvement près de la piscine et tourna la tête. Van était là, au bord du bassin. Le clair de lune soulignait les muscles de son corps puissant. Elle sentit son ventre gronder. La faim la tenaillait, mais c'était une faim qui n'avait rien à voir avec la nourriture et tout à voir avec l'homme qui se tenait devant elle, immobile comme une statue.

— Tu voulais te baigner seul ? demanda-t-elle, nageant jusqu'à l'endroit le plus profond du bassin. Je peux partir.

— Non, ne pars pas pour moi, dit-il d'une voix rauque.

Mais il ne bougea pas. Le cœur battant à tout rompre, elle le fixait, incapable de détourner le regard. Elle était peut-être enceinte, mais elle était avant tout une femme, attirée par un homme sexy.

N'importe quel homme sexy ? ? Ou seulement Van ?

Inutile de se mentir, son attirance pour lui était très forte. Sur le plan physique, il était la perfection. Sur le plan émotionnel ? Elle n'en était pas encore sûre. Beaucoup de choses avaient changé entre eux, mais d'autres restaient les mêmes. Quand ils étaient jeunes, il avait toujours veillé sur elle et la sortait du pétrin quand elle échappait à son filet de protection. Ils avaient toujours été liés, en quelque sorte. Mais leur relation avait été déséquilibrée — du moins, selon elle. Il ne l'avait jamais traitée comme une égale. Elle avait cru avoir une chance de repartir sur des nouvelles bases avec lui après la mort de Sienna, et où cela l'avait-il menée ? Toutefois, rien ne disait que les choses ne pouvaient pas être différentes aujourd'hui.

Elle sentit une onde de chaleur monter dans sa poitrine et envahir ses joues. Heureusement, il faisait nuit, et il ne remarquerait peut-être pas son trouble. Elle n'avait pas encore acheté de nouveau maillot de bain et, pensant être seule ce soir, elle n'avait pas enfilé de T-shirt avant d'entrer dans la piscine. La sensation de l'eau sur sa peau lui donnait l'impression d'être nue. Ce qui ne faisait qu'attiser son désir. Elle avait beau essayer de lutter, tous ses sens étaient en émoi.

Elle continua de l'observer tandis qu'il plongeait dans l'eau et se mettait à nager. Il parcourut une longueur, puis une autre, et encore une autre. Au bout de quelques minutes, elle cessa de compter. Dépitée qu'il puisse l'ignorer si facilement, elle monta les marches du bassin et fut surprise qu'il la rejoigne, tout en restant dans l'eau.

— Tu ne nages plus ? demanda-t-il.

Elle s'assit sur le bord de la piscine.

— Je ne faisais que flotter. Cela me détend, mais je devrais sans doute te laisser seul, dit-elle, faisant de son mieux pour ne pas le regarder.

Ses cheveux étaient plaqués en arrière, et des gouttes d'eau cheminaient sur son visage, son cou et sa poitrine. Le désir la saisit si fort qu'elle haleta. Si seulement elle pouvait tendre le bras, le toucher ! Laisser les doigts suivre les lignes de son corps.

Non ! Ils avaient déjà emprunté cette route une fois et pour quel résultat ? Il fallait qu'elle se reprenne. Alors, elle s'accrocha à la seule chose qui chasserait toute pensée sensuelle de son esprit.

— Je pense que tu seras un père fantastique, Van. Je tenais à te le dire.

Il sembla surpris, comme si c'était la dernière chose

qu'il s'attendait à entendre. Il pencha la tête, mais ne dit rien. Il continuait de scruter son visage, peut-être pour tenter de connaître ses véritables pensées. Après un instant, elle éprouva le besoin impérieux de briser le silence.

— Tu as… été content de m'accompagner à l'échographie ? demanda-t-elle. Tu as apprécié le fait de voir le futur bébé ?

— « Apprécié » n'est peut-être pas le mot. C'était fascinant.

Il posa le regard sur son ventre — là où son fils grandissait.

— Et terrifiant à la fois.

— Je comprends ce que tu veux dire. La première fois que j'ai vu Sienna, j'ai paniqué. Je n'avais jamais prévu d'avoir des enfants et quand j'ai décidé de porter le bébé de ma sœur, je n'ai pas pris le temps de réfléchir à tous les aspects. Je savais seulement que je devais tenir ma promesse.

— C'est tout toi, commenta-t-il avec un petit rire.

Elle sourit.

— J'ai fait beaucoup de choses stupides dans ma vie. Je voulais faire quelque chose de bien, pour une fois. Faire passer les besoins et les espoirs de quelqu'un d'autre avant les miens. Mais j'ai agi sans réfléchir. J'imagine que je n'ai pas beaucoup changé, non ? Toi non plus, d'ailleurs.

— Tu trouves que je n'ai pas changé ? Je croyais que si, déplora-t-il avec un sourire déçu.

Elle l'étudia. Bien sûr, il était différent de l'enfant qu'il avait été. Il était devenu immensément riche et puissant. Mais au fond, il n'avait pas changé. Il continuait d'être en retrait et de protéger son entourage. Elle ne l'avait vu se départir de sa réserve qu'une seule fois. La nuit où ils avaient fait l'amour, après l'enterrement de sa sœur. Il avait été plus ouvert avec elle qu'il ne l'avait jamais été. À travers leurs corps, ils s'étaient dit toutes les choses qu'ils n'avaient pas pu formuler avec des mots, et dans un besoin mutuel de réconfort, ils s'étaient accrochés l'un à l'autre et avaient plongé dans des plaisirs exquis, pour tenter d'oublier leur chagrin.

— Tu es peut-être plus ambitieux qu'avant. Tu as fait beaucoup de chemin depuis que tu as quitté l'armée, c'est évident. Rares sont ceux qui peuvent bâtir un empire en si peu de temps.

— J'ai la chance que mes compétences soient très recherchées et très chères. Les gens ont besoin de sécurité, et dans les pays dans lesquels nous travaillons certains sont prêts à payer un prix extrêmement élevé pour l'acquérir. Et puis, je n'ai pas tout fait tout seul. J'ai eu la chance de recruter des gens dont les compétences complètent les miennes.

— Des gens comme Dani ? Quelles compétences apporte-t-elle ?

Elle s'en voulut d'avoir amené cette autre femme dans leur conversation.

— Sa société fournit l'électronique qui rend notre travail beaucoup plus facile. Si je devais investir séparément dans le développement de ces deux domaines, je n'en serais certainement pas là où j'en suis aujourd'hui.

— Je suis navrée que cela n'ait pas marché entre vous.

Elle sut qu'elle mentait à la seconde où elle prononça ces mots. Elle n'était pas navrée, au contraire. Lors de leur rencontre, elle avait trouvé cette femme d'une froideur clinique. Certes, elle était très belle, mais comme une statue de marbre pouvait être belle et en même temps vide, glaciale.

— Nous continuerons à collaborer malgré cela, dit-il.

C'était presque triste, se dit-elle. Si elle avait été proche d'un homme au point de songer à l'épouser, et que leur histoire s'était terminée, elle n'aurait pas pu continuer à travailler calmement avec lui. Et cela lui semblait encore plus triste que ce soit arrivé à Van. Elle savait à quel point il pouvait être passionné. L'homme qu'il était avec Dani Matthews semblait faux. Comme s'il entrait dans un moule dans lequel il pensait devoir être, au lieu d'aller là où était sa vraie place. Mais n'avait-il pas toujours été ainsi ? En tant qu'enfant et en tant que soldat ? Il avait toujours comblé les attentes de tous. Mais quand avait-il eu l'occasion d'être lui-même ?

Cette pensée la ramena à leur nuit ensemble, à l'honnêteté brute qu'ils avaient exprimée par les actes, quand les mots n'avaient plus suffi. D'habitude, elle évitait ces pensées, mais à cet instant elles assaillaient son esprit avec ardeur. Son corps déjà excité s'embrasa.

— Je sais que moi, je ne pourrais pas, affirma-t-elle.

— Pourquoi ?

— J'imagine que je suis trop sentimentale. Je ne sais pas compartimenter mes émotions et mes besoins. Si l'homme que je voulais épouser avait rompu ses fiançailles pour les mêmes raisons que toi, je…

Sa voix s'éteignit, et elle secoua la tête. Elle n'avait pas envie d'aller sur ce terrain.

— Tu quoi ? insista-t-il.

— Eh bien, s'il comptait vraiment pour moi, je me battrais bec et ongles pour lui. J'apprendrais à faire des compromis, à faire cohabiter ses souhaits avec les miens, surtout si ses enfants étaient impliqués.

— Et tu penses que Dani ne s'est pas battue pour moi ?

Bonne question. Peut-être avait-elle sous-estimé la belle miss Matthews.

— Elle s'est battue ? rétorqua-t-elle, soudain curieuse.

— Pas après notre discussion initiale, non.

— Mais vous étiez amoureux, non ?

Il plongea la tête dans l'eau avant de ressortir, et s'essuya les yeux.

— L'amour n'entrait pas en ligne de compte. Ce n'était pas nécessaire.

— Alors, je suis désolée pour toi, et pour elle.

— Il ne faut pas, nous sommes adultes. Ça n'a pas eu de conséquences sur nos affaires.

— Tu ne comprends donc pas ? C'est ça le problème. Ça devrait te faire souffrir. Ton cœur et ton esprit devraient souffrir !

— C'est ainsi que tu vois la vie ?

— C'est ainsi que je vois l'amour.

— Alors, c'est une bonne chose que tu ne sois pas amoureuse, n'est-ce pas ? Ça me semble très douloureux.

Ses mots lui firent l'effet d'une gifle.

— Tu es en train de dire que tu ne ressens rien ?

— Pas si je choisis de ne pas le faire.

— Tu maintiens encore un mur entre toi et le reste du monde, hein ? Je ne t'ai vu abattre ce mur qu'une fois.

— De quoi parles-tu ?

— De notre nuit ensemble ! s'exclama-t-elle avec ferveur. Je sais ce que tu as ressenti cette nuit-là. Sois honnête, tu souffrais. Je souffrais aussi, bien sûr. Et, pendant un instant, nous avons fait disparaître la peine.

Nous avons *éprouvé* quelque chose ensemble. Quelque chose de plus grand que la douleur, quelque chose de spécial. Tu n'y repenses jamais ? Tu ne veux pas éprouver cela de nouveau ?

— Non, absolument pas. Cette nuit n'était rien d'autre qu'une erreur.

Il s'éloigna et se hissa sur le bord du bassin, prenant de la distance avec cette conversation. Avec elle. Comme il le faisait toujours avec tout ce qui touchait aux émotions. Elle ne devrait pas ressentir cela, pourtant elle avait l'impression d'avoir perdu quelque chose de précieux. Quand elle se leva et s'enveloppa dans un peignoir, il était parti.

Elle était incorrigible ! se sermonna-t-elle en remontant dans sa chambre. Elle parlait toujours sans réfléchir. Au moins, cela rendait la vie intéressante, se consola-t-elle, et cela valait mieux que de cadenasser ses émotions comme il avait choisi de le faire. Elle ferma la porte de sa chambre et s'y adossa, submergée par la tristesse. Quand elle entendit des petits coups contre le panneau, elle sursauta. Elle se retourna pour ouvrir.

Il était devant elle, une serviette autour de la taille, une lueur incandescente dans son regard émeraude.

— Van ?

— Moi aussi, je repense à cette nuit. Je repense au parfum de tes cheveux, à ta peau douce sous mes mains, à ta saveur sous ma langue, à la chaleur de ton corps quand j'étais en toi. Et cela me rend fou. Je ne cesse de penser à cette nuit, Kayla. À toi.

Et il l'enlaça.

- 12 -

Van la saisit par les épaules et l'attira vers lui. Stupéfaite, elle n'opposa aucune résistance. Son souffle chaud la caressa lorsqu'il approcha les lèvres des siennes. Un afflux de désir, brûlant et irrésistible, la fit frissonner quand elles se touchèrent. Elle poussa un petit cri, et il en profita pour glisser la langue entre ses lèvres entrouvertes.

Elle plongea les mains dans ses cheveux courts, et il gémit contre sa bouche. Elle sentait déjà la pression de ses hanches contre son ventre, la puissance qui émanait de son sexe durci.

Un tourbillon de sensations la balaya quand il défit la ceinture de son peignoir et en écarta les pans pour l'exposer à son regard avide. D'une main tremblante, il tira sur les liens de son bikini derrière sa nuque. Les deux triangles mouillés tombèrent sur sa taille. De l'index, il suivit une veine bleu pâle sur son sein engorgé, puis emprunta le même chemin avec le bout de sa langue.

Elle tenta de parler, de lui dire ce qu'il provoquait en elle mais, à la seconde où il referma la bouche autour de son téton, les mots lui manquèrent. Elle se sentit chanceler. Comme s'il avait perçu sa faiblesse, il la prit dans ses bras et la porta près du lit, où il la reposa au sol avec douceur. Il acheva de lui retirer son bikini, qui tomba sur le tapis. Le peignoir suivit. Puis sa serviette.

Elle caressa son torse, puis ses mains dérivèrent vers le bas. Quand ses doigts s'arrêtèrent sur son aine, il blottit la tête contre son cou, et posa la main sur la sienne, l'empêchant de serrer son sexe engorgé.

— Je te désire, Kayla, dit-il d'une voix tremblante, mais si tu ne veux pas aller plus loin, dis-le maintenant, tant que je suis encore capable de quitter cette pièce.

— Si je te désire ? J'ai besoin de toi, Van. Ici. *Maintenant,* le supplia-t-elle.

Il avait l'impression d'avoir attendu ces mots mille ans, aussi ne se fit-il pas prier. Il pencha la tête pour l'embrasser de nouveau et l'attira contre lui d'un geste brusque. Son corps épousait le sien à la perfection, comme la dernière fois qu'ils avaient fait l'amour. Elle lui avait tellement manqué ! Cela faisait bien trop longtemps qu'il se sentait incomplet. Et à cet instant, avec elle, il avait enfin le sentiment d'avoir retrouvé son équilibre.

Il passa les mains sur son corps, qui avait changé. Une voix dans sa tête lui souffla qu'il devrait avoir honte d'être si excité par la volupté de ses nouvelles courbes, par le fait qu'elle portait son enfant, mais cette voix n'était pas la sienne. Elle appartenait au passé et méritait d'être étouffée pour toujours car rien, absolument rien, ne lui semblait aussi merveilleux que de tenir Kayla dans ses bras.

Elle était magnifique, et sa peau était douce et chaude. Il la fit s'étendre sur le lit pour pouvoir la contempler à loisir, la toucher, la savourer. Et elle partageait son désir, il le sentait, car ses mains le massaient, le caressaient, attisant son excitation jusqu'à le rendre brûlant de désir.

Mais il avait attendu ce moment trop longtemps. Il ne voulait pas se précipiter maintenant.

Il s'étendit au-dessus d'elle, appuyant son poids sur ses bras.

— Est-ce que ça va ? demanda-t-il d'une voix rauque, se penchant pour lécher le bout d'un mamelon rose pâle.

— Ça irait mieux si tu allais plus vite, murmura-t-elle, se cabrant contre lui. Et si tu retirais ce short mouillé.

— C'est la seule chose qui me maintient sous contrôle, avoua-t-il en souriant, heureux qu'elle soit si impatiente. Je parlais du fait que je sois allongé sur toi.

— Ça me va très bien. Tu es parfait là où tu es.

Elle hissa les hanches contre son sexe et gémit. Une lueur incandescente dansait dans ses yeux.

— Ne soyez pas trop long, soldat, ordonna-t-elle d'un ton malicieux.

— Je… prendrai… autant… de… temps… qu'il… le… faudra, répondit-il, ponctuant chaque mot par un mordillement ou un baiser sur ses seins.

Ses tétons s'étaient durcis, et il aurait pu passer toute la nuit à les embrasser. À masser ses seins ronds et pleins, à suivre les veines d'un bleu très pâle sous sa peau, à pincer doucement ses pointes rosies, à les taquiner avec la langue. Elle enfonça les ongles dans ses épaules, le poussant à lui donner autant de plaisir que possible.

Mais il y avait d'autres parties d'elle à explorer, à satisfaire, et il s'y employa avec ardeur. Sous ses mains, elle semblait menue. Elle frissonna quand il passa la langue sur ses côtes puis dériva vers le centre de son corps, pour finir par son nombril. L'épaisseur de sa taille et la légère courbe de son ventre étaient plus visibles quand elle était allongée. Un sentiment de fierté se fraya un chemin dans le brouillard de son désir. C'était son enfant qui grandissait là.

— Van ? Tout va bien ?

Sa question lui fit prendre conscience qu'il avait cessé de bouger.

— Tout est parfait, dit-il d'une voix soudain nouée par l'émotion. Tu es parfaite.

Il reprit son exploration, jusqu'au triangle de boucles blondes entre ses cuisses, puis encore plus bas, jusqu'à ses replis moites. Elle tremblait quand elle écarta les jambes afin qu'il puisse se caler entre elles. Il sentit leur douceur caresser ses épaules.

Il souffla sur sa chair luisante et sourit quand il l'entendit haleter.

— Van Murphy, si tu crois que c'est le moment de me tourmenter…

Mais il était bien trop gentleman pour la faire attendre. Il taquina le tendre cœur de son intimité et sentit ses cuisses se contracter contre lui.

— Oui, s'il te plaît. Juste là, dit-elle d'une voix haletante.

Il se réjouit de pouvoir provoquer tant de sensations en elle. Elle était son exact opposé sur bien des plans, mais dans un lit ils s'accordaient parfaitement. Il fit tourner la langue autour de son clitoris, alternant entre la force et la douceur. Il lui fallut faire appel à toute sa maîtrise pour la maintenir au bord de l'orgasme. Enfin, il posa les lèvres sur son bouton de rose turgescent et l'aspira avec force.

Elle se cambra, et il la sentit se raidir quand la première vague de plaisir déferla en elle. Il faillit jouir aussi tant son orgasme était intense. La regarder, savoir qu'il lui avait offert ce moment d'extase, lui donnait un sentiment de puissance que rien d'autre ne lui avait procuré.

Son short le serrait, et il le retira enfin. Son sexe à présent libéré était si douloureux qu'il se demandait s'il pourrait tenir bien longtemps.

Il s'allongea sur elle, se plaçant contre ses replis humides. La sensation de son sexe chaud contre le sommet sensible de son pénis faillit le faire exploser. Il s'immobilisa, rassemblant le peu de retenue qui lui restait.

— Je ne veux pas te faire mal, expliqua-t-il.

— Bon sang, Van, fais-moi l'amour ! exigea-t-elle, la voix enivrée de plaisir et de désir.

Elle le saisit par la taille et enfonça les talons contre ses fesses tandis qu'il se glissait en elle. Un grand frisson le secoua quand il s'enfonça jusqu'à la garde. C'était là qu'était sa place, se rendit-il compte. Son foyer, ce n'était pas une maison ou un endroit. C'était cette femme, ce moment, ensemble. Il se mit à onduler, s'enfonçant avec plus de vigueur à chaque coup de reins. Les muscles internes de Kayla se resserrèrent autour de lui, augmentant l'intensité de son plaisir, jusqu'à ce que dans un cri elle jouisse de nouveau, l'attirant vers un plaisir si puissant qu'il eut l'impression qu'il pourrait durer une éternité.

Des ondes de satisfaction le secouaient encore quand il roula sur le dos et l'entraîna avec lui, toujours en elle.

— Même si je ne devais plus jamais rien ressentir après ça, je mourrais heureuse, dit-elle contre son torse avant d'y déposer un baiser. Je t'aime, Van.

Sa voix était rauque. Épuisée, en quelques secondes elle s'endormit. Il resta là, à écouter sa respiration, la tenant dans ses bras et attendant que son propre cœur retrouve un rythme normal. Étant donné ce qu'elle venait de dire, il risquait d'attendre longtemps. Après leurs ébats, il devrait se sentir en paix, mais au contraire il était plus agité que jamais. Il avait une furieuse envie de se lever et de quitter la pièce. Elle l'aimait. Mais lui ne pouvait pas — ne voulait pas — l'aimer. C'était trop terrifiant.

Elle comptait trop pour lui. Voilà pourquoi cet instant avec elle et sa déclaration d'amour lui faisaient si peur. Peut-être avait-il toujours su, au fond de lui, que Kayla était celle qui pourrait le rendre vulnérable. Qui pourrait le pousser à vouloir des choses qu'il trouvait trop dangereuses pour lui. Elle lui faisait croire qu'il méritait ces choses : une famille, une vie riche, l'amour. Mais il savait que ce n'était pas le cas. Il suffirait d'une erreur pour qu'il gâche tout. Et, immanquablement, il finirait par tout gâcher — les gens de sa famille le faisaient toujours.

Elle remua dans ses bras, et il sentit son souffle chaud caresser son torse. Ce serait bien trop facile de rester dans ce lit, de se réveiller avec elle et de reprendre leur voyage sensuel, encore et encore.

Il avait le sentiment que les murs se refermaient autour de lui. Qu'il était enlisé dans un bourbier d'émotions dont il ne savait comment sortir. Il savait qu'il ne pouvait pas rester. Il avait commis une erreur la première fois qu'il avait fait l'amour avec elle et il venait de répéter cette erreur. Il ne pouvait pas lui offrir ce qu'elle désirait, ce qu'elle méritait. Il finirait forcément par la décevoir. Mieux valait le faire maintenant, avant que ce soit trop douloureux, décida-t-il en s'extirpant doucement de ses bras et en sortant du lit.

Il remonta le drap sur elle, puis ramassa sa serviette et son short, et se dirigea à pas feutrés vers la porte. De toute façon, cela n'aurait pas duré entre eux, même s'il l'avait voulu. De cela, il était certain. Rien de bon ne durait jamais dans sa vie.

Il éteignit la lumière et ferma la porte derrière lui.

Le lendemain matin, Kayla se réveilla et s'étira langoureusement, tendant le bras pour caresser le dos de Van. Mais sa main ne trouva que des draps froids. Ce qui ne l'inquiéta pas. Elle savait qu'il était un lève-tôt, et elle-même était devenue une lève-tard depuis que Belle et Imelda s'occupaient de Sienna le matin. Il fallait que cela cesse, d'ailleurs. Ce n'était pas juste que Belle doive gérer les matinées alors qu'elle était de garde la nuit. Et elle se sentait bien mieux maintenant, elle pouvait donc assurer ses devoirs de mère correctement. En fait, elle se sentait particulièrement en forme ce matin. Elle sourit et s'étira encore, puis se leva.

Elle avait tant d'énergie qu'elle avait envie de sortir sur le balcon, de lever les mains en l'air et de remercier l'univers pour l'étreinte exceptionnelle qu'elle avait partagée avec Van. Mais le fait qu'elle soit en tenue d'Ève et que Jacob, qui travaillait dans le jardin, puisse la voir était une bonne raison de s'abstenir, se dit-elle en souriant.

Elle prit une douche rapide et s'habilla. Elle était impatiente de voir Van et de suggérer une autre sortie en famille. À présent qu'elle avait déclaré sa flamme, elle voulait explorer ces sentiments plus avant et, si possible, susciter les mêmes chez lui. Le fait qu'il soit venu à elle hier soir avait été une révélation. Pour une fois, il avait mis de côté l'homme d'affaires distant, pour n'être plus qu'un homme avec des désirs. Et quel homme ! Certaines parties de son corps, qui n'avaient pas connu un plaisir aussi intense depuis bien longtemps, pulsaient encore.

Elle descendit pour se rendre dans la cuisine. Alors qu'elle approchait, elle entendit Imelda enjoindre gentiment à Sienna de manger ses céréales.

— Bonjour ! lança-elle.

Elle alla embrasser Sienna.

— Bonjour, mademoiselle Porter. Vous semblez très en forme aujourd'hui, souligna Imelda avec un sourire.

— Oui. Et je meurs de faim. Je pourrai même réussir à manger deux toasts, dit-elle avec un clin d'œil.

Elle jeta un regard circulaire.

— Van est là ? Je me suis dit que nous pourrions faire une sortie avec Sienna aujourd'hui.

— Non, mademoiselle Porter. Il est parti avant l'aube.

Une sensation désagréable la parcourut. Une sensation qui fut suivie rapidement d'une série de questions. Il était parti ? Où ça ? Et pourquoi ne lui avait-il pas dit au revoir ?

— Il ne m'a pas prévenue. Savait-il qu'il partait ?

— Non. Une urgence à l'étranger, apparemment.

— N'a-t-il pas des employés pour gérer ce genre de choses ?

— Vous connaissez M. Murphy. Il aime tout vérifier

lui-même jusqu'aux moindres détails. Il est très fier de son travail.

— Alors, où est-il allé ?

Quand Imelda mentionna un endroit connu pour sa dangerosité, elle sentit son cœur se serrer.

— Alors vous voyez, conclut Imelda, il n'aurait pas demandé à un employé de se rendre dans une zone comme celle-ci. C'est une région très instable, et il a toujours dit qu'il n'enverrait jamais personne dans un endroit où il n'était pas prêt à aller lui-même.

Vraiment ? se demanda-t-elle. Ou avait-il, après sa déclaration d'amour, simplement saisi l'occasion de fuir, comme il l'avait toujours fait ? Sans dire au revoir, sans donner de date de retour ? Des larmes brûlantes lui montèrent aux yeux, et sa gorge se noua. Elle avait cru qu'il avait changé, qu'il était prêt à reconnaître ses sentiments, à assumer ses responsabilités, envers elle, envers ses enfants. Mais elle avait eu tort.

— Il manquera le premier anniversaire de Sienna, dit-elle avec amertume.

Imelda hocha la tête.

— Je sais.

Comment pouvait-il faire une chose pareille ? Partir maintenant, après tout ce qu'ils avaient partagé ? Elle prépara son petit déjeuner de manière automatique, mais découvrit qu'elle n'avait plus aucun appétit quand il fallut l'avaler. Elle avait l'impression que toute la lumière du soleil avait soudain quitté son monde. C'était le passé qui se répétait. *Pourquoi ?* se demanda-t-elle en boucle. Même si Van n'était pas prêt à entamer une relation avec elle, pourquoi se mettait-il délibérément en danger alors qu'il n'y était pas obligé, et qu'il avait des responsabilités de père ? Cela n'avait aucun sens. Ses enfants avaient besoin de lui. Pas seulement comme une figure paternelle qui ne se montrerait que de temps en temps, mais comme un père présent, qui les guiderait, les aimerait et leur apprendrait la vie.

Rien de tout cela n'était logique. C'était pourtant lui qui avait menacé de lui retirer ses deux enfants. Lui qui les avait fait venir dans cette maison, et qui avait pris le contrôle de sa vie. Lui qui était venu la trouver hier soir, et qui lui avait fait l'amour comme un homme qui éprouvait de l'amour, et non comme un homme qui avait peur de ce à quoi l'amour pouvait mener.

Après la tristesse survint une colère brûlante et soudaine. Il avait changé les paramètres de leur relation par ses actes hier soir, il n'avait donc pas le droit de faire marche arrière ce matin ! Et ses devoirs envers Sienna ? Comment pouvait-il choisir d'aller dans un lieu dangereux, dont il pourrait ne pas revenir ?

Elle n'eut aucun mal à nourrir les flammes de sa fureur. En fait, elles l'aidèrent à aller au bout de sa journée, et des jours qui suivirent, jusqu'à son retour. La nuit tendre, passionnée, aimante qu'ils avaient partagée n'était plus qu'un lointain souvenir quand il rentra enfin deux semaines plus tard. Et elle le suivit jusqu'à son bureau pour exiger une explication.

Il était pâle de fatigue et encore habillé en treillis poussiéreux, son T-shirt s'étendant sur ses épaules larges et son torse comme une seconde peau.

Sans prendre la peine de le saluer, elle lança :

— Alors, tu as décidé de sortir de ta cachette.

Van s'y attendait. Les paroles et la voix de Kayla étaient aussi tranchantes que du verre brisé. Et il la comprenait.

— Bonjour quand même, dit-il, levant les yeux de la pile de documents sur son bureau

— Pourquoi, Van ?

Il l'observa, ébahi par sa beauté. Même quand elle était en colère, comme à cet instant, elle l'attirait comme un aimant puissant. Il avait tenté de l'oublier, en partant très loin. Les similitudes entre leurs deux nuits d'amour espacées de cinq ans ne lui avaient pas échappé. Cette fois encore, il avait fui comme un voleur, en se disant que c'était mieux ainsi, même si son cœur lui avait commandé de rester. Mais cela faisait bien longtemps qu'il ne l'écoutait plus.

— Alors ? insista-t-elle, croisant les bras et le fusillant du regard. Tu n'as rien à dire ? Eh bien, c'est parfait, car moi j'ai beaucoup à dire.

Il resta là, en silence, et l'écouta déverser sa colère sur lui. Il méritait chaque mot, chaque accusation. Mais il détesta chaque seconde de sa tirade, surtout quand elle parla de l'anniversaire de Sienna, qui avait eu lieu la semaine dernière. Il n'était pas au courant de la date — il n'avait pas pris la peine de s'y intéresser. Il regrettait vraiment d'avoir manqué cela. Mais il ne l'avouerait pas à Kayla.

Tout son être voulait se défendre. Dire la vérité. Mais comment lui faire comprendre qu'il n'était pas assez bien pour elle et ne le serait jamais ?

— Tu as fini ? lâcha-t-il quand elle se tut enfin.

Il y avait des traces de larmes sur son visage, et il

savait que c'était à cause de lui. Il tenta d'ignorer la culpabilité qui le tenailla.

— J'aurai fini quand tu pourras admettre que tu as choisi de mettre ta vie en danger plutôt que d'affronter tes problèmes ! fulmina-t-elle. J'imagine que tu as fui parce que je t'ai dit que je t'aimais. Eh bien, sache que ce n'est pas la pire chose qui puisse t'arriver. Tu ne vas pas mourir parce que quelqu'un t'aime, ou parce que *je* t'aime. Tu n'as pas à être en permanence l'homme fort, le défenseur des faibles. Tu as le droit de montrer tes faiblesses et d'être vulnérable avec une autre personne, quelqu'un à qui tu puisses faire confiance. Quelqu'un comme moi.

— Tu ne sais pas de quoi tu parles. Je n'ai pas fui. J'avais du travail à faire, prétendit-il d'un ton désinvolte.

Tout ce qu'elle venait de dire à son sujet, il l'avait pensé ces deux dernières semaines. Mais il n'était pas prêt à l'avouer, à personne. Ni maintenant ni jamais. Car cela impliquerait d'ouvrir une part de lui enfermée depuis bien trop longtemps. Il ne changerait pas. Ni pour elle ni pour personne.

Il chercha les mots qui la repousseraient.

— Ce ne sont pas mes problèmes que je fuyais, mais toi.

Elle blêmit et sembla vaciller sous la cruauté de ses paroles. Il ravala l'envie de lui présenter ses excuses, de la prendre dans ses bras, de lui dire qu'il avait menti. Et il resta là, muet et immobile.

— Je vois, dit-elle d'une voix blanche. Eh bien, merci d'être honnête sur ce point, au moins.

Et elle quitta la pièce. Il serra les poings, réprimant son envie de la suivre. C'était mieux ainsi, se répéta-t-il.

Elle ne pouvait pas l'aimer ; il ne la laisserait pas faire. Même si c'était cruel, il avait bien fait d'agir de la sorte.

Il espérait avoir raison, car dans le cas contraire il venait de refuser la meilleure chose qui lui soit jamais arrivée au cours de sa misérable existence.

- 13 -

Kayla avait le cœur brisé. Aimer un homme qui ne vous aimait pas et ne vous aimerait jamais était bien plus douloureux qu'elle ne l'avait imaginé. Certes, plus jeune, elle avait eu le béguin pour des garçons qui l'avaient ignorée, mais cette fois c'était différent. Elle était si abattue et si triste qu'elle avait du mal à être joyeuse devant Sienna. Même Imelda et Belle l'avaient remarqué, et redoublaient d'efforts pour lui remonter le moral. Mais ce n'était pas une simple déprime. Elle avait le sentiment d'avoir perdu tout ce qu'elle n'avait même pas eu conscience de vouloir.

Malgré tout ce qui s'était passé, elle aurait voulu vivre une relation permanente avec Van. Désormais, elle savait que c'était un rêve impossible. Et vivre ici, être assise à la même table que lui les soirs où il rentrait pour dîner, ou le regarder passer du temps avec Sienna, la pousser à marcher sur ses petites jambes potelées, lui était insupportable. Il ne l'aimerait jamais, elle l'acceptait à présent. Mais elle devait rester ici afin d'honorer leur contrat, même si vivre sous le même toit était devenu un enfer. Quand il était là, du moins. Pour l'heure, il était de nouveau en voyage d'affaires — en sécurité dans le pays cette fois, à son grand soulagement.

Un matin, Imelda l'informa qu'elle avait un appel.

— Qui est-ce ? demanda-t-elle, prenant le combiné qu'Imelda lui tendait.

— Mlle Matthews, répondit-elle d'un air pincé.

Il y avait peu de gens qu'Imelda n'appréciait pas, et Dani semblait en faire partie.

— A-t-elle dit ce qu'elle voulait ?

— Elle n'a pas daigné m'en informer, regretta Imelda avec aigreur.

Elle prit le téléphone et salua Dani.

— Kayla, je suppose que vous allez bien ?

La voix parfaitement posée de Dani résonna dans l'écouteur. Elle étouffa l'envie de se frotter l'oreille.

— Je vais bien, merci. Van n'est pas là. Vouliez-vous lui laisser un message ?

— Non, c'est à vous que je souhaitais parler.

Dani marqua un temps, puis reprit :

— Je me demandais si nous pouvions nous rencontrer pour discuter. Peut-être demain matin, au port de pêche de Monterey, vers 11 h 30 ?

Elle ne put masquer sa surprise.

— Pourquoi ?

— Nous en parlerons à ce moment-là. L'heure et le lieu sont-ils à votre convenance ? Je suppose que vous pourrez trouver une baby-sitter.

Qui utilisait des mots comme « convenance » dans une conversation normale ? se dit-elle. Imelda, qui pouvait entendre la conversation, roula des yeux avant de faire un signe de tête positif.

— Oui, ce n'est pas un problème, répondit-elle. 11 h 30, donc.

Dani mentionna le nom d'un restaurant puis raccrocha.

— Croyez-moi sur parole, dit Imelda en reprenant le combiné, elle mijote quelque chose.

— Je dois l'admettre, je suis surprise qu'elle veuille me voir. Qu'avons-nous en commun ?

— M. Murphy, déclara Imelda, le regard dur.

— Oh ! non, nous ne sommes pas… Il n'est pas… Ce n'est pas ce genre de relation entre nous.

Imelda haussa les sourcils.

— Je vous assure, insista-t-elle. Eh bien, je saurai bientôt ce qu'elle veut. Vous êtes sûre que cela ne vous ennuie pas de garder Sienna demain ? Je sais que Belle est de repos, mais je pense que ça ne l'ennuierait pas de s'occuper d'elle pendant quelques heures. Elle m'a dit qu'elle n'avait rien prévu hormis lézarder au bord de la piscine avec un livre.

— Voyons, vous savez que j'adore avoir Sienna pour moi ! Mais soyez prudente avec Mlle Matthews. Je ne lui fais pas confiance. Ce n'est pas naturel pour une femme d'être…

Elle chercha le terme approprié.

— … sans âme.

— Sans âme ? Je ne l'ai rencontrée qu'une fois, et elle m'a paru… posée, mais elle ne peut pas être si terrible. Van et elle allaient se marier, non ?

— Croyez-moi, elle ne fait jamais rien qui ne soit pas dans son intérêt. Elle a une calculatrice à la place du cœur. C'est heureux que M. Murphy ait rompu ses fiançailles et restreint leur relation au travail uniquement.

— Vous pensez qu'ils étaient mal assortis ?

Elle ne devrait pas inciter Imelda à cancaner, mais c'était plus fort qu'elle.

— En apparence, non, mais elle ne pourrait jamais

lui apporter ce dont il a besoin. Pas comme vous le pourriez.

— Oh ! non ! s'exclama-t-elle, secouant la tête. Il ne veut rien de moi.

— Comme beaucoup d'hommes, il ignore ce dont il a besoin. Il est trop occupé à veiller sur tout le monde pour penser à lui. Vous dites qu'il ne veut rien de vous, mais ce qui est plus juste c'est qu'il ne veut rien de personne. Mais il a *besoin* de vous. Vous devriez y réfléchir, conclut Imelda.

Elle la regarda sortir de la pièce, perplexe. Imelda n'était sans doute pas sérieuse. Elle n'avait rien à offrir à Van. Rien qu'il admette vouloir, en tout cas. Elle avait espéré prendre un nouveau départ avec lui, mais il lui avait clairement fait comprendre que cela n'arriverait jamais. Et elle se demandait ce que Dani pouvait bien lui vouloir.

Dani était déjà installée à une table quand Kayla arriva dans le restaurant. Elle se leva pour lui serrer la main. Les picotements dans son ventre se transformèrent en un nœud inconfortable. Elle avait eu des nausées toute la matinée. Pas de doute, une grande partie de son malaise était due à sa nervosité. Elle avait songé à annuler ce rendez-vous, mais elle s'était dit que Dani aurait choisi une autre date, de toute façon. Cette femme lui paraissait être du genre tenace.

— Je vous en prie, asseyez-vous, dit Dani. Que voulez-vous boire ?

— Juste un verre d'eau, s'il vous plaît.

— Bien.

Dani sourit et fit signe à un serveur.

Lorsque celui-ci eut pris leurs commandes et fut reparti, Dani reporta toute son attention sur elle. Elle l'étudia. Elle n'avait pas changé par rapport à leur première rencontre ; toujours tirée à quatre épingles, ses cheveux brillants et impeccablement coiffés encadrant son visage parfait au teint de porcelaine. Kayla eut envie de toucher ses boucles indisciplinées pour tenter de les dompter mais y renonça.

— Vous vous demandez sans doute pourquoi je vous ai téléphoné.

Elle hocha la tête.

— Je veux récupérer Donovan, et vous allez m'y aider, dit-elle d'un ton parfaitement plaisant, mais dont les nuances la mirent mal à l'aise.

— Je ne vois pas comment j'aurais la moindre influence sur la question. Van n'en fait qu'à sa tête, répondit-elle aussi calmement qu'elle le put.

Dani sourit avec condescendance, comme elle le ferait avec une personne particulièrement stupide.

— Je m'attendais que vous disiez cela. Soyons honnêtes, vous et moi savons que Donovan est malheureux de la situation.

— Je ne dirais pas malheureux.

Mais elle savait qu'il n'était pas heureux. Un nuage sombre planait au-dessus d'eux depuis leur étreinte, et il se montrait plus distant que jamais.

— Inutile de vous mentir à vous-même, insista Dani.

Elle agita ses mains fines et sans bijoux.

— Il a pris un engagement sans réfléchir aux conséquences. La situation l'a pris par surprise, et il a trop d'honneur pour fuir, même s'il sait qu'il a commis une immense erreur. C'est à vous et à moi d'arranger les choses.

Elle empoigna un attaché-case élégant et en sortit un dossier qu'elle fit glisser sur la table.

— J'aimerais que vous lisiez ceci, Kayla. Je pense que vous trouverez les conditions intéressantes.

Elle prit les documents et les parcourut. Malgré le jargon juridique, tout était très clair. Dani lui offrait de l'argent, beaucoup d'argent, pour qu'elle quitte la maison de Van et s'installe dans une autre ville. Tout ce qu'elle avait à faire, c'était promettre de ne plus le contacter. Sur le papier, tout semblait simple et facile, pourtant tout son être se révolta à cette idée. Même si elle savait qu'elle n'avait pas d'avenir avec lui, qu'en était-il des enfants ? Et de leur relation avec leur père ?

Un sentiment de dégoût bien trop familier se propagea dans son ventre. Elle but une gorgée d'eau pour tenter d'apaiser sa nervosité, en vain.

— Excusez-moi, dit-elle brusquement avant de se lever.

Elle courut vers les toilettes, qu'elle avait repérées à son arrivée. Une fois là-bas, son estomac se retourna et renvoya le léger en-cas qu'elle avait avalé ce matin. Épuisée et tremblante, elle se rinça les mains, passa de l'eau froide sur ses poignets pendant un instant, puis mouilla une serviette de papier et la posa sur son visage et sa nuque, afin de prévenir d'autres nausées.

Les mots imprimés sur le contrat de Dani dansaient devant ses yeux. Cette femme voulait qu'elle sorte de la vie de Van, et elle était prête à payer le prix fort pour parvenir à ses fins. Elle aurait un accès libre à un fonds établi pour elle et les enfants, et un appartement tout équipé, ce qui lui permettrait d'élever les enfants seule. Tout ce qu'elle avait à faire, c'était exclure Van de leur existence. Dani leur offrait même de nouvelles identités, pour qu'elle n'ait pas à s'inquiéter que Van la retrouve pour réclamer la garde des enfants.

Elle avait cru que ce genre de choses n'arrivait que dans les soaps et les films. Cela semblait inconcevable dans la vraie vie. Et puis, elle avait déjà signé un accord avec Van. Elle était encore liée par ce contrat, non ? Elle jeta la serviette de papier dans la poubelle. Pouvait-elle faire cela à Van ? Disparaître sans laisser de traces ? Ne serait-ce pas d'une cruauté extrême ?

Mais lui, ne s'était-il pas exclu de leur vie en partant pour cette mission à l'étranger sans même la prévenir ? Était-ce vraiment le genre de père qu'elle voulait pour ses enfants ? Un homme qui s'absenterait régulièrement sans aucune considération pour eux ?

Elle regarda son reflet dans le miroir. Elle était pâle, mais relativement remise. Dani l'attendait, et elle devait retourner là-bas pour lui donner une réponse. Mais quand elle se dirigea vers leur table, elle ignorait quoi dire. Cependant, une fois qu'elle fut assise, Dani ne perdit pas de temps pour tenter de la convaincre.

— Cela va mieux, on dirait ? dit-elle avec un sourire mielleux.

— Oui, merci.

— Je ne pourrais pas subir ce que vous subissez, sans parler de tous les effets sur votre corps.

Dani haussa les épaules avec élégance.

— Bien trop compliqué. Et si… indigne.

Elle garda le silence. Car, si elle ouvrait la bouche, elle pourrait dire des choses qu'elle regretterait. Elle commençait à comprendre pourquoi Imelda l'avait mise en garde. Dani, à l'évidence, ne mesurait pas à quel point une mère pouvait aimer son enfant, quels que soient les effets de la grossesse sur elle. Alors, que pensait-elle pouvoir offrir à Van ? se demanda-t-elle. Aucune femme aussi obsédée par les apparences ne pouvait ressentir de vraie passion, pour personne. Dani n'aimait pas Van, elle voulait l'acquérir, plutôt.

— Alors, que pensez-vous de mon offre ? demanda Dani. Elle est très généreuse, et avec les fonds supplémentaires réservés aux frais universitaires des enfants, vous n'aurez pas à vous inquiéter pour leur avenir. Comme je l'ai dit, je veux récupérer Donovan. Nous sommes parfaitement assortis, et depuis que vous êtes revenue sur la scène avec votre couvée, il est différent. Malheureux. Déconcentré. Il a besoin de moi, plus qu'il ne le pense, et une fois que les enfants et vous serez hors de son chemin, lui et moi pourrons remettre nos projets en route.

Van, malheureux ? Peut-être ces derniers temps, mais certainement pas en permanence. Elle le revit jouer avec Sienna sur la pelouse, l'autre jour. Il n'avait pas semblé malheureux, au contraire. Mais ensuite, elle se rappela son expression quand il l'avait surprise à les observer. Et le sentiment d'être une intruse qu'elle avait éprouvé.

— Il dit qu'il veut être avec ses enfants. C'était son choix de faire partie de leur vie.

— C'est ce qu'il vous a dit ?

Dani secoua la tête d'un air désolé.

— Ma pauvre, vous vous bercez d'illusions. Bien sûr, Donovan veut que vous pensiez cela, car c'est un homme d'honneur. Mais croyez-moi, au fond de lui, il ne veut pas que des enfants encombrent sa vie. Il ferait tout ce que son sens du devoir lui commande de faire, bien sûr. Mais jamais, au grand jamais, il n'a voulu s'impliquer lui-même dans leur éducation.

Elle marqua un temps, puis reprit :

— Toute cette pression le distrait, et dans son secteur d'activité, le manque de concentration peut être dangereux, je suis sûre que vous en conviendrez. Je souhaite le débarrasser de cette distraction afin qu'il puisse concentrer son esprit sur ce qui est important.

— Sur le travail, ou sur vous ? demanda-t-elle, amère.

— Les deux, bien sûr. Nous sommes pareils, après tout. Donovan et moi sommes faits pour être ensemble, Kayla. Vous êtes sûrement capable de le voir. Nous sommes similaires sur bien des plans — nous avons les mêmes rêves, les mêmes buts. Et je sais qu'il a des besoins. C'est, après tout, un homme très vigoureux, comme vous le savez aussi.

Dani émit un petit rire qui lui hérissa le poil.

— Pourquoi le saurais-je ? rétorqua-t-elle froidement, masquant les émotions qui bouillaient en elle.

— Oh ! vous savez de quoi je parle ! répondit Dani avec un air entendu. Donovan et moi n'avons pas de secrets l'un pour l'autre.

Il avait dit à Dani qu'il avait couché avec elle ? Comment avait-il pu ? Et surtout, pourquoi l'avait-il fait ? Peut-être cet acte n'avait-il eu aucune importance pour lui. Peut-être avait-il simplement voulu assouvir une envie passagère.

Elle fixa le stylo. En or, bien sûr. Il coûtait sans doute plus que sa précédente voiture. Pouvait-elle faire ce choix ? Pouvait-elle signer ce contrat, et disparaître de la vie de Van en emmenant leurs enfants ? Elle songea aux conséquences juridiques d'un tel acte. Van la poursuivrait-il en justice ?

— Des questions, Kayla ? demanda Dani, s'infiltrant dans ses pensées.

— Van m'a menacée d'un procès si je l'empêchais de voir ses enfants. Qui me dit qu'il ne le refera pas si j'accepte vos conditions ?

— Si une telle chose devait se produire, et je vous assure que cela ne se produira pas, je m'en chargerais pour vous, je le promets. Tenez, je vais même le noter.

Dani reprit le contrat et rédigea un avenant sur la dernière page, sous lequel elle apposa son paraphe. Elle le lut. Il transférait la responsabilité légale de tous conflits à Dani.

— Il m'écoutera, assura-t-elle.

— Et vous êtes certaine qu'il ne veut plus voir ses enfants ? Il s'est pourtant battu pour obtenir une garde partagée. Êtes-vous absolument sûre qu'il a changé d'avis ?

— Eh bien, à l'évidence, assura Dani, fixant le contrat avec un regard appuyé. Comme je l'ai dit, son sens de l'honneur exigeait qu'il assume ses responsabilités envers ses enfants, même s'il ne voulait pas d'eux.

— Et son sens de l'honneur a disparu désormais ? Pourquoi ne m'en a-t-il pas parlé ? Pourquoi vous laisser vous en charger ?

— Disons que la vie de père ne correspond pas à ce qu'il imaginait. Et, soyons honnêtes, tout cela devient un peu trop compliqué, non ? Il vaut mieux que je règle la situation, afin que nous puissions aller de l'avant.

Les mots de Dani sonnaient vrai, mais pouvait-elle les croire — ou même croire cette femme ? Elle fixa le contrat et réfléchit. Hier à peine, elle avait avoué vouloir sortir de la situation dans laquelle elle se trouvait. Et il était hors de question qu'elle laisse Sienna derrière elle si elle trouvait un moyen de partir. Dani lui offrait une porte de sortie pour elles deux et pour le bébé qu'elle portait. Une issue de secours qui lui garantissait toute la sécurité et l'argent dont elle et les enfants auraient besoin à l'avenir. Elle devait bien l'admettre, l'offre était tentante.

Depuis le début, sa plus grande inquiétude était que Van abandonne sa nouvelle famille dès qu'il serait débordé par ses émotions. N'avait-il pas déjà prouvé que ses craintes étaient fondées ? Il s'était totalement fermé depuis leur nuit de passion, comme pour lui faire comprendre qu'il n'y avait aucun avenir possible entre eux. À présent, elle avait une occasion en or de sortir de sa vie. De prendre un nouveau départ.

— Il ne saurait pas où je suis ?

Sentant manifestement qu'elle approchait du but, Dani lui offrit son sourire le plus sincère jusqu'ici.

— Non. Je m'assurerai que Donovan ignore totalement les détails de notre contrat et que vous soyez protégée de lui sur le plan légal. Il ne vous ennuiera plus, croyez-moi. Nous serons trop occupés à construire notre avenir.

Tout en elle lui criait de ne pas signer. Elle voulait que Van fasse partie de sa vie et de celle de leurs enfants. Mais voulait-il la même chose ?

Non.

Alors, le choix était clair, songea-t-elle. Elle devait accepter cette offre. C'était le mieux pour Sienna et pour le futur bébé. Et, même si c'était très douloureux, le mieux pour elle. Grâce à ce contrat, leur petite famille ne manquerait de rien. Ils auraient leur propre appartement, et ne seraient pas contraints de vivre sous le toit d'un homme qui désormais tolérait à peine leur présence.

— Cela vous coûte beaucoup d'argent, fit-elle tout de même valoir. Et vous, êtes-vous certaine de votre choix ?

Dani balaya sa question du revers de la main.

— Cet argent, ce n'est rien pour moi. Donovan, en revanche, est tout pour moi. Et je ferai tout ce qu'il faut pour le retrouver et faire son bonheur.

Ces mots résonnèrent dans son esprit. Certes, elle faisait cela pour elle et les enfants. Mais aussi pour Van. Il méritait d'être heureux, lui aussi.

D'un geste déterminé, elle saisit le stylo et apposa sa signature sur le contrat.

- 14 -

Cela faisait des jours que Van était impatient de rentrer chez lui. En temps normal, il n'avait pourtant aucun problème à être loin de sa maison et à se noyer dans le travail, mais ce voyage était différent. Il avait eu beaucoup de temps le soir, quand il ne trouvait pas le sommeil, pour sonder son âme, ce qui l'avait amené à une révélation douloureuse. Kayla et Sienna lui manquaient terriblement.

Au début, il avait mis cela sur le compte de la distance. Il était sur la côte Est, travaillait entre seize et dix-huit heures par jour, et dormait moins de quatre heures par nuit. La privation de sommeil pouvait avoir des effets terribles sur le corps et l'esprit. Il le savait d'expérience, après ses années dans l'armée.

Il était donc logique qu'il veuille retrouver son quotidien, surtout quand une femme si attirante vivait sous son toit. Mais elle ne serait pas toujours là. Dès que leur fils serait né et sevré, elle s'en irait, et ils partageraient la garde des enfants. Ils mèneraient deux existences parallèles, comme il l'avait exigé dès le départ. Comme il l'avait voulu.

Excepté qu'il ne voulait plus vivre ainsi. Quelque part en route, il avait senti un changement dans sa façon de penser — être raisonnable et détaché ne lui convenait plus. Et il ne pouvait plus utiliser l'argument que

Kayla n'était pas fiable, car elle n'était plus la rêveuse frivole d'autrefois. Oui, elle était toujours généreuse et impulsive, et elle voulait toujours aider ceux qui avaient moins qu'elle — à son détriment, parfois —, mais cela ne faisait pas d'elle une mauvaise personne. C'était une très bonne mère, aimante et présente, et, étant donné les effets physiques que ses grossesses avaient sur elle, il admirait le fait qu'elle ait honoré le vœu de sa sœur malgré tout. Cela demandait du cran, c'était indéniable.

— Sois un homme, s'intima-t-il à voix haute en tapant sur le volant. Et sois honnête avec toi-même.

Et il devait aussi, comme Kayla l'avait dit, cesser de fuir ses émotions. Mais pouvait-il apprendre à faire confiance, comme elle voulait qu'il le fasse ? Pouvait-il s'exposer à ses craintes de ne pas être à la hauteur, d'être rejeté, d'échouer ? D'abord, c'étaient les parents qui l'avaient élevé qui avaient blessé son cœur. Puis, la vérité sur sa famille biologique l'avait anéanti. Il était un homme meurtri, il fallait l'admettre. Avec une prédisposition à l'alcool, il n'était pas un cadeau. Et pourtant, Kayla disait l'aimer.

L'aimerait-elle autant si elle savait tout ? Était-il trop tard pour se racheter auprès d'elle ? Pourrait-elle lui pardonner de s'être comporté comme si l'amour qu'elle lui portait ne comptait pas — comme si *elle* ne comptait pas ?

Mais elle comptait pour lui, tout comme Sienna et leur fils à naître. Bien plus qu'il ne l'aurait jamais imaginé. Il devait se racheter, il n'y avait pas d'autre choix. Sa vie serait incomplète s'il ne pouvait pas réparer ses torts ni fonder le foyer dont il avait toujours rêvé. Il ralentit en arrivant devant la maison et attendit que les grilles s'ouvrent. À présent qu'il était chez lui, il était empli d'un mélange d'appréhension et d'excitation. Ce ne serait pas facile de demander le pardon de Kayla, mais il était prêt à se mettre à genoux et à la supplier pour qu'elle lui laisse une autre chance. Et cette fois, il espérait bien ne pas tout gâcher.

Il eut un mauvais pressentiment à la minute où il fut dans le garage. La voiture de Kayla était là, avec son siège auto à l'arrière, pourtant, il avait la sensation que quelque chose clochait.

Un sentiment dont il n'arrivait pas à se débarrasser. Son sixième sens était fiable et l'avait sauvé de situations dangereuses bien des fois. Il sortit sa mallette de la voiture et entra dans la maison. Son malaise s'accrut, mais ce fut seulement lorsqu'il heurta Imelda, qui venait à sa rencontre dans le couloir, qu'il se rendit compte qu'il y avait un vrai problème. Elle semblait si bouleversée que la peur l'envahit.

— Imelda ? Qu'y a-t-il ? Qu'est-ce qui ne va pas ?

— Vous n'êtes pas au courant ?

— Au courant de quoi ? Dites-moi !

Il réprima l'envie de la secouer pour obtenir une réponse.

— Kayla va bien ? Les bébés ?

— Autant que je sache, ils vont tous très bien. Peut-être devrais-je laisser Mlle Matthews vous le dire. Elle vous attend sur le balcon.

— Autant que vous sachiez… Dani ?

Imelda passa devant lui en reniflant, comme si elle retenait ses larmes. Sans perdre un instant, il se dirigea vers le balcon. Dani était installée sur une chaise, toujours aussi belle, toujours si distante. Quand elle se leva pour le saluer, il se demanda comment il avait pu penser un seul instant qu'il pourrait être heureux avec elle.

— Donovan, chéri, dit-elle en lui tendant la joue. Tu m'as manqué.

Il ne pouvait se résoudre à la toucher. Plus maintenant.

— Je suis surpris de te voir ici, dit-il d'un ton crispé.

Il s'efforçait d'être poli, alors que tout ce qu'il voulait, c'était qu'elle lui dise où était Kayla.

— Je ne pensais pas te voir avant demain, au bureau, ajouta-t-il.

— Je sais. J'adore te faire des surprises.

Elle sortit une bouteille de champagne d'un seau à glace.

— Maintenant que tu es retour, il faut fêter ça.

— Dani, que se passe-t-il ? gronda-t-il.

— Oh ! inutile de jouer les durs, Donovan ! Tu sais que ça ne me plaît pas. Et puis, tu vas être ravi quand tu sauras ce que j'ai fait.

Elle lui tendit une flûte de cristal qu'il reposa promptement sur la table.

— Tu sais que je ne bois pas.

— Mais c'est une occasion très spéciale. Tu peux sûrement faire une exception pour cette fois, non ? Juste une gorgée.

— Je ne fais aucune exception avec l'alcool. Jamais. Pourquoi es-tu ici ?

— Je me suis dit que tu aimerais peut-être savoir que j'ai réussi à te débarrasser de ton petit problème, de manière permanente, pour que nous puissions reprendre là où nous en étions restés. Tu étais si malheureux depuis que tu avais cette femme et sa morveuse sous ton toit ! Il fallait que quelqu'un fasse quelque chose.

— C'est de mon enfant que tu parles, rétorqua-t-il, contenant la fureur qui menaçait de le submerger.

Sa colère devrait attendre qu'il ait toutes les informations dont il avait besoin, et telle qu'il connaissait Dani cela prendrait sans doute bien plus de temps qu'il ne le souhaitait.

— Une enfant dont tu ne voulais pas, tu te rappelles ? Et maintenant, elle est partie. Ainsi que sa mère.

— Que leur as-tu fait ?

— Mais rien, voyons ! Je leur ai simplement offert une porte de sortie. Maintenant, la situation est résolue, et tout le monde est content. Nous pouvons reprendre nos projets de mariage, sans bébés non désirés pour encombrer notre avenir.

Devrait-il donc tout lui soutirer, mot par mot ?

— Où sont-elles ?

— Elles sont très contentes là où elles sont. À la demande de Kayla, tu ne peux pas connaître son adresse. Nous avons toutes les deux jugé que ce serait mieux ainsi. Car étant donné ta fâcheuse tendance à jouer les preux chevaliers, tu serais tenté de courir la retrouver, n'est-ce pas ?

— Tu n'avais pas le droit de t'en mêler. Nous ne sommes plus un couple, Dani. Notre relation est uniquement professionnelle.

Elle agita une main élégante, et il remarqua que le solitaire qu'il lui avait offert ornait de nouveau son annulaire.

— Mais nous savons tous les deux que nous voulons

davantage, insista-t-elle. Nous étions heureux avant qu'elle surgisse dans ta vie.

Heureux ? Il avait peut-être cru l'être, mais il n'avait pas mesuré à quel point son existence était vide.

— Dani, j'ai commis une erreur en te demandant en mariage. Ce n'était pas juste, ni pour toi ni pour moi.

Pour la première fois, la confiance de Dani sembla vaciller quelque peu.

— Que dis-tu, Donovan ? S'il te plaît, réfléchis bien avant de me répondre. Il y a beaucoup en jeu. Nos affaires, notre avenir, tout.

Insinuait-elle que leurs affaires passeraient toujours en premier ? Mais où avait-il la tête ? Bien sûr que oui ! C'était ce qui les avait réunis, après tout. Il avait été stupide de penser que cela aurait suffi pour bâtir un mariage.

— Tu mérites mieux que moi, Dani. Tu mérites un homme qui t'aime vraiment. Tout le monde mérite de trouver l'amour. Nous serions peut-être heureux au début, mais à long terme nous voudrions davantage, tu le sais aussi bien que moi.

— Mais c'est toi que je veux, Donovan.

— Je ne suis plus l'homme que tu crois. Peut-être ne l'ai-je jamais été. Je suis désolé, mais c'est vraiment fini entre nous.

Une lueur de regret passa dans son regard.

— Et les affaires ? Tu t'attends que je travaille avec toi, alors que tu me rejettes de la sorte ?

Elle n'avait pas eu d'objection avant. Sans doute avait-elle cru qu'elle pourrait encore le récupérer. Kayla avait eu tort à propos de Dani, elle s'était battue pour lui, finalement. Mais pas par amour, simplement par fierté. Et maintenant qu'il l'avait blessée en l'éconduisant, elle ne voulait plus rien avoir à faire avec lui.

Il soupira. Cela lui coûterait sans doute jusqu'à son dernier dollar, et peut-être la maison aussi, mais il pourrait racheter ses parts. Le talent en affaires de Dani lui manquerait, mais il savait maintenant qu'un homme avait besoin de davantage dans sa vie, et dans son lit.

Quelques instants plus tard, ils parvinrent à un accord pour le rachat de ses parts. Ce qui prouvait sans doute qu'il ne s'était jamais agi de sentiments entre eux : Dani n'avait jamais mis son cœur au centre de leur relation.

— Je suis navrée que nous en soyons arrivés là, conclut-elle en se levant.

— Moi aussi.

Il serra sa main. Dire que, pendant longtemps, il avait cru qu'elle serait la femme avec laquelle il passerait le restant de ses jours… Elle avait son respect, à tout le moins. Mais une question le taraudait toujours.

— Tu sais où est Kayla, n'est-ce pas ?

— Oui, Donovan, mais je ne te le dirai pas. Tu penses peut-être savoir ce que tu veux, mais en l'occurrence je te connais mieux que toi-même, fais-moi confiance. Elle n'est pas faite pour toi. Elle est partie de son plein gré. Oui, je l'ai aidée, car elle n'avait personne d'autre, après tout. Mais regarde les choses en face, tu n'as jamais vraiment été présent depuis qu'elle a emménagé chez toi, n'est-ce pas ? Ton travail a toujours été ta priorité, et c'est pourquoi nous nous accordions si bien.

Des larmes brillèrent dans ses yeux. C'était la

première fois qu'il la voyait émue et, pendant un instant, il éprouva un sentiment de culpabilité envers elle.

— Mais souviens-toi, reprit-elle, Kayla aurait pu me dire non. Elle aurait pu rester, mais elle ne l'a pas fait.

À ces mots, il revint à la réalité. Dani appartenait désormais au passé, maintenant il fallait qu'il pense à son avenir. Et son avenir était avec Kayla.

— Je dois m'assurer du bien-être de mes enfants.

Ce n'était qu'une partie de la vérité, mais c'était la moins blessante pour Dani. Elle n'aimerait pas entendre que Kayla avait conquis son cœur alors qu'elle-même n'avait jamais réussi à s'y infiltrer.

— Je m'en suis déjà chargée, l'informa-t-elle d'une voix légèrement tremblante. Considère cela comme un cadeau d'adieu. J'ai mis en place des fonds généreux et je leur ai loué un bel appartement. Ils vont bien. Quant à Kayla, eh bien, elle sera plus heureuse si elle ne te revoit jamais.

Vraiment ? Il le découvrirait lui-même, décida-t-il en raccompagnant Dani. Dès qu'elle quitta la maison, il prit son téléphone et dicta des instructions à son équipe.

— Trouvez-la, et vite. C'est la priorité n° 1 à présent.

L'appartement aux abords de Sacramento avait tout ce dont elle avait besoin, songea Kayla, et était bien plus agréable que celui de Lakeshore. Sienna s'était adaptée aisément, et en dehors de quelques colères durant lesquelles elle réclamait son « papapapapa » sur un ton impérieux, comme seule une enfant de treize mois pouvait le faire, Van ne semblait pas lui manquer. Mais il lui manquait à elle. Il lui manquait tant qu'elle se réveillait en larmes au cœur de la nuit. Mais elle finirait par s'adapter, comme elle l'avait toujours fait.

Les mouvements du bébé étaient devenus plus fréquents, et elle les percevait plus nettement, maintenant. Comme si le petit garçon de Van tentait de dire quelque chose. Peut-être était-il heureux de ce déménagement. Elle se demandait ce que Van avait ressenti quand il avait découvert que Sienna et elle étaient parties. Du soulagement, sans doute. Certes, il avait une forte envie de contrôler et de protéger les gens autour de lui, mais il y avait un vide à la place de son cœur. C'était triste pour lui, mais aussi pour elle-même.

Après leur journée bien chargée, Sienna dormait déjà. Elles fréquentaient depuis peu une garderie du quartier, où Sienna s'adaptait bien et où elle-même commençait à se faire de nouvelles amies. Son statut de mère célibataire n'avait pas été facile à révéler, et la sympathie dans les yeux de quelques mamans l'avait presque fait pleurer. La sollicitude et le soutien de ces femmes lui avaient fait du bien, et elle s'était sentie légèrement moins seule qu'à son arrivée.

Elle s'apprêtait à prendre une tasse de thé au citron et au gingembre quand elle entendit son interphone sonner. Elle jeta un coup d'œil à l'écran de sécurité pour voir qui était à sa porte.

Van ? Non, mille fois non ! Un frisson la parcourut. Comment l'avait-il retrouvée ? Dani avait pourtant promis de garder son adresse secrète !

Mais elle avait oublié une chose, le métier de Van. Assurer la sécurité de ses clients passait par la récolte de renseignements, et il disposait sans doute de beaucoup de ressources dans ce domaine. Changer de nom n'avait pas suffi, à l'évidence. Elle aurait dû aller vivre à l'autre bout du pays. Quoi qu'il en soit, il était trop tard à présent.

La sonnerie de l'interphone se fit insistante.

— Va-t'en, dit-elle dans le micro.

— Il faut que je te voie, Kayla. Laisse-moi entrer.

— Non, j'ai pris ma décision et je m'y tiens. S'il te plaît, Van, respecte au moins cela.

— Je ne partirai pas tant que nous n'aurons pas discuté. Je peux passer toute la nuit à appuyer sur cette sonnette et sur celles de tous tes voisins, ou tu peux me laisser entrer pour que nous discutions.

— J'appelle la police, menaça-t-elle, tout en sachant que jamais elle ne ferait une chose pareille.

— Et tu leur expliqueras que tu as enlevé ma fille ? À ta guise. Je serais ravi de leur montrer le document que j'ai dans ma poche, et qui m'accorde la garde exclusive de Sienna.

Son cœur s'affola.

— Tu es venu pour me la reprendre ? Tu ne peux pas faire ça !

À travers le grésillement du haut-parleur, elle l'entendit soupirer.

— Non, Kayla, je ne suis pas venu te prendre Sienna, mais je n'exclus pas de me servir de ce document pour obtenir ce que je veux, s'il le faut.

Il y avait tant de détermination dans sa voix qu'elle sut qu'il était capable de mettre sa menace à exécution.

— Tout ce que tu veux, c'est discuter ?

Sa voix avait tremblé, constata-t-elle, dépitée.

Comment garder la main dans une discussion avec lui, alors qu'elle n'y parvenait même pas à travers un interphone ?

— Pour l'instant, concéda-t-il, d'un ton impatient.

— Et ensuite, tu t'en iras ?

— Pour l'instant.

Elle appuya la touche commandant l'ouverture de la porte de l'immeuble.

— Appartement 303, l'informa-t-elle.

— Je sais.

Évidemment, qu'il savait. Il savait tout, maintenant. D'une certaine manière, cette pensée était un soulagement. Mais cela ne l'empêchait pas de redouter cette confrontation. Elle ouvrit la porte et attendit la sonnette de l'ascenseur. Elle n'eut pas à attendre longtemps.

Si elle avait cru que sa réaction devant l'image de Van sur l'écran de l'interphone avait été forte, ce n'était rien comparé à ce qu'elle éprouva quand il sortit de l'ascenseur et avança vers elle. Aussi ténébreux que jamais, habillé d'un T-shirt et d'un jean noirs, il semblait en mission secrète. Et il était terriblement sexy. Un frisson la parcourut, et elle recula quand il fut près d'elle.

Il la scruta avec tant d'intensité que c'était comme s'il l'avait touchée. Et son corps réagit en conséquence ; ses tétons se dressèrent, et une onde de chaleur naquit au creux de son ventre.

— Entre, et fais comme chez toi dit-elle d'un ton sec. Ferme la porte derrière toi.

Elle resta au centre de la pièce, et le regarda tandis qu'il s'installait confortablement sur son canapé et étendait ses longues jambes devant lui. Il semblait n'être là que pour une visite de courtoisie, mais elle savait bien que les apparences étaient trompeuses.

— Comment m'as-tu retrouvée ? Dani t'a-t-elle… ?

— Elle ne m'a rien dit, et elle t'a mieux cachée que je ne l'aurais cru. Tu savais qu'elle avait créé une société pour louer cet endroit et gérer les revenus de ton fonds ?

Elle acquiesça. Elle aussi avait été surprise de découvrir jusqu'où Dani était allée pour couvrir ses traces.

— Pourquoi, Kayla ? Pourquoi m'avoir quitté ? Je croyais que c'était ma spécialité, pas la tienne.

Elle ignora sa tentative d'humour. Comment pouvait-il parler de tout cela à la légère ?

— Je devais agir au mieux pour mes enfants, se défendit-elle avec véhémence.

Du moins, c'était ce qu'elle se répétait le soir dans son lit, quand elle revivait leur nuit d'amour et tentait de se convaincre que c'était mieux ainsi, qu'il valait mieux essayer d'être heureuse seule que d'être malheureuse avec lui.

— Comment va Sienna ?

— Bien. Elle se fait des amis à la garderie.

— On se fait des amis à cet âge ?

— Eh bien, ils jouent les uns à côté des autres, concéda-t-elle.

— Je suis content qu'elle se porte bien. Et le bébé ? Tu as vu un médecin ? Je suppose que tu as fait transférer ton dossier médical.

— Oui. Tout est parfait. Écoute, Van, cesse de tourner autour du pot. Sienna et le bébé vont bien, et moi aussi. Qu'est-ce que tu veux ?

— Je veux que tu reviennes.

— N'y compte pas. Nous avons fait une tentative, et ça n'a pas marché. Grâce à ma maturité nouvellement acquise, j'essaye de tirer des leçons de mes erreurs. Et puis, Dani m'a dit que vous deux, vous étiez de nouveau ensemble, et que tu voulais que je m'en aille.

Enfin, la colère commença à monter en elle et à l'emporter sur l'angoisse. Elle la laissa grandir, sachant qu'elle en aurait besoin pour aller au bout des prochaines minutes.

— Van, nous sommes heureuses ici sans toi. Nous n'avons pas besoin de toi. Nous n'avons jamais eu besoin de toi, pour être honnête, assena-t-elle, en prenant soin de croiser les doigts derrière son dos. Mes enfants méritent de la stabilité et de la constance dans leur vie. Et nous savons toi et moi que tu ne peux pas les leur apporter. Je sais que tu peux leur offrir tout ce que l'argent peut acheter, et les envoyer dans les meilleures écoles, mais je sais aussi que tu ne seras pas là pour eux quand ils auront vraiment besoin de toi, car tu ne t'autoriseras pas à les aimer — ni à aimer quiconque.

Il la fixa, la douleur se reflétant dans ses yeux. Elle regrettait un peu d'avoir été si brutale, mais les choses devaient être dites. Ce n'était plus le moment de prendre des pincettes.

— C'était peut-être vrai avant, mais ça ne l'est plus aujourd'hui, se défendit-il. Quant à Dani, elle fait partie de mon passé désormais. Elle espérait peut-être que nous nous remettions ensemble, mais ça n'arrivera pas. Nous ne travaillons même plus ensemble. Elle n'aurait jamais dû intervenir. Je suis sérieux quand je dis que je veux que tu reviennes. Avec Sienna.

Elle secoua la tête, puis s'assit dans un fauteuil face à lui.

— C'est peut-être vrai aujourd'hui, mais demain ? Qu'est-ce qui me dit que tu ne changeras pas d'avis ? Tu ne peux pas accueillir ou rejeter l'amour comme bon te semble, au gré de tes humeurs.

— Tu as raison, mais je peux apprendre.

— Et si tu décides que ce n'est pas ce que tu veux, finalement ? Alors quoi ? Tu t'éloigneras, émotionnellement et physiquement, de ton fils et de ta fille, et tu continueras ta vie la conscience tranquille, en te disant que tu as *essayé* ? Ce n'est pas suffisant. Ils méritent mieux. *Je* mérite mieux.

— Je ne changerai pas d'avis, assura-t-il. Je veux m'engager envers eux, envers toi, et te promettre que je serai toujours là pour vous. Être avec vous… Cela m'a ouvert les yeux. Ça m'a rappelé des choses que j'ai toujours voulues, mais que je pensais ne pas mériter. Pour la première fois, j'ai le sentiment d'avoir trouvé ma place. Auprès de toi et de nos enfants.

— Rien de tout cela ne garantit quoi que ce soit, rétorqua-t-elle. Je ne veux pas vivre avec la peur qu'un jour je me réveille et que je découvre que tu es parti. Et si la prochaine fois tu ne revenais pas ? Comment suis-je censée gérer cela ? Et surtout, comment les enfants géreraient cela ?

— Ça n'arrivera pas, insista-t-il.

— Comment puis-je en être sûre ?

— Parce que je n'irai plus sur le terrain. Ma société est en pleine restructuration, et la division des opérations sera sous le contrôle d'une équipe en qui j'ai confiance. Je me suis toujours targué de ne pas envoyer mes hommes dans des missions où je ne serais pas prêt à aller moi-même. Mais j'ai découvert que j'ai changé. J'ai une responsabilité envers ceux que j'aime, je me dois d'être là pour eux. Je ne veux pas risquer ma vie et te laisser seule, Kayla.

Elle le dévisagea, incrédule.

— Tu t'attends vraiment que je te croie ?

— J'aimerais, oui. Tout comme j'aimerais que tu me donnes une dernière chance de te montrer que je peux être l'homme dont tu as besoin, le père dont les enfants ont besoin. J'ai appris beaucoup ces dernières semaines, notamment que l'émotion n'est pas toujours une faiblesse. Elle peut aussi être une force. J'ai toujours eu trop peur de mes émotions, car elles me faisaient souffrir ou devenaient une arme qui permettait aux autres de me faire souffrir. Alors, j'ai préféré les enfouir.

Elle sentit les larmes couler sur ses joues.

— Van, je suis tellement navrée.

— Il ne faut pas, Kayla. Dis-moi seulement que tu m'aimes. Dis-moi…

Sa voix se brisa, et il inspira avant de poursuivre.

— S'il te plaît, dis-moi que tu me laisseras t'aimer aussi.

— J'aimerais, Van, vraiment, mais j'ignore si je peux te faire confiance. Je ne parle pas seulement de moi mais aussi de Sienna et de ce petit bonhomme, dit-elle, posant une main protectrice sur son ventre rond. Je ne peux pas te laisser revenir dans notre vie si c'est pour que tu fuies quand les difficultés surviendront.

— Je ne veux plus être cet homme-là. Je veux éprouver des émotions. Je veux connaître l'amour et savourer ma vie, et je sais que je ne pourrai pas le faire sans toi. Je veux aller me coucher le soir et savoir que mon premier bonheur chaque matin sera de te voir à côté de moi. Je sais que je t'ai fait du mal, mais je ne peux pas te perdre. Si je t'ai repoussée, je le comprends à présent, c'est parce que je t'aimais. Malgré moi, je t'aimais, et j'ignorais comment composer avec mes sentiments.

Elle essuya ses larmes. Il disait les mots qu'elle rêvait d'entendre, mais les croyait-il ? Pouvait-elle les croire ?

— Qu'est-ce qui te fait penser que tu peux composer avec tes sentiments maintenant ?

— Je pense avoir enfin compris ce qui est important dans la vie. J'ai passé toutes ces années à essayer de me prouver que j'avais de la valeur, d'une manière ou d'une autre. Quand je n'ai pas trouvé cette preuve auprès de mes parents adoptifs, je l'ai cherchée dans l'armée. J'étais un excellent soldat. Je pouvais aiguiser mon instinct et mes compétences, exceller dans un domaine et être fier de servir mon pays. Mais je n'y ai pas trouvé ce sentiment d'être à ma place que je recherchais. Quand j'ai quitté l'armée, je savais que j'avais tout en main pour gagner beaucoup d'argent, et je me suis mis au travail. Je me suis créé un endroit où je pensais pouvoir me sentir chez moi. Mais ce n'est devenu un foyer que quand tu es venue y vivre. Vous avoir Sienna et toi dans ma maison m'a rappelé ce que je ressentais quand j'étais chez toi, enfant. Il y avait tant de chaleur dans votre famille ! Même quand tes parents étaient en colère contre toi, on sentait leur amour pour toi. C'était une chose constante, et je voulais connaître cet amour, mais je n'avais pas le sentiment de l'avoir mérité. Et quand tu me l'as offert, je ne savais pas quoi en faire.

Elle ne l'avait jamais vu si brisé. Pas même quand Sienna était morte, ou quand, lorsqu'ils étaient enfants, Sienna et elle l'avaient découvert endormi sur leur perron, couvert de bleus des pieds à la tête.

— Van, on ne *gagne* pas l'amour. Ce n'est pas une récompense. C'est une chose que l'on donne librement, expliqua-t-elle avec douceur.

— Je le découvre maintenant, dit-il avec une moue ironique. Ta famille était la seule chose qui me retenait quand j'étais enfant. Tu le savais ?

Elle opina. Sa sœur lui avait dit un jour qu'il serait sûrement mieux en famille d'accueil. Mais il était resté avec ses parents, jusqu'à ses dix-huit ans.

— Pourquoi as-tu rejoint l'armée ? Tu aurais pu aller à l'université, ou travailler. Mais tu t'es enrôlé.

— J'avais beaucoup de colère en moi. J'avais besoin de la canaliser, sinon j'aurais mal tourné. J'avais déjà commencé à boire, en utilisant une fausse carte d'identité ou en volant les bières de mon père dans le réfrigérateur. Et c'est une chose que tu dois savoir aussi, Kayla. Je suis issu d'une longue lignée d'alcooliques. Voilà, je l'ai dit. C'est la première fois que je l'avoue. La raison pour laquelle j'ai été adopté, c'est parce que mes vrais parents buvaient tellement qu'ils ne pouvaient plus s'occuper de moi. Et ce qui est effrayant, c'est que leur ADN est en moi, et en nos enfants.

Il baissa la tête et fixa le sol. Elle lutta contre le désir d'aller vers lui pour le réconforter. Elle commençait à mieux comprendre sa nature et ses actes. Ses comportements autodestructeurs, mais aussi son besoin de contrôler et protéger ceux qui l'entouraient.

— L'ADN ne fait pas tout, Van. On peut toujours faire ses propres choix.

Il se fendit d'un rire sans joie.

— Oui, j'ai lu quelque part que l'ADN charge l'arme et que l'environnement appuie sur la détente. Eh bien, je n'ai eu de cesse de choisir des environnements qui me rendaient très dangereux. C'est arrivé au point où je cherchais la mort. Tu sais, quand j'ai accepté d'être donneur pour ta sœur je ne pensais pas vivre assez longtemps pour la voir mettre ses enfants au monde. Ce n'est qu'après son décès que j'ai compris que je ne voulais pas rester sur cette pente destructrice.

Il la regarda dans les yeux.

— Quand nous avons fait l'amour il y a cinq ans, je me suis senti vraiment vivant pour la première fois de mon existence, mais ça m'a terrifié. C'est pour ça que je t'ai quittée. J'ignorais comment composer avec ce que tu suscitais en moi. J'avais le sentiment que je devais me punir parce que je voulais être avec toi. Comme si je t'avais déçue en quelque sorte, ou manqué de respect. Je devais me punir pour ça, alors je suis parti. Au final, j'ai décidé de mettre tout cet épisode sur le compte de la boisson. Et j'ai cessé de boire après ce soir-là, pour m'assurer de ne plus jamais refaire la même erreur.

Il marqua une pause.

— Peu après, reprit-il, quand j'ai découvert la vérité sur mes parents, tout est devenu clair. Je me suis félicité de t'avoir quittée. Je n'étais pas digne d'être aimé ou d'avoir une famille. J'étais content que les problèmes de mes parents prennent fin avec moi. C'était mon choix. Et une fois ta sœur disparue, Dieu ait son âme, j'avais la certitude de ne jamais avoir d'enfants.

Les dernières pièces du puzzle se mirent en place dans son esprit.

— Jusqu'à ce que je surgisse dans ton bureau avec un enfant sous le bras et le désir d'en avoir d'autres. Je suis désolée, Van. Je ne savais pas.

— J'ai tenté d'être fort. De faire les bons choix. Mais au fond, je suis toujours un homme faible. Je ne sais pas comment être un bon père, Kayla. Avec mon passé d'enfant battu et mes tendances alcooliques, comment pourrais-je en être un ?

Ses mots l'émurent au plus profond de son être. Malgré ce qu'elle s'était répété, il avait un cœur. Un cœur brisé, meurtri, fragile. Un cœur qui avait besoin de constance, de tendresse pour s'épanouir. Elle pourrait lui offrir cela. Et ensemble, ils pourraient donner à leurs enfants l'amour et la stabilité dont ils avaient besoin. Van et elle leur donneraient tout, en espérant que cela suffirait.

— Tout ce qu'il faut, c'est de l'amour, Van. Juste de l'amour. Ensemble, nous pourrons y arriver, je te le promets.

— Ensemble ?

Le désir et l'espoir qu'elle vit briller dans ses yeux

repoussèrent toutes ses peurs dans un coin de son cœur. Peut-être un jour, ces peurs disparaîtraient-elles, ou peut-être pas, mais dans ce cas elle apprendrait à vivre avec, car il méritait qu'elle fasse cet effort. Il n'avait jamais connu l'amour inconditionnel, et elle serait la première à le lui donner.

— Oui, ensemble, affirma-t-elle.

Elle se leva puis s'agenouilla devant lui.

— Je t'aime, Van. Tu n'as plus à être seul, mais promets-moi que tu ne me repousseras pas quand tu auras le plus besoin de moi. Promets-moi que tu me laisseras t'aimer comme tu mérites d'être aimé.

— Je te le promets. Je sais que je ne suis pas digne de toi. Mais je t'aime tant que je ne me sens complet que quand tu es là. Cela fait-il de moi un homme faible, Kayla ?

Sa franchise la toucha au cœur.

— Non, assura-t-elle. L'admettre, c'est ce qui te rend fort. Faire ce qui est bien, même si nous avons peur, c'est le vrai courage. Et, Van, t'aimer fera mon bonheur. Nous nous en sortirons, ensemble.

Il l'attira contre lui.

— Je te crois. Je t'aime tant, Kayla ! Ne m'abandonne plus jamais.

Elle sourit.

— Seulement si tu me promets la même chose.

— Oui, déclara-t-il avec ferveur. Je te le promets. Tu rentres avec moi demain ? Avec Sienna ? Serez-vous ma famille ?

— Nous sommes déjà ta famille.

Elle leva le visage vers le sien, et lorsqu'il posa les lèvres sur les siennes pour sceller leur amour, elle sut qu'ils surmonteraient les obstacles qui se dresseraient certainement sur leur route.

Ensemble.

Pour toujours.

ANDREA LAURENCE

Le passé entre nous

Traduction française de
NATALIA DELYS

PASSIONS

HARLEQUIN

Titre original :
EXPECTING THE BILLIONAIRE'S BABY

Ce roman a déjà été publié en 2018.

- 1 -

— Tu vas y arriver, Cecelia… Tu as travaillé dur pour cela, s'encourageait à haute voix Cecelia Morgan tout en feuilletant son portfolio pour la énième fois.

Le lendemain, la jeune femme présenterait devant le conseil d'administration de l'hôtel Bellamy le projet de décoration d'intérieur qu'elle avait conçu. C'était une opportunité en or pour To the Moon, la société qu'elle avait créée après l'obtention de son diplôme universitaire. Son entreprise était spécialisée dans la conception d'ameublement pour chambres d'enfants et de jouets.

Dès le départ, elle avait visé une clientèle haut de gamme, s'adressant en particulier à des parents aisés en quête de produits de luxe pour leur progéniture. Le succès avait tout de suite été au rendez-vous, et ce qui avait commencé comme une petite société en ligne s'était très vite transformée en un réseau de magasins répartis sur tout le territoire des États-Unis. Elle devait en partie cette réussite fulgurante à une star américaine qui avait fait part sur les réseaux sociaux de son amour pour les produits TTM. Afin de satisfaire la demande, elle avait même dû ouvrir sa propre usine de production, ainsi qu'un entrepôt dans la périphérie de Royal, sa ville natale.

Le portfolio posé sur le bureau devant elle pouvait, cependant, porter To the Moon vers de nouveaux sommets. Certes, sa passion première était de concevoir des meubles et accessoires pour les petits, mais elle était aujourd'hui prête à faire évoluer son entreprise au gré de ses nouvelles aspirations.

L'hôtel Bellamy allait peut-être lui offrir l'opportunité de réaliser ce rêve !

Le Bellamy était un complexe hôtelier cinq étoiles qui allait prochainement ouvrir dans la proche périphérie de Royal. Shane Delgado, qui en était le propriétaire, l'avait contactée un mois plus tôt afin de lui demander de concevoir un projet pour la décoration et l'ameublement de tout le complexe.

Il pouvait s'agir d'une étape déterminante pour elle. Si elle parvenait à décrocher ce contrat, cela lui permettrait de se diversifier en pénétrant le marché très convoité de l'ameublement de luxe.

Comme son père le répétait souvent, ne pas avancer, c'était reculer ! Certes, elle réussissait dans son domaine, mais une Morgan devait de toujours chercher à se surpasser…

Ainsi, propulser Luna Fine Furnishings, la filiale de To the Moon, sur le devant de la scène pouvait tout changer pour elle.

Elle était très étonnée que Shane se soit adressé à elle, ce dernier n'ayant jamais caché son antipathie pour elle et ses deux meilleures amies, Simone et Naomi. Certes, toutes trois n'avaient pas été tendres avec Brandee, la petite amie de Shane… Pour cette raison, elles avaient récemment été soupçonnées d'être à l'origine de certaines rumeurs malveillantes qui avaient couru sur Brandee.

En lui proposant de soumettre ses idées pour l'hôtel

Bellamy, Shane faisait donc un pas vers elle, et elle était bien déterminée à ne pas gâcher cette opportunité !

Pour s'empêcher de feuilleter compulsivement son portfolio, elle le glissa dans sa mallette en cuir. Il fallait qu'elle cesse de vouloir toujours améliorer son projet… Elle avait fait du bon travail, elle le savait. Peut-être son meilleur travail jusqu'à aujourd'hui. Comme à l'accoutumée, elle se mettait trop de pression en recherchant sans cesse la perfection. Ce qui n'était pas véritablement étonnant dans la mesure où ses parents lui avaient toujours réclamé le meilleur.

Sans doute était-ce pour cette raison qu'elle réussissait aussi bien en affaires.

Ses parents appartenaient à la haute société texane et l'avaient élevée en exigeant toujours d'elle l'excellence. Elle avait fréquenté les écoles privées les plus renommées et pratiqué l'équitation et le dressage. Elle avait surtout obtenu un master de commerce avec mention très bien à l'issue de ses études dans une prestigieuse université faisant partie de l'Ivy League.

Bien que ses parents l'aient toujours soutenue, moralement et financièrement, depuis la création de son entreprise, elle craignait qu'un éventuel échec de Luna Fine Furnishings ne provoque une réaction condescendante de leur part. Ne lui suggéreraient-ils pas de s'en tenir aux « produits pour bambins », comme ils disaient non sans un certain mépris ? Aux trucs de femmes, en fait… Elle redoutait aussi qu'ils lui conseillent de passer la main à quelqu'un de plus compétent pour se consacrer à sa vie privée. En réalité, ce qu'ils attendaient d'elle par-dessus tout, c'était qu'elle fonde un foyer avec Chip Ashford et qu'elle fasse des bébés, plutôt que de fabriquer des meubles à leur intention !

Elle n'était pas contre l'idée de s'installer avec Chip. Il était son fiancé, après tout. Toutefois, elle n'était absolument pas prête à renoncer à la société qu'elle avait créée. Chip, un sénateur texan, avait toujours encouragé son activité, mais elle craignait qu'il n'adopte la même position que ses parents une fois qu'ils seraient mariés…

Certes, elle avait envie d'avoir des enfants, mais elle était persuadée de pouvoir mener de front son rôle de mère et celui de P-DG de sa propre entreprise.

Il était donc hors de question qu'elle renonce à l'une de ces deux ambitions !

Son téléphone émit un bip, l'arrachant à ses réflexions. Elle passa son doigt sur l'écran pour ouvrir la photo Snapchat qu'elle venait de recevoir. Il lui fallut un moment pour comprendre ce qu'elle voyait… L'image était en réalité le scan d'un document. Un certificat de naissance comportant le cachet de l'État du Texas. Le message qui l'accompagnait était, quant à lui, plus qu'intriguant.

Quelqu'un dissimule un secret.

Cecelia scruta attentivement le document avant qu'il ne disparaisse. C'est à cet instant précis qu'elle réalisa qu'il ne s'agissait pas d'un certificat de naissance lambda… Non, il s'agissait de *son* certificat de naissance d'origine ! C'est-à-dire celui établi avant son adoption par les Morgan.

Elle éprouva soudain des difficultés pour respirer. Son adoption avait toujours été gardée secrète. Tout le monde, y compris les membres de sa famille élargie, croyait qu'elle était la fille biologique de Brent et Tilly Morgan. Elle-même l'avait cru jusqu'à ce que ses parents lui révèlent la vérité, le jour de ses treize ans. Ce jour-là, ils lui avaient aussi demandé de garder ce secret pour elle, et ce pour sa propre sécurité.

La triste réalité était que sa mère biologique était une droguée à qui les services sociaux avaient retiré sa petite fille, alors âgée de quelques semaines. La jeune femme était décédée d'une overdose peu de temps après. C'était pour cette raison que les Morgan avaient décidé qu'il valait mieux que le passé tortueux de la mère de Cecelia reste un secret.

Oui, mais voilà… quelqu'un semblait avoir découvert la vérité !

Mais comment était-ce possible ? se demanda Cecelia. Elle n'avait jamais vu son certificat de naissance original, un nouveau document ayant été rédigé après son adoption par les Morgan. Quelqu'un s'était donc donné beaucoup de mal pour mettre la main sur ce papier !

Une autre image apparut soudain sur l'écran. Il s'agissait cette fois d'un message écrit avec des lettres découpées dans un magazine. Une sorte de demande de rançon…

Cecelia la déchiffra avec fébrilité. C'était exactement ça ! Le message exigeait qu'un versement de vingt-cinq mille dollars soit effectué sur un compte dans les vingt-quatre heures, faute de quoi son secret serait révélé à toute la ville. Le mot était signé « Maverick ».

Cecelia fut prise d'un vertige, et son cœur se mit à battre plus fort. Elle respira plusieurs fois longuement pour se calmer.

Considérant les événements qui s'étaient déroulés dernièrement à Royal, elle aurait dû se douter qu'elle serait, elle aussi, prise pour cible un jour. Car le mystérieux Maverick causait des ravages parmi les habitants de Royal depuis plusieurs mois. Ce maître chanteur anonyme était le sujet de toutes les conversations, et tous avaient une idée de sa possible identité. Cecelia elle-même avait été récemment soupçonnée.

Ce qui était absurde. Elle était une femme très occupée. D'une part, elle dirigeait son entreprise, et d'autre part, elle accompagnait son fiancé à de nombreuses manifestations politiques. Elle avait donc autre chose à faire que de fouiner dans la vie de ses semblables pour leur faire du chantage ! Son style de vie et son éducation pouvaient donner d'elle une image un peu snob, mais elle n'avait rien d'un maître chanteur !

La seule façon de le prouver serait de faire savoir à tout le monde qu'elle était à son tour victime du mystérieux Maverick. Mais elle ne le ferait bien évidemment pas ! Il était hors de question que la ville entière apprenne que toute sa vie n'était qu'un mensonge.

En outre, il ne s'agissait pas que de son secret à elle. Ses parents avaient bâti leur vie autour de leur parfaite fille « biologique ». Ils avaient menti à leur famille et à leurs amis, dans le but de la protéger. Elle n'avait donc pas le choix. Payer la rançon réclamée par Maverick était probablement la seule façon d'épargner un scandale à Brent et à Tilly.

Cela dit, sa famille n'était pas la seule concernée. S'ils apprenaient la vérité, les Ashford auraient très certainement une attaque ! Chip venait d'un milieu huppé et pensait qu'elle était faite de la même étoffe que lui. Romprait-il leurs fiançailles s'il découvrait la vérité ? Leur relation était davantage basée sur les apparences que sur l'amour, mais Cecelia espérait qu'il tenait suffisamment à elle pour ne pas la rejeter si son secret était dévoilé.

Quoi qu'il en soit, elle se considérait comme une Morgan jusqu'au bout des ongles. Et en tant que Morgan, il était de sa responsabilité de sauver la réputation de sa famille ! Elle ne voulait pas non plus qu'une telle révélation puisse nuire à sa présentation du lendemain. Shane ne laisserait certainement pas un scandale jeter une ombre sur l'ouverture de son hôtel !

Oui, mais… quand le chantage cesserait-il ? Maverick se contenterait-il d'un premier versement ou continuerait-il à la harceler jusqu'à ce que sa société fasse faillite ?

Elle se frotta les tempes pour soulager une migraine naissante. Elle se sentait complètement acculée ! Si elle ne donnait pas à Maverick ce qu'il voulait, la vérité de son adoption serait jetée sur la place publique.

Le temps était donc compté…

Il fallut près d'une heure à Cecelia pour se rendre jusqu'à la résidence de ses parents, dans la banlieue de Houston.

Elle savait néanmoins que, même s'il était 22 heures, Brent et Tilly ne seraient pas encore couchés. Comme elle s'y attendait, elle trouva son père assis dans la bibliothèque, un livre à la main, fumant un de ses habituels cigares.

Il eut l'air surpris en la découvrant sur le seuil de la bibliothèque.

— Que fais-tu ici à une heure pareille ? Ta mère ne m'a pas averti que tu comptais passer.

Cecelia s'avança et s'installa dans un fauteuil en cuir en face de son père.

— Elle ne sait pas que je suis ici. J'ai un problème, papa…

Son père fronça les sourcils et posa son livre sur la petite table à côté de lui.

— Que se passe-t-il ? Tu as un problème avec Chip ?

— Il ne s'agit pas de Chip…

Cecelia poussa un gros soupir, puis expliqua à son père la teneur du message qu'elle avait reçu.

À mesure qu'elle parlait, l'expression de son père passa de l'inquiétude à la colère, puis à l'angoisse.

— J'ai vingt-quatre heures pour effectuer un virement de vingt-cinq mille dollars, conclut-elle. Si je ne le fais pas, mon secret sera révélé.

— Nous ne pouvons pas laisser notre famille être éclaboussée par un tel scandale, décréta sèchement son père. Imagine un peu ce que vont penser les Ashford ! Tu ne souhaites pas qu'ils apprennent la vérité, n'est-ce pas ? Il va falloir que tu paies ce maître chanteur.

Il avait prononcé ces derniers mots d'un ton presque détaché.

Cecelia se rembrunit. Même si elle n'était pas surprise de la réaction de son père, elle détestait se retrouver dans cette situation sans autre issue que celle d'obéir à Maverick !

Cependant, à mesure qu'elle réfléchissait, une autre option se faisait peu à peu jour dans son esprit. La seule façon de combattre le chantage n'était-elle pas de révéler la vérité avant que le maître chanteur ne le fasse ? Brent et Tilly pouvaient couper l'herbe sous le pied de Maverick en racontant eux-mêmes l'adoption de leur fille et en expliquant pourquoi ils avaient préféré dissimuler la vérité.

— Tu en es sûr, papa ? Je sais que maman et toi avez cherché à me protéger, mais je suis une adulte aujourd'hui. Ce ne serait pas la fin du monde si les gens apprenaient que j'ai été adoptée ! Cela ne change rien, non ?

— Mais bien sûr que si ! Cela change tout !

Le visage écarlate de son père offrait un contraste saisissant avec ses cheveux poivre et sel.

— Cela fait trente ans que nous mentons à tout le monde ! s'exclama-t-il. Une telle révélation ruinerait notre réputation. Et que penseraient les Ashford ? Ils ne comprendraient pas. Pas plus que mes clients et mes amis. Je pourrais perdre de la clientèle. Et, toi, tu risquerais d'être exclue du Texas Cattleman's Club. Ce serait un suicide social ! Ta mère ne le supporterait pas.

Il secoua la tête avant de reprendre la parole d'un ton qui n'admettait aucune contestation :

— Ton adoption doit rester secrète, un point c'est tout. Je te prêterai de l'argent, si tu en as besoin, pour payer ce maître chanteur, mais il faut que tu le payes, tu m'entends bien ?

Cecelia se recula imperceptiblement dans son fauteuil. Son père parlait sur le même ton que celui qu'il employait à l'époque où elle était une enfant turbulente, ou lorsque, devenue adolescente, elle testait ses limites…

Aujourd'hui, elle était adulte, mais c'était toujours son père qui commandait. Elle n'avait jamais eu le courage de lui tenir tête et elle ne l'avait pas davantage aujourd'hui. Elle se reprit bien vite. Elle était venue pour prendre conseil, autant donc suivre celui que lui donnait son père.

— J'ai l'argent, affirma-t-elle. Je ferai le virement demain matin. J'espère que cela sera suffisant pour mettre un terme à cette histoire.

— Il le faut, décréta son père avec force. Je refuse que ma famille devienne la risée de toute la ville.

Cecelia poussa un soupir résigné et se leva.

— Je m'en occupe, papa.

Deacon Chase engagea sa Corvette Stingray dans la rue principale de Royal, Texas.

Cela faisait treize ans qu'il avait observé pour la dernière fois cette ville poussiéreuse et étriquée dans son rétroviseur, en se jurant de ne jamais y remettre les pieds.

Pendant toute la durée de son vol depuis la France, il s'était interrogé sur les raisons de son retour dans sa ville natale. Certes, l'idée de travailler avec Shane Delgado, son vieil ami du lycée, était tentante mais, quand celui-ci lui avait proposé de l'associer à son projet de construction d'un complexe hôtelier, il aurait dû passer son tour.

Oui, mais voilà… n'était-ce pas l'occasion rêvée de montrer aux habitants de cette ville, qui l'avaient toujours méprisé, ce qu'il était devenu ? Autrefois, en tant que fils d'une vendeuse d'épicerie et du garagiste local, il n'était qu'un pauvre gamin sans grandes perspectives. S'il avait pu fréquenter l'école privée où allaient tous les gosses de riches, c'était parce que ses parents avaient consacré leurs maigres économies à son éducation. À l'époque, il travaillait à la cafétéria pour participer aux frais de scolarité. Personne n'attendait grand-chose de lui, et il avait toujours eu la sensation que les habitants de Royal ne le considéraient pas comme un des leurs.

Personne n'aurait jamais imaginé que sa passion pour la restauration de voitures le mènerait à la restauration de maisons, puis à celle d'hôtels. Aujourd'hui, le gamin qui travaillait à la cafétéria était milliardaire et propriétaire, entre autres, du plus luxueux complexe hôtelier de la Côte d'Azur. L'Hôtel de Rêve, à Cannes.

La seule personne qui ait jamais cru en lui à Royal était Cecelia Morgan. Au lycée, elle l'avait encouragé à travailler dur. Étant donné qu'elle était issue d'un milieu aisé, il avait été flatté qu'elle voie tant de potentiel en lui, alors que la plupart des autres lycéens l'ignoraient ou se moquaient de lui. Cecelia avait pour habitude de dire qu'il était un diamant brut. *Son* diamant brut…

Cela avait sans doute beaucoup contrarié les garçons du lycée que Cecelia le choisisse, lui, plutôt que l'un d'entre eux. Que pouvait-il lui offrir, après tout ? Une brique de lait pour accompagner son déjeuner ? En réalité, ils avaient eu énormément de choses à partager… Il se souvenait avec acuité des heures passées ensemble à l'arrière de son pick-up à refaire le monde et à s'embrasser. À rêver d'un avenir commun…

Car Cecelia et lui avaient de grands projets pour le futur, une fois qu'ils auraient décroché leur bac. D'abord, ils quitteraient Royal. Ensuite, ils couleraient des jours heureux dans un endroit encore indéfini…

Alors que Deacon s'arrêtait au feu à l'intersection de Main Street et de First Avenue, il secoua la tête avec amertume.

Comme il avait été stupide de croire que tout cela

pourrait arriver ! Il avait beau posséder aujourd'hui des hôtels de luxe, des voitures de sport et un immense yacht, il savait — et tout le monde l'avait toujours su — qu'il n'était pas assez bien pour Cecelia Morgan.

Il n'avait d'ailleurs pas fallu longtemps à Cecelia pour s'en rendre compte, elle aussi…

Le feu passa au vert. Deacon remonta la rue dans laquelle se trouvait autrefois le garage de son père. Quand il était devenu millionnaire, il avait installé ses parents dans une maison en Floride où ils pouvaient profiter d'une retraite anticipée, loin du snobisme de Royal. Un centre commercial avait remplacé le garage.

À vrai dire, beaucoup de choses avaient changé en treize ans…

Deacon ne put s'empêcher de se demander si Cecelia avait, elle aussi, beaucoup changé.

Après son départ de Royal, il avait essayé de ne pas se laisser aller à la tentation de faire des recherches sur elle sur Internet mais, de temps en temps, il craquait et consultait des articles en ligne relatant la vie mondaine de Houston. Il était persuadé que les photos granuleuses en noir et blanc ne rendaient pas justice à la beauté de Cecelia. La dernière fois qu'il l'avait vue, c'était une ravissante jeune fille d'à peine dix-huit ans. Il était persuadé qu'elle était, aujourd'hui encore, la plus belle femme au monde.

Enfin, peu importait que Cecelia soit belle ou pas, car l'article le plus récent qu'il avait lu annonçait ses fiançailles avec Chip Ashford. Chip… Un garçon de bonne famille, très riche, mais aussi le type le plus crétin du lycée !

Sans doute l'était-il encore. Par conséquent, si Cecelia

avait bel et bien l'intention de l'épouser, elle n'avait certainement plus rien à voir avec la fille que Deacon avait connue. Car, à l'époque, elle n'accordait pas le moindre regard à Chip Ashford !

Brent et Tilly Morgan, ses parents, devaient être fiers d'elle aujourd'hui, songea Deacon avec amertume. Leur fille chérie avait enfin choisi un homme respectable !

Quittant la route principale, il emprunta l'étroit chemin qui menait à sa dernière acquisition immobilière, dans la périphérie de Royal. Le pavillon de style rustique, mais néanmoins luxueux, qui devait lui servir d'habitation pendant son séjour à Royal était construit sur un terrain boisé de deux hectares. Il avait acheté la propriété sans la visiter lorsqu'il avait décidé d'accepter de travailler avec Shane sur le projet de l'hôtel Bellamy. Il était satisfait de son acquisition, même si on était à mille lieues de l'élégante architecture européenne à laquelle il était dorénavant habitué.

Cela dit, il n'avait pas l'intention de rester à Royal plus que nécessaire. L'homme d'affaires en lui avait tout simplement estimé qu'il serait dommage de perdre de l'argent en louant un bien où il pourrait s'installer pendant la construction de l'hôtel. Il n'avait donc aucun regret. Cette maison serait son refuge, loin de l'hypocrisie et du snobisme de Royal.

En arrivant chez lui, il fut surpris de découvrir le pick-up de Shane Delgado garé devant la maison. Il mit sa Corvette à l'abri dans le garage avant d'aller retrouver son ami et désormais associé.

Deacon n'avait pas beaucoup d'amis lorsqu'il était adolescent. Cependant, sa passion pour l'achat et la restauration de véhicules anciens avait attiré l'attention de Shane, qui avait fait l'acquisition de la toute première voiture que Deacon avait retapée. Un pick-up Ford couleur cerise de 1975 avec des sièges en cuir. Deacon avait éprouvé une réelle bouffée de fierté lorsque Shane lui avait tendu une poignée de billets sans chercher à marchander le prix.

Les deux garçons s'étaient liés d'amitié autour de leur passion pour les voitures et étaient toujours restés en contact depuis. S'étant lancés dans l'immobilier chacun de son côté, ils avaient trouvé naturel de travailler ensemble sur un projet.

— Un problème ? s'enquit Deacon en rejoignant Shane devant la porte d'entrée.

Pendant la construction de l'hôtel Bellamy, Shane ne sollicitait Deacon — qui n'était que bailleur de fonds du projet — que lorsque quelque chose clochait. Ce dernier disait donc souvent, en plaisantant, qu'il en arrivait à appréhender le moindre coup de fil de Shane !

— Pour une fois, je ne suis là que pour prendre un verre avec toi, le rassura Shane avec un sourire. Tout se passe très bien à l'hôtel. Demain, Cecelia Morgan, que tu as recommandée, viendra présenter son projet devant le conseil d'administration. Si nous aimons ce qu'elle nous propose, nous pourrons alors mettre les bouchées doubles et ouvrir d'ici quelques semaines.

Deacon donna une tape sur l'épaule de son ami.

— Je ne t'aurais pas conseillé de solliciter Cecelia si je n'avais pas pensé qu'elle était la meilleure pour ce travail. Allez ! Suis-moi !

Il poussa la lourde porte en chêne et pénétra dans l'entrée, suivi de Shane.

— As-tu mangé ? lui demanda-t-il en l'entraînant vers son bureau.

— Oui. Brandee me prépare tous les jours des plats succulents. À ce rythme-là, je risque de dépasser les cent kilos d'ici la fin de l'année !

— Tu as bien de la chance, déclara Deacon en versant du whisky dans deux verres.

Shane s'était récemment fiancé à Brandee Lawless, la propriétaire du Hope Springs Ranch. Brandee était une petite femme blonde très soupe au lait qui était néanmoins considérée dans toute la ville comme une excellente cuisinière.

— Je serais ravi que Brandee me fasse la cuisine tous les soirs, reprit Deacon.

— Je n'en doute pas, mais tu devras te contenter de tes belles Européennes lettrées !

Deacon éclata de rire. Il faisait bel et bien honneur au charme des Européennes depuis qu'il habitait en France. Même si cela faisait des années que Cecelia et lui avaient rompu, il soignait encore sa fierté blessée dans les bras de magnifiques créatures qui rêvaient toutes de le côtoyer. Cependant, à son grand dam, pas une seule de ces femmes n'arrivait à la cheville de Cecelia.

Shane et lui discutèrent tout en sirotant leur whisky. Ils n'avaient pas si souvent l'occasion de se voir. Il fallait dire que le bureau de Deacon était l'endroit idéal pour ce genre de retrouvailles, avec ses confortables fauteuils en cuir et ses étagères chargées de livres… qu'il ne lirait probablement jamais !

— Puis-je te demander quelque chose ? s'enquit Shane.

— Bien sûr.

— Tu sais que la société de Cecelia est spécialisée dans le mobilier pour enfants, n'est-ce pas ?

— Oui. Je sais aussi que l'activité de sa petite entreprise a explosé de façon exponentielle depuis sa création. Cecelia est vraiment très douée dans son domaine.

— Je ne le conteste pas, mais la recruter pour la décoration intérieure de notre hôtel présente un gros risque. Et puis Brandee et elle ne s'apprécient pas beaucoup. Imagine un peu si Cecelia et ses amies étaient vraiment à l'origine des rumeurs qui courent sur Internet… Cela nous ferait une très mauvaise publicité. Je n'ai pas besoin de te rappeler combien nous risquerions de perdre si notre investissement n'était pas payant.

— C'est la raison pour laquelle nous avons mis Cecelia en concurrence en consultant deux autres architectes d'intérieur. Nous n'avons encore recruté personne. Si Cecelia n'est pas à la hauteur ou si elle agit bizarrement, nous la remercierons, voilà tout !

Shane plissa les yeux ; il soupçonnait manifestement Deacon d'avoir d'autres raisons de vouloir associer Cecelia au projet.

Deacon ne pouvait le blâmer. Il n'était pas très sûr lui-même de ne pas en avoir !

— Je ne suis pas emballé par ce que nous ont présenté les deux autres architectes, reprit Shane. Cecelia est la dernière à exposer son projet. Si jamais elle échoue, le chantier sera retardé de plusieurs semaines car il nous faudra consulter d'autres entreprises. Or nous avons des réservations dès le premier jour d'ouverture. Tout retard aura un coût…

Deacon hocha lentement la tête. Il était très conscient

de prendre un risque mais, pour une raison qu'il n'arrivait pas à définir, il se sentait obligé de le faire.

Peut-être était-il un peu masochiste… À moins qu'il ne cherche une excuse pour revoir Cecelia et lui montrer qu'il avait réussi sa vie professionnelle…

— Détends-toi un peu, Shane, nous serons dans les temps, et ce, sans dépasser notre budget. Ce sera magnifique, tu verras !

— Comment peux-tu en être aussi sûr ? demanda Shane, plutôt sceptique.

— Parce que Cecelia n'a jamais rien raté de toute sa vie, affirma Deacon avec un air confiant. Il serait étonnant qu'elle commence aujourd'hui !

- 2 -

— Soyez la bienvenue, mademoiselle Morgan. Asseyez-vous, je vous en prie.

Cecelia fit deux pas dans la salle avant de s'arrêter net. Elle connaissait la voix de l'homme qui venait de s'exprimer…

Son regard se heurta à des yeux verts pailletés d'or tout droit surgis du passé. Son cœur s'affola tandis que son esprit tournait à vive allure, tentant désespérément de comprendre ce qui se passait.

Que faisait donc Deacon Chase, son premier amour, assis à côté de Shane Delgado, avec qui il semblait présider ce conseil d'administration ?

Deacon avait quitté Royal tout de suite après son bac, et plus personne n'avait entendu parler de lui. Elle avait entendu dire que ses parents avaient déménagé pour la Floride et s'était souvent demandé ce qu'il était advenu de lui. Cependant, elle n'avait jamais fait de recherches sur Internet, estimant qu'il valait mieux pour elle qu'elle tire un trait définitif sur lui.

Et voilà qu'il réapparaissait brusquement dans sa vie, et dans un rôle déterminant pour la réussite ou l'échec de ses projets !

Elle prit conscience que tout le conseil d'administration l'observait avec un air intrigué. Elle afficha alors un sourire sur ses lèvres et se dirigea vers la chaise vide qui l'attendait… juste à côté de Deacon !

— Merci à tous de me recevoir, dit-elle d'une voix qu'elle s'efforça de maîtriser. Je suis ravie d'avoir l'opportunité de vous présenter mon projet pour l'hôtel Bellamy. J'ai travaillé sur ce dossier avec passion et j'espère qu'il répondra à vos attentes.

Deacon la fixait d'un regard froid qu'elle tenta d'ignorer. Cet homme avait toutes les raisons de la détester… Elle ne pouvait donc attendre autre chose de sa part !

Elle savait que Shane était associé à un bailleur de fonds pour le projet de l'hôtel Bellamy, mais jamais elle n'aurait imaginé qu'il puisse s'agir de Deacon.

En tout cas, ce dernier avait beaucoup changé depuis la dernière fois qu'elle l'avait vu. L'adolescent dégingandé un peu timide s'était transformé en un homme sûr de lui aux épaules larges et aux bras musclés mis en valeur par un costume bleu marine sur mesure. Sa mâchoire carrée lui conférait un air dur, comme s'il essayait de retenir les mots venimeux qu'il avait envie de lui cracher au visage. Ses sourcils froncés et son air renfrogné donnaient l'impression qu'il ne souriait pas souvent.

Cela l'attrista, car le Deacon dont elle se souvenait était plein de vie, malgré l'existence difficile qu'il menait à l'époque. C'était un lycéen remarquable qu'elle n'avait cessé d'encourager. Elle avait hâte de découvrir ce qu'il ferait de sa vie dans le futur…

Elle le savait, désormais. De toute évidence, Deacon Chase avait réussi. D'employé de cafétéria, il était devenu l'homme dont dépendait son avenir, songea-t-elle non sans quelques inquiétudes.

Elle ouvrit son portfolio et en sortit les documents de la présentation qu'elle avait potassés inlassablement depuis que Shane l'avait appelée pour lui proposer de soumettre un projet. Elle disposa sur le chevalet derrière elle plusieurs aquarelles, puis, prenant une grande inspiration, commença son exposé en prenant bien soin de ne pas croiser le regard de Deacon.

Cet exercice n'était pas difficile pour elle, car elle connaissait son dossier sur le bout des doigts. En outre, elle était passée maître dans l'art de décrire l'atmosphère recherchée, le type de mobilier, les tissus envisagés. Elle avait une idée très précise de ce qu'elle voulait pour l'hôtel Bellamy. Elle avait ainsi pris le parti de concevoir une décoration qui le différencierait des autres hôtels haut de gamme de la région de Houston.

Elle conclut sur le plaisir qu'elle aurait à réaliser ce projet et se tut, légèrement essoufflée.

À en juger par les sourires et les hochements de tête des personnes assises autour de la table, sa présentation semblait avoir retenu l'attention. La seule personne qui ne semblait pas impressionnée était bien évidemment Deacon. Son regard continuait à la transpercer comme un rayon laser, mais son expression restait indéchiffrable.

— Avez-vous des questions ? demanda-t-elle.

Personne n'en avait.

Shane se leva et s'approcha d'elle pour lui serrer la main.

— Merci beaucoup, Cecelia, lui dit-il avec un sourire visiblement soulagé. Je dois admettre que je n'étais pas certain que vous seriez la meilleure candidate pour ce travail mais, vraiment, vous m'avez convaincu ! Vous êtes la dernière à présenter votre projet. Nous devons maintenant discuter entre nous avant de revenir vers vous. Si nous décidions de choisir Luna Fine Furnishings, pourriez-vous me dire dans quel délai vous seriez à même de commencer à travailler pour notre hôtel ?

Le cœur de Cecelia se mit à tambouriner dans sa poitrine. Était-ce à cause de la question de Shane ou parce que Deacon se trouvait tout proche d'elle ? Elle n'en avait aucune idée !

— J'ai déjà commencé à mettre en production dans mon usine la plus grande partie du mobilier, expliqua-t-elle. J'ai également commandé le tissu, qui devrait arriver demain. J'ai pris ce risque en espérant que vous accepteriez ma proposition. Si vous deviez la refuser, j'imagine qu'il me faudrait alors me mettre en quête d'une nouvelle maison pour caser mes deux cent cinquante commodes !

Tous autour de la table éclatèrent de rire.

Shane, lui, se contenta de sourire.

— Vous savez prendre des risques, dit-il. Cela me plaît… J'espère que nous pourrons trouver un emplacement pour toutes ces commodes ! Nous souhaitons ouvrir l'hôtel à la fin du mois. Pensez-vous pouvoir relever le défi ?

À la fin du mois ? Cecelia sentit son estomac se contracter. Même si le bâtiment était terminé, ce délai lui semblait vraiment insuffisant pour aménager deux cent cinquante chambres ! Certes, elle avait déjà commandé le tissu pour les rideaux et pour recouvrir les fauteuils, mais il faudrait le temps de fabriquer tout cela…

Cela dit, il était hors de question qu'elle dise non ! Elle se reposerait quand elle serait morte !

— Absolument, répondit-elle. Mes ouvriers vont

devoir travailler nuit et jour pour confectionner tous les éléments de décoration et tapisser toutes les pièces, mais je pense que nous y arriverons.

Elle essayait de se concentrer sur Shane, mais le regard critique de Deacon la perturbait. Il ne souriait toujours pas comme les autres membres du conseil, mais il ne la regardait pas non plus avec hostilité comme au début de la présentation. Il semblait réfléchir, mais à quoi ? Elle n'avait aucune idée de ce qui lui trottait dans la tête puisqu'il n'avait pas prononcé une parole depuis qu'il l'avait accueillie dans la salle.

— Tout cela me semble parfait, déclara Shane. Si vous voulez bien nous laisser quelques minutes, mademoiselle Morgan, nous allons nous concerter et revenir vers vous très rapidement. Voulez-vous bien attendre dans le hall ?

— Bien sûr.

Elle rassembla ses affaires et sortit de la salle en souriant. Dès l'instant où elle referma la porte, elle eut la sensation qu'on lui ôtait un énorme poids des épaules. Fort heureusement, le rayon laser du regard de Deacon ne pouvait l'atteindre au travers des murs épais de la salle !

Elle ne pouvait nier qu'il l'avait perturbée… Sans doute l'avait-il fait sciemment. Étant donné ce qu'elle lui avait fait, elle méritait ce traitement ! Le doute s'insinuait peu à peu en elle. Peut-être ne décrocherait-elle pas ce travail, finalement… Bien sûr, Shane l'avait sollicitée personnellement, mais peut-être Deacon avait-il accepté qu'elle concoure dans l'unique intention de pouvoir la rejeter, comme elle-même l'avait rejeté des années plus tôt.

Beaucoup moins confiante soudain, elle se dirigea vers la fontaine à eau et remplit un verre avant de s'asseoir, attendant avec anxiété la décision du conseil. Elle était surprise que le délai d'exécution des travaux soit si court, mais il semblait qu'il n'y ait pas d'autre option, vu la date d'ouverture de l'hôtel.

Une dizaine de minutes plus tard, la porte de la salle s'ouvrit et plusieurs membres du conseil sortirent. Elle fut alors invitée à entrer dans la pièce où ne se trouvait plus que Deacon. Elle fit de son mieux pour conserver une attitude professionnelle et attendit patiemment qu'il lui adresse la parole.

Maintenant qu'ils étaient seuls, elle s'attendait à ce qu'il se fasse un plaisir de lui expliquer pourquoi elle n'était pas faite pour ce travail.

Deacon lui sourit pourtant agréablement et enfouit ses mains dans les poches de son pantalon.

— Je ne vais pas prolonger le supplice plus longtemps, dit-il. Nous avons tous été séduits par ton projet pour notre hôtel. Shane est allé consulter notre service juridique afin qu'un contrat soit rédigé et qu'il te soit envoyé dès que possible. Cela, bien sûr, si tu acceptes ce travail…

Comment refuser une telle opportunité ? songea-t-elle, le cœur battant. *Ce serait une véritable folie !*

Le budget dont Shane lui avait parlé couvrirait largement les coûts de matériel et de main-d'œuvre, ce qui lui permettrait de dégager un bénéfice non négligeable pour sa société. Elle et son équipe devraient travailler très dur pour y parvenir, mais l'avenir de Luna Fine Furnishings serait fortement impacté par la réussite de ce projet.

Cela dit, bien que n'envisageant pas de refuser cette offre, elle ne voulait pas non plus montrer trop d'impatience devant Deacon.

— Je suis heureuse que mon projet vous plaise, déclara-t-elle, très calme. Je vais prendre connaissance du contrat et reviendrai au plus vite vers Shane ou vers toi.

Deacon hocha la tête.

— Je suis conscient que nos délais sont serrés. Au rez-de-chaussée de l'hôtel se trouvent les bureaux du futur personnel de direction. Nous serions heureux de mettre un de ces bureaux à ta disposition pour te permettre de suivre le chantier et diriger tes équipes plus aisément.

— Ce serait appréciable, en effet. Merci.

Elle hésita un instant avant de reprendre la parole :

— Puis-je te demander quelque chose ?

Deacon haussa un sourcil interrogateur.

— Bien sûr.

Cecelia était consciente qu'elle aurait dû se contenter du fait d'avoir été choisie, mais elle avait envie de savoir pourquoi c'était elle qui avait décroché le contrat.

— Je suis heureuse que l'on m'offre une telle opportunité, mais j'aimerais savoir pourquoi vous choisissez de faire affaire avec moi plutôt qu'avec une entreprise de décoration plus expérimentée. Vous n'êtes pas sans savoir que je suis spécialisée dans le mobilier pour enfants et qu'il s'agirait là de mon premier gros chantier dans le domaine du mobilier de luxe.

— Shane et moi t'avons sollicitée car nous savons que ton travail sera de qualité. To the Moon est réputée pour produire ce qu'il y a de mieux en termes de mobilier pour enfants, alors il n'y a aucune raison qu'il n'en soit pas de même pour le reste. Tu réussis tout ce que tu entreprends, Cecelia. Il en a toujours été ainsi.

Une étincelle de douleur s'alluma dans son regard, mais elle disparut bien vite derrière son masque d'indifférence.

— Si tu veux bien m'excuser, conclut-il avant de sortir précipitamment de la salle.

Elle se retrouva seule, quelque peu perturbée. Elle n'avait pas manqué de lire entre les lignes du discours de Deacon. Elle était très douée en affaires, mais pitoyable en matière de relations amoureuses !

Deacon était manifestement prêt à l'embaucher, mais il était clair qu'il n'était pas disposé à lui pardonner le mal qu'elle lui avait fait autrefois.

Deacon avait fait une erreur. Une énorme erreur.

Dès l'instant où il avait vu Cecelia pénétrer dans la salle du conseil, il avait ressenti comme un choc en pleine poitrine. Il avait néanmoins fait de son mieux pour conserver une attitude assurée, voire arrogante, mais intérieurement il avait été profondément déstabilisé. Il avait éprouvé des difficultés à respirer et son rythme cardiaque s'était affolé.

Lui qui pensait qu'après tout ce temps il ne ressentirait plus rien en se retrouvant face à Cecelia, il devait bien admettre qu'il s'était trompé !

La jeune femme portait un élégant tailleur noir qui épousait parfaitement des formes féminines qu'il n'avait pu ignorer. Il restait ainsi fortement perturbé par le souvenir de son décolleté, dévoilé chaque fois qu'elle avait rejeté ses longues boucles blondes derrière ses épaules…

Il avait très vite compris qu'il était fichu !

Que s'était-il imaginé en revenant ici ? Et pourquoi avait-il insisté pour que Shane laisse à Cecelia l'opportunité de concourir pour cette prestation ?

C'était vraiment une idée désastreuse !

Pendant sa présentation, Cecelia s'était attardée sur des détails au sujet des tissus et des meubles qu'elle souhaitait proposer, mais Deacon n'en avait pas écouté un mot ! Son esprit était paralysé par les effluves de son parfum qui lui avait rappelé les moments torrides qu'ils avaient partagés à l'arrière de son pick-up, des années auparavant… La jeune femme portait, de toute évidence, toujours le même parfum… À l'époque, il avait dû économiser pendant plusieurs semaines pour pouvoir lui en offrir un flacon à l'occasion de son anniversaire.

Pour l'heure, il était obsédé par une vision du corps nu de Cecelia étendu sous le sien… Il s'imaginait enfouir son nez dans sa gorge et emplir ses poumons de son parfum enivrant…

Ils n'étaient sortis ensemble que pendant six mois, quand ils étaient en terminale, mais il se souvenait de cette période comme de la plus belle de son existence. À l'époque, il n'avait aucune idée de ce qu'il ferait de sa vie, mais il avait tout de suite su qu'il voulait que Cecelia fasse partie de son avenir. Il ne se souvenait pas du nombre de fois où ils avaient fait l'amour, mais une chose était sûre : il n'y en avait pas eu assez !

Alors qu'il l'observait pendant qu'elle réalisait sa présentation, l'image de Cecelia plus jeune et rayonnante, assise dans son pick-up, s'était imposée à lui… Tous les muscles de son corps s'étaient brusquement tendus, et un désir impérieux d'elle s'était éveillé en lui. Quand, de temps à autre, le regard de Cecelia se posait sur lui, sa gorge se serrait. Il lui avait fallu s'agripper aux bras de son fauteuil pour se maîtriser. Il se devait de garder un comportement irréprochable devant le conseil d'administration !

Il s'était imaginé que revenir à Royal dans la peau du promoteur immobilier qui a réussi changerait la donne. Hélas, toute sa belle confiance avait fondu comme neige au soleil dès qu'il avait posé les yeux sur Cecelia. Il avait l'impression d'être redevenu un adolescent timide et maladroit. Il se sentait à nouveau submergé par le sentiment d'insécurité qui le tenaillait quand il était plus jeune. À l'époque, il ne se sentait pas digne de la belle et riche Cecelia Morgan et, pour tout dire, il ne se sentait pas davantage à la hauteur aujourd'hui.

Bien sûr, il restait hanté par leur dernière conversation, le soir de la remise des diplômes. Le soir où elle avait rompu avec lui… Il n'avait pas bien compris ce qui l'avait fait changer d'avis car, jusqu'à cet instant-là, elle avait paru enthousiaste à l'idée d'un avenir commun.

Et puis, soudain, elle avait fait volte-face et rompu avec lui !

Il avait toujours été conscient de ne pas être le genre de garçon que les Morgan souhaitaient pour leur fille. Il n'était pas issu d'une bonne famille, n'était pas riche et travaillait de ses mains ! Il était persuadé aujourd'hui que Brent et Tilly devaient être ravis que Cecelia ait choisi Chip Ashford, ancien capitaine de l'équipe de foot, sénateur du Texas, et fils d'une des familles les plus riches et les plus respectées de Houston.

Un futur gendre qui avait un bel avenir devant lui.

Deacon ne pouvait que se blâmer pour s'être mis dans cette situation inconfortable. Il aurait dû se douter qu'il serait attiré par Cecelia, comme il l'avait toujours été, et qu'il serait, encore une fois, incapable de parvenir à ses fins.

Il lui fallait se mettre dans la tête qu'il n'était pas revenu à Royal dans l'intention de séduire Cecelia ! Ce n'était pas dans cette optique que celle-ci avait été invitée à présenter un projet. S'il était revenu, c'était pour prouver à Cecelia et à tous les autres habitants de cette minable petite ville qu'il valait mieux qu'eux. Pour leur démontrer que, même s'il était issu d'un milieu modeste, il avait réussi à créer un immense empire de ses propres mains. Il était revenu pour que Cecelia regrette amèrement la décision qu'elle avait prise à l'époque.

Rien de plus.

Lorsqu'il aurait accompli cette mission et inauguré son nouvel hôtel, il retournerait en Europe et oublierait très vite ce petit milieu étriqué et insignifiant qu'était Royal.

Oui, mais… il doutait de pouvoir oublier Cecelia.

Se retrouver en tête à tête avec elle avait été une torture. Comment allait-il gérer la situation alors qu'elle était censée travailler dans son hôtel vingt-quatre heures sur vingt-quatre jusqu'à l'ouverture ? Il n'allait pas pouvoir l'éviter !

Il n'en avait pas envie d'ailleurs…

Agacé, il remonta le couloir jusqu'au bureau que Shane avait mis à sa disposition pendant son séjour à Royal. Il avait l'impression d'avoir fui Cecelia. Il aurait dû se montrer plus assuré et faire preuve de davantage d'indifférence. Agir comme si la présence de la jeune femme n'avait aucun effet sur lui.

Au moment où il prenait place derrière son bureau, Shane apparut dans l'embrasure de la porte.

— Belle journée, n'est-ce pas ? lança ce dernier avec enthousiasme. Les clients de notre hôtel n'auront pas à dormir à même le sol ! Que dirais-tu d'aller fêter ça au Texas Cattleman's Club ?

Deacon haussa un sourcil sceptique. Il n'avait jamais mis les pieds dans ce club par le passé. Il n'était même pas considéré comme digne de nettoyer la piscine du club quand il était lycéen !

— Je ne suis pas membre, fit-il remarquer. Et je suis sûr que bon nombre de gens qui fréquentent cet endroit verraient d'un mauvais œil que je m'y présente.

Shane esquissa un geste vague de la main.

— Dans la mesure où tu es mon invité, tu y es tout à fait le bienvenu. Si tu voulais devenir membre du club, je pourrais te parrainer. Je ne pense pas que quelqu'un se risquerait à s'opposer à moi. Ces derniers temps, on y parle surtout du fameux Maverick et des scandales qu'il provoque sur la place publique. De plus, comme certains membres n'ont toujours pas digéré que les femmes aient été admises au club, je suis sûr que certains hommes seraient ravis de t'accueillir, histoire d'empêcher que ce club devienne un « poulailler » !

Deacon n'avait jamais envisagé la possibilité d'intégrer le Texas Cattleman's Club et, à tout bien considérer, il ne voulait rien avoir affaire avec un cercle aussi misogyne. Cela dit, il décida de rester neutre, car il savait que Shane appréciait d'en faire partie.

— Je te remercie mais je n'ai pas très envie de sortir, dit-il. Je vais terminer une ou deux choses ici avant de rentrer. J'ai un steak dans le réfrigérateur qui attend d'être grillé. Je ne voudrais pas le décevoir !

Shane se mit à rire.

— OK, je n'insiste pas davantage pour ce soir. Mais je t'y traînerai un jour, que tu le veuilles ou non.

— Pourquoi donc ? Qu'y a-t-il de si génial à retrouver une bande de types portant des chapeaux de cow-boy et discutant de bétail et de chevaux, sujets qui ne m'intéressent absolument pas ?

— D'abord, on mange au restaurant du club les meilleurs steaks du monde. Ensuite, le martini dry que l'on y sert est à se damner. Et enfin, c'est un endroit agréable pour traîner, boire un verre et discuter entre amis.

— Écoute, tu es mon seul ami dans cette ville, alors non, vraiment, cela ne me dit rien. Vas-y et mange un de ces excellents steaks en mon honneur !

— Comme tu voudras, répondit Shane en s'éloignant.

Deacon le suivit des yeux, soulagé d'avoir réussi à éviter ce dîner. Il avait de nombreuses raisons de ne pas vouloir mettre les pieds au club, la meilleure d'entre elles étant Cecelia et Chip. Il savait qu'ils en étaient tous les deux membres et n'avait pas la moindre envie de tomber sur l'un d'eux ce soir !

Pas après le trouble qu'il avait ressenti en voyant Cecelia cet après-midi !

Il avait besoin de s'accorder un peu de temps avant de revoir la jeune femme. Il devait se remettre en mémoire la façon dont elle l'avait blessé et à quel point il avait envie de lui faire regretter son attitude.

Or, pour garder la tête froide, il lui fallait conserver ses distances.

Un steak, un whisky et une overdose de séries sur Netflix suffiraient à lui changer les idées.

Tout au moins l'espérait-il…

- 3 -

Lorsque Cecelia pénétra dans les bureaux de sa société en fin d'après-midi, elle tomba nez à nez avec Simone qui l'attendait dans le hall, manifestement très excitée.

Cecelia adorait Simone, qui était l'une de ses meilleures amies, mais après la journée qu'elle avait passée, elle n'était pas d'humeur à bavarder. Si elle voulait respecter les délais impartis, elle allait devoir se mettre à travailler sans tarder sur le projet Bellamy.

De toute évidence, son amie n'avait cure de son humeur et, faisant fi des ondes de stress qu'elle émettait, la suivit jusqu'à son bureau.

— Cecelia, as-tu entendu la dernière ?

Cecelia posa ses dossiers sur son bureau et se laissa tomber, épuisée, dans son fauteuil.

— Non… De quoi parles-tu ? demanda-t-elle dans un soupir.

Simone se frotta les mains d'excitation et s'assit sur le rebord du bureau.

— Maverick a encore frappé ! déclara-t-elle. Un message a été adressé aujourd'hui à tous les membres du Texas Cattelman's Club !

Cecelia retint son souffle. Elle avait été tellement débordée qu'elle n'avait pas regardé son téléphone de l'après-midi. Le fameux Maverick avait-il révélé son secret ? Et ce, bien qu'elle lui ait versé l'argent qu'il réclamait ?

— Que dit ce message ? s'enquit-elle, soudain inquiète.

Simone sortit son portable de son sac et, après avoir cherché l'information, le lui tendit.

Cecelia découvrit le contenu pour le moins laconique du message :

> Quelqu'un au Texas Cattleman's Club n'est pas ce qu'il prétend être.

Elle haussa les épaules, feignant l'indifférence.

— Rien de neuf sous le soleil, dit-elle. Je dirais que près de la moitié des membres du club ne sont pas ce qu'ils prétendent être.

Simone rangea son téléphone dans son sac.

— Dire que plein de gens croient toujours que nous sommes à l'origine de ces intimidations ! s'exclama-t-elle, indignée.

— Je suis soulagée que ce message ait été diffusé à un moment où j'étais dans l'impossibilité totale de l'envoyer, remarqua Cecelia. J'ai une bonne dizaine de témoins !

Simone haussa les épaules.

— Ils peuvent toujours penser que Naomi et moi sommes les coupables… Cela dit, si j'avais du temps, je ferais peut-être un truc comme ça ! Il faut quand même bien admettre que Maverick a créé une animation certaine en ville. Royal n'avait pas connu pareille excitation depuis les dernières tornades !

Excitation ? songea Cecelia. Elle ne considérait ni l'extorsion de fonds ni les catastrophes climatiques comme quelque chose d'excitant !

— Tu ne devrais pas faire autant la maligne, déclara-t-elle. Cela risque encore de nous retomber dessus.

— Je pensais que ce nouvel épisode t'amuserait, répliqua Simone en lui jetant un regard surpris. Que t'arrive-t-il aujourd'hui ? Tu n'es pas comme d'habitude…

Cecelia se retint de crier : « C'est parce que Maverick me fait du chantage ! Ce message me concerne ! » Elle n'avait aucune envie de mettre Simone au courant. Pas pour l'instant, tout au moins.

— Je suis un peu fatiguée, répondit-elle. Je viens de présenter mon projet pour la décoration intérieure de l'hôtel Bellamy.

— C'est vrai ! Excuse-moi, j'avais oublié. Comment cela s'est-il passé ? Ton projet a-t-il ébloui Shane au point qu'il veuille laisser tomber Brandee pour sortir avec toi ? J'espère, au minimum, qu'il n'a pas été désagréable…

— Non, il a été très courtois. Quant à Brandee, il n'en a pas été question. Peut-être Shane a-t-il été effectivement ébloui, puisque mon projet a été retenu. Deacon Chase, le bailleur de fonds de Shane, a semblé lui aussi séduit.

Simone plissa le nez comme si elle essayait de faire appel à ses souvenirs.

— Deacon Chase… Deacon Chase… Pourquoi ce nom ne m'est-il pas inconnu ?

— Parce qu'il s'agit de mon premier petit ami, lui expliqua Cecelia. Celui avec qui je suis sortie au lycée.

Simone ouvrit de grands yeux.

— Attends un peu… Ce Deacon n'est-il pas le garçon avec lequel tu as perdu ta virginité ?

Cecelia jeta un coup d'œil inquiet vers la porte de son bureau, craignant que des employés ne traînent dans les parages et n'entendent leur conversation. Elle se leva pour aller fermer la porte.

— Tu devrais parler encore plus fort, Simone, ironisa-t-elle. Oui, Deacon était bien le premier…

Deacon avait effectivement été le premier garçon qu'elle avait aimé. Mais aussi le dernier.

— Chip sait-il qu'il est à Royal ? demanda Simone.

— En quoi cela a-t-il de l'importance ? Chip et moi ne sortions pas ensemble au lycée. Pas même à la fac, d'ailleurs. Il n'a aucune raison de s'inquiéter au sujet de Deacon.

Simone ne parut pas convaincue.

— Peut-être, mais il sait que Deacon et toi êtes sortis ensemble et que votre relation était sérieuse. Ne crois-tu pas qu'il va être contrarié d'apprendre que Deacon est de retour à Royal ?

S'il y avait une chose que Cecelia savait à propos de Chip, c'était qu'il avait un ego plus gros que l'État du Texas ! Selon lui, Deacon faisait partie des gens d'en bas. Il ne le considérait donc pas comme un adversaire à sa hauteur.

— Je ne crois pas que cela ennuie Chip, affirma-t-elle. De toute façon, j'ai accepté de l'épouser, non ? Ma rupture avec Deacon date de l'année du bac ! Chip n'a donc aucune raison de se sentir menacé.

Simone esquissa une moue sceptique.

— Deacon n'est plus le garçon qu'il était. S'il est le bailleur de fonds de Shane, c'est qu'il a réussi dans la vie. Cela pourrait changer les choses…

Cecelia n'avait pas vraiment d'avis sur le sujet et n'avait pas l'intention de s'y appesantir.

— Écoute, je ne pense pas que Deacon reste bien

longtemps à Royal. Il prendra ses cliques et ses claques dès que l'hôtel aura ouvert. Quant à Chip, je dois aller le retrouver sans plus tarder au club pour dîner. Nous allons fêter le contrat que je viens de décrocher pour l'hôtel Bellamy.

— Parfait ! Je vais y aller, de toute façon. Je m'étais juste arrêtée pour partager avec toi le dernier commérage en date. Je dois retrouver Naomi à l'aéroport. Nous allons assister à un défilé de mode à Los Angeles. Nous y resterons deux jours. Surtout, préviens-nous si Maverick se manifeste à nouveau !

— Promis. Cela dit, je ne suis pas sûre que tu serais aussi enthousiaste si c'était toi, sa prochaine victime !

— Oh ! Je ne doute pas qu'il finira par s'en prendre à moi. Tout le monde y passe, alors…

Sur ces mots, Simone prit congé.

Sa désinvolture surprenait Cecelia. Évidemment, les menaces de Maverick ne l'avaient pas atteinte personnellement pour le moment.

Pour sa part, depuis qu'elle-même était la cible du maître chanteur, elle était rongée par l'inquiétude.

Pas de doute : c'était bien à elle qu'il faisait allusion dans son dernier message. Elle avait pourtant effectué le virement, comme son père le lui avait ordonné. Hélas, Maverick ne semblait pas devoir s'en contenter…

C'était exactement ce qu'elle avait craint ! Une fois que l'on rentrait dans le jeu d'un maître chanteur, on se retrouvait prisonnier d'un cycle infernal. Elle ne serait d'ailleurs pas surprise de recevoir ce soir un nouveau message réclamant un nouveau versement.

Contrairement à ce que pensait son père, c'était une tout autre tactique qu'il fallait adopter avec ce Maverick !

Ses parents avaient beau ne pas vouloir qu'elle révèle la vérité à Chip, elle estimait, elle, que c'était sa seule option. Car non seulement la famille de Chip était fortunée, mais elle avait aussi des relations. Si elle confiait son secret à Chip, peut-être les Ashford pourraient-ils la protéger. Ces derniers avaient les moyens d'écrabouiller Maverick comme un vulgaire insecte ! S'ils le voulaient bien…

Oui, c'était ça, la solution. Elle parlerait à Chip dès ce soir.

Elle ne doutait pas que son fiancé pourrait la sauver.

Ce fut dans un état d'extrême fébrilité que Cecelia gara sa BMW sur le parking du Texas Cattleman's Club. En temps normal, elle n'aurait pas choisi le club pour avoir une discussion sérieuse avec Chip, mais celui-ci avait organisé leur soirée sans la consulter.

Elle le trouva installé dans un box tout au fond de la salle de restaurant. Il se leva pour l'étreindre brièvement et déposer un chaste baiser sur sa joue.

— Te voilà, chaton. Tu es en retard… Je commençais à m'inquiéter.

Cecelia consulta sa montre en prenant place en face de Chip. Il était exactement 17 h 30. Enfin… Elle n'était pas d'humeur à se quereller avec son fiancé. Pour Chip, ne pas arriver avec cinq minutes d'avance, c'était arriver en retard !

— Désolée. J'étais avec Simone. Elle souhaitait me parler avant de partir pour la Californie avec Naomi.

Chip s'adossa au coussin de la banquette et sourit.

— Et qu'avait donc à te dire de si urgent notre jolie Simone ?

Cecelia pesa soigneusement ses mots.

— Eh bien… Je voulais justement t'en parler, une fois que nous aurons commandé…

— J'ai déjà commandé pour nous deux. Je t'ai pris du mahimahi grillé, puisque tu fais attention à ta ligne dans la perspective du mariage.

Cecelia fit de son mieux pour dissimuler son irritation. Elle avait horreur que Chip prenne des décisions à sa place ! Et tout particulièrement quand ces décisions avaient trait aux kilos imaginaires qu'elle n'avait aucune intention de perdre ! Cette attitude n'augurait rien de bon pour leur avenir commun… Ainsi, après avoir passé sa vie à faire plaisir à ses parents, elle allait maintenant devoir se dévouer à son mari !

— Je suppose par conséquent qu'il n'y a pas lieu d'attendre, dit-elle, ignorant le commentaire de Chip. Simone m'a informée que Maverick avait à nouveau sévi.

Chip hocha la tête d'un air pensif tandis que le serveur posait un gin tonic devant lui et un verre de vin blanc devant elle.

— J'ai vu effectivement que quelque chose était sorti cet après-midi, mais je n'ai pas eu le temps de m'y intéresser, reconnut-il. Qu'est-ce que cela a à voir avec Simone ? Est-elle la dernière victime du maître chanteur ? Cela ne m'étonnerait qu'à moitié…

Cecelia s'efforçait de respirer calmement pour maîtriser ses nerfs. Elle prit une gorgée de vin blanc — elle aurait pourtant préféré du rouge !

— Non, en réalité, c'est moi que Maverick fait chanter, dit-elle.

— Quoi ?

Chip lui fit signe de se taire avant de se pencher vers elle.

— Ne parle pas si fort, les gens vont nous entendre ! ordonna-t-il sèchement.

Il jeta un regard inquiet dans la salle. Il était encore tôt, et seuls quelques clients étaient en train de dîner. À la table la plus proche de la leur, les convives étaient engagés dans une conversation animée et ne prêtaient pas la moindre attention à eux.

— De quoi s'agit-il ? demanda Chip, une fois qu'il fut certain de pouvoir continuer leur discussion en toute discrétion.

Cecelia se pencha à son tour et parla à voix basse :

— Maverick m'a envoyé un message. Il a trouvé quelque chose sur moi… Quelque chose du passé. Et il essaie de me faire du chantage à ce sujet. Bon, il a réussi, en quelque sorte, puisque je lui ai déjà versé une grosse somme d'argent. Cependant, cela ne lui a pas suffi, puisqu'il a recommencé cet après-midi, en envoyant ce message…

Chip arborait une expression crispée. Cecelia ne distinguait sur son visage ni compassion ni inquiétude pour elle comme elle l'avait espéré.

— Mais à quel propos te fait-il du chantage ? Tu m'as dit que ton passé était totalement irréprochable ! Il est primordial qu'il n'y ait rien dans ta vie passée qui puisse être préjudiciable à ma carrière de sénateur !

Cecelia soupira. À quel moment cette conversation s'était-elle focalisée sur Chip et sa sacro-sainte carrière ?

— Je le sais, répondit-elle. Crois-moi, ce n'est pas une histoire à laquelle je pense souvent. Et ce qui s'est passé est totalement indépendant de ma volonté. Mes parents ont choisi de garder le secret pour me protéger, mais je ne pense pas que cela soit bien grave si la vérité éclate.

Chip la fixait, manifestement impatient qu'elle en arrive au fait.

Pourtant, elle hésita. Cela faisait treize ans qu'elle n'avait pas verbalisé cette vérité. Elle ne l'avait d'ailleurs révélée qu'une fois, lors de cette soirée où elle s'était confiée à Deacon.

Quelque chose lui disait que les choses n'allaient pas se passer de la même façon avec Chip… Mais il était l'homme qu'elle allait épouser, et la sincérité était primordiale dans un couple.

— J'ai été adoptée, murmura-t-elle.

Chip tressaillit, et son visage devint livide.

— Adoptée ? Bon sang ! Pourquoi ne m'en as-tu rien dit ?

Devant la dureté de sa réaction, Cecelia serra les dents. Elle comprit soudain qu'elle avait fait une erreur.

— Personne n'était censé le découvrir, expliqua-t-elle. J'ai été adoptée par les Morgan alors que je n'avais que quelques semaines. Ils ont décidé de m'élever comme leur propre enfant et de ne jamais raconter mon histoire à personne, en raison de… de ma mère…

— Quel était le problème, avec ta mère ?

— Elle avait un problème d'addiction. Je lui ai été retirée deux semaines seulement après ma naissance. Mes parents m'ont raconté qu'elle en a été tellement bouleversée qu'elle a fait une overdose peu de temps après…

Une expression de fureur se peignit sur le visage de Chip.

— Es-tu en train de me dire que ta mère était une… une junkie ?

— Je pense que l'on peut appeler ça comme ça, oui. En effet, ma mère avait un sérieux problème avec la drogue.

Chip se pencha et cracha entre ses dents serrées :

— Je n'arrive pas à croire que tu m'aies menti au sujet d'une telle chose.

Il était maintenant rouge de colère. Jamais Cecelia n'avait vu son fiancé, en général si policé, se mettre dans un état pareil.

— Je croyais que tu étais comme moi ! Que tu étais issue d'une bonne famille et que tu étais digne d'être mon épouse. En réalité, tu n'es qu'un imposteur qui joue un rôle depuis toutes ces années ! Comment as-tu pu accepter de m'épouser alors que tu gardais un tel secret ?

Choquée, Cecelia le fixa, bouche bée, ne trouvant rien à lui répondre.

Elle avait pensé qu'il se montrerait surpris par cette révélation, voire un peu inquiet des répercussions potentielles, mais jamais elle n'avait envisagé qu'il puisse l'accuser de l'avoir dupé !

— Je ne suis pas un imposteur, Chip Ashford ! Tu me connais depuis toujours. J'ai été élevée par les Morgan dans la même banlieue de Houston que toi. J'ai fréquenté les meilleures écoles, tout comme toi. Je ne suis pas comme ma mère biologique et ne le serai jamais. On ne choisit pas celle qui nous donne la vie.

Chip secoua la tête.

— Tu peux bien essayer de travestir la vérité comme tu l'entends, mais un menteur reste un menteur, rétorqua-t-il d'un ton sec.

Cecelia était atterrée.

— Enfin, Chip, ne réagis pas comme ça ! Je ne t'ai pas trompé de façon intentionnelle ! Ce sont mes parents qui ont estimé qu'il valait mieux que les autres n'en sachent rien.

— En l'occurrence, je dois remercier Maverick ! Sans lui, je n'aurais jamais découvert la vérité te concernant. Tes parents et toi m'auriez laissé t'épouser, alors que tout ce que je croyais sur toi est un tissu de mensonges !

Les yeux de Cecelia s'emplirent de larmes qu'elle ne put contenir. Chip était-il sur le point de rompre avec elle à cause de cette histoire ? Il semblait en prendre le pas !

Elle n'en revenait pas. S'était-elle à ce point trompée sur lui ?

— Chip…

— Tais-toi ! Ne me regarde pas de cette façon. Tu cherches à m'attendrir pour me convaincre que tu es une victime. Je suis désolé, Cecelia, mais je suis dans l'obligation de rompre nos fiançailles. Je ne peux pas épouser une femme à qui je ne peux pas faire confiance. Tu serais un handicap dans le cadre de mes futures campagnes électorales. Il n'est pas question que je ruine ma carrière pour une femme qui vit dans le mensonge.

Cecelia posa les yeux sur l'énorme bague sertie de diamants et de platine qu'elle portait depuis six mois. Elle n'aimait pas particulièrement ce bijou tape-à-l'œil mais n'avait pu refuser de le porter.

Elle n'avait désormais plus aucune envie de garder cette bague. Elle l'ôta avant de la tendre à Chip.

Celui-ci la prit et l'enfouit dans sa poche.

— Merci de te montrer raisonnable, dit-il.

Peu à peu, la douleur d'être rejetée se transforma chez

Cecelia en véritable colère. Jamais elle ne se serait confiée à Chip si elle avait pu imaginer qu'il réagirait ainsi !

— J'espère que je peux compter sur ta discrétion pour ne pas révéler ce dont je viens de te parler, dit-elle. Les choses finiront certainement par se savoir, mais je préfère que cela se fasse à ma façon, surtout pour mes parents.

Chip haussa les épaules et se leva de table.

— Quel bénéfice aurais-je à en parler ? répliqua-t-il. J'ai perdu suffisamment de temps. Dis au serveur de mettre l'addition sur mon compte.

Sur ces mots, il tourna les talons et s'éloigna à grands pas, laissant Cecelia assise seule avec leurs apéritifs et une commande à laquelle ils ne feraient même pas honneur.

Tandis qu'elle fixait la place laissée vide par Chip, une sensation de vide s'insinua lentement en elle. Une sensation de vide et autre chose…

Elle aurait dû se sentir davantage contrariée que ses fiançailles soient rompues, mais tout ce qu'elle ressentait, c'était une sorte d'indifférence. La vérité était qu'elle n'aimait pas Chip. Leur relation reposait plus sur une alliance stratégique entre leurs familles que sur un véritable amour. Pourtant, quelle cruauté de la part de Chip de la rejeter ainsi alors qu'elle se retrouvait en difficulté !

Tous deux avaient planifié leur avenir commun. Ils étaient censés, une fois le projet Bellamy achevé, s'atteler sérieusement à la préparation de leur mariage.

Envolé, le rêve ! Elle, qui se voyait enfin sur le point de fonder la famille à laquelle elle aspirait tant, devait repartir de zéro.

Même si Chip tenait sa langue et ne révélait pas son secret dans toute la ville, la nouvelle de leurs fiançailles rompues allait être difficile à gérer. Les gens allaient inévitablement spéculer sur les raisons de cet événement… Cecelia se demandait quelles excuses Chip allait bien pouvoir inventer !

Elle ne doutait pas que, tôt ou tard, son secret n'en serait plus un. D'une façon ou d'une autre, tout Royal apprendrait que Cecelia Morgan était la fille d'une junkie. Dans cette ville, tout le monde mettait son nez dans les affaires de tout le monde. C'était l'apanage des petites villes, personne n'y pouvait rien.

Elle se demanda soudain qui serait encore à ses côtés, une fois que la vérité sur sa naissance aurait été dévoilée. Les membres du Texas Cattleman's Club étaient censés constituer une grande famille, mais ils étaient pourtant bien inconstants.

Et puis il y avait ses parents… Comment allaient-ils se remettre du scandale ? Ils avaient passé leur vie à sauvegarder les apparences. Leur cercle d'amis et leurs relations professionnelles leur pardonneraient-ils une tromperie de plusieurs décennies ?

Cecelia soupira et prit son sac à main. Elle en sortit une poignée de billets et se leva. Elle aurait pu laisser Chip payer, mais elle ne voulait pas affronter le serveur et avoir à lui expliquer pourquoi elle se retrouvait tout à coup seule à table.

Une fois dans sa voiture, elle s'appuya contre le dossier en cuir souple du fauteuil et soupira profondément. En cet instant, elle avait plus que jamais besoin de ses amies. Hélas, Simone et Naomi étaient actuellement dans un avion pour la Californie et ne seraient pas de retour avant deux jours.

Elle ne pouvait pas non plus se confier à ses parents pour le moment. Ceux-ci seraient davantage perturbés par sa rupture avec Chip que par sa détresse. Certes, elle aimait ses parents, mais ces derniers se préoccupaient avant tout des apparences. Elle était sûre que, s'ils avaient vent de sa rupture avec Chip, elle essuierait une pluie de remontrances. Elle imaginait déjà sa mère se mettant en quatre pour regagner les faveurs des Ashford !

Pour l'heure, elle se fichait comme d'une guigne des Ashford ! Si ceux-ci ne voulaient pas l'accepter telle qu'elle était, alors elle n'avait aucune envie de faire partie de leur famille. Qu'est-ce que cela pouvait bien faire qu'elle ne soit pas d'une lignée d'excellence, comme Chip l'avait cru ? Elle était toujours la même personne que celle qu'il connaissait depuis des années. La femme qu'il avait demandée en mariage.

En sortant du parking du club, elle tourna d'instinct vers la gauche, plutôt que vers la droite et le quartier de Pine Valley où elle résidait. Elle éprouvait le besoin soudain de prendre la route et de conduire pour éclaircir ses idées.

Au bout d'une dizaine de kilomètres, elle commença à se dire que, finalement, cette rupture était ce qui pouvait lui arriver de mieux. Peut-être Maverick lui faisait-il une faveur, après tout. Mieux valait que Chip et elle rompent maintenant, alors qu'ils n'étaient que fiancés, plutôt que de se déchirer dans une procédure de divorce interminable. Grâce à Dieu, ils n'avaient pas encore fondé une famille ! S'ils avaient eu des enfants, Chip aurait-il rejeté sa descendance au prétexte qu'elle aurait été corrompue par un pedigree inférieur du côté maternel ?

Cecelia frissonna à cette pensée. La seule chose qu'elle désirait vraiment, qu'elle avait toujours désiré, c'était avoir une famille bien à elle. Elle voulait des enfants de son propre sang, avec lesquels elle serait liée par bien plus qu'un morceau de papier. Des personnes qui l'aimeraient sans aucun préjugé. Ses parents l'aimaient, elle n'en doutait pas, mais il n'était pas simple d'être à la hauteur de leurs exigences. Elle s'était toujours efforcée de les atteindre mais, ces derniers temps, elle s'était souvent interrogée… Comment ses parents réagiraient-ils si elle échouait ? Aimeraient-ils et protégeraient-ils toujours leur fille si parfaite si elle ne l'était plus autant ?

Alors qu'elle avait atteint les limites de la ville, elle aperçut au loin de la lumière dans la vieille Wilson House. Elle ralentit. Elle ignorait que la propriété avait été rachetée. L'imposant pavillon était resté vide pendant de nombreuses années, mais quelqu'un avait manifestement jeté son dévolu dessus depuis peu.

Machinalement, elle tourna pour emprunter le chemin en graviers qui menait à la vieille bâtisse. Peut-être était-ce le repère secret de Maverick ! Son cœur se mit à battre plus vite soudain.

Devant la maison, elle découvrit une Corvette Stingray décapotable parfaitement restaurée. Elle ne connaissait rien aux voitures mais se souvenait du poster représentant ce même véhicule qui trônait sur l'un des murs de la chambre de Deacon… La Corvette du poster était rouge cerise. C'était, disait-il, la voiture de ses rêves.

Celle-ci était de couleur bordeaux, mais elle comprit

presque immédiatement que ce véhicule appartenait à Deacon.

Soudain, elle réalisa qu'elle n'avait envie d'être nulle part ailleurs qu'ici…

Deacon connaissait la vérité à son sujet. Quand ils étaient au lycée et totalement amoureux l'un de l'autre, ils s'étaient avoué tous leurs secrets. Cecelia lui avait ainsi parlé de son adoption et de sa vraie mère. Elle lui avait même montré la seule photo qu'elle avait d'elle… Le vieux cliché abîmé que lui avaient donné ses parents, le jour de ses treize ans, avait été retrouvé dans les mains de sa mère quand celle-ci était morte. C'était une photo de la jeune femme portant son bébé, juste une semaine avant qu'il ne lui soit retiré.

Cecelia avait passé un temps infini à étudier cette photo à la recherche de ressemblances entre sa mère et elle. Ou plutôt des différences qui feraient d'elle une jeune femme heureuse de vivre sans avoir recours aux paradis artificiels des drogues. Elle avait toujours été déconcertée par le sourire joyeux de sa mère. Comment cette dernière avait-elle pu renoncer ainsi à son enfant ?

Deacon ne l'avait pas jugée. Il l'avait acceptée pour ce qu'elle était : la fille riche et gâtée des Morgan, mais aussi le bébé d'une mère toxicomane morte d'une overdose. Deacon avait aimé ses deux facettes.

En cet instant, elle n'éprouvait plus qu'une envie : celle de ressentir à nouveau ce sentiment d'acceptation. Sans plus réfléchir, elle arrêta son véhicule et en sortit précipitamment. Elle monta les marches en courant et frappa à la porte.

Elle n'avait pas la moindre idée de la façon dont Deacon allait réagir en la découvrant sur le pas de sa porte ! À en juger par leur rencontre plus tôt dans la journée, elle ne s'attendait pas à un accueil chaleureux.

Mais elle n'en avait cure.

La porte s'ouvrit en grand, et Deacon apparut sur le seuil, ne portant rien d'autre qu'un jean usé. Cecelia avait admiré sa nouvelle carrure d'homme, pendant la présentation, mais n'avait pu qu'imaginer ce qui se cachait sous son costume griffé… Là, elle avait une vision très précise du corps affûté de Deacon. Quels pectoraux et abdominaux somptueux ! Son torse était parsemé de poils dorés qui n'existaient pas quand il était ado. Cecelia sentit des picotements dans ses mains tant elle mourait d'envie de les faire glisser sur sa poitrine afin d'explorer ce qui avait changé…

Ses yeux se heurtèrent à ceux de Deacon, et elle lut dans son regard qu'il appréciait ce qu'il voyait. Elle sentit une onde de désir la parcourir, la poussant à agir.

Elle n'eut pas une seconde d'hésitation.

Sans laisser à Deacon le temps de la saluer, elle se jeta dans ses bras.

- 4 -

La dernière chose à laquelle s'attendait Deacon en ouvrant la porte de chez lui était de se retrouver nez à nez avec Cecelia. S'il avait pu le soupçonner, peut-être aurait-il enfilé une chemise…

Enfin… peut-être pas !

C'est donc torse nu qu'il se retrouva pris au piège de ces yeux gris si séducteurs surgis de son passé.

Cecelia ne ressemblait en rien à la jeune femme sûre d'elle qui avait présenté son projet pour l'hôtel Bellamy, quelques heures plus tôt. Les mains tremblantes et les yeux brillants de larmes contenues, elle paraissait bouleversée.

Avant qu'il ait pu s'enquérir de ce qui lui arrivait, elle se jeta dans ses bras et l'embrassa.

Instinctivement, il répondit à son étreinte. Il ne pouvait repousser la femme qu'il avait autrefois aimée et qu'il avait à nouveau dans ses bras après tant d'années ! Leur rencontre de l'après-midi avait réveillé le feu du désir qu'il avait toujours pour elle. La colère et le ressentiment passèrent au second plan pour ne laisser place qu'au désir.

Il n'avait aucune idée de ce qui l'amenait chez lui, mais il en était heureux.

La bouche de Cecelia se faisait de plus en plus exigeante tandis qu'elle continuait à l'embrasser. Ce n'était plus les baisers timides et hésitants de l'adolescence. Cecelia était une femme adulte qui savait parfaitement ce qu'elle voulait et comment l'obtenir.

De toute évidence, c'était lui qu'elle voulait !

Elle enfouit ses doigts dans ses cheveux et l'attira contre elle pour se presser contre son torse nu.

Deacon sentit ses seins moelleux s'écraser contre le mur de pierre de ses pectoraux. Tandis que la langue de Cecelia se glissait entre ses lèvres, il laissa échapper un grognement de satisfaction. La jeune femme était très douée pour titiller la bête qui était en lui !

Il s'efforça de ne pas s'attarder sur l'idée que Chip Ashford était peut-être l'homme qui lui avait enseigné ces nouvelles tactiques…

Ce fut néanmoins cette pensée qui l'incita à se soustraire au baiser de Cecelia. Il fit un pas en arrière et la maintint à bout de bras, les mains posées sur ses épaules.

— Que fais-tu ici, Cecelia ? Ne devrais-tu pas être dans les bras de ton riche fiancé plutôt qu'avec moi ?

Cecelia leva la main et agita le doigt nu qui portait, quelques heures plus tôt, le gros diamant que Deacon n'avait pas manqué de remarquer pendant sa présentation.

Tiens… Les fiançailles entre Chip et Cecelia n'étaient donc plus d'actualité, songea-t-il. Et ce, depuis quelques heures seulement. C'était une nouvelle intéressante, même s'il doutait que cela ait un rapport quelconque avec son retour à Royal.

Il n'y avait que dans ses rêves que Cecelia rejetait Chip pour revenir vers lui !

— Puis-je entrer ? demanda-t-elle.

Deacon passa sa langue sur ses lèvres avant d'acquiescer.

— Bien sûr.

Il fit un pas en arrière, se demandant ce qui avait bien pu conduire à la rupture des fiançailles.

Mais, avant qu'il ait pu lui demander des précisions, Cecelia se jeta à nouveau sur lui. Cette fois, il ne vit aucune raison de l'arrêter. Il referma la porte de son pied et, sans attendre, souleva Cecelia dans ses bras. Il prit la direction de sa chambre tandis qu'elle s'agrippait à lui, refusant de lâcher ses lèvres.

Une fois dans sa chambre, Deacon reposa doucement Cecelia sur le bord de son lit king-size. La jeune femme porta aussitôt ses mains à son ceinturon qu'elle fit glisser des passants de son jean avant de le jeter par terre. Il n'y avait aucune ambiguïté sur l'objet de son désir.

Pour être tout à fait honnête, Deacon ne désirait pas autre chose. Il ne s'était pas attendu à recevoir un tel cadeau, mais seul un fou aurait gâché ce moment en se posant trop de questions !

Comme Cecelia s'attaquait au bouton de son pantalon, il lui saisit les mains et les écarta.

— Je m'en charge, dit-il.

Cecelia se contenta de sourire et commença à défaire un à un les boutons de son chemisier, révélant à chaque seconde un peu plus de cette peau crémeuse que Deacon avait toujours admirée. Cecelia était, en effet, une des seules femmes qu'il ait rencontrées à avoir une peau sans le moindre défaut. Pas de taches de rousseur ni le moindre grain de beauté… Pas même une cicatrice. Les Morgan n'auraient jamais permis que leur précieuse fille se blesse ! Sa peau était comme celle d'une poupée de porcelaine. Douce… Uniforme… Parfaite !

Il se souvenait avoir promené inlassablement ses mains calleuses sur cette peau douce comme de la soie.

Jamais il n'aurait cru pouvoir retrouver ces sensations délectables…

Voyant Cecelia faire glisser son chemisier de ses épaules et exposer son soutien-gorge en satin ivoire, il brûla du désir de remplir ses mains de ces seins somptueux encore dissimulés sous le tissu.

Les seins de Cecelia s'échappaient presque des bonnets de son soutien-gorge sous l'effet de sa respiration rapide et heurtée.

Deacon fit un pas en arrière pour lui laisser la place de se lever afin de se défaire de sa jupe. Le vêtement glissa sur ses hanches généreuses pour se retrouver à ses pieds.

Le spectacle de Cecelia à demi nue lui coupa le souffle. Elle était aussi belle et parfaite que dans son souvenir. Aujourd'hui, cependant, elle était une femme adulte et épanouie, dotée de toutes les courbes qu'un homme de son âge était capable d'apprécier. Cecelia avait été sa première expérience féminine, à l'adolescence, et à l'époque, il n'avait pas la moindre idée ce qu'il faisait… Jamais il n'aurait su comment se comporter avec une femme comme celle qu'était devenue Cecelia.

Ses yeux gris acier ne le lâchaient pas tandis qu'elle dégrafait son soutien-gorge. Quand ses seins furent libérés, le regard de Deacon s'attacha à leurs petites pointes rose fraise, tendues vers l'avant. C'était exactement ainsi qu'il se les rappelait.

Treize ans d'attente… Une véritable torture ! Alors il ne résista plus à l'envie de soupeser ses seins dans ses mains. Il pressa ses paumes contre les tétons durcis tout en caressant de ses doigts la peau satinée.

Cecelia poussa des soupirs de contentement et, renversant la tête en arrière, se soumit à l'exquise caresse.

— Oui…, murmura-t-elle. Je veux que tu me touches, Deacon. J'en ai tellement envie…

Deacon ne fit aucun commentaire. Il se contenta de prendre l'un de ses bourgeons dardés dans sa bouche. Il le titilla de sa langue jusqu'à ce que Cecelia pousse des gémissements.

Alors il passa un bras autour de sa taille et la maintint fermement contre lui, tandis qu'il glissait l'autre main dans sa culotte en soie ivoire.

Il fut surpris de découvrir que sa peau était totalement lisse à cet endroit, n'opposant aucune barrière à ses doigts avides d'explorer ses replis intimes, avant de s'attacher au cœur de sa féminité.

Cecelia se mit à pousser des cris aigus tout en enfonçant ses ongles dans les épaules de Deacon. Après avoir atteint la jouissance, son corps s'apaisa et ses cris cessèrent. Deacon l'allongea alors avec douceur sur le lit.

La jeune femme l'observa à travers ses yeux mi-clos pendant qu'il déboutonnait son jean et le retirait, faisant de même avec son boxer. Elle ne le lâcha pas du regard quand il alla chercher un préservatif dans la table de nuit.

Posant le préservatif sur le lit à côté d'elle, il fit glisser de ses deux mains sa culotte le long de ses jambes.

Il ne put alors que secouer la tête d'émerveillement devant ce corps somptueux, glorieusement exposé sous ses yeux.

La situation lui paraissait tellement incongrue… Lui qui s'apprêtait à passer la soirée devant la télé en mangeant un steak grillé se retrouvait dans la position de pouvoir se rassasier d'un dîner infiniment plus appétissant !

Sans plus attendre, il enfila le préservatif sur sa hampe dressée avant de se positionner entre les cuisses ouvertes de Cecelia.

C'était le moment qu'il avait attendu depuis le jour où le chemin de Cecelia et le sien s'étaient séparés. La dernière fois qu'ils avaient fait l'amour, c'était la nuit précédant la remise des diplômes du bac. Il ne se doutait pas alors que, le lendemain, Cecelia romprait avec lui… Il n'avait pas réalisé que c'était la dernière fois qu'il la tenait dans ses bras et qu'il l'embrassait.

Depuis, il n'avait pu que se morfondre sur ce qu'il avait perdu et le rechercher inlassablement dans les bras d'autres femmes.

— S'il te plaît, le supplia Cecelia. Ne me fais pas attendre davantage…

Il ne se fit pas prier pour répondre à son souhait. Il pénétra doucement sa moiteur intime jusqu'à y être enfoui profondément. Il serra les dents, luttant pour conserver le contrôle de lui-même tandis que les muscles internes de Cecelia se contractaient autour de son sexe.

C'était aussi bon que dans son souvenir… Peut-être encore meilleur !

Cecelia remonta les jambes pour les nouer autour de sa taille afin de le serrer plus étroitement contre elle. Elle prit son visage entre ses mains et attira sa bouche vers la sienne.

Deacon se mit à bouger, d'abord lentement, puis de plus en plus vite. Les gémissements de plaisir de Cecelia étaient étouffés par sa bouche sur la sienne.

Il sentait la tension monter en lui, mais il résistait du mieux qu'il pouvait, désireux de faire durer ce moment d'extase le plus longtemps possible. Alors qu'il approchait de son point de rupture, il accéléra le rythme de ses assauts.

Malgré la frénésie de leur étreinte, il ne pouvait se débarrasser d'une pensée contrariante. La Cecelia de son passé, celle de ses fantasmes, n'existait plus. La femme à qui il procurait du plaisir était plus dure, plus rusée, et avait perdu la douce innocence qui était la sienne à l'adolescence.

Il ne pouvait s'empêcher de penser que Cecelia ne faisait que l'utiliser. Il ne savait pas exactement ce qui s'était passé entre Chip et elle ce soir, mais c'était cet événement qui l'avait précipitée dans ses bras. Probablement voulait-elle se changer les idées avec lui, retourner à l'époque de leur amour adolescent où tout allait bien.

Cela avait marché, d'ailleurs… Quelles qu'aient été les tensions et les inquiétudes qui la tourmentaient à son arrivée chez lui, celles-ci s'étaient bel et bien dissipées !

À vrai dire, l'humeur de Deacon s'était améliorée, elle aussi. À mesure qu'il s'était concentré sur la douce chaleur du corps de Cecelia, le stress de la journée l'avait peu à peu quitté, et une tout autre forme de tension l'avait remplacé.

Les cris de Cecelia se faisaient de plus en plus aigus, indiquant qu'elle approchait du pic du plaisir. Deacon y parvenait, lui aussi. Il glissa sa main entre leurs corps et agaça le point le plus sensible de l'intimité de la jeune femme, précipitant sa délivrance.

— Deacon ! cria-t-elle en remuant convulsivement sous lui.

Il s'enfonça en elle encore trois fois avec frénésie, laissa s'échapper un râle et se libéra en elle.

Quand la violence de l'orgasme se fut calmée, il se retira et s'étendit à côté de Cecelia, le souffle court.

Il avait du mal à réaliser ce qui venait de se passer.

Il était revenu à Royal dans l'espoir que Cecelia exprime des regrets pour l'avoir quitté autrefois, et…

Tout compte fait, la réalité dépassait largement ses espérances !

Cecelia se réveilla en sursaut. Elle se redressa, le cœur battant, et jeta un regard circulaire dans cette pièce qui ne lui était pas familière. La lumière du jour éclairait la silhouette d'un homme allongé à côté d'elle.

La mémoire lui revint tout à coup. Elle avait couché avec Deacon ! Enfin… pour être parfaitement honnête, elle s'était jetée sur Deacon, et celui-ci avait eu la courtoisie de ne pas la repousser, lui épargnant ainsi une terrible humiliation.

Mais que lui était-il donc passé par la tête pour se jeter de cette façon à son cou ! Au cou de Deacon Chase !

Cela dit, vers qui d'autre, à Royal, aurait-elle pu se tourner ? Elle ne pouvait même pas invoquer l'alcool pour excuser cette folie. Manifestement, le traumatisme de sa rupture avec Chip avait considérablement émoussé ses inhibitions !

Néanmoins, à mesure que la lumière du jour se faisait plus précise, la raison reprenait le dessus, et elle réalisait peu à peu la terrible erreur qu'elle avait faite.

Elle écarta doucement la couette et sortit du lit. Prenant garde à ne pas faire de bruit, elle récupéra ses vêtements et sortit de la chambre dont elle referma la porte.

Après s'être habillée dans le couloir, elle fixa une

dernière fois le battant, s'imaginant Deacon endormi, puis elle se hâta pour sortir de la maison.

Retenant son souffle, elle s'engouffra dans sa voiture et remonta l'allée sans que Deacon se soit montré. C'était mieux ainsi. Ils n'auraient ainsi pas à affronter la réalité de ce qui s'était passé, ni à en chercher la signification.

C'était très simple. Pour elle, il n'y avait aucun sens caché à ce qui s'était produit entre eux : Deacon et elle étaient tous deux stressés et avaient eu besoin de sexe pour évacuer leur tension. Elle espérait toutefois qu'elle pourrait réaliser sa mission pour l'hôtel Bellamy sans que cet événement ait de répercussions fâcheuses.

Elle avait bien assez de choses en tête comme ça, entre la rupture de ses fiançailles et les menaces de Maverick ! Il ne fallait surtout pas qu'une quelconque attirance sexuelle entre Deacon et elle ne vienne perturber son travail alors qu'elle venait de décrocher le contrat du siècle !

Deux cent cinquante chambres à décorer et à meubler en moins d'un mois, ce n'était pas rien ! Elle aurait, par conséquent, besoin de toute sa concentration pour réussir dans cette tâche. Elle n'avait pas de temps à perdre en distractions. Hélas, la présence régulière de Deacon à l'hôtel risquait fort d'être un rappel permanent de ce qu'ils venaient de partager…

Non, non et non ! Elle ne se laisserait pas distraire !

Pourtant, à mesure qu'elle approchait de Pine Valley Estates, elle sentait la culpabilité s'insinuer en elle. Comment avait-elle pu traiter Deacon de cette façon, alors que ce dernier s'était montré pour le moins accueillant avec elle ? Il aurait très bien pu lui refermer la porte au nez ! C'était bien elle qui avait rompu avec lui parce qu'il n'était pas assez bien pour elle ! Quelle présomption de sa part de penser qu'il allait lui ouvrir les bras !

Et pourtant, il l'avait fait.

Et partir ainsi, comme une voleuse…

Bon sang, elle s'en voulait terriblement !

Elle arriva chez elle à l'heure où sonnait habituellement son réveil. Elle n'avait pas le temps de se morfondre sur ses erreurs. Il lui fallait se doucher, s'habiller, boire un double café et se présenter à l'hôtel Bellamy pour sa première journée de travail.

Elle s'arrêta ensuite au bureau pour récupérer les affaires dont elle aurait besoin à l'hôtel. Munie de son ordinateur portable ainsi que des plans de l'hôtel, elle se dirigea vers le bureau de la réception.

— Bonjour, mademoiselle Morgan, la salua Nancy, sa secrétaire.

— Bonjour, Nancy. MM. Delgado et Chase m'ont offert la possibilité de m'installer dans un bureau de l'hôtel Bellamy afin que je puisse superviser les travaux, expliqua-t-elle. Je serai joignable sur mon portable.

Une de ses équipes s'affairait déjà au Bellamy lorsqu'elle y arriva. Ses peintres étaient en train d'appliquer une première couche de peinture gris acier sur les murs de chaque chambre. Le papier peint serait livré d'ici peu et pourrait être posé sur certains murs, afin de créer une rupture décorative.

Elle alla se présenter à l'hôtesse d'accueil. Celle-ci lui indiqua où se trouvaient les bureaux du personnel. Outre les bureaux de Shane et de Deacon, il y avait celui du directeur, celui du responsable des réservations et celui du responsable de la restauration.

Un bureau vide ne semblait pas avoir été attribué. Elle

en déduisit qu'il s'agissait désormais du sien. Elle alluma la lumière et constata que la pièce était agréable et bien équipée. Il y avait un bureau, un fauteuil à roulettes et une bibliothèque. Elle prit place derrière le bureau et sortit ses affaires pour se mettre aussitôt à travailler.

Elle commença par passer plusieurs coups de fil importants. Elle devait prévenir tous ses fournisseurs qu'elle avait remporté le marché et que les commandes qu'elle avait déjà passées étaient confirmées. Quoi qu'il en soit, le tissu, le papier peint et les meubles ne constituaient que le commencement. Il fallait aussi commander deux cent cinquante lampes de chevet assorties à la peinture, ainsi que des tableaux pour orner les murs, mais aussi des kilomètres de moquette ! Sans oublier les carreaux en céramique pour les salles de bains.

Et, bien évidemment, tous ces matériaux devraient être livrés dès que possible.

Elle était absorbée dans ces tâches administratives lorsqu'elle fut interrompue par la sonnerie de son portable. Un coup d'œil sur l'écran lui apprit qu'il s'agissait de Naomi, qui l'appelait de Californie.

— Salut, ma belle ! Alors, c'est chouette la Californie ?

— C'est magnifique ! répondit son amie. Et il fait un temps splendide ! J'ai presque envie de ne pas revenir au Texas, mais je ne le ferai pas, car Simone et toi me tueriez si je vous abandonnais !

— Sans aucun doute ! Tout est prêt pour le défilé ?

Naomi émit un grognement.

— Je n'ai pas très envie d'en parler. Il y a toujours des soucis de dernière minute, tu sais… Mais on va s'en sortir ! Si je t'appelle, c'est parce que j'ai reçu un message m'annonçant que Chip et toi aviez rompu hier. Est-ce vrai ?

Cecelia se renfrogna. Elle avait espéré que la nouvelle ne se répandrait pas tout de suite mais, de toute évidence, tout Royal était déjà au courant !

— Oui, nous avons rompu, confirma-t-elle, mais c'est pour le mieux, crois-moi. Je pense que Chip et moi n'envisagions pas notre avenir commun de la même façon.

— Hum… Alors cela n'a rien à voir avec le retour en ville d'une certaine personne ?

Cecelia leva les yeux au ciel. Simone avait dû raconter à Naomi qu'elle s'était retrouvée nez à nez avec Deacon…

— Non, rien à voir, affirma-t-elle. Je doute d'ailleurs que Chip sache que Deacon est à Royal. Je ne lui en ai pas parlé.

— Alors que s'est-il passé ?

Cecelia hésita. Elle savait qu'elle finirait par raconter à Naomi et Simone le chantage exercé sur elle par Maverick, mais le moment n'était pas encore venu.

— Cela devait arriver, dit-elle d'un ton fataliste. Nous nous sommes disputés hier soir, les choses se sont envenimées et nous avons mis un terme à nos fiançailles. Je vous en dirai plus, à Simone et à toi, quand vous serez de retour. J'aimerais tellement que vous soyez là…

— Je suis vraiment désolée que cet événement se soit produit alors que nous sommes absentes, ma chérie. Tu viens de rompre, et tes deux meilleures amies ne sont pas auprès de toi pour compatir ! Je te promets que quand nous rentrerons, nous nous retrouverons pour boire du vin et manger de la glace. Tu vas vite rebondir, crois-moi !

Cecelia sourit. Oui, elle avait hâte de pouvoir se

confier à ses amies. Si elles avaient été à Royal la veille, peut-être ne se serait-elle pas retrouvée dans le lit de Deacon…

— Bonne chance pour le défilé, dit-elle.

— Merci. Et tiens le coup ! Oh… N'oublie pas la fête de fiançailles de Wes et Isabelle ! Tu n'y échapperas pas !

Cecelia prit congé de son amie et raccrocha. Elle devait, en effet, songer à acheter un cadeau pour Wes et Isabelle. À vrai dire, elle était surprise d'être invitée à leurs fiançailles, mais Isabelle était le genre de femme à vouloir être amie avec tout le monde. Y compris avec la personne qui avait révélé la vérité au sujet de sa fille et bouleversé ainsi sa vie.

Cecelia avait répondu positivement à l'invitation deux semaines plus tôt, ce qu'elle regrettait aujourd'hui. Elle n'avait pas du tout envie de se présenter au Texas Cattelman's Club, maintenant qu'elle avait rompu avec Chip. Elle était prête à parier qu'un certain nombre de personnes allaient se réjouir de ce qui lui arrivait. Cela dit, elle s'était engagée. Elle ne pouvait donc revenir en arrière.

Elle venait juste d'allumer son ordinateur lorsque quelqu'un frappa à la porte de son bureau.

Levant les yeux, elle découvrit, paniquée, Deacon sur le seuil de la pièce. Les traits de son visage exprimaient un mélange d'incrédulité et d'irritation.

— Bonjour, monsieur Chase. Que puis-je faire pour vous ?

Deacon haussa un sourcil narquois et secoua la tête.

— Monsieur Chase ? C'est donc ainsi que cela va être ? demanda-t-il. Tu vas prétendre que rien ne s'est passé entre nous ?

Cecelia eut un sourire pincé. Elle faisait de son mieux pour arborer une attitude professionnelle, mais elle était terriblement perturbée par le spectacle de la barbe naissante de Deacon qu'elle avait embrassée quelques heures auparavant seulement… Ses doigts la démangeaient de les enfouir dans ses mèches dorées et d'attirer son visage contre le sien.

— Je préfère rester professionnelle sur mon lieu de travail, répondit-elle.

— Et plus tard ? Quand nous ne serons plus sur notre lieu de travail ?

— Il n'y a pas grand-chose à dire à propos de ce qui s'est passé hier soir, si ce n'est que je te présente mes excuses pour mon comportement. C'était déplacé de ma part de te faire porter le fardeau de mes problèmes. Après la défection de Chip, je ne savais pas quoi faire, ni où aller. J'ai fait le mauvais choix et j'en suis désolée.

Le regard émeraude de Deacon scruta son visage, cherchant à la percer à jour. Sa mâchoire se durcit et, finalement, il détourna les yeux.

— Ton chef d'équipe peinture te cherche, dit-il froidement. Il attend dans le hall.

Sur ces mots, il tourna les talons et disparut.

Cecelia le suivit des yeux. Le jeune homme chaleureux et attentif de la veille avait fait place à un homme d'affaires glacial.

Cela lui brisait le cœur qu'il en soit ainsi. Elle aurait tant voulu qu'il la comprenne… Elle avait plus que jamais besoin de sa présence et de sa sollicitude. Car, bientôt, toute la ville de Royal lui tournerait le dos.

Hélas, leur passé était un obstacle à une relation placée

sous le signe de la sérénité. Il y avait trop de souvenirs, trop d'émotions qui venaient troubler le présent.

Elle était consciente qu'il lui faudrait se constituer une armure pour protéger sa réputation et sa société.

Mais aussi et surtout… son cœur.

- 5 -

Quel imbécile il avait été de croire que sa nuit avec Cecelia leur permettrait de prendre un nouveau départ !

Deacon savait pourtant à quoi s'en tenir… Rien n'avait changé ! Comme par le passé, il était assez bien pour Cecelia quand il s'agissait de se retrouver dans un lit, mais pas pour se montrer en public. Il s'était pourtant imaginé qu'il avait prouvé sa valeur et que la situation serait cette fois différente. Il s'était lourdement trompé.

Cela faisait une semaine aujourd'hui que Cecelia s'était présentée chez lui. Chaque jour, ils se côtoyaient à l'hôtel et semblaient tous deux aussi bien attirés que rebutés l'un par l'autre. Cecelia évitait soigneusement de croiser son regard et, quand elle lui adressait la parole, s'en tenait strictement au travail. Cependant, elle avait beau essayer de toutes ses forces de paraître décontractée, rien ne pouvait supprimer la tension qui émanait de chacune de leurs discussions.

Quoi qu'il en soit, Deacon n'allait pas s'abaisser à la poursuivre de ses assiduités. L'adolescent dont elle avait brisé le cœur l'aurait pourchassée partout s'il avait cru pouvoir obtenir une autre chance. Le magnat de l'immobilier qu'il était devenu ne s'abaisserait pas, en revanche, à la supplier comme un chiot perdu !

En tout cas, une chose était sûre : Cecelia ne regrettait en rien leur nuit passée ensemble ! Deacon le devinait à la façon dont les joues de la jeune femme s'empourpraient quand elle le surprenait en train de la regarder. Cette nuit-là, elle s'était montrée avide du plaisir qu'il lui avait procuré et n'en éprouvait pas de remords. Elle était venue vers lui parce qu'elle voulait oublier le désastre qu'était sa vie, et il lui avait donné ce qu'elle attendait.

Il ne voulait pas s'appesantir sur cet aspect de leurs retrouvailles. Certes, leurs ébats avaient été époustouflants, mais il ne s'était agi que de sexe. Cela faisait treize ans qu'ils ne s'étaient pas touchés… Ils n'étaient pas amoureux l'un de l'autre, et il serait ridicule de penser que cela pourrait être le cas. Il aurait néanmoins apprécié que Cecelia lui dise au revoir avant de s'éclipser de chez lui en catimini.

Enfin… Cette fuite leur avait probablement épargné un début de matinée embarrassant côte à côte !

À vrai dire, ce qui avait le plus perturbé Deacon au cours de la semaine, c'était d'avoir découvert la femme qu'était devenue Cecelia. Malgré leur rupture, il avait gardé un très bon souvenir de Cecelia adolescente. C'était alors la jeune fille la plus douce et bienveillante qu'il ait jamais connue. Alors que tous, à l'école et à Royal, lui tournaient le dos, Cecelia, elle, avait toujours été là pour lui.

Or, la femme au chignon guindée qui parcourait les couloirs de l'hôtel sur ses talons aiguilles n'avait plus rien à voir avec la Cecelia de ses souvenirs. Cette femme était concentrée et déterminée, au point de ne laisser transparaître aucune émotion.

Que lui était-il donc arrivé ? Lorsqu'ils discutaient ensemble de leurs rêves pour l'avenir, elle n'avait jamais mentionné vouloir devenir une patronne impitoyable !

Pourtant, s'il l'observait plus attentivement, il parvenait quelquefois à discerner des réminiscences de la jeune fille qu'elle avait été. Cela se produisait généralement en fin de journée, quand le stress accumulé commençait à peser sur ses épaules. Sa carapace se fissurait alors, et il retrouvait la véritable Cecelia.

Par la porte ouverte de son bureau, il était en train de l'observer dans le couloir, lorsque Shane le rejoignit.

— Sacrée nana, n'est-ce pas ?

Deacon sursauta.

— Que veux-tu dire ?

— J'ai toujours pensé que Cecelia était la victime du paradoxe de nos sociétés modernes, répondit Shane. Si elle était un homme, tout le monde applaudirait sa réussite et saluerait son intransigeance. Cela dit, comme c'est une femme, elle est considérée comme froide et malveillante. D'ailleurs, je la vois un peu ainsi moi-même à cause de son attitude envers Brandee. De toute façon, jamais elle n'aurait pu réussir aussi bien, professionnellement parlant, si elle n'avait pas été dure.

— À la façon dont tu en parles, on dirait qu'elle n'est pas appréciée, lui fit remarquer Deacon.

Cela le surprenait, car Cecelia était l'une des filles les plus populaires du lycée. Dans son souvenir, tout le monde l'adorait !

— Disons qu'elle a acquis une réputation plutôt mitigée au fil des années, expliqua Shane. En dehors de ses amies, elle n'est pas très appréciée, surtout au sein du Texas Cattleman's Club, car elle n'est pas du genre à s'intéresser aux autres. Avec ses deux plus proches amies, elle a tout de même essayé de faire capoter ma relation avec Brandee ! Elles estimaient qu'il ne s'agissait que d'une mascarade.

Deacon lui jeta un regard surpris.

— Ce que tu me racontes ne ressemble pas à Cecelia. Que diable s'est-il passé, après mon départ de Royal ?

— Je n'en sais rien, répondit Shane en haussant les épaules. Peut-être lui as-tu brisé le cœur…

Deacon laissa échapper un rire amer.

— C'est plutôt l'inverse, non ? C'est elle qui a rompu avec moi !

— Eh bien peut-être le regrette-t-elle ! Moi, je préférerais sans hésiter sortir avec toi plutôt qu'avec Chip Ashford !

— Comme c'est gentil de ta part ! répliqua Deacon avec ironie.

— Tu vois ce que je veux dire… Sortir avec un type pareil doit rendre amer et malheureux. Je suis curieux de savoir ce qu'il va advenir d'elle socialement, maintenant qu'elle n'est plus avec Chip. Beaucoup en ville la toléraient, en dépit de son comportement, uniquement parce qu'elle était la fiancée de Chip.

— Sais-tu exactement ce qui s'est passé entre eux ?

— Non. Je sais seulement que leur relation est terminée. Tous deux restent muets sur le sujet. Ce dont je suis sûr, en revanche, c'est que les parents de Cecelia sont furieux de cette rupture. Eux qui ont léché les bottes des Ashford pendant des années pour rentrer dans leurs bonnes grâces doivent estimer que leur fille a tout fichu en l'air !

Deacon était contrarié à l'idée que les parents de Cecelia se préoccupent toujours davantage des apparences que du bien-être de leur fille, mais il en avait toujours été ainsi. Ne voyaient-ils donc pas que Cecelia était malheureuse avec Chip ? Sans doute que si, mais ils s'en moquaient ! Deacon n'avait jamais pensé beaucoup de bien de Brent et Tilly Morgan. Ils agissaient comme s'ils pensaient faire partie du gratin !

— Qui s'intéresse aux Ashford ? marmonna-t-il.

— Tout le monde ! répondit Shane avant de se détourner et de disparaître aussi brusquement qu'il était apparu.

Une fois son ami parti, Deacon reporta son attention sur Cecelia qu'il pouvait toujours apercevoir depuis son bureau. La jeune femme était en train d'aboyer des ordres sur une équipe d'ouvriers qui portaient un gros rouleau de moquette. Elle les laissa ensuite à leur travail et se dirigea vers son bureau, une tablette calée sous son bras.

Deacon se prépara à devoir affronter une conversation potentiellement tendue, mais Cecelia ne lui adressa même pas un regard ! Elle passa devant lui comme s'il était invisible et disparut dans son bureau.

Une garce froide et indifférente, songea amèrement Deacon. C'était exactement ça !

Il consulta sa montre. Il ne pouvait tout de même pas passer son temps à observer Cecelia ! L'hôtel ouvrirait ses portes dans un peu plus de trois semaines, et il avait une tonne de travail à abattre. C'était la raison — officielle ! — de sa présence à Royal.

Il se remit donc au travail et s'efforça de se concentrer pour avancer sur ses dossiers.

Quatre heures plus tard, quand il releva le nez de son ordinateur, il était presque 19 heures ! C'était fou comme le temps pouvait passer vite quand il était absorbé par son travail ! Il avait du mal à s'imaginer capable un jour de concilier un travail et une famille qu'il retrouverait tous les soirs. Il imaginait son épouse, furieuse, et les dîners tièdes qui l'attendraient sur la table de la cuisine…

Il referma son ordinateur et se leva. Après avoir éteint la lumière, il sortit de son bureau. L'étage était plongé dans l'obscurité, à l'exception du bureau de Cecelia. Il s'approcha silencieusement pour jeter un œil dans la pièce…

La jeune femme était assise dans son fauteuil, lui tournant le dos. Elle ne travaillait pas mais fixait quelque chose qu'elle tenait à la main. Deacon fit deux pas supplémentaires et se rendit compte qu'il s'agissait d'une vieille photo abîmée.

Une photo qu'il reconnut aussitôt comme étant celle que Cecelia lui avait montrée le jour où elle lui avait avoué son secret.

Cecelia était une enfant adoptée.

Sur le cliché figurait une jeune femme portant un nouveau-né dans ses bras. Elle paraissait épuisée, mais heureuse. Cette jeune femme était la mère biologique de Cecelia. Deacon n'avait guère prêté attention à cette photo à l'époque. Il avait davantage été intéressé par la façon dont Cecelia se confiait à lui, lui avouant son sentiment mitigé envers sa mère biologique. D'un côté, elle semblait regretter de ne pas l'avoir connue et souhaiter en apprendre davantage sur elle mais, de l'autre, elle paraissait avoir honte de ses origines.

Deacon avait alors supposé que c'était les Morgan qui encourageaient ce dernier sentiment.

Et aujourd'hui ? Il y avait anguille sous roche. Au-delà des regrets qu'elle éprouvait d'avoir passé cette nuit avec lui ou du fait qu'elle était contrariée par sa rupture avec

Chip, Cecelia dissimulait quelque chose. Tout Royal la considérait comme une femme guindée et désagréable, mais il y avait fort à parier que personne n'avait pris la peine de l'observer suffisamment pour prendre conscience qu'elle souffrait.

Évidemment, elle n'avait aucune raison de se confier à lui, songea-t-il. Même s'il s'était montré digne de confiance par le passé, ils n'étaient pas ce que l'on pouvait considérer comme des amis proches !

Malgré tout, il mourait d'envie de faire irruption dans son bureau et de la prendre dans ses bras. Pas pour l'embrasser ou pour profiter d'elle, mais juste pour la tenir contre lui, lui faire comprendre qu'il comprenait et qu'il était là pour elle. Il avait le sentiment qu'elle en avait besoin…

Chip était à mille lieues d'être un type réconfortant !

Pourtant, Deacon hésitait. Oserait-il faire ce pas vers elle ?

Cecelia avait tout fait pour l'éviter, depuis la nuit qu'ils avaient passée ensemble. Elle avait, en outre, été parfaitement claire sur le fait qu'elle ne souhaitait pas entretenir de relation, sexuelle ou autre, avec lui. Elle entendait juste faire correctement le travail pour lequel elle avait été retenue.

Il la laisserait donc tranquille. Il n'avait pas la moindre envie de quitter Royal avec le cœur brisé et son ego mortifié pour la seconde fois de sa vie !

Prenant garde à ne pas faire de bruit, il recula avant de s'éloigner dans le couloir.

Sur le parking de l'hôtel, ne restaient que deux véhicules, sa Corvette et la BMW de Cecelia. Il s'arrêta à côté de celle-ci, pensif. Puis il sortit un bloc et un stylo de sa poche et griffonna quelques mots sur un papier. Il glissa ensuite le message sous un essuie-glace.

« Si tu as besoin de parler, je suis là. »

Il ignorait totalement si Cecelia tiendrait compte ou non de sa proposition…

Une chose était sûre : il l'espérait terriblement !

Depuis plusieurs jours, Cecelia avait l'impression que sa vie lui échappait. Elle faisait son possible pour se noyer dans le travail afin d'oublier tout ce qui n'allait pas dans son existence, mais le soir, quand elle se retrouvait seule dans l'hôtel déserté, rien ne parvenait plus à la détourner de la tournure désastreuse qu'avait prise sa vie.

Un peu plus tôt dans la soirée, elle avait reçu un nouveau message de Maverick. Comme elle l'avait redouté, le premier paiement n'avait pas suffi. Maverick réclamait maintenant qu'une nouvelle somme de vingt-cinq mille dollars lui soit versée d'ici la fin de la semaine, faute de quoi, son secret serait révélé au grand jour.

Pendant qu'elle observait la vieille photo écornée de sa mère biologique, elle avait brusquement décidé qu'elle ne donnerait pas un centime de plus à Maverick. Évidemment, elle se sentait coupable à l'idée que ses parents soient humiliés par cette révélation. Sans doute leur faudrait-il déployer des trésors de persuasion pour retrouver la confiance de tous ceux à qui ils avaient menti… Néanmoins, elle sentait qu'il était temps pour elle de reprendre le contrôle de sa vie. Et advienne que pourra !

En arrivant à sa voiture, sur le parking, elle eut la surprise de trouver un mot de Deacon sur son pare-brise. Tous deux ne s'étaient pas vraiment parlé depuis ce matin où elle s'était enfuie de chez lui, sauf pour des raisons strictement professionnelles. Elle avait cru réussir à dissimuler son inquiétude, mais Deacon avait vu clair en elle.

Ce n'était pas étonnant, car il avait toujours eu la capacité de la percer à jour. D'une certaine façon, cela faisait de lui quelqu'un qu'elle devait à tout prix éviter ! Pourtant, elle avait terriblement besoin de parler et Deacon était la seule personne à qui elle pouvait se confier…

Qu'avait-elle à perdre, après tout ? Ce message de Deacon était peut-être sa seule planche de salut.

Sans se laisser le temps de changer d'avis, elle mit le moteur en marche et se retrouva quelques secondes plus tard sur la quatre voies. Elle parcourut à vive allure les kilomètres qui la séparaient de l'endroit où vivait Deacon.

Ce fut le cœur battant qu'elle engagea son véhicule sur le chemin gravillonné qui menait à la maison. La voiture de Deacon était là, et les lumières étaient allumées à l'intérieur de la maison.

Avec un peu de chance, il serait seul…

Elle sonna et attendit en se mordillant nerveusement la lèvre inférieure.

Deacon ne tarda pas à ouvrir la porte. Cette fois, il n'était pas torse nu mais vêtu du costume qu'il avait porté dans la journée.

Aucun risque, donc, qu'elle perde ses moyens !

Quoique… Rien n'était aussi simple !

— Salut, lui dit-elle.

C'était une entrée en matière un peu désinvolte si l'on considérait la gravité de la conversation qu'elle souhaitait avoir avec Deacon, mais elle ne savait pas quoi dire d'autre.

Deacon parut prendre conscience du fait qu'il était difficile pour elle de saisir le rameau d'olivier qu'il lui avait tendu. Alors, plutôt que de jubiler, il fit un pas en arrière et ouvrit grand la porte pour l'inviter à entrer.

— Tu as dit que tu étais là si j'avais besoin de parler, dit-elle. Est-ce que le moment est opportun ?

Deacon referma la porte et tourna vers elle son visage sérieux.

— Quel que soit le moment où tu souhaites me parler, je me rendrai disponible, déclara-t-il en la fixant avec des yeux où se reflétait sa sincérité.

Cecelia fut terriblement émue par cette déclaration. Jamais elle n'avait eu la sensation d'être une priorité pour quiconque. Et surtout pas pour Chip ! Ce dernier avait toujours une réunion importante où se rendre, une campagne à mener, des mains à serrer ou des groupies à embrasser... Elle n'avait été pour lui qu'un accessoire. Comme un joli costume ou une paire de boutons de manchettes !

— Merci, murmura-t-elle.

Deacon la guida jusqu'à la salle de séjour sur deux niveaux au fond de laquelle trônait une immense cheminée en briques grises et brunes. Il l'invita à prendre place sur le canapé d'angle en cuir, près d'une table basse de bois et de verre. L'ambiance typiquement cow-boy de la pièce rappelait à Cecelia celle du club-house.

— Tu loues cette maison ? s'enquit-elle.

— Non, je l'ai achetée. Je crois que j'ai fait une bonne affaire et, en plus, elle était meublée. C'est plus agréable pour moi de pouvoir rentrer chaque soir dans un endroit qui m'appartient. Bien que je gagne ma vie en bâtissant des hôtels, je n'aspire pas spécialement à y vivre ! Quand l'hôtel Bellamy sera ouvert, je retournerai en France, mais je garderai probablement cette maison. Même si Shane supervise nos opérations, il faut bien que je sois présent de temps à autre, moi aussi.

Il se dirigea vers le bar qui se trouvait dans un coin de la pièce.

— Puis-je t'offrir quelque chose à boire ?

— Oui, s'il te plaît. Ce que tu veux, mais une double dose !

Elle prit le verre que Deacon lui tendait et le porta à ses lèvres. Le whisky lui brûla l'œsophage, la détournant de son stress et la réchauffant intérieurement.

— Je voudrais commencer par te présenter mes excuses pour m'être enfuie comme je l'ai fait l'autre matin, déclara-t-elle. J'ai paniqué et j'ai fait n'importe quoi !

Deacon ne répondit pas. Il s'était installé confortablement dans le canapé et buvait une gorgée d'alcool de temps à autre.

Cecelia n'était pas habituée à ce que quelqu'un lui consacre autant d'attention… Elle décida d'en profiter.

— Tout s'écroule dans ma vie, confia-t-elle. Je ne sais pas si tu es en ville depuis assez longtemps pour avoir entendu parler de Maverick. C'est un maître chanteur qui s'en prend aux membres du club depuis le début de l'année. Personne ne sait qui il est, ni comment il obtient ses informations, mais il a entrepris de faire du chantage à de nombreuses personnes en menaçant de révéler leurs secrets intimes. Or il se trouve que je suis sa dernière victime…

— Qu'as-tu donc bien pu faire pour que quelqu'un te fasse du chantage ? Tes parents t'ont pourtant toujours gardée sous haute surveillance. Je ne vois pas quelle bêtise tu aurais pu faire !

— Il ne me fait pas du chantage à propos de quelque chose que j'ai fait mais à cause de mon identité. Je ne sais pas comment il a fait, mais il a eu mon certificat de naissance… Il me menace de révéler que j'ai été adoptée et que ma mère biologique était toxicomane. Or pour l'instant, seuls mes parents, toi et moi connaissons la vérité. Et Chip.

Deacon fronça les sourcils.

— Je ne vois pas comment on pourrait te tenir rigueur de cette réalité, dit-il. Pourquoi ne dis-tu pas tout simplement la vérité aux gens ? Maverick se retrouverait pris à son propre piège.

— J'ai bien envisagé de le faire, répondit-elle en soupirant, mais mes parents y sont farouchement opposés. Ils ne veulent pas faire voler en éclats l'image de perfection que notre famille renvoie depuis des années. J'ai payé le maître chanteur une première fois, mais cela ne l'a pas empêché d'envoyer aux membres du club des messages dans lesquels il fait des allusions sur moi. Aujourd'hui, il m'a réclamé le versement d'une nouvelle somme d'argent. Je ne sais pas comment m'en sortir, Deacon. J'ai essayé de me confier à Chip, pensant qu'il pourrait m'aider, mais il m'a accusée d'être une menteuse et a rompu nos fiançailles.

Le visage de Deacon s'empourpra sous l'effet de la colère et sa mâchoire se durcit.

— Quel salaud ! s'exclama-t-il. Je n'arrive pas à croire que tu étais sur le point d'épouser un homme aussi pitoyable ! C'est toi qui mérites mieux que lui, Cecelia, pas le contraire.

Cecelia le fixa, abasourdie. Comment pouvait-il être aussi compatissant après ce qu'elle lui avait fait ?

— Pourquoi te montres-tu aussi gentil avec moi, Deacon ? Je ne le mérite pas…

Deacon lui prit la main, et un frisson la saisit, faisant resurgir à son esprit des images de la nuit qu'ils avaient passée ensemble…

Elle tenta de repousser ces images afin d'être en mesure de se concentrer sur l'instant présent.

— Que veux-tu dire ? demanda Deacon. Tu t'es déjà excusée deux fois pour ce qui s'est passé l'autre soir.

Cecelia affronta son regard.

— Je parle du passé… De la période du lycée. Nous étions amoureux et avions pour projet de partir pour commencer une vie merveilleuse ensemble. Or, j'ai tout fichu en l'air… Ne me détestes-tu pas pour ça ?

— J'ai été en colère contre toi pendant un bon moment, avoua-t-il, mais je dois admettre que ce qui s'est passé m'a poussé à me surpasser et à m'accomplir. Je ne pouvais pas te détester, Cecelia. J'ai bien essayé, mais je n'ai pas pu. La fille que j'aimais n'était pas celle qui a rompu avec moi ce jour-là.

Cecelia fut envahie par une sensation de profond soulagement. Elle était heureuse de constater qu'elle n'avait pas tout gâché entre Deacon et elle. Elle lui devait quelques explications sur sa décision de rompre avec lui, treize ans auparavant. Même si cela faisait resurgir en elle de pénibles souvenirs.

— Je n'ai jamais eu suffisamment de cran pour tenir tête à mes parents, murmura-t-elle. Tu sais, j'avais fait l'erreur de leur dire qu'après le bac je partirais avec toi. Ils sont devenus fous de rage et m'ont rappelée à l'ordre. Pour eux, il était hors de question que je m'en aille. Évidemment, j'ai eu le cœur brisé de devoir rompre avec toi, mais que pouvais-je faire ? Et l'autre jour, quand ils m'ont ordonné de ne pas révéler la vérité sur mes origines et de payer le maître chanteur, je l'ai fait même si, au fond de moi, ce n'était pas ce que je souhaitais. Je suis sortie avec Chip pendant des années parce que c'était ce que mes parents voulaient. Et je l'aurais probablement épousé pour leur faire plaisir si Chip n'avait pas rompu nos fiançailles. En fait, jamais ils ne m'ont laissée être moi-même ! Sans cesse, j'ai dû être cette fille parfaite faisant de son mieux pour prouver que je n'étais pas comme ma mère biologique.

Elle s'interrompit quelques secondes avant de reprendre en secouant la tête :

— De toute mon existence, je n'ai vraiment fait que deux choses qui m'ont rendue heureuse. L'une fut de créer ma société. Concevoir et décorer des chambres pour les enfants me procure vraiment du plaisir.

— Et l'autre chose ? demanda Deacon, comme elle s'était tue.

— Tomber amoureuse de toi. Tu m'as rendue si heureuse… Jamais tu ne m'as demandé d'être une autre personne que celle que j'étais. Tu connaissais la vérité sur ma mère, et pourtant, cela n'a jamais semblé te déranger.

— C'est parce que tu étais parfaite telle que tu étais, Cecelia. Pourquoi t'aurais-je demandé de changer ?

Cecelia frissonna. Personne ne lui avait jamais parlé de cette façon. La douceur des mots de Deacon eut raison de son self-control et fissura la carapace qu'elle s'efforçait d'opposer à tous dans le cadre professionnel.

Elle avait toujours eu la sensation d'être tellement seule…

Or elle ne voulait plus être seule !

Des larmes brouillèrent soudain ses yeux sans qu'elle parvienne à les refouler. Elle détestait pleurer, surtout devant les gens ! Elle avait été élevée dans l'idée qu'il ne fallait surtout pas montrer sa vulnérabilité. Chez les Morgan, elle avait appris dès le plus jeune âge qu'afficher ses émotions était un aveu de faiblesse. « Ta mère était faible, lui expliquaient ses parents adoptifs. Regarde comment elle a fini… »

— Je suis désolée, murmura-t-elle en s'écartant pour essuyer ses larmes.

— Cesse de t'excuser, lui dit Deacon en l'attirant pour l'envelopper dans le cocon protecteur de ses bras.

Elle ne résista pas et se laissa aller contre son torse. Elle ne retint plus ses larmes qui se mirent à couler librement. Deacon la garda ainsi dans ses bras pendant un long moment.

Une fois ses larmes taries, elle se rassit et le regarda. Le visage de Deacon était à la fois si familier et si différent après toutes ces années… Il avait les mêmes yeux et le même sourire charmeur dont elle était tombée amoureuse, mais il y avait chez lui davantage de maturité. Et, à vrai dire, elle trouvait que cette nouvelle sagesse le rendait encore plus séduisant qu'avant…

À cet instant, elle eut envie d'autre chose qu'être simplement dans ses bras. Elle voulait s'abandonner à lui et lui offrir tout ce qu'elle avait à donner.

Doucement, elle se pencha pour presser ses lèvres contre les siennes.

Ce fut un baiser différent de celui qu'ils avaient déjà échangé. Il n'y avait cette fois ni désespoir ni rage. Seulement une émotion grandissante et un désir lancinant.

Deacon ne la repoussa pas, pas plus qu'il ne chercha à approfondir leur baiser. Celui-ci était ferme et doux, et rappelait à Cecelia les chaudes nuits d'été qu'ils avaient passées à l'arrière du pick-up de Deacon.

C'était le baiser des possibles. Une sorte de promesse.

Pour elle toutefois, ce n'était pas suffisant. Mais, lorsqu'elle se fit plus pressante, elle sentit les mains de Deacon la repousser doucement.

Une fois leur baiser rompu, ils restèrent assis face à face, silencieux.

— Nous devrions probablement en rester là ce soir, déclara finalement Deacon. Je ne veux pas que tu aies davantage de regrets par rapport à moi. Ou que tu aies trop d'espoirs…

Cecelia n'éprouvait pas le moindre regret concernant ce qui s'était passé entre eux, mais elle comprenait ce qu'il voulait dire. Quel avenir commun pouvaient-ils avoir ? Elle était à peine remise de sa récente rupture, et Deacon repartirait pour la France d'ici quelques semaines…

Elle hocha la tête et sentit le froid envahir son corps à mesure que la chaleur de Deacon la désertait.

— Je ferais mieux d'y aller, annonça-t-elle en se levant. Merci de m'avoir écoutée et de t'être montré aussi compréhensif. Tu n'imagines pas à quel point cela m'a fait du bien.

Deacon la raccompagna jusqu'à la porte et la serra tendrement dans ses bras.

C'est tellement bon ! pensa-t-elle. Avec Deacon, elle se sentait en sécurité et avait la sensation que ni Maverick, ni Chip, ni les habitants de Royal ne pouvaient lui faire de mal…

— On se voit demain, à l'hôtel, murmura Deacon.

Elle hocha la tête et s'éloigna avec un petit geste d'adieu.

Elle se sentait envahie par une soudaine bouffée d'optimisme.

Pour la première fois depuis longtemps, elle avait hâte de découvrir ce que la vie allait lui réserver !

- 6 -

— Le chef a préparé une dégustation afin que nous choisissions le menu pour le buffet de l'inauguration. Je n'avais pas réalisé que c'était aujourd'hui et j'ai promis à Brandee d'aller faire des courses avec elle pour le ranch. Peux-tu te débrouiller sans moi ?

Deacon fixa Shane en fronçant les sourcils.

— J'ai beau vivre en Europe depuis plusieurs années, je ne suis pas vraiment ce que l'on considère comme un fin gourmet ! Je suis plutôt adepte d'une nourriture roborative… Es-tu sûr que tu veux me laisser choisir ? Il s'agit tout de même de quelque chose d'important, notre objectif étant d'attirer les clients dans notre restaurant de tapas !

— Je n'ai pas vraiment d'inquiétudes, le rassura Shane. Nous avons embauché le meilleur chef hispanique du Texas. Je suis persuadé que tout ce que proposera Eduardo sera excellent. Si cela t'inquiète, demande à Cecelia de se joindre à toi. Son jugement te sera certainement d'une grande aide.

Deacon s'appuya au dossier de son fauteuil avec un air songeur. Depuis plusieurs jours et depuis le baiser qu'ils avaient échangé chez lui, il se demandait quelle attitude adopter avec Cecelia. Il était conscient qu'il avait tout intérêt à ne pas revenir vers elle s'il ne voulait pas courir au désastre. Le passé avait prouvé que leur relation était vouée à l'échec.

Malgré tout, ses pensées revenaient sans relâche à Cecelia.

Que faire ? Il avait très envie de passer du temps avec elle, mais l'inviter à sortir était délicat, dans la mesure où elle ne voulait certainement pas être vue en compagnie d'un autre homme si tôt après sa rupture. L'inviter à participer à cette dégustation en sa compagnie était donc une occasion intéressante…

— Je vais étudier ta suggestion, dit-il enfin. Va donc retrouver ta dulcinée et faire l'acquisition d'un barbecue, d'un cheval ou de je ne sais quoi encore !

Avec un sourire amusé, Shane fit un geste d'adieu avant de s'éloigner.

Sans se laisser le temps de réfléchir davantage, Deacon sortit de son bureau et partit à la recherche de Cecelia. Il la trouva dans le hall d'entrée où elle supervisait l'accrochage d'une toile représentant un paysage de l'ouest des États-Unis.

— Parfait ! s'exclama-t-elle quand le tableau lui parut droit.

— De rien, je bosse dur, tu sais…, murmura Deacon par-dessus son épaule.

Cecelia sursauta et pivota sur ses talons.

— Très drôle ! Puis-je vous aider, monsieur Chase ?

Elle ne semblait pas disposée à se laisser distraire et avait employé un ton très professionnel.

Cela tombait bien ! La proposition qu'il avait à lui faire était tout à fait professionnelle, même si la motivation, elle, sortait un tant soit peu de ce cadre…

— Je me demandais si tu pouvais m'accorder une heure de ton temps pour m'aider, dit-il.

— Une heure ? Au moment du déjeuner ?

— Justement. Pendant que ton équipe s'éclipsera pour manger des tacos, tu n'auras rien de mieux à faire que de me rejoindre pour une dégustation privée dans notre restaurant flambant neuf !

Cecelia haussa un sourcil incrédule.

— Le chef est-il toujours en train d'élaborer la carte ? s'enquit-elle.

— Non, il a terminé, et ce, pour les deux restaurants. Ce que nous allons goûter aujourd'hui, c'est ce qu'il a concocté pour le buffet de la cérémonie d'inauguration. Shane était censé venir avec moi mais il s'est engagé pour une expédition shopping avec Brandee. J'ai peur, en ce qui me concerne, de ne pas avoir le palais suffisamment raffiné pour juger de ce genre de choses. Voilà pourquoi je souhaiterais avoir ton opinion.

Cecelia l'étudia quelques secondes avant de finir par acquiescer. Elle se tourna vers ses ouvriers.

— Nous allons faire une pause déjeuner, annonça-t-elle. Nous nous occuperons des autres tableaux dans l'après-midi.

Une fois son équipe partie, elle se retourna vers Deacon avec un sourire.

— Je vous suis, monsieur Chase.

Deacon faillit lui offrir son bras pour l'escorter, mais il se ravisa. Il ne s'agissait pas d'un rendez-vous galant !

Deux restaurants feraient partie de l'offre de services de l'hôtel Bellamy. Le Silver Saddle, vers lequel Deacon et Cecelia se dirigeaient, proposerait une sélection de tapas dans son bar à l'ambiance chic mais décontractée.

Le Glass House, quant à lui, mettrait en avant une cuisine s'appuyant sur les produits locaux et privilégiant une démarche écoresponsable. Il était même prévu de créer un jardin sur le toit où serait cultivée une sélection de légumes de saison.

Le Glass House aurait pu être le lieu idéal pour l'inauguration, mais Deacon avait une autre idée en tête. Selon lui, il ne serait pas difficile de faire venir les habitants de Royal au Glass House, car cela correspondait parfaitement à leur côté un peu snob. En revanche, les attirer dans un établissement proposant des tapas était une autre histoire. Il avait ainsi pensé qu'organiser l'inauguration au Silver Saddle permettrait de faire connaître ce concept. Il espérait ainsi que ce restaurant deviendrait le lieu le plus branché de la ville !

Au bar du Silver Saddle, ils furent chaleureusement accueillis par Eduardo, le chef cuisinier.

— Bonjour monsieur Chase. J'espère que votre invitée et vous avez bon appétit.

— Nous sommes affamés ! répondit Deacon.

Il avait eu un aperçu du menu et savait qu'ils allaient être gâtés. Il ne s'attendait pas à devoir réclamer des modifications. Eduardo savait ce qu'il faisait. Cela dit, il était normal qu'il teste ce qui allait être proposé aux convives.

— Nous avons hâte de goûter à ce que vous nous avez préparé.

Eduardo les conduisit vers un box.

La décoration du bar n'était pas encore terminée, même si la plupart des éléments importants étaient déjà en place. Au centre de la salle, trônait un bar rectangulaire accessible de tous côtés. Les clients pouvaient s'installer dans des box aux banquettes bordeaux et aux tables en bois brut. Une scène et une piste de danse occupaient l'une des extrémités de la salle.

Au plafond, en lieu et place de la traditionnelle boule à facettes, Deacon avait fait fabriquer une selle à facettes pour rappeler le nom du restaurant.

Shane et Deacon avaient parié sur un lieu mêlant traditions de l'Ouest américain et modernité. D'ici un mois ou deux, ce bar serait un endroit incontournable, le samedi soir !

Tout du moins l'espéraient-ils…

Deacon aida Cecelia à s'installer dans le box et prit place en face d'elle. Pendant qu'ils posaient leur serviette sur leurs genoux, un premier serveur s'approcha avec un plateau contenant quatre boissons différentes. Il posa les verres sur la table et disparut aussitôt.

— Nous allons commencer par la sélection de boissons, annonça Eduardo. Bien entendu, le bar proposera toutes sortes de boissons, mais nous souhaitons faire découvrir à nos invités les quatre spécialités du Silver Saddle.

Il pointa du doigt les deux verres à vin.

— Voici nos deux sangrias. La première est une sangria rouge traditionnelle, tandis que la seconde est une sangria au vin rosé saveur fraise. Ensuite, vous pourrez goûter à notre thé glacé à la vodka et au romarin. Enfin, notre création, le Viva Bellamy. C'est un cocktail à base de whisky et de martini à l'orange amère. Je vous laisse déguster… Nous serons de retour très vite avec une première sélection de tapas.

Sur ces mots, Eduardo regagna sa cuisine.

— Je dois dire qu'un des aspects les plus sympas

de mon travail, c'est que je peux boire des cocktails à l'œil ! ironisa Deacon en prenant un Viva Bellamy.

Cecelia opta, elle, pour la sangria au vin rosé. Elle en but une gorgée et hocha vivement la tête.

— Mmm, elle est délicieuse. Goûte-la…

Elle approcha son verre des lèvres de Deacon et l'inclina jusqu'à ce que le liquide s'écoule dans sa bouche.

Deacon apprécia la saveur, mais ce ne fut pas ce qui retint son attention. Non… Il était bien plus obnubilé par Cecelia que par le contenu de son verre !

Peut-être Shane avait-il eu une idée de génie, finalement, songea-t-il. Se nourrir mutuellement de tapas avec Cecelia pouvait constituer une expérience sensuelle plutôt inhabituelle pour un jour de semaine sur leur lieu de travail !

Eduardo et le serveur se présentèrent quelques minutes plus tard avec un plateau sur lequel étaient disposées plusieurs petites coupelles.

— Voici des piquillos farcis au fromage de chèvre et aux champignons, des noix de Saint Jacques à la mousse de petits pois, des mini-brochettes de poulet à l'ail et d'agneau grillé au romarin. Je vous souhaite bon appétit.

— Hum…, murmura Cecelia. Cela a l'air succulent. Je ne m'attendais pas du tout à manger ce genre de choses dans un restaurant arborant une selle de cheval à facettes au plafond ! Je parie qu'il n'y a aucun restaurant de ce type à des centaines de kilomètres à la ronde. Les gens vont se battre pour pouvoir y rentrer, Deacon.

C'était tout ce qu'il espérait ! Il est vrai que les tapas proposées étaient extrêmement alléchantes, aussi bien pour le regard que par le fumet qui s'en dégageait ! Il les imaginait parfaitement sur des plateaux d'argent passés parmi les convives ou bien disposées sur les tables du buffet.

— On commence ? demanda-t-il.

Cecelia hocha la tête en souriant.

— Sommes-nous censés tout partager ? s'enquit-elle. Je n'ai jamais mangé de tapas.

— Il s'agit tout simplement d'un assortiment de plusieurs plats remplaçant une seule entrée. Goûte à ce que tu veux.

Cecelia jeta son dévolu sur une brochette de poulet qu'elle posa dans son assiette, tandis qu'il choisissait de goûter à l'agneau. La jeune femme ferma les yeux et poussa un gémissement de plaisir semblable à ceux qu'elle avait laissés échapper pendant la nuit qu'ils avaient passée ensemble… À ce souvenir, le corps de Deacon se tendit.

— Ouah, murmura-t-elle.

Elle rouvrit les yeux.

— C'est vraiment délicieux, dit-elle. Il faut que tu y goûtes.

Elle piqua avec une fourchette un morceau de poulet qu'elle lui tendit.

Il prit le morceau de viande entre ses dents et le dégusta lentement pour en apprécier la saveur.

Il aimait bien que Cecelia lui donne la becquée, mais il avait très envie, lui aussi, d'en faire autant…

— C'est très bon, en effet, reconnut-il. Aimes-tu l'agneau ?

Comme elle acquiesçait, il piqua un morceau d'agneau et l'approcha de ses lèvres. Cecelia le saisit délicatement et ferma les yeux en mâchant lentement.

Ce que Deacon était venu tester perdit soudain tout

intérêt. Tout ce qu'il voulait, c'était donner à manger à Cecelia !

Il prit un piquillo farci entre le pouce et l'index et l'approcha de sa bouche. Cecelia se pencha vers l'avant et, les yeux dans les siens, mordit dans le poivron. Ses lèvres effleurèrent le bout de ses doigts, provoquant en lui un frisson qui se diffusa dans tout son corps. Quand elle eut avalé la première bouchée, elle attrapa avec ses dents le morceau restant.

Il voulut retirer sa main, mais Cecelia lui saisit le poignet et l'en empêcha.

— Tu ne vas tout de même pas gâcher cette sauce succulente…, murmura-t-elle.

Et, sans la moindre hésitation, elle referma sa bouche autour de son pouce et lécha la sauce épicée.

Deacon faillit bondir de son siège. La sensation de la langue de la jeune femme glissant autour de son pouce lui fit bander chaque muscle de son corps tandis que tout son sang affluait vers son entrejambe.

Cecelia, elle, paraissait impassible.

Avec un sourire indolent, elle recula et relâcha son poignet. Aussi naturellement que si elle ne venait pas de lui procurer un plaisir très ouvertement sexuel, elle reporta son attention sur la sélection de tapas et choisit une noix de Saint Jacques.

Elle cherchait à l'émoustiller…

Et il adorait ça !

À mesure que de nouvelles tapas toutes plus succulentes les unes que les autres arrivaient de la cuisine, Cecelia se réjouissait intérieurement. Quand elle était à la fac, elle partageait sa chambre avec la fille d'un célèbre chef de Manhattan. Celle-ci lui avait ainsi fait découvrir différents plats qu'elle n'avait pas eu l'occasion de goûter au Texas. C'est ainsi qu'elle était devenue un fin gourmet. Si le petit diner de Royal lui avait convenu avant son départ à l'université, il lui fallait, depuis son retour dans sa ville natale, se rendre à Houston pour pouvoir goûter à des mets plus raffinés. Grâce à ce bar à tapas, elle aurait désormais accès à une cuisine de qualité ici même, à Royal.

Eduardo et le serveur apportèrent une nouvelle série de tapas : chorizo sauté enrobé de fines lamelles de pommes de terre, sélection de jambons et fromages ibériques, légumes marinés dans une sauce catalane, crevettes à l'ail et tartare de saumon aux œufs de cabillaud.

Après avoir dégusté avec bonheur toutes ces tapas, Cecelia vit arriver les petits fours sucrés avec incrédulité. Elle n'était pas sûre d'être encore en mesure d'avaler quoi que ce soit ! Elle aimait les desserts mais, pour l'heure, c'était surtout le plat alléchant en face d'elle qui l'intéressait !

Elle ne pouvait nier qu'elle avait beaucoup pensé à Deacon, depuis qu'ils s'étaient embrassés, le lundi précédent… Elle ne pouvait s'empêcher de se demander s'il n'avait pas prévu depuis le début de l'embrasser et de la renvoyer chez elle tout de suite après, histoire d'exacerber son désir.

Car, oui, elle voulait plus. Cependant, elle n'était pas certaine que céder à ses désirs soit une bonne option. Certes, il y avait entre Deacon et elle une attirance sexuelle indéniable et jamais elle n'oublierait la nuit de passion qu'ils avaient partagée. Pour autant, pouvait-elle prendre le risque de se jeter au cou de Deacon en sachant pertinemment qu'elle pourrait retomber amoureuse de lui ?

La première fois, elle était tombée folle de lui tellement vite qu'elle n'avait pas réellement compris ce qui lui arrivait. Après leur rupture, elle s'était imaginé que tomber amoureuse était chose facile, mais les années passées lui avaient prouvé le contraire. Aucun homme, pas même Chip, n'avait volé son cœur de la façon dont Deacon l'avait fait.

Voilà pourquoi elle craignait que ce dernier ne détienne encore ce même pouvoir sur elle…

L'hôtel Bellamy était censé ouvrir dans un peu plus de deux semaines, et Deacon lui avait expliqué qu'il retournerait en France, une fois l'inauguration passée. Il était donc hors de question qu'il emporte son cœur avec lui quand il repartirait ! Deux semaines, c'était court, mais elle connaissait tellement bien Deacon et son âme bienveillante que c'était suffisant pour qu'elle retombe follement amoureuse de lui.

Non, non et non ! Elle n'aurait pas la faiblesse de croire qu'on lui offrait une deuxième chance avec Deacon. Ils pouvaient faire la paix, certes — ce qu'ils avaient déjà fait —, mais entamer une relation amoureuse… Certainement pas !

En outre, même si Deacon n'avait pas été destiné à retourner sur la Côte d'Azur dans deux semaines, elle n'aurait pas pu commencer une relation avec qui que ce soit.

Pas avec Maverick ainsi en embuscade.

Cela dit, elle ne pouvait blâmer Deacon d'essayer de la séduire sans vouloir s'attacher. Après tout, s'il lui brisait le cœur, ne serait-ce pas un juste retour des choses, des années plus tard ? Elle l'aurait bien mérité ! Sans doute était-elle un peu masochiste, mais elle ne pouvait se détourner de lui. Pas deux fois.

— Il faut que je goûte aussi aux desserts, laissa échapper Deacon dans un soupir. Mon ventre risque d'exploser mais j'ai promis à Shane de tout essayer.

— Je suis sûre que tu as encore de la place, répliqua-t-elle, moqueuse.

Elle prit entre ses doigts une tartelette aux baies rouges qu'elle porta aux lèvres de Deacon.

— Prends-en une bouchée…

Deacon ne résista pas et mordit dans la pâtisserie dont il engloutit la moitié. Pendant qu'il mâchait, il regarda Cecelia manger la seconde moitié avec un soupir satisfait.

— Miam ! s'exclama-t-elle en prenant ensuite un petit brownie garni de crème fouettée.

Pendant qu'ils poursuivaient la dégustation, elle sentait la dynamique entre eux se modifier peu à peu. Si l'heure avait été plus tardive, elle aurait été prête à parier que Deacon lui aurait proposé de l'emmener chez lui afin de lui faire l'amour… D'ailleurs, elle ne serait pas exagérément étonnée s'il l'avait entraînée dans son bureau en verrouillant la porte derrière eux !

Jamais elle n'avait connu de préliminaires aussi émoustillants… Elle n'avait plus qu'une envie : passer le week-end au lit avec Deacon !

Hélas, elle ne le pouvait pas car elle devait se rendre à cette assommante fête de fiançailles de Wes et Isabelle…

Soudain, elle se dit qu'il y avait peut-être un moyen de rendre cette épreuve moins pénible.

— Deacon, puis-je te demander une faveur ?

Il se pencha et promena sa main sur son bras, déclenchant sur sa peau une nuée de frissons.

— Tout ce que tu voudras.

— Voudrais-tu m'accompagner à la fête de fiançailles de Wes et Isabelle demain soir au club ?

Elle se doutait que la nouvelle de sa rupture avec Chip serait connue de tous. Ce serait donc plus aisé pour elle si Deacon pouvait être à ses côtés.

Ce dernier fronça les sourcils.

— Au club ? Au Texas Cattleman's Club ? Tu es sérieuse ?

— Bien sûr que je suis sérieuse ! Pourquoi ne le serais-je pas ? J'en suis membre, tout comme la majorité des gens de cette ville. Quel est le problème ?

Avec un soupir, Deacon se laissa aller contre le dossier de la banquette.

— Le problème c'est que, moi, je ne suis pas membre du club. Jamais on me laisserait le devenir ! Par conséquent, je ne suis pas emballé à l'idée de traîner dans un endroit où je ne suis pas désiré.

Cecelia l'observa un instant sans rien dire. Elle oubliait souvent à quel point cela avait été dur pour Deacon de vivre à Royal quand ils étaient plus jeunes. Jamais il n'avait fait partie de ceux qui se voyaient offrir une BMW pour leurs dix-huit ans ou qui rentraient dormir le soir dans de luxueuses demeures. Elle n'y avait jamais réfléchi, à l'époque, car, pour elle, Deacon était le garçon le plus merveilleux qu'elle ait jamais rencontré. Qu'il conduise un vieux tas de ferraille ou vive dans une petite maison sans charme à la périphérie de la ville ne l'avait jamais dérangée.

Oui, mais voilà, il en avait été tout autrement pour le

jeune garçon qu'était Deacon, à en juger par sa réaction en cet instant présent.

Il avait beau avoir réussi et être en mesure aujourd'hui de racheter toute la ville, il souffrait visiblement toujours d'un complexe d'infériorité.

— Tu n'es plus un gamin de dix-sept ans complètement fauché, Deacon. Cesse de te soucier des autres et de ce qu'ils pourraient penser de toi. Tu sais, la plupart des gens sont tellement égocentriques qu'ils ne prêteront même pas attention à ta présence au club.

Elle se pencha pour lui prendre la main. Le contact de sa peau contre la sienne lui fit immédiatement penser aux mains de Deacon se promenant sur son corps nu… Elle avait réellement envie qu'il l'accompagne à la fête, et pas seulement pour qu'il lui serve de bouclier contre les habitants de Royal. Ce qu'elle voulait surtout, c'était qu'il l'emmène chez lui après la soirée et lui procure autant de plaisir que la fois précédente…

Elle le regarda dans les yeux, cherchant à lui communiquer ses intentions, tout en caressant le dos de sa main avec son pouce, traçant des cercles paresseux destinés à lui faire perdre la tête.

— Viens avec moi, murmura-t-elle. S'il te plaît…

Le regard de Deacon s'attarda sur leurs mains.

Il secoua doucement la tête et soupira.

— D'accord, tu as gagné… Quand a lieu cette fête ?

— Demain, à 19 heures. Ça ira ?

— J'imagine… Aurais-je droit à une récompense si j'accepte d'être ton cavalier pour cette soirée ?

Il avait posé cette question avec une lueur malicieuse dans les yeux.

— Absolument ! assura-t-elle. Penses-tu à quelque chose en particulier ?

— En effet.

Il lui prit la main et la serra dans la sienne. Il pressa le bout de ses doigts contre sa paume, puis se mit à la caresser, comme elle venait de le faire.

— Que fais-tu après le travail ce soir ? lui demanda-t-il.

— Pas grand-chose, répondit-elle d'un air faussement naïf. Et toi, quels sont tes projets ?

Deacon se pencha vers elle et posa sa main sur sa nuque pour attirer son visage vers lui. Seuls quelques millimètres séparaient leurs lèvres… Elle mourait d'envie de faire disparaître ce vide pour se perdre dans son baiser.

Elle n'arrivait plus à penser à rien d'autre.

Elle sentait le souffle chaud de Deacon sur ses lèvres.

Machinalement, elle passa sa langue sur sa lèvre supérieure, comme pour anticiper leur baiser.

Deacon effleura sa joue d'une caresse légère.

— Mes projets ? J'ai l'intention de m'occuper de vous, mademoiselle Morgan !

- 7 -

— Es-tu amie avec Wes ou avec Isabelle ? s'enquit Deacon pendant que Cecelia et lui se frayaient un chemin parmi la foule d'invités réunis au club-house.

Cecelia ne répondit pas tout de suite, comme si elle cherchait la réponse la plus juste à cette question.

— Avec aucun des deux, en fait. Wes et moi sommes des concurrents en affaires. Et nous sommes sortis ensemble il y a longtemps. Quant à Isabelle, je ne la connais pas bien.

— Pourquoi Wes invite-t-il son ex à sa fête de fiançailles ?

C'était une bonne question, songea Cecelia, d'autant plus que c'était à cause d'elle que Wes avait ignoré pendant plusieurs années qu'il avait une fille ! À vrai dire, elle s'en voulait encore de s'être méprise sur la situation… Certes, elle avait fait en sorte que tout se termine bien, mais Wes ne retrouverait jamais le temps qu'il avait perdu avec sa fille, et de cela, elle était totalement fautive.

— Disons que j'ai contribué à ce que Wes et Isabelle se remettent ensemble après une rupture remontant à plusieurs années, répondit-elle.

— Que s'est-il passé ?

Cecelia secoua la tête en prenant une flûte de champagne au passage d'un serveur. Elle hésitait à raconter à Deacon ce qu'elle avait fait… Il la considérait toujours comme la douce jeune fille avec qui il était sorti étant ado, et elle ne tenait pas à ce qu'il la voie différemment.

— Mieux vaut que tu ne saches pas, crois-moi.

— Tu m'intrigues, Cecelia !

— Disons que je ne suis pas très fière de ce que j'ai fait, avoua-t-elle en haussant les épaules. Enfin, tout s'est bien terminé et, comme tu le vois, Isabelle m'a invitée ! Je me suis dit qu'il fallait que je vienne pour avancer encore dans la voie de la réconciliation.

Se penchant vers Deacon, elle baissa la voix de façon à ne pas être entendue des personnes qui les entouraient.

— J'ai comme l'impression que je vais bientôt avoir besoin du soutien de tous mes amis, murmura-t-elle.

Deacon passa un bras protecteur autour de sa taille.

— Si quelqu'un ose te dire quoi que ce soit de désagréable ce soir, il aura affaire à moi ! décréta-t-il.

Cecelia sourit et se laissa aller contre lui. Elle n'aurait pas été mécontente que Chip entre à cet instant dans le club et les découvre ainsi. Enfin… son ex-fiancé n'était pas là, et c'était sans doute mieux comme ça.

— Je te remercie, mais ce ne sera pas nécessaire.

À cet instant, elle aperçut Isabelle qui venait vers elle avec un grand sourire. La jeune femme la serra contre elle. Elle était magnifique dans une robe d'un bronze chatoyant qui faisait ressortir les éclats cuivrés de ses yeux couleur noisette.

— Cecelia ! Je suis tellement heureuse que tu sois venue !

Cecelia sourit aussi chaleureusement qu'elle le put. Elle n'oubliait pas que, par sa faute, Isabelle avait longtemps élevé Caroline en tant que mère célibataire. Une fois qu'elle avait compris qu'elle s'était trompée sur la jeune femme, et que celle-ci n'était pas à la recherche d'un beau parti, elle s'était surprise peu à peu à l'apprécier. Aujourd'hui, il fallait pourtant qu'elle lutte contre la jalousie qui l'étreignait à l'idée que, bientôt, Isabelle aurait une véritable famille. Ce à quoi elle aspirait si ardemment, elle aussi… Évidemment, elle ne pouvait pas lui en vouloir pour ça. Isabelle méritait vraiment d'être heureuse.

— Isabelle, je te présente Deacon Chase, dit-elle. Deacon construit l'hôtel Bellamy avec Shane Delgado.

Isabelle serra la main de Deacon en souriant.

— Ravie de vous rencontrer. J'attends l'ouverture de cet hôtel avec impatience. De l'extérieur, il paraît somptueux !

Malgré sa nervosité, Deacon réussissait à faire bonne figure.

— Merci, répondit-il poliment. L'intérieur est somptueux aussi, je vous assure, et ce, grâce au travail de Cecelia. Toutes mes félicitations pour vos fiançailles.

— Merci.

— Il y a vraiment beaucoup de monde, fit remarquer Cecelia. Même Teddy Bradford est présent !

C'était sans doute une surprise pour la plupart des invités. Elle savait que le P-DG de Playco était en pleines négociations de fusion avec Wes lorsque Maverick avait fait courir le bruit que ce dernier était un mauvais père. Or, les valeurs familiales étaient sacrées aux yeux de Teddy. C'est pourquoi il avait laissé tomber Texas Toy Company, la société de Wes, quand il avait appris la vérité au sujet d'Isabelle et de Caroline.

— C'est moi qui l'ai invité, confia Isabelle. Je n'ai pas abandonné l'idée d'une fusion avec Playco, même si

Wes pense que c'est peine perdue. J'espère que, lorsque Teddy Bradford nous verra ensemble, il acceptera d'y réfléchir à nouveau.

Cecelia se contenta d'acquiescer sans mot dire. Une fusion entre Playco et Texas Toy Company ne serait pas une bonne nouvelle pour To the Moon, car Wes était son plus gros concurrent. Cela dit, le succès de Luna Fine Furnishings risquait de la rendre intouchable puisqu'elle était à présent compétitive à la fois sur le marché du mobilier de luxe pour adultes et sur celui des meubles pour enfants.

— Je vous souhaite bonne chance alors, parvint-elle à articuler poliment. Et toutes mes félicitations pour vos fiançailles.

Isabelle croisa les doigts avant de prendre congé pour rejoindre Wes.

Cecelia et Deacon se mêlèrent à la foule tout en saluant plusieurs connaissances. Une fois près du buffet, ils préparèrent deux assiettes, puis s'installèrent à une table déjà occupée par des invités. Au centre du buffet, trônait un immense gâteau constitué de deux cœurs posés côte à côte et surmonté d'un troisième, plus petit, symbolisant Caroline, la fille de Wes et d'Isabelle.

Cela faisait environ une heure que la fête battait son plein, et Chip n'avait toujours pas fait son apparition.

Cecelia se détendait peu à peu. Finalement, cette soirée n'était pas le cauchemar qu'elle avait redouté. Certes, la présence de Deacon à ses côtés changeait tout. À son bras, elle se sentait pleine d'assurance, contrairement à toutes les fois où elle avait fréquenté ce genre d'événement en compagnie de Chip. Dans ces occasions, elle se sentait toujours nerveuse, se demandant sans cesse si elle était suffisamment bien habillée ou si elle ne disait pas de bêtises…

Maintenant que tout était fini avec Chip, elle se demandait comment elle avait pu envisager de devenir sa femme pour la vie ! Elle n'aurait été qu'un accessoire qu'il aurait traîné dans les meetings de campagne et dans les soirées de charité. Une épouse parfaite avec un beau tailleur, une coiffure dont pas un cheveu ne dépasse et une rangée de perles autour du cou.

Tout sauf ça ! songea-t-elle soudain, atterrée à l'idée de ce qui aurait pu se passer si elle avait épousé Chip. Heureusement, cette période était derrière elle, et jamais plus elle ne commettrait une telle erreur.

— Je voudrais porter un toast.

Teddy Bradford était monté sur l'estrade et tapotait dans le micro pour attirer l'attention de l'assemblée. Les invités s'avancèrent pour écouter ce qu'il avait à dire.

— Wesley, Isabelle… Approchez-vous !

Le couple radieux s'approcha, main dans la main, et rejoignit Teddy.

— Personne n'est plus heureux que moi de voir ces deux tourtereaux convoler en justes noces, déclara Teddy. Pour moi et pour les employés de Playco, la famille représente tout, comme vous le savez. J'ai cru pendant une courte période qu'il n'en était pas de même pour Wesley, mais je suis heureux, pour une fois, de m'être trompé ! Non seulement je souhaite à Isabelle et à Wes tout le bonheur du monde, mais je tiens à le leur souhaiter en tant que tout nouvel associé de Wesley !

Ces mots furent salués par une salve d'applaudissements.

Wes se tourna vers Isabelle avec une expression éberluée, puis il tendit la main à Teddy.

Cecelia observait la scène avec un sourire entendu. Isabelle avait l'apparence d'une douce jeune femme, mais elle était aussi très futée. Elle avait accompli en une soirée ce que Wes n'avait pas réussi à faire au cours des trois derniers mois.

Peut-être la concurrence de Texas Toy Company serait-elle plus rude qu'elle ne le pensait si c'était Isabelle qui tirait les ficelles !

Lorsque Wes se pencha pour embrasser sa future épouse, les invités se manifestèrent bruyamment pour les féliciter.

Deacon serra Cecelia contre lui, comme s'il sentait la tension qui émanait d'elle.

— Est-ce une mauvaise nouvelle pour ta société ? murmura-t-il à son oreille.

— Peut-être, mais j'essaie de ne pas le considérer ainsi. C'est ce genre de pensées qui m'ont affublée d'une si mauvaise réputation à Royal… Je m'en inquiéterai une autre fois. Ce soir, je veux me concentrer sur le bonheur qui irradie de ce couple.

Deacon hocha la tête et posa un baiser sur sa tempe.

— C'est ce que nous allons faire, alors.

Cecelia poussa un soupir de contentement et regarda Isabelle et Wes s'approcher du gâteau.

— Ils vont couper le gâteau, annonça-t-elle. C'est le signe que nous pouvons décemment partir.

— Tu veux t'en aller si tôt ? s'étonna Deacon. Je croyais que tu t'amusais… On dirait que ce gâteau est à la fraise. Nous devrions rester encore un peu. J'adore les gâteaux à la fraise !

— Quand as-tu donc développé ce goût pour les sucreries ?

— À l'époque du lycée, quand j'avais encore faim de toi et que je ne pouvais t'avoir…

Elle éclata de rire et se colla contre lui.

— Inutile de manger du gâteau ce soir, dit-elle. Tu pourras te rassasier de moi dès que nous sortirons d'ici. Comme tu ne t'es pas plaint de la soirée, tu as droit à une petite récompense…

— Je suis heureux que tu en sois consciente, répliqua Deacon en souriant. Enfin, je dois admettre que ce n'était pas si terrible.

Il jeta un regard circulaire sur l'assemblée, s'arrêtant de temps en temps sur des visages resurgis du passé.

— Je me suis fait toute une affaire de cet endroit parce qu'autrefois je ne pouvais pas y entrer, remarqua-t-il, songeur.

— Personne n'oserait t'en empêcher aujourd'hui !

Elle sentit son téléphone vibrer dans son sac à main mais choisit de ne pas y prêter attention pour le moment. Tandis qu'ils attendaient qu'on leur serve une part de gâteau, elle remarqua que plusieurs personnes dans l'assistance sortaient leur téléphone de leur poche ou de leur sac.

Tout à coup, elle vit Simone se précipiter vers elle.

— Oh mon Dieu, ma chérie ! s'exclama celle-ci en posant sa main sur sa bouche comme pour étouffer un sanglot.

Cecelia la fixa, incrédule, avant de regarder à nouveau autour d'elle. Un à un, les invités consultaient leur portable, puis, presque aussitôt, ils se tournaient vers elle…

Une bouffée de panique la submergea. Maverick avait-il à nouveau frappé ? Elle avait délibérément décidé de ne pas effectuer de nouveau versement et se doutait bien qu'elle le regretterait tôt ou tard.

Néanmoins, jamais elle ne se serait doutée que Maverick agirait ce soir, pendant qu'elle était au club avec toute la ville de Royal !

— Qu'y a-t-il ? demanda-t-elle le plus innocemment possible.

Simone leva son portable pour que Deacon et elle puissent en voir l'écran.

Sur celui-ci, s'affichait la photographie d'une vieille coupure de presse racontant l'overdose d'une certaine Nicole Wood. On y voyait un cliché de Nicole et d'un bébé… Le même que celui que Cecelia avait dans son sac à main.

L'article était entouré d'un trait de crayon rouge et annoté :

> Cecelia Morgan ? Appelez-la plutôt Cecelia Wood ! Une menteuse et la fille d'une junkie et de son dealer. Pas étonnant que les Morgan aient caché la vérité ! La reine du bal n'est plus aussi parfaite, n'est-ce pas ?

Cecelia sentit les bras de Deacon se resserrer autour de sa taille. Heureusement car ses jambes flageolaient, menaçant de ne plus la porter.

Elle avait l'impression que tous, dans le club, avaient les yeux rivés sur elle, comme si elle sentait le crottin de cheval.

Sa tête se mit à tourner tandis que des murmures de plus en plus précis s'échappaient de l'assemblée.

Elle réussit à distinguer quelques phrases.

— Qui diable savait que ce n'était qu'une fille de bas étage ?

— J'aurais dû me douter qu'elle n'était pas une vraie Morgan. Enfin, elle n'est pas non plus Maverick, de toute évidence…

— Sa mère s'est probablement droguée pendant sa grossesse. C'est sûrement pour cela que Cecelia est totalement incapable d'éprouver de l'empathie.

— A-t-on déjà retiré à quelqu'un sa carte de membre du club pour escroquerie ?

— On voit bien la ressemblance entre Cecelia et cette Nicole ! Elle n'a jamais eu les traits altiers de Tilly !

Cecelia se couvrit les oreilles de ses mains pour étouffer les voix. Son visage s'était empourpré, et des larmes commençaient à rouler sur ses joues. Deacon lui dit quelque chose, mais elle ne l'entendit pas.

Tout ce qu'elle ressentait, c'était son monde qui s'affaissait sous elle. Elle aurait dû effectuer le second paiement exigé par Maverick ! Que s'était-elle imaginé ? Qu'il se contenterait d'un seul versement ? Que les gens ne la jugeraient pas de la façon dont elle les avait jugés, il n'y avait pas si longtemps ?

Elle avait fait une grossière erreur mais, pour autant, elle savait que, même si elle avait versé une fortune, ce qui venait d'arriver n'aurait pu être évité. Car il n'était pas question d'argent au fond. Non, ce qui intéressait vraiment, Maverick, c'était de détruire la vie des gens.

Ce soir, il devait être un homme heureux.

Deacon n'avait pas la moindre idée de l'identité de Maverick, mais il était férocement décidé à le découvrir. Pour quelle raison ce salaud prenait-il un tel plaisir à porter préjudice aux membres du Texas Cattelman's Club ? Deacon avait beau ne pas tellement apprécier ces gens, il ne comprenait pas que l'on puisse faire preuve d'un tel pouvoir de nuisance. S'il parvenait à démasquer Maverick, celui-ci aurait d'autres soucis à se faire que celui de choisir sa prochaine victime !

Chaque chose en son temps, pensa-t-il néanmoins. L'urgence, c'était Cecelia qui semblait sur le point de s'effondrer. Il fallait qu'il la soustraie au plus vite à cette ambiance délétère.

Alors que tous avaient les yeux fixés sur eux, il passa son bras autour des épaules de la jeune femme et la guida doucement vers la sortie. À plusieurs reprises, elle trébucha, comme si ses jambes ne la soutenaient plus. Il s'arrêta pour la prendre dans ses bras et l'emmener dehors. Cecelia ne lutta pas. Elle s'accrocha désespérément à lui en enfouissant son visage dans le revers de sa veste, tremblant de tous ses membres.

Les invités s'écartèrent sur leur passage. Une majorité de personnes arboraient un air hostile, tandis que d'autres paraissaient véritablement choqués. Quelques-uns avaient une mine soucieuse, sans doute inquiets que leurs plus sombres secrets soient à leur tour dévoilés un jour. Quelques rares personnes seulement semblaient compatissantes.

Deacon sentait son sang bouillonner de colère. Il en voulait presque autant à tous ces gens qu'à l'être abject qui menait méthodiquement à bien son entreprise de destruction.

C'était tout le problème de cette ville et de ses habitants à l'esprit étriqué ! Rien n'avait changé depuis la période où il était au lycée. Il était heureux d'avoir décidé de quitter Royal plutôt que de rester dans un environnement aussi toxique où les gens vivaient en vase clos.

C'était surtout les étrangers qui souffraient de cette mentalité malveillante et mesquine, et la notion d'étranger s'étendait aux classes modestes. Deacon, lui, avait toujours été un étranger, et ni l'argent ni le prestige qu'il avait acquis ne changeaient quoi que ce soit à cette réalité. Ce soir, il avait franchi les portes du club, mais il ne s'y était toujours pas senti à sa place.

En fait, il n'avait pas du tout envie de faire partie de cette bande de snobinards !

Il était d'ailleurs prêt à parier que Maverick était, lui aussi, un outsider, car celui-ci semblait prendre un malin plaisir à mettre le feu aux poudres et à regarder les membres du Texas Cattelman's Club se faire exclure les uns après les autres.

Il bouillait d'indignation à la pensée que Brent et Tilly n'étaient même pas là pour recevoir leur part du mépris affiché par les membres du club. Les parents adoptifs de Cecelia l'avaient forcée à vivre dans le mensonge. S'ils avaient été honnêtes dès le départ en assumant avoir adopté Cecelia, Maverick n'aurait eu aucun moyen de pression sur la jeune femme.

Il poussa avec son pied la lourde porte en chêne et porta Cecelia jusqu'à l'entrée du parking. Là, il la reposa doucement à terre.

— Tu peux tenir debout ? s'enquit-il.

— Oui, murmura-t-elle en essuyant les coulées de mascara sur ses joues.

— Je vais chercher ma voiture. Ça va aller ?

Elle hocha la tête. Il glissa sa main dans sa poche à la recherche de ses clés. Il s'apprêtait à rejoindre le parking lorsqu'une silhouette vacillante surgit de derrière des buissons tout proches. Il ne reconnut pas l'homme, mais l'allure de celui-ci ne lui disait rien qui vaille. Il était maigre et avait des cheveux filasse qui n'avaient pas vu de shampoing depuis un moment et des yeux exorbités. Il émanait de lui une forte odeur d'alcool.

— Cecelia Wood…, dit l'homme avec un sourire en coin qui révéla des dents gâtées. Tu aurais dû sentir les choses venir, non ? Personne n'est parfait ! Même une princesse comme toi a besoin de redescendre sur terre de temps à autre, hein ?

Dans un élan protecteur Deacon se plaça entre Cecelia et l'intrus.

— Qui est ce type ? demanda-t-il.

— Adam Haskell, répondit Cecelia. Il possède un petit ranch à une vingtaine de kilomètres. Je suis surprise qu'il ne l'ait pas encore perdu, d'ailleurs, car tout ce qu'il sait faire, c'est boire !

Le nom disait bien quelque chose à Deacon, mais l'homme qui se tenait devant eux était trop abîmé pour qu'il puisse le reconnaître.

— Vous feriez mieux d'appeler un taxi, Adam, lui conseilla-t-il, et de rentrer chez vous pour cuver votre vin.

L'ivrogne, totalement focalisé sur Cecelia, ne sembla même pas l'entendre.

— Tu l'as bien mérité, Cecelia Morgan, dit-il dans un ricanement. Tu passes ton temps à traiter les gens comme des moins que rien, alors il est normal que tu aies la monnaie de ta pièce.

— Ça suffit, maintenant ! s'exclama Deacon avec force.

Cette fois, Adam porta son attention sur lui.

— Regardez donc comme Deacon Chase a grandi, railla-t-il. Tu devrais la détester autant que moi, mon gars. Tu ne te souviens pas comment elle t'a traité ? Elle t'a utilisé et t'a rejeté quand elle n'avait plus besoin de toi !

— Adam !

Une voix masculine retentit depuis l'entrée du club.

Un homme aux cheveux blonds et à la large carrure s'approcha, accompagné d'une jeune femme rousse.

— Mac et Violet McCallum ! s'exclama Adam Haskell en se tournant vers eux.

Ce mouvement le déséquilibra, et il faillit tomber.

— Vous arrivez juste à temps, poursuivit-il après s'être maladroitement rétabli. Je disais à Deacon qu'il fait une erreur en essayant de protéger cette fille. Elle a creusé sa propre tombe ! Il est grand temps qu'elle s'y enterre, non ?

De rage, Deacon serra les dents. Ce type commençait sérieusement à l'énerver. S'il ne pouvait mettre son poing dans la figure de Maverick, Adam Haskell ferait parfaitement l'affaire !

— Adam, vous n'êtes pas censé vous trouver ici puisque vous n'êtes pas membre du club, déclara Mac McCallum. Attention, si le shérif vous embarque encore une fois, vous n'aurez pas les moyens de payer la caution !

— Je ne dors jamais aussi bien que dans la cellule de dégrisement, rétorqua Adam avant de roter.

— Allons, Adam, dit Mac en s'avançant pour poser une main sur son épaule. Je vais vous reconduire chez vous. Vous ne pouvez pas conduire dans cet état.

Adam fit une moue de déception mais ne chercha pas à se dégager de la poigne de Mac.

— Oh ! Je m'amusais un peu, marmonna-t-il. Hein, Cecelia ? Je n'ai rien fait de mal ?

Mac secoua la tête d'un air agacé.

— Eh bien, la fête est terminée ! Bientôt, les invités vont sortir. Si vous restez dans les parages, c'est à vos risques et périls.

— Je n'ai peur de personne, grogna Adam.

— Je n'en doute pas, répliqua Mac d'un ton moqueur. Mais je pense qu'il vaut mieux ne pas gâcher davantage la fête de Wes et Isabelle.

À court d'arguments, Adam ne protesta pas et accepta de suivre Mac vers sa voiture. Violet resta quelques instants avec Deacon et Cecelia.

— Je suis désolée, Cecelia…, déclara-t-elle. Ce Maverick est en train de tous nous rendre fous. Je ne vois vraiment pas qui pourrait souhaiter faire autant de mal aux habitants de Royal. En tout cas, la façon dont les membres du club ont réagi tout à l'heure… je trouve cela inadmissible, Cecelia, sache-le.

Toujours agrippée au bras de Deacon, Cecelia hocha la tête avec un pauvre sourire.

— Merci, Violet.

Cette dernière la serra brièvement dans ses bras et rejoignit Mac et Adam.

— Voici l'une des rares personnes qui ne m'a pas totalement rejetée, remarqua Cecelia dans un soupir.

Deacon n'aimait pas le ton défaitiste qu'elle avait employé. Cecelia était une battante ! Jamais il ne laisserait Maverick avoir raison de son courage.

— Tu sais ce dont tu as besoin ? dit-il tout à coup. Tu as besoin de partir d'ici !

— Oui, j'aimerais bien rentrer à la maison, si cela ne t'ennuie pas.

Deacon ne répondit pas. Il avait une autre idée.

Il y avait fort à parier que la nouvelle de l'adoption de Cecelia allait se répandre dans Royal comme une traînée de poudre. Bientôt, tout le monde serait au courant. Brent et Tilly Morgan ne manqueraient pas de venir se plaindre auprès de leur fille des répercussions négatives du scandale, et Cecelia se sentirait encore plus mal. Quant à ses amies, elles se précipiteraient sans doute pour la réconforter mais ne feraient que raviver les blessures qu'elle tentait de guérir.

Oui. Il fallait que Cecelia s'échappe de Royal pendant quelques jours !

— J'ai une autre idée, déclara Deacon en lui prenant la main pour l'entraîner vers son véhicule.

Il ouvrit la portière côté passager pour lui permettre de s'installer.

— Je ne te ramène pas chez toi, annonça-t-il.

— Ah bon ? dit-elle, l'air incrédule. Tu veux que nous allions chez toi ?

— On peut dire ça…

Il referma la portière avec un air mystérieux, s'installa derrière le volant et mit le moteur en marche. Il avait un bien meilleur plan que celui de dissimuler Cecelia dans son sanctuaire de bois et de pierre ! Il sortit son portable et, tout en conduisant, envoya plusieurs textos.

— Tout est arrangé, annonça-t-il en rangeant son portable.

Cecelia se tourna vers lui.

— Tu dis que nous allons chez toi mais tu as pris la direction opposée. Que se passe-t-il, Deacon ?

Il sourit, espérant que ce petit mystère allait distraire Cecelia de ses soucis.

— D'abord, nous allons nous arrêter chez toi pour que tu puisses préparer un bagage et récupérer ton passeport, dit-il.

La jeune femme écarquilla les yeux.

— Mon passeport ? Mais pourquoi ?

Deacon sourit. La soirée prenait une tournure inattendue qui n'était pas pour lui déplaire. Cecelia avait besoin de s'échapper et, lui, il avait envie de lui faire découvrir son joyau.

C'était parfait ! Quand ils rentreraient à Royal, de nouvelles révélations de Maverick auraient peut-être éclipsé l'histoire de la mère biologique de Cecelia.

— Une fois que tu auras fait ton sac, nous nous rendrons à l'aéroport où mon jet privé nous attend pour nous emmener vers l'une de mes propriétés. L'Hôtel de Rêve…

Cecelia le fixa, éberluée.

— Mais Deacon…, murmura-t-elle au bout de plusieurs secondes de silence. Ton hôtel se trouve en France !

Deacon engagea sa Corvette dans l'allée menant au domicile de Cecelia et coupa le moteur.

— En effet. D'où la nécessité d'un passeport. Prends des vêtements adaptés au printemps sur la Côte d'Azur, ma belle !

La jeune femme secoua la tête, faisant remuer ses boucles blondes sur ses épaules. Elle était vraiment magnifique ce soir, dans sa robe moulante en dentelle grise.

Hélas, en raison des événements de la soirée, Deacon

n'avait pas vraiment eu le loisir de se rassasier de ce spectacle.

— C'est une folie, Deacon. Je ne peux pas aller en France. L'hôtel Bellamy ouvre dans deux semaines ! J'ai une foule de choses à faire…

— Tes ouvriers ont une foule de choses à faire. Et ils connaissent leur travail. Ce n'est pas toi qui vas transporter du mobilier ou fixer des luminaires sur les murs, tout de même ! Toi, tu as conçu la décoration, et ta tâche est pour ainsi dire terminée. Shane va tout superviser, je te le promets. Toi et moi allons nous échapper de cette ville pour quelques jours, le temps que le scandale se dégonfle. Fin de la discussion.

Il lut dans les yeux de Cecelia qu'elle n'allait pas céder sans combattre.

— Pourquoi n'allons-nous pas plutôt à Houston ? proposa-t-elle. Ou à La Nouvelle-Orléans ? Personne ne saurait où nous sommes… Il n'est pas nécessaire d'aller jusqu'en France, non ?

Deacon ouvrit la portière et descendit de voiture.

— Si, c'est nécessaire.

— Pourquoi ? insista-t-elle en sortant du véhicule à son tour.

— Parce que je ne possède pas d'hôtel à La Nouvelle-Orléans. Maintenant, rentre chez toi et prépare ta valise. Mon jet s'envole pour Cannes dans une heure !

- 8 -

Les rayons du soleil qui pénétraient par les baies vitrées panoramiques de la chambre d'hôtel éveillèrent Cecelia.

La jeune femme s'étira dans le doux cocon du lit où elle se trouvait. Clignant des yeux, elle se redressa et jeta un regard circulaire dans la pièce, cherchant Deacon.

Il était sur le balcon en train de lire le journal, une tasse de café fumant posée devant lui, sur une petite table bistrot.

Elle enroula le drap autour de son corps et marcha pieds nus jusqu'au balcon. La vue depuis la plus grande suite de l'Hôtel de Rêve était spectaculaire. Seule la célèbre Croisette séparait l'hôtel de la plage dorée qui bordait la mer Méditerranée. Sur la gauche, on apercevait une marina où étaient rassemblés les yachts les plus luxueux que la jeune femme ait jamais vus.

Elle avait du mal à détacher son regard du bleu turquoise de la mer. Il n'y avait pas un nuage dans le ciel, pas un défaut pour ternir la perfection de ce spectacle.

C'était presque comme si cet endroit n'était pas réel. D'ailleurs, lorsqu'ils étaient arrivés, la veille, elle avait cru être la proie d'une hallucination due au décalage horaire. Cependant, après une courte sieste, Cannes lui était apparue aussi merveilleuse qu'une heure auparavant. En outre, profiter d'un tel cadre en compagnie du séduisant propriétaire de l'hôtel ne faisait qu'accentuer son plaisir.

— *Bonjour, ma belle*, la salua Deacon en français.

Il portait un pantalon de pyjama en soie noire. À la grande satisfaction de Cecelia, il semblait en avoir perdu le haut ! Elle ne se lassait pas de contempler son torse bien dessiné et ses bras bronzés… Elle comprenait aujourd'hui pourquoi il était aussi hâlé ! Si elle passait quelques heures à offrir son corps de porcelaine aux rayons du soleil, elle parviendrait sans doute elle aussi à prendre quelques couleurs.

Elle avait été surprise, la veille, de découvrir que Deacon parlait couramment français. Il n'y avait pourtant rien de surprenant à cela, il vivait en France depuis plusieurs années. Sans doute ce détail ne collait-il pas avec le Deacon qu'elle avait connu, celui aux mains tachées d'huile de moteur ou faisant la plonge à la cafétéria. En revanche, cela allait parfaitement avec l'homme qu'il était devenu.

Elle regretta d'avoir oublié tout ce qu'elle avait appris pendant ses cours de français au lycée. Vocabulaire et règles de grammaire s'étaient tout simplement envolés ! Tout juste était-elle capable de demander sa route, telle une touriste de base. Et encore !

— *Bonjour*, répondit-elle avec un accent appliqué. C'est à peu près le seul mot de français que je suis capable de prononcer !

Deacon éclata de rire et replia son journal.

— Ce n'est pas grave, la rassura-t-il en levant la tête pour l'embrasser. Peut-être plus tard retournerons-nous au lit pour que je te donne quelques leçons particulières…

À ce sous-entendu, elle laissa échapper un gloussement d'approbation.

Elle était reconnaissante à Deacon de l'avoir amenée à Cannes. Ici, à des milliers de kilomètres de Royal et dans ce cadre somptueux, elle avait l'impression d'être une autre femme. Et elle appréciait beaucoup plus cette femme que celle qui avait failli épouser Chip Ashford ! D'ailleurs, de nombreuses personnes à Royal semblaient ne pas aimer non plus la Cecelia qu'elle avait été, à en juger par les réactions qu'avaient provoquées les récentes révélations de Maverick à son sujet.

Elle prit place à côté de Deacon qui lui servit du café avant de lui proposer des croissants accompagnés d'un assortiment de confitures.

— Que voudrais-tu faire aujourd'hui ? lui demanda-t-il. Hier, nous étions trop fatigués par le décalage horaire mais, aujourd'hui, j'aimerais te faire voir un peu la ville. Tu ne peux pas venir à Cannes sans aller déambuler sur la Croisette ! Nous pourrions aussi admirer le coucher de soleil en buvant un rosé bien frais. Pourquoi ne pas également faire une sortie en mer sur mon yacht ?

Cecelia prit sa tasse en porcelaine délicate et but une gorgée de café.

— Tout cela me tente, répondit-elle. Je ne suis jamais venue sur la Côte d'Azur, alors je serai heureuse de découvrir tout ce que tu souhaiteras me faire voir. Ce n'est pas comme si j'avais programmé ce voyage depuis longtemps ! Je t'ai laissé m'enlever et je me suis réveillée en France… Je pourrais parfaitement me satisfaire de rester assise sur ce balcon à admirer la mer.

Deacon sourit et hocha la tête.

— Il est vrai que je connais peu d'endroits mieux

adaptés que la Côte d'Azur pour se détendre et oublier tous ses problèmes. Après ce qui vient de vous arriver, je pense que c'est exactement ce qu'un médecin vous aurait prescrit, mademoiselle Morgan !

Cecelia était entièrement d'accord avec lui. Le chantage exercé sur elle par Maverick et le choc de la révélation de son secret lui semblaient comme un lointain souvenir. Un cauchemar qu'elle avait presque oublié lorsqu'elle s'était réveillée.

Elle avait bien reçu quelques textos de Simone et de sa mère après leur atterrissage, mais Deacon avait insisté pour qu'elle éteigne son téléphone. D'abord réticente, elle avait compris qu'il avait raison. Elle n'avait aucune envie de parler à sa mère ou à qui que ce soit d'autre pour le moment.

Tout ce dont elle avait envie, c'était s'offrir aux rayons du soleil, profiter de ce cadre idyllique et de la présence de Deacon à ses côtés.

Bientôt, ils retourneraient à Royal pour l'inauguration de l'hôtel, et il lui faudrait affronter ce qu'elle avait fui pendant toute sa vie… Mais elle chassa rapidement ce détail de ses pensées et laissa son regard se perdre dans le bleu de la mer.

— J'ai pris la liberté de caler un rendez-vous pour toi au Spa, lui annonça Deacon. Mes talentueuses employées sont là pour te prodiguer les soins de ton choix. Un massage, un bain de boue, un soin du visage… Ce qui te fera plaisir ! Cela devrait occuper une bonne partie de ta journée. Nous irons nous promener quand tu auras été bien bichonnée. Qu'en penses-tu ?

— Que cela ressemble tout à fait à l'idée que je me fais du paradis.

Elle ne pouvait que remercier sa bonne étoile que Deacon soit à ses côtés dans cette période difficile de sa vie. Comment aurait-elle traversé une telle épreuve sans lui ? Le seul fait qu'il soit avec elle était déjà un réconfort, mais il se mettait vraiment en quatre pour lui faire plaisir. Elle ignorait comment elle pourrait un jour lui rendre la pareille…

Elle prit une cuillerée de marmelade d'orange qu'elle étala sur un morceau de croissant avant de mettre le tout dans sa bouche.

— Mmm…, délicieux, murmura-t-elle. Tu es vraiment trop bon avec moi, Deacon. Je ne mérite pas d'être traitée comme une VIP, tu sais. Je commence à me demander si cet Adam Haskell n'a pas raison… Peut-être que cette négativité que je cultive depuis des années me revient en pleine figure comme un boomerang, tu ne crois pas ? Cela devait arriver…

— Tu es trop dure avec toi-même. La jeune fille dont je suis tombé amoureux était douce et attentionnée, et elle a vu en moi des choses que personne d'autre ne voyait. Tu peux bien prétendre aujourd'hui être une femme d'affaires dure et sans pitié, prête à tout pour écraser ses concurrents, je n'y crois pas un instant. La personne que je connaissais est toujours là, quelque part…

Cecelia lui sourit. Elle appréciait la foi qu'il avait en elle, mais il se trompait. Elle n'était plus la jeune fille innocente qu'il avait fréquentée au lycée. Cette jeune fille avait définitivement changé le jour où ses parents l'avaient contrainte à rompre avec « ce fils de garagiste », comme ils disaient, et à reprendre le chemin de l'avenir qu'ils avaient choisi pour elle. Elle était ainsi devenue une femme d'affaires impitoyable, une personne snob et élitiste, à la recherche de la perfection.

Une vraie garce, en somme !

Deacon n'avait pas été témoin des changements qui s'étaient opérés en elle. Mais, elle, elle était réaliste. Elle était certaine que la plupart des habitants de Royal étaient heureux de la voir tomber de son piédestal. Y compris peut-être des personnes qu'elle avait considérées comme des amis…

— Cela me fait plaisir que tu aies une si haute opinion de moi, Deacon, mais je ne peux m'empêcher de me demander si tu me considères comme je suis vraiment ou comme la personne que tu voudrais que je sois…

— Je te vois comme tu es, dissimulée derrière tes vêtements haute couture, ton maquillage sophistiqué et l'assurance que tu cherches à opposer au monde. Cette fille n'a pas changé. Elle est toujours là. Il faut juste que tu la laisses s'exprimer un peu.

Cecelia sentit les larmes lui monter aux yeux. Elle espérait tellement que Deacon avait raison et que la personne pleine de bonté qu'il avait connue était toujours en elle. Elle avait la sensation qu'au cours de la décennie qui venait de s'écouler elle avait perdu le contact avec elle-même, si tant est qu'elle ait un jour réellement su qui elle était… Elle avait d'abord passé sa vie à essayer d'être à la hauteur de ce que ses parents attendaient d'elle, puis avait reproduit le même schéma avec Chip.

Qui était vraiment Cecelia Morgan ?

Du dos de la main, elle essuya ses joues ruisselantes de larmes et prit sa tasse de café.

— Je ne sais plus qui je suis, murmura-t-elle, en proie à un tumulte d'émotions.

— D'où l'intérêt d'être responsable de sa propre vie plutôt que d'essayer de vivre en fonction de ce que les autres attendent de toi, Cecelia. Tu peux faire tout ce que tu as envie de faire ! Si j'avais accepté la vie à laquelle tout le monde me cantonnait, nous ne serions pas assis en ce moment même sur le balcon de mon hôtel cinq étoiles sur la Côte d'Azur ! J'ai voulu davantage et j'ai fait ce qu'il fallait pour y arriver. Tu as la capacité d'être la femme que tu veux, ma belle. Tu peux laisser tomber la personnalité glaciale et assurée que tu offres aux autres pour redevenir la femme aimante que je connaissais.

— Tu le crois vraiment ? Je ne suis pas sûre que cette fille savait exactement qui elle était non plus… J'étais tellement manipulable ! Souviens-toi de tous ces projets que nous avions faits, de ces rêves pour notre avenir… C'était important pour moi, et pourtant, j'ai tout envoyé balader. Et pour quelle raison ? Parce que mes parents ont menacé de me chasser de la maison et de me couper les vivres si je ne rompais pas avec toi !

Deacon la fixa avec des yeux incrédules.

— Pardon ?

— Tu ne le savais pas ? demanda-t-elle en haussant les épaules.

— Je me suis douté que tes parents n'étaient pas étrangers à ton revirement, mais je croyais surtout que tu cherchais à leur plaire, comme à ton habitude…

— Pas cette fois-là. Je t'aimais, Deacon ! Je ne voulais pas rompre avec toi. Cela m'a brisé le cœur de devoir le faire, mais j'avais le sentiment de ne pas avoir le choix. C'était mes parents… Les seules personnes au monde qui avaient bien voulu de moi. Je ne pouvais supporter l'idée de me fâcher avec eux.

— Je voulais vivre avec toi…

Cecelia plongea ses yeux dans le regard grave de Deacon et prit conscience de l'erreur monumentale qu'elle avait commise.

— J'ai été stupide, admit-elle. Il est hors de question que je refasse la même erreur. Je veux faire les bons choix pour ma vie future.

Elle sirota son café tout en réfléchissant à la personne qu'elle avait envie d'être. Pas la femme que ses parents ou Chip attendaient qu'elle soit…

La réponse surgit plus rapidement qu'elle ne l'aurait cru.

Elle souhaitait être la femme qu'elle était lorsqu'elle se trouvait en compagnie de Deacon. Avec lui, elle se sentait belle, forte et confiante. Jamais elle n'avait la sensation de ne pas être assez bien.

C'était ça qu'elle voulait ressentir : être aimée.

Oui, mais voilà, pouvait-elle ressentir cela sans lui ? Les moments qu'ils passaient ensemble étaient excitants et romantiques, mais ils ne dureraient pas éternellement. Deacon n'avait aucune raison de rester à Royal. Il n'aimait pas cette ville, pas plus que les gens qui y vivaient — et à raison ! Une fois l'Hôtel Bellamy ouvert, il retournerait vivre en France. Elle ne pourrait le retenir…

Peut-être avait-elle l'impression d'être un super-héros quand elle était avec lui, mais parviendrait-elle à se réaliser, une fois qu'il ne serait plus là ?

Rien n'était moins sûr…

Main dans la main, Deacon et Cecelia déambulaient sur la Croisette. Le soleil s'était couché derrière la ligne d'horizon, laissant une auréole orangée qui contrastait avec le bleu nuit du ciel.

— Le dîner était excellent, dit Cecelia.

— Je suis heureux que cela t'ait plu. Tu sais, on ne mange jamais mal en France. Ce serait une hérésie.

Cecelia laissa échapper un rire sonore.

Deacon se surprit à tenter de mémoriser ce rire. Il n'avait pas beaucoup entendu rire Cecelia pendant qu'ils étaient à Royal. Cela lui avait manqué car, lorsqu'ils étaient ados, Cecelia riait souvent et librement. Il avait envie qu'elle rie davantage, même s'il n'était pas à ses côtés pour l'entendre. C'était en partie pour cela qu'il l'avait amenée ici. Il voulait l'éloigner de ses tracas dans l'espoir de retrouver ne serait-ce qu'une étincelle de la fille qu'il avait aimée…

Certes, il appréciait la femme que Cecelia était devenue. Une femme plus mûre, plus sage… et plus sexy ! D'ailleurs, il éprouvait bien des difficultés à se retenir de la toucher…

Elle portait une robe fourreau en dentelle crème au décolleté plongeant. La robe épousait à merveille chacune de ses formes nouvelles qu'il ne se lassait pas d'admirer. En arrivant à Royal, il était à mille lieues de penser qu'il pourrait retomber amoureux de Cecelia.

Oui, mais voilà, elle était tellement irrésistible qu'il se sentait attiré par une force presque magnétique.

— Pourrions-nous marcher dans l'eau ? suggéra-t-elle, le prenant au dépourvu.

— Si tu veux…

Ils ôtèrent leurs chaussures, et Deacon fit des revers à son pantalon. Jamais il n'aurait imaginé que Cecelia voudrait marcher dans la mer alors qu'elle venait tout juste de se faire faire une pédicure !

Pourtant, ses chaussures à talons aiguilles se balançant dans une main, elle l'entraîna sur le sable et vers l'étendue bleu sombre. L'eau glaciale en comparaison avec la tiédeur du sable lui arracha un petit cri. Deacon s'attendit à ce qu'elle rebrousse chemin mais, bien au contraire, ses yeux s'agrandirent d'excitation et elle rit à nouveau.

— C'est un peu froid, non ? demanda-t-il.

— On est en avril. Ça fait du bien ! Je ne sais pas quand j'ai marché dans l'eau pour la dernière fois… Cela fait très très longtemps ! Trop longtemps.

Deacon ne savait pas non plus quand il avait fait ça pour la dernière fois, alors qu'il vivait au bord de la mer la plus grande partie de l'année !

— Je comprends que tu préfères vivre ici plutôt qu'à Royal, déclara Cecelia. Cet endroit est magnifique. Et tellement différent… Je n'ai pas envie de rentrer !

Elle laissa échapper un petit rire et secoua la tête.

— Je n'en ai pas envie, répéta-t-elle, mais il le faudra bien.

Deacon hésita puis se laissa aller à lui poser la question qui le taraudait.

— Pourquoi y retourner ? Tu n'es pas obligée de faire ce que tu n'as pas envie de faire !

Elle l'observa à travers ses yeux plissés.

— D'abord, je n'ai pas fini le travail pour lequel j'ai été embauchée. Je te rappelle que ton hôtel ouvre dans une semaine et demie. D'autre part, ma société est basée à Royal. J'y ai aussi mes amis et ma famille.

— Ici, tu m'aurais, moi, répliqua-t-il.

Il fut lui-même surpris des paroles qui étaient sorties de sa bouche sans qu'il puisse les retenir. À quoi la vie ressemblerait-elle s'il pouvait avoir Cecelia à ses côtés en permanence ? Une Cecelia soustraite à l'influence de ses parents et à la mesquinerie des habitants de Royal…

La jeune femme cessa de marcher et l'obligea à s'arrêter aussi en tirant sur son bras.

— Tu ne vas pas rester à Royal, n'est-ce pas ? demanda-t-elle.

Il secoua la tête.

— Tu sais bien que non.

Le regard de Cecelia se perdit dans le lointain.

— Je m'en doutais… J'imagine qu'une partie de moi l'espérait quand même.

Le cœur de Deacon fit une embardée. Il n'avait pas réellement envisagé que son aventure avec Cecelia dure au-delà de l'inauguration de l'hôtel. Il voulait s'éviter ainsi toute déception.

Cependant, Cecelia semblait ouverte à une telle possibilité…

— Espérait quoi ? s'enquit-il.

— Que tu changes d'avis et restes un peu aux États-Unis.

Deacon soupira. Il était prêt à faire beaucoup de choses pour Cecelia, mais rester à Royal… Impossible ! Il ne comprenait même pas que l'idée puisse effleurer la jeune femme. Ne réalisait-elle pas la façon dont tout le monde l'avait traité par le passé ? À quel point il avait été malheureux ?

D'ailleurs, elle non plus ne paraissait pas très heureuse à Royal…

— J'ai tourné le dos à Royal depuis bien longtemps, déclara-t-il.

Cecelia l'observa avec une lueur dans le regard.

— Nos chemins se sont aussi séparés, et pourtant, regarde ce qui se passe… Tout peut arriver !

Il choisit de ne pas la contredire. Il ne voulait pas gâcher leur soirée. Ils étaient ensemble, c'était tout ce qui comptait.

— Tu as raison, dit-il. Tout peut arriver. Nous verrons bien ce que l'avenir nous réserve.

Il lui prit la main, et ils rebroussèrent chemin, marchant à la limite des vagues. Ils arrivaient en vue de l'hôtel lorsqu'ils virent un chien gambader vers eux, un enfant à sa poursuite. Le petit garçon avait manifestement lâché la laisse, laissant à l'animal une liberté dont celui semblait fort aise de profiter.

Le chien fonçait sur eux, et plus particulièrement sur Cecelia. Avant que Deacon ait pu intervenir, l'animal se dressa sur ses pattes arrière et posa ses pattes avant toutes boueuses sur la poitrine de la jeune femme. Cecelia fut déséquilibrée. Sa main glissa de celle de Deacon, et elle tomba à la renverse dans la mer. Elle poussa des petits cris aigus en essayant de se relever, la robe et les cheveux déjà trempés.

Paniqués, Deacon et le petit garçon s'efforcèrent d'éloigner le chien qui léchait avec enthousiasme le visage de Cecelia. Ce ne fut qu'une fois l'animal écarté que Deacon réalisa que les cris de Cecelia étaient en réalité des éclats de rire.

Il s'immobilisa, abasourdi par sa réaction. Puis il lui tendit la main pour l'aider à se relever, mais elle ne la prit pas.

Elle riait trop pour ça !

Deacon était sidéré. Les habitants de Royal auraient du mal à en croire leurs yeux si Maverick faisait circuler une photo de Cecelia prise à cet instant précis. Incroyable ! La parfaite Cecelia Morgan, presque allongée dans la mer, tout habillée, mouillée et couverte de boue ! Sa robe couleur crème était complètement salie par les traces de pattes du chien. Son maquillage avait coulé sur ses joues, et ses cheveux blonds pendaient en mèches informes autour de son visage.

Elle était dans un sale état mais ne paraissait pas s'en soucier le moins du monde !

Jamais elle n'avait paru aussi belle à Deacon.

— *Je suis désolé, mademoiselle*, s'excusa le gamin en bataillant avec l'animal qui pesait sans doute deux fois son poids. *Tu es un méchant chien !*

L'animal, enfin calmé, s'assit sur son arrière-train en remuant la queue, totalement indifférent au chaos qu'il avait créé.

— Ça va, Cecelia ? s'enquit Deacon, ne sachant comment réagir.

La jeune femme s'efforçait de reprendre son souffle. Elle hocha la tête.

— Je vais bien, dit-elle en lui tendant la main.

Lorsqu'il la prit dans l'intention de l'aider à se relever, Cecelia le tira de toutes ses forces vers elle et le fit tomber dans l'eau à ses côtés.

— Bon sang ! s'exclama-t-il, aussitôt trempé.

L'éclat de rire de Cecelia annihila toute velléité de révolte en lui.

Il lui jeta un regard entendu.

— Était-ce vraiment nécessaire ?

Pour toute réponse, elle noua ses bras autour de son cou et l'attira pour l'embrasser. Aussitôt, il oublia tout. Le contexte, l'eau, le chien, son costume trempé. Tout ce qui lui importait, c'était la saveur des lèvres de Cecelia et le contact de son corps pressé contre le sien. Dans ses bras, elle paraissait totalement désinhibée, l'embrassant avec le même abandon que le soir de leurs retrouvailles, après sa rupture avec Chip. Mais, cette fois, il n'y avait pas de désespoir en elle.

Uniquement du désir et de l'excitation.

Il ne résista pas. Il ne pensait pas revoir cet aspect de Cecelia un jour… C'était cette Cecelia avec laquelle il batifolait à l'arrière de son pick-up. C'était la même qui l'avait aspergé un jour avec le tuyau d'arrosage pendant qu'il travaillait sur une de ses voitures, avant de se battre avec lui sur la pelouse. Ils étaient ressortis de cette bataille échevelés et couverts d'herbe.

Cette Cecelia lui avait terriblement manqué.

Cette Cecelia parfaitement imparfaite ! Joyeuse ! N'ayant pas peur de se salir. Incroyablement attirante…

Il réalisa soudain qu'ils n'étaient pas seuls.

Le petit Français et son chien étaient toujours là.

Il se força à se soustraire à l'étreinte de Cecelia et l'observa.

Avant la chute, sa robe était moulante. Maintenant qu'elle était trempée, elle adhérait totalement à son corps et était, de surcroît, transparente ! On voyait même distinctement ses tétons durcis par le froid pointer contre le tissu !

— *Ils sont fous ces Américains*, murmura le gamin en secoua la tête d'un air éberlué.

Puis, tirant sur la laisse de son chien, il repartit dans la direction d'où il était venu.

— Qu'a-t-il dit ? demanda Cecelia.

— Il a dit que les Américains étaient fous, traduisit

Deacon en s'essuyant le visage. Je dois admettre qu'il n'a pas tort !

Cecelia gloussa tout en inspectant l'état de sa robe. Ses doigts effleurèrent les traces de boue et le sable incrusté dans la dentelle délicate.

— Ma mère m'avait offert cette robe pour Noël. C'était la première fois que je la portais. Sans doute la dernière... Eh bien tant pis !

— Je t'en achèterai dix comme celle-ci, la rassura Deacon en sautant sur ses pieds.

Il l'aida à se relever. Puis il retira sa veste, l'essora et la posa sur les épaules de la jeune femme.

— Je n'ai pas envie d'autres robes, dit-elle en se pressant contre lui d'une façon qui ne laissait aucun doute sur ce qu'elle avait en tête.

Une lueur ensorceleuse brillait dans ses yeux, et ses lèvres dessinèrent un sourire enjôleur.

— Ce que je veux, reprit-elle, c'est toi. Et tout de suite.

Deacon déglutit.

— Je crois que nous en avons fini avec cette promenade romantique sur la plage, n'est-ce pas ?

- 9 -

— Où allons-nous ? demanda Cecelia.

Deacon esquissa un sourire mystérieux. Cela ne faisait que dix minutes qu'ils étaient sortis de la ville et, déjà, Cecelia voulait tout savoir !

— C'est une surprise…

Cecelia fit la moue.

— M'amener en France sur un coup de tête n'était-il pas déjà une surprise suffisante ?

Peut-être, admit Deacon. La veille, cependant, il avait eu un aperçu de la Cecelia dont il était amoureux autrefois. Trempée et couverte de sable, radieuse et les joues rouges, insouciante, elle lui avait rappelé celle qu'il avait aimée.

Cette expérience l'avait aidé à prendre conscience qu'il était sur la bonne voie avec elle. L'extraire de l'atmosphère malsaine de Royal avait été une excellente idée. Cependant, ce n'était pas assez. Aujourd'hui, il voulait l'éloigner de l'agitation de la ville pour voir si elle pouvait vraiment se libérer.

Pour cela, rien de tel que la campagne provençale !

C'était une journée parfaite pour un pique-nique. Le ciel était d'un bleu profond, sans le moindre nuage, et une légère brise atténuait la chaleur de cette fin de matinée. Ce temps radieux appelait à la promenade, et la perspective de faire l'amour à Cecelia dans une prairie de fleurs sauvages sous un tel ciel était une opportunité que Deacon ne pouvait laisser filer.

La cuisine de l'hôtel avait préparé à leur intention un panier pique-nique qu'il avait mis dans le coffre de la voiture à l'insu de Cecelia. La jeune femme ne savait donc pas ce qu'il avait en tête.

Il aimait l'idée qu'elle se torture un peu l'esprit. En tant que chef d'entreprise, elle était toujours celle qui était responsable de tout. Alors aujourd'hui, il voulait qu'elle le laisse prendre soin d'elle et qu'elle se détende enfin.

De toute façon, s'il lui avait expliqué qu'ils allaient à Grasse, elle n'aurait pas su de quoi il parlait. Grasse était une petite ville typique cernée par les champs de lavande qui alimentaient les parfumeries locales. Il était encore trop tôt pour que la lavande soit en fleur, mais l'environnement serait tout de même propice pour qu'ils s'assoient sur la grande nappe qu'il avait apportée et qu'ils fassent honneur au pique-nique et au fameux rosé provençal.

Avant d'arriver à Grasse, Deacon engagea son véhicule dans un chemin de terre qui s'enfonçait au beau milieu d'un champ. Il avança jusqu'à trouver l'endroit idéal pour pique-niquer, sous un vieil arbre au tronc noueux.

Il coupa le moteur et sourit en voyant l'air interloqué de Cecelia.

— Où sommes-nous ?

Deacon descendit de voiture et en fit le tour pour lui ouvrir la portière.

— En Provence. C'est un jour parfait pour pique-niquer dans la campagne française en compagnie d'une charmante dame telle que toi…

Cecelia lui offrit un sourire ravi. Elle prit la main qu'il

lui offrait pour l'aider à descendre. Elle était vraiment éblouissante, avec ses cheveux blonds laissés libres sur ses épaules. Au Texas, elle les avait toujours attachés en un chignon strict et professionnel. Deacon aimait quand ils étaient détachés et qu'il pouvait glisser ses doigts dans leur soie dorée.

Elle portait une robe bain de soleil aux motifs floraux verts et jaunes qui épousait ses formes avec élégance, sans être trop ouvertement sexy. Ce que Deacon avait en tête, c'était de faire glisser doucement les bretelles de sa robe sur ses bras afin d'embrasser la peau ainsi révélée…

— C'est très beau par ici, remarqua-t-elle en offrant son visage au soleil.

Deacon referma la portière et alla ouvrir le coffre. Il lui tendit la nappe et sortit le panier pique-nique.

— Allons nous installer sous l'arbre, proposa-t-il.

Ils étalèrent la nappe sur laquelle ils s'assirent.

— Cet été, tous ces champs seront couverts de lavande violette, expliqua-t-il. L'odeur est une merveille.

Cecelia regarda autour d'elle, cherchant manifestement à imaginer à quoi ressemblerait le paysage dans quelques mois.

— Je comprends pourquoi tu as choisi d'habiter ici, Deacon. Qui ne voudrait pas vivre en France s'il en avait la possibilité ? C'est tellement beau…

— Les paysages sont beaux, certes, mais ils ne t'arrivent pas à la cheville !

Cecelia rougit et secoua la tête, écartant le compliment d'un geste de la main.

— Tu es gentil, mais je n'en crois pas un mot. Tu

ne peux pas me comparer à une beauté comme celle qui nous entoure.

Elle s'absorba dans la contemplation de la campagne environnante, évitant ainsi le regard de Deacon.

Parfois, il éprouvait des envies de meurtre envers les parents de Cecelia. Cette dernière était l'une des femmes les plus parfaites qu'il ait croisées dans sa vie, et pourtant, elle manquait terriblement d'assurance car les Morgan la poussaient sans cesse à toujours mieux faire.

— Tu ne me crois pas ? demanda-t-il. Et pourquoi ? Ai-je tendance à flatter les gens sans croire à ce que je dis ?

— Non, bien sûr que non… C'est juste que…

Elle fixait ses mains, ne se décidant toujours pas à le regarder.

— Il s'agit d'un des endroits les plus beaux de la terre, reprit-elle. Certaines personnes rêvent toute leur vie de pouvoir visiter un endroit pareil… Moi, je suis juste une jolie fille !

— Tu es bien plus qu'une jolie fille, Cecelia.

Il se pencha et prit son menton entre ses doigts pour lui relever la tête. Il avait envie de lui dire à quel point elle était intelligente et talentueuse, mais il voyait à la lueur dure qui brillait dans son regard qu'elle ne le croirait pas.

— Qu'avons-nous à manger ? s'enquit-elle en se reculant pour s'intéresser au contenu du panier.

— Je ne sais pas exactement, répondit-il, acceptant de laisser leur conversation là où elle était pour le moment. Le chef a tout préparé. C'est donc une surprise aussi bien pour moi que pour toi !

Il se pencha et sortit les divers récipients du panier.

Il y avait une salade niçoise composée d'œufs durs, de thon, d'olives, de pommes de terre et de haricots verts. Il y avait aussi des carottes râpées assaisonnées à la moutarde de Dijon et agrémentées de fines herbes. Suivait un assortiment de mini-feuilletés au fromage de chèvre et à la tomate, ainsi qu'une terrine de campagne accompagnée de crostini.

Enfin, il sortit une petite boîte contenant un assortiment de macarons pour le dessert. Ce genre de festin était totalement inhabituel pour Cecelia, plus habituée aux traditionnels barbecues texans.

Ils passèrent l'heure suivante à faire honneur à tous les plats qu'ils dévorèrent jusqu'à la dernière miette. Tout en mangeant, ils discutèrent et rirent, se nourrissant mutuellement, ce qui leur rappela la dégustation au Silver Saddle. C'était vraiment ce jour-là, devant plusieurs assiettes de tapas, qu'une seconde chance leur avait été donnée…

Et voilà qu'une semaine plus tard ils se retrouvaient tous les deux en Provence ! Ce n'était certainement pas ce que Deacon avait envisagé lorsqu'il avait accepté de revenir à Royal et de s'associer à Shane pour construire l'hôtel Bellamy. Évidemment, il s'était attendu à revoir Cecelia. Il s'était imaginé qu'ils échangeraient quelques mots polis lorsqu'ils se croiseraient à l'hôtel, dans le cadre professionnel, mais jamais il n'aurait pensé qu'il la toucherait à nouveau… Qu'il l'embrasserait… Qu'il se perdrait en elle…

Il ne s'était pas permis de fantasmer sur ce genre de choses car elles lui avaient paru tout bonnement utopiques, au vu de leur relation quand il avait quitté Royal, après leur rupture.

Oui, mais voilà… Cecelia s'était ruée chez lui un soir, à nouveau célibataire et dévastée, et tout avait changé. Était-il devenu un homme digne d'une femme comme elle ?

Au fond de lui, il en doutait encore…

— Que se passe-t-il ? lui demanda Cecelia. Pourquoi me regardes-tu ainsi ? Il y a quelque chose qui cloche sur mon visage ?

Il secoua la tête et lui sourit.

— Pas du tout. Je me disais juste que j'avais une chance incroyable d'être ici aujourd'hui, en compagnie d'une femme aussi merveilleuse que toi.

Il s'attendit à ce qu'à nouveau elle se rétracte devant ce compliment mais, cette fois, elle se contenta de le fixer avec insistance.

Le croyait-elle enfin ? Il l'espérait.

Soudain, elle se pencha et posa ses lèvres sur les siennes.

Tout en remerciant le ciel, il fit glisser les bretelles de sa robe, comme il avait rêvé de le faire un peu plus tôt. Arrachant ses lèvres aux siennes, il butina ses joues et son menton de baisers avant de descendre vers l'une de ses épaules.

Cecelia laissa échapper un soupir de satisfaction.

— J'étais vraiment une gamine stupide, déclara-t-elle d'un ton de regret. J'ai tout gâché, et nous avons perdu tant d'années… Je ne sais pas si j'arriverai à me le pardonner. Et toi, peux-tu me pardonner ?

— Oui, répondit-il sans hésiter.

Il le pensait sincèrement. Si l'histoire se terminait bien, autant oublier le passé et ses moments funestes !

S'écartant légèrement de Cecelia, il repoussa les

emballages et les restes de leur repas pour dégager la nappe sur laquelle il incita Cecelia à s'allonger. Ses cheveux blonds encadraient son visage souriant comme une auréole. Elle le fixait de ses yeux gris lumineux dans lesquels s'était allumée une lueur d'excitation.

— Que fais-tu ? lui demanda-t-elle tandis qu'il continuait à faire descendre sa robe.

Le sein droit de Cecelia était presque découvert, et il saliva à la vue du téton pointant fièrement au-dessus du tissu. Il ne répondit pas à sa question, mais se pencha pour faire descendre la robe avec ses dents afin de pouvoir refermer sa bouche sur la pointe dressée de son sein.

Cecelia prit une brusque inspiration et se cambra pour presser son corps contre lui.

— Quelqu'un pourrait nous voir, murmura-t-elle sans conviction et sans le repousser pour autant.

— Tu veux que j'arrête ? lui demanda-t-il en lâchant son téton.

— Non ! s'exclama-t-elle, les yeux brillants.

— Tant mieux. Je me fiche de qui peut nous voir car je vais te faire l'amour, Cecelia, et personne ne pourra m'en empêcher !

La dernière fois que Cecelia avait fait l'amour en dehors de l'intimité d'une chambre, c'était avec Deacon, à l'arrière de son vieux pick-up garé dans un endroit isolé.

Cette fois, le cadre était encore moins intime puisqu'ils étaient en plein jour, à la merci d'un promeneur ou du propriétaire du champ. Pourtant, elle n'aurait repoussé Deacon pour rien au monde ! Pas alors qu'il la regardait avec une telle adoration et lui disait des choses qui avaient raison de toutes ses réticences.

Deacon était son prince charmant. Celui qui l'avait enlevée pour la sauver et la mettre à l'abri, alors que son monde s'écroulait sous ses pieds.

Aujourd'hui, elle était prête à tout lui donner, y compris son cœur.

Avec un sourire malicieux, Deacon recommença à dévorer ses seins de caresses savantes. Il y avait encore en lui tellement du jeune garçon qu'il avait été, même s'il était devenu un homme viril et diablement séduisant, songea-t-elle. Cela lui rappelait les jours et les nuits qu'elle avait passés dans ses bras et l'avenir qu'ils avaient rêvé pour leur couple. Chacun avait indéniablement réussi sa carrière professionnelle, mais ils l'avaient fait chacun de son côté.

Or elle ne voulait plus être seule. Elle aspirait à vivre sa vie et à réaliser ses rêves avec Deacon à ses côtés.

Elle sentit sa poitrine se serrer lorsqu'elle comprit que Deacon n'avait pas besoin de lui demander son cœur. Il le possédait déjà, même s'il l'ignorait. Ils avaient beau n'avoir passé que peu de temps ensemble depuis qu'ils s'étaient retrouvés, elle était retombée folle amoureuse de lui. Avait-elle d'ailleurs un jour cessé de l'aimer ?

C'était ses parents qui avaient été à l'origine de leur rupture… Pour se protéger, elle avait remisé dans un coin de son cœur ses sentiments pour Deacon, mais ceux-ci n'avaient jamais véritablement disparu. Depuis, elle n'avait aimé personne d'autre.

Comment l'aurait-elle pu alors qu'elle avait donné son cœur à Deacon ?

Sous le feu du regard de ce dernier, elle revint à l'instant présent. Elle fit courir ses doigts dans les cheveux blonds de son amant avant de l'attirer contre elle. Deacon ne résista pas et l'embrassa avec ferveur. Elle sentait ses dernières réticences se volatiliser. Elle n'était pas assez forte pour continuer à lutter contre ses sentiments et nier ce qu'il y avait entre eux. Il lui avait fallu traverser l'Atlantique pour éprouver la sensation de contrôler sa propre vie… Hors de question qu'elle retourne à Royal avec le même état d'esprit que lorsqu'elle en était partie !

Elle était amoureuse de Deacon et se moquait que tout le monde le sache. Cela ne regardait personne en dehors d'eux. Tout comme l'identité de sa mère biologique. Au vu de tous les scandales que Maverick parvenait à déterrer, les habitants de Royal seraient bien inspirés de s'occuper de leurs affaires plutôt que de celles de leurs voisins !

Deacon rompit leur baiser. Un sourire diabolique se dessina sur ses lèvres tandis que sa main progressait le long de sa jambe nue, remontant ainsi le bas de sa robe.

— Oui…, l'encouragea-t-elle quand les doigts de Deacon s'attardèrent sur le bord de sa culotte en dentelle. Je ne veux plus attendre.

Elle ne voulait plus attendre pour avoir Deacon en elle. Pour qu'il fasse partie intégrante de sa vie. Pour l'aimer corps et âme.

Toute sa vie, elle avait attendu cela…

Deacon lui ôta sa culotte en un tour de main et la mit sans cérémonie dans le panier de pique-nique. Puis il entreprit une exploration minutieuse de son corps, en commençant par ses seins qu'il dévora de baisers, son ventre encore recouvert par sa robe, puis de plus en plus bas…

Lui écartant les jambes, il baissa la tête, et sans la quitter des yeux, s'offrit un avant-goût d'elle. Elle se cambra sous la caresse de sa langue. Elle était à la fois excitée et inquiète à l'idée de faire une telle chose à l'extérieur, en pleine lumière du jour. Elle n'était pas particulièrement prude mais ce qu'ils s'apprêtaient à faire était si intime qu'elle avait du mal à le concevoir en dehors de la semi-obscurité d'une chambre.

Deacon, lui, n'avait pas l'air gêné de s'ébattre en pleine nature. Sa langue la titilla à nouveau, bientôt rejointe par ses doigts. Agrippant la nappe, Cecelia fut impuissante à contenir le torrent de sensations qui l'emportait.

Deacon était infatigable Sa langue et ses doigts caressaient, tâtaient et taquinaient sans relâche, au point que la respiration de Cecelia ne s'échappait plus d'entre ses lèvres qu'en sanglots étranglés. Les caresses de Deacon s'accélérèrent, et il glissa un doigt en elle au moment exact où elle atteignait la jouissance. Elle se tortilla sous lui en gémissant.

— Deacon, oui, oui…, haleta-t-elle.

Il la relâcha et la laissa reprendre son souffle. Elle ferma les yeux et se délecta de sentir son corps flotter. L'orgasme qui l'avait submergée lui avait manifestement ôté toute capacité de bouger. Les rayons du soleil caressaient sa peau nue, son sang bouillonnait en elle. Elle sourit quand elle sentit une douce brise se glisser dans ses cheveux.

Entrouvrant les yeux, elle découvrit Deacon, appuyé sur un coude, qui l'observait avec un soupçon d'inquiétude.

— Est-ce que ça va ? s'enquit-il.

— Ça ira mieux quand tu seras en moi, répondit-elle d'une voix rauque.

— Je pensais que tu avais besoin de récupérer, précisa-t-il en souriant.

— Je n'ai besoin que d'une seule chose : toi !

Jamais de toute sa vie, elle n'avait autant pensé ce qu'elle disait. Deacon était tout ce qu'elle désirait. Dans son lit, dans sa vie, dans son cœur.

— Si tu le dis…

Elle se tortilla pour ôter sa robe de façon que Deacon puisse se positionner entre ses jambes. Il se déboutonna et, quelques secondes plus tard, la pénétra d'un mouvement vif. Une fois ancré profondément en elle, il s'immobilisa.

Elle le vit fermer les yeux et serrer les dents.

— Tu sais, murmura-t-il sans bouger, c'est exactement la même sensation que lorsque nous avions dix-sept ans. Il faut que je lutte pour ne pas exploser maintenant. Tu es si étroite…

Pour toute réponse, elle remonta les genoux pour prendre ses hanches en étau et resserra ses muscles internes.

— Bon sang, marmonna-t-il avec un visage qui exprimait toute sa difficulté à se contrôler.

Elle n'en avait cure. Il n'avait montré aucune compassion envers elle lorsqu'elle avait lutté contre la venue de l'orgasme. Elle n'en montrerait pas davantage envers lui !

Elle souleva ses hanches, lui permettant de progresser encore un peu en elle.

Il expira bruyamment par le nez et secoua la tête d'un air de défi.

— Pas encore, Cecelia. Pas encore. Je veux que nous jouissions ensemble…

Il pencha la tête et pressa ses lèvres contre les siennes.

Elle noua ses bras autour de son cou et le maintint

étroitement contre elle, écrasant ses seins contre son torse puissant.

La langue de Deacon suivit le tracé de sa lèvre supérieure avant de s'engouffrer dans sa bouche. Lentement, il fit tourner sa langue autour de la sienne.

Elle s'attendait à ce qu'il imprime à ses hanches le même mouvement qu'à sa langue mais, à sa grande frustration, la partie inférieure de son corps restait désespérément immobile.

Incapable de supporter davantage cette torture, elle mit fin à leur baiser.

— Si tu me veux, Deacon, prends-moi, le supplia-t-elle. Je suis à toi. Je l'ai toujours été…

Ce n'était pas un « Je t'aime », mais c'était déjà un grand pas en avant. Elle estimait qu'il était un peu tôt pour avouer ses sentiments. Si Deacon ne le prenait pas bien, elle se retrouverait coincée dans un pays étranger !

Non. C'était un aveu qu'il conviendrait de faire quand ils seraient de retour à Royal. Il la croirait davantage là-bas que dans ce cadre idyllique.

Ses mots produisirent la réaction attendue. Deacon enfouit son visage dans son cou et commença à remuer en elle. Lentement, d'abord, puis de plus en plus vite. Bientôt, le rythme de ses assauts devint frénétique. Les muscles tendus de son cou et les traits tirés de son visage indiquaient qu'il ne tiendrait plus bien longtemps.

Cecelia était dans le même état. Bien qu'elle ait atteint l'orgasme quelques instants plus tôt, elle sentait la jouissance monter à nouveau. Elle enfonça ses ongles dans le dos de Deacon et remonta encore ses jambes pour faciliter ses assauts.

Tous deux se mirent à gémir sous l'effet du plaisir.

— Oui, Deacon, vas-y, murmura-t-elle à son oreille.

Mais il n'avait besoin d'aucun encouragement pour agir. Glissant sa main entre leurs corps, il se mit à titiller son point le plus sensible tout en continuant à imprimer à ses hanches un mouvement de va-et-vient de plus en plus rapide.

L'effet conjugué de son sexe et de ses doigts ne tarda pas à faire pousser à Cecelia des cris d'extase.

Elle colla son visage à l'épaule de Deacon pour étouffer ses cris, de peur qu'on ne les entende. En revanche, il n'y avait aucun moyen d'étouffer les sensations qui se déchaînaient en elle. Son cœur se serra toutefois dans sa poitrine alors qu'elle prenait conscience de la différence entre faire l'amour et avoir simplement des relations sexuelles. Cela ne lui était pas arrivé depuis tellement longtemps !

Deacon se raidit et, au moment où elle atteignait le pic du plaisir, jouit en elle. Avec un grognement, il s'effondra de tout son poids sur son corps.

Elle maintint sa tête contre ses seins pendant qu'ils s'efforçaient de retrouver un rythme de respiration normal, contemplant le ciel bleu, souhaitant de tout son cœur que ce moment puisse durer éternellement.

Malheureusement, leur petite escapade en France touchait à sa fin…

Le moment était venu pour elle de rentrer à Royal pour inaugurer l'hôtel Bellamy et affronter ses démons.

- 10 -

Tout était vraiment parfait.

Le grand soir était enfin arrivé, et l'hôtel Bellamy brillait de mille feux pour son inauguration.

Les invités en tenue de soirée se pressaient dans la grande salle de l'hôtel ainsi qu'à l'extérieur, autour de la piscine. C'était la foule des grands jours. À croire que tous les habitants de Royal s'étaient donné rendez-vous pour découvrir le tout nouveau complexe hôtelier de la ville ! Des dizaines de serveurs se frayaient un chemin avec souplesse parmi les invités en portant des plateaux de tapas et de cocktails.

Shane et Brandee étaient rayonnants. Ils pouvaient l'être, car Deacon n'avait pour le moment entendu que des compliments. Les invités aimaient la décoration de l'hôtel, appréciaient la nourriture qui leur était servie et attendaient avec impatience de pouvoir convier des amis à séjourner au Bellamy. Même des personnes qui avaient méprisé Deacon par le passé venaient le féliciter !

Les avis étaient unanimes : l'hôtel Bellamy était exactement ce dont Royal avait besoin. Deacon rayonnait de fierté, car Shane et lui avaient investi une fortune dans ce projet. Ils espéraient donc bien en retirer d'importants bénéfices. S'il pouvait finalement coexister avec la haute société de la ville, ce n'était pas plus mal, songea-t-il.

Peut-être pourrait-il rester un peu plus longtemps qu'il ne l'avait envisagé, après tout…

Il n'était pas pour autant prêt à prendre de grandes décisions mais, plus il passait de temps à Royal, plus il s'y plaisait. Peut-être pourrait-il redevenir un vrai Texan, comme Cecelia le lui avait suggéré.

La seule ombre au tableau était qu'il n'avait pas encore vu Cecelia de toute la soirée. Depuis qu'ils étaient revenus au Texas, ils avaient tous deux été happés par le tourbillon des dernières préparations avant l'inauguration. Il s'était habitué à avoir Cecelia à ses côtés et dans son lit, et cette soudaine absence faisait naître en lui un manque lancinant. Il ne savait pas ce que la jeune femme portait ce soir, ni même si elle était arrivée ! À un moment, il avait cru reconnaître sa chevelure blonde dans la foule, mais il n'était pas parvenu à accéder jusqu'à elle, sans cesse accaparé par des personnes qui souhaitaient le féliciter.

— Monsieur Chase ?

Il se retourna et se retrouva nez à nez avec Brent et Tilly Morgan. Il fit de son mieux pour masquer sa contrariété et leur serra la main en souriant. Il se demandait vraiment ce que les parents de Cecelia allaient bien pouvoir lui dire ! Ils n'avaient jamais voulu avoir affaire à lui par le passé et détestaient qu'il côtoie leur fille. Qu'ils aient changé d'avis sur lui serait un miracle. Il n'y croyait pas trop.

— Monsieur et madame Morgan. Je suis heureux que vous soyez des nôtres. Que pensez-vous de notre hôtel ?

— C'est un très bel endroit, répondit Tilly. Cecelia a toujours refusé de nous expliquer à quoi ressemblerait la décoration, mais je reconnais bien là sa patte et son raffinement. J'aimerais beaucoup visiter l'une des chambres. Est-ce possible ?

Deacon hocha la tête, ne s'attardant pas sur le fait que tous les compliments de Tilly étaient dirigés vers le travail de sa fille, et non vers le sien.

— Vous trouverez près de l'ascenseur un employé qui vous guidera jusqu'à l'une des chambres du deuxième étage, leur expliqua-t-il. Cecelia a vraiment fait un excellent travail. Shane et moi n'avions aucun doute sur sa capacité à répondre à nos attentes. Vous devez être très fiers d'elle.

— Oh oui, nous le sommes ! s'exclama une voix d'homme.

Cela faisait des années que Deacon n'avait pas vu Chip Ashford, mais il le reconnut tout de suite. Grand, blond, le golden-boy dans toute sa splendeur avec son expression arrogante et son bronzage artificiel. Les habitants de Royal le considéraient comme un demi-dieu mais, pour Deacon, il avait surtout l'air d'un présentateur de jeu télé !

Sourires factices. Zéro sincérité !

Deacon se raidit, bien décidé à le remettre à sa place. Comment osait-il parler de Cecelia alors qu'ils n'étaient plus fiancés !

— Je suis surpris d'entendre ces mots dans ta bouche, Chip, déclara-t-il. D'après ce que m'a raconté Cecelia, elle et toi ne vous êtes pas séparés en très bons termes. Ne l'as-tu pas traitée d'imposteur ?

— Il y a eu un petit malentendu entre nous, répondit Chip avec désinvolture. N'est-ce pas, Brent ?

Le père de Cecelia hocha vigoureusement la tête, comme s'il répondait sous la contrainte.

— Oui, ce n'était vraiment rien, renchérit-il. Cecelia a tendance à se fâcher pour des choses qui n'en valent vraiment pas la peine. Ce n'était qu'une petite querelle d'amoureux !

Tilly hocha la tête avec conviction.

Deacon observait ses interlocuteurs avec un certain dégoût. C'était incroyable à quel point les Morgan étaient soumis aux Ashford ! C'en était embarrassant pour eux !

— Brent, reprit Chip, pourquoi n'emmèneriez-vous pas Tilly visiter l'une des chambres décorées par Cecelia ? J'aimerais avoir une petite conversation en privé avec Deacon.

— Mais bien sûr… Viens, Tilly…

Brent passa son bras autour de la taille de sa femme et l'entraîna en direction des ascenseurs.

Deacon était curieux de découvrir ce que Chip avait à lui dire en privé. Tous deux n'avaient probablement jamais échangé plus de dix mots autrefois. Il imaginait aisément quel sujet Chip voulait aborder. Cecelia était la seule chose qu'ils aient jamais eue en commun.

L'expression affable de Chip s'évanouit dès que les Morgan eurent disparu. Lorsqu'il se retourna pour affronter Deacon, c'était clairement de l'hostilité qu'affichait son visage.

— J'ai entendu dire que tu avais recommencé à courir après Cecelia, lâcha-t-il d'un ton sec.

Deacon fit de son mieux pour conserver une expression neutre. Il ne voulait fournir aucune arme dont Chip pourrait se servir contre lui.

— Vraiment ? Les bonnes nouvelles se répandent vite !

— Je ne considère pas comme une bonne nouvelle le fait que tu harcèles ma fiancée. En raison de la révélation de l'adoption de Cecelia, j'ai décidé de me comporter comme un gentleman et de fermer les yeux sur ce qui a pu se passer entre vous. Et ce, d'autant plus que Cecelia est revenue à la raison.

Deacon se raidit et ne put s'empêcher de froncer les sourcils.

— Revenue à la raison en comprenant que t'épouser serait une erreur monumentale ? répliqua-t-il d'un ton moqueur.

Chip laissa échapper un rire plein de sarcasmes.

— Pas du tout ! Tu sais, Chase, pendant que tu t'affairais pour l'ouverture de ton hôtel, moi je me suis attaché à me réconcilier avec ma fiancée. J'admets que j'ai mal réagi quand j'ai appris la vérité sur ses origines, mais je me suis excusé depuis, et Cecelia a accepté mes excuses. Je présume que, maintenant que l'hôtel est ouvert et que nos fiançailles sont à nouveau à l'ordre du jour, tu vas t'en retourner dans la tanière européenne dont tu n'aurais jamais dû sortir !

Deacon n'en croyait pas ses oreilles. Chip ne pouvait être sérieux ! Il était inconcevable que Cecelia renoue avec lui étant donné la façon dont il l'avait traitée ! Deacon l'avait réconfortée lorsque Chip avait rompu leurs fiançailles. Il l'avait emmenée en France pour l'éloigner des commérages malveillants dus à la révélation de son adoption. Il l'avait tenue dans ses bras, avait chéri son corps et avait acceptée celle qu'elle était vraiment.

Cecelia ne pouvait tout de même pas retourner avec un homme qui l'avait chassée de sa vie, pour l'unique raison qu'il lui avait présenté ses excuses !

— Tu sembles surpris, Chase. Je suppose que Cecelia n'a pas encore eu le loisir de t'apprendre la nouvelle.

Certes, j'imagine que cela te fait mal, mais cela ne devrait pas t'étonner. Peu importe que tu aies beaucoup d'argent ou qui tu as escroqué pour l'obtenir. Cecelia veut épouser un homme issu d'une bonne famille. Un homme qui a du pouvoir. Quelqu'un comme moi. Tu es peut-être une bonne diversion au lit mais, à ses yeux, tu ne seras jamais bon à autre chose qu'à ça !

Deacon dut faire appel à toute sa volonté pour ne pas réagir à la provocation de Chip. Évidemment, celui-ci l'attaquait là où cela lui faisait le plus mal. Il avait travaillé dur pour obtenir une belle situation, et honnêtement. Pour devenir l'homme que Cecelia avait toujours cru qu'il pourrait devenir. Pourtant, il s'était toujours demandé si cela était suffisant.

Cela ne l'avait pas été au lycée, puisque Cecelia avait rompu avec lui… Qu'est-ce qui lui faisait croire que les choses avaient réellement changé ?

Il avait de l'argent, certes, et sur ce point Chip avait raison. Néanmoins il y avait des choses que l'argent ne pouvait pas acheter. Des choses que Chip, lui, possédait depuis la naissance : un nom et une riche famille. Si c'était cela qui importait à Cecelia, alors il ne serait jamais assez bien pour elle.

— En outre, j'ai beaucoup réfléchi, reprit Chip. J'ai discuté avec mon directeur de campagne et nous sommes arrivés à la conclusion que le passé de Cecelia n'est pas vraiment un handicap pour moi. Cela pourrait même, au contraire, constituer un avantage. Les sondages ne sont pas bons pour moi au sein des classes défavorisées, alors avoir une fiancée d'humble origine et dont la mère biologique était une toxicomane pourrait m'attirer des sympathies dans ces milieux. Cela me rapproche du peuple en quelque sorte.

Devant son expression suffisante, Deacon serra les poings. Cecelia n'était rien de plus qu'un accessoire de campagne pour ce type imbu de lui-même !

Chip était peut-être issu du beau monde mais il était moins costaud que lui, songea Deacon, et il ne doutait pas un instant d'être capable de l'envoyer à terre. Quel soulagement ce serait que de sentir son poing s'écraser sur la mâchoire de cette ordure ! Il imaginait sans peine les regards effarés des invités autour d'eux tandis que Chip serait étalé par terre, son sang tachant le sol en marbre tout neuf…

Oui, mais voilà, il était plus malin que ça. Il aimait à penser que, parallèlement à l'argent, il avait acquis, au fil des années, un certain savoir-vivre. Provoquer une bagarre avec un sénateur au beau milieu de l'inauguration de son hôtel cinq étoiles ne pouvait que lui attirer des ennuis. En outre, il ne voulait pas gâcher la soirée de Shane et de Brandee, ainsi que des employés de l'hôtel qui avaient travaillé dur pour que cet événement soit un réel succès. Chip ne valait pas la peine qu'il sabote sa propre réussite.

De plus, si Chip disait vrai en affirmant que Cecelia avait choisi de revenir auprès de lui après tout ce qu'il lui avait fait, alors elle n'était pas la femme que Deacon aimait. La Cecelia qu'il voulait, c'était celle dont il était retombé follement amoureux pendant leur séjour à Cannes. Là-bas, elle s'était montrée joyeuse et libérée de toutes les pressions qu'elle subissait à Royal. Cette femme-là n'aurait pas renoué avec Chip après la cruelle trahison de ce dernier.

Sauf si cette femme était restée en France…

Deacon jaugea Chip froidement tout en essayant de ravaler sa fierté.

— Félicitations pour tes fiançailles, déclara-t-il en lui tendant la main. Cecelia et toi, vous vous méritez certainement.

Chip plissa les yeux à ce compliment lourd de sous-entendus, mais il choisit de sourire en hochant la tête.

— Si tu veux bien m'excuser, déclara Deacon.

Il s'éloigna avant que Chip ait pu dire quoi que ce soit. Il avait besoin de battre en retraite s'il ne voulait pas céder à l'envie de lui sauter à la gorge.

Il partit à la recherche de Shane et de Brandee afin de leur annoncer son départ. Certes, cette réception était aussi la sienne, mais il ne pouvait plus supporter de rester là une minute de plus. Il ne voulait surtout pas être le témoin de la réconciliation de Cecelia et Chip. Voir la jeune femme au bras de ce salaud était au-dessus de ce qu'il pouvait supporter. Mieux valait qu'il s'en aille maintenant plutôt que de risquer de provoquer une scène et de gâcher la soirée.

Lorsqu'il trouva Shane, il lui glissa quelques mots à l'oreille. Son ami l'observa d'un air surpris mais ne chercha pas à le retenir. Il hocha la tête et lui donna une tape amicale sur l'épaule.

Deacon alla se réfugier dans les sous-sols de l'hôtel, là où seul le personnel pouvait accéder. Il n'était pas vraiment sûr de l'endroit où il allait se terrer, mais tout ce qu'il savait, c'était qu'il devait mettre de la distance entre la femme dont il avait fait l'erreur de tomber amoureux pour la seconde fois et lui.

À nouveau, il était le grand perdant de l'histoire.

Pour la troisième fois de la soirée, Cecelia fit le tour de la salle de réception à la recherche de Deacon.

Elle avait beaucoup redouté cette soirée qui était sa première apparition en public depuis les révélations de Maverick à son sujet. Pourtant, alors qu'elle se frayait un chemin parmi la foule des invités, tous se comportaient avec elle comme si rien ne s'était passé.

La jeune femme en était heureuse, car elle refusait que cet événement soit gâché par des drames du passé sur lesquels elle n'avait aucun pouvoir. Et puis il y avait plus important… Elle bouillonnait d'excitation et était impatiente de trouver Deacon.

Sans succès pour le moment.

Elle était pourtant certaine qu'il était là. Elle l'avait aperçu un peu plus tôt, et sa voiture était sur le parking.

À présent, il semblait s'être tout bonnement volatilisé !

Elle était arrivée en retard à la soirée, ayant attendu d'avoir la confirmation de quelque chose qui la taraudait depuis leur retour de Cannes. Maintenant qu'elle en avait le cœur net, elle avait hâte d'annoncer la nouvelle à Deacon…

Elle se dirigeait vers les bureaux de l'administration de l'hôtel pour vérifier que Deacon n'était pas en train d'y travailler lorsque, dans un couloir, elle se retrouva nez à nez avec son ex-fiancé !

Chip portait son smoking Armani favori et dans lequel il était persuadé d'être à son avantage. À une époque, elle avait été impressionnée par son pouvoir de séduction, mais c'était bel et bien une période révolue. Il n'y avait rien de comparable entre Chip et Deacon, et elle ne comprenait pas comment elle avait pu perdre autant de temps avec un homme qui ne possédait aucune qualité en dehors de sa position sociale.

— Te voilà, chaton ! s'exclama Chip. Je t'ai cherchée toute la soirée !

Cecelia croisa les bras sur sa poitrine et le considéra avec un air narquois.

— Je ne vois pas pourquoi. Et, par pitié, ne me donne pas de noms d'animaux de compagnie ! Je ne suis pas ton chaton. Je ne suis plus rien pour toi depuis que nous avons rompu, je te le rappelle, il y a plusieurs semaines.

Chip lui adressa un sourire onctueux, faisant étalage du charme qu'il utilisait au quotidien avec les femmes, tout comme avec de potentiels électeurs.

— Écoute, je suis navré que les choses se soient passées ainsi, déclara-t-il. J'ai eu tort et regrette d'avoir mal réagi.

Cecelia fut prise au dépourvu par ces excuses. Elle ne comprenait pas où Chip voulait en venir. Que cherchait-il exactement ?

— Parfait. Maintenant, si tu veux bien m'excuser…

Chip lui attrapa le bras au moment où elle s'apprêtait à s'éloigner.

— Pourquoi es-tu si pressée, chaton ? Il faut vraiment que nous discutions. J'ai beaucoup réfléchi, au sujet de toi et moi…

— Toi et moi ? répéta-t-elle d'un ton incrédule. Mais nous n'avons plus rien à nous dire, Chip, et surtout pas au sujet de « toi et moi » !

Impatiente de s'esquiver, elle tenta de se dégager. Elle regarda par-dessus l'épaule de Chip, espérant que quelqu'un viendrait à sa rescousse, mais il n'y avait personne en vue dans le couloir. La fête battait son plein dans la salle de réception à l'opposé du bâtiment.

— Je préférerais me faire arracher une dent plutôt que de discuter avec toi, lâcha-t-elle avec hargne.

Chip sourit.

— C'est ce que je préfère chez mon chaton... Ses griffes ! Allez, calme-toi et accorde-moi cinq minutes. Nous avons été longtemps ensemble, tu peux au moins me faire cette faveur, non ?

— D'accord, murmura-t-elle. Tu as cinq minutes, pas plus. Et cesse de m'appeler « chaton ». Si tu le dis encore une fois, je m'en vais.

Chip leva les mains en un geste de défense.

— OK, OK, je ne t'appellerai plus « chaton ». Cecelia, ma chérie, je voulais te parler ce soir, car ces quelques semaines loin de toi m'ont aidé à prendre conscience que je me suis conduit de façon stupide. Mes sentiments pour toi sont plus forts que je ne le pensais et même plus forts que les inquiétudes que je concevais au sujet de tes origines. J'ai compris que ces inquiétudes étaient infondées. J'ai besoin de toi à mes côtés pour affronter la campagne pour ma réélection.

Cecelia le fixa avec de grands yeux. Elle n'en croyait pas ses oreilles ! Lorsqu'il avait considéré qu'elle était un handicap pour lui, il n'avait pas hésité à la rejeter, et ce, sans aucun scrupule. Maintenant qu'il décidait qu'elle pouvait constituer un atout, il revenait la supplier en rampant à ses pieds !

Comment pouvait-il penser qu'elle allait avaler une telle couleuvre !

— Tu as vraiment perdu la tête, Chip !

— Écoute-moi. Toi et moi formons un couple parfait.

Cela a toujours été le cas. Le couple américain idéal ! Les électeurs vont adhérer aux valeurs traditionnelles que nous incarnons. Nous y trouverons tous les deux notre compte, Cecelia…

La jeune femme secoua la tête avec amertume.

— Tu n'as jamais voulu de moi, Chip, riposta-t-elle sèchement. Tu avais juste besoin d'une femme trophée pour parader à ton bras dans les galas de charité et les réunions politiques. Ce n'est pas ce que j'attends d'un mariage.

Mais Chip ne semblait pas prêt à s'avouer vaincu. C'était un homme qui aimait débattre et il ne paraissait pas disposé à laisser tomber aussi facilement.

— Il n'y a pas si longtemps, je représentais tout ce que tu voulais, Cecelia. Tu étais si impatiente d'organiser notre mariage et de commencer notre vie commune, souviens-toi ! Et les enfants que nous devions avoir ? Les projets d'avenir que nous avions esquissés ? Es-tu vraiment prête à renoncer à tout cela ?

— C'est toi qui as tout envoyé balader, Chip, pas moi. Et, oui, je suis prête à renoncer à tout ce que tu m'offres. J'ai trouvé bien mieux…

Chip laissa échapper un rire amer.

— Tu parles de Deacon ? Tu n'es pas sérieuse ! Moi, je t'offre l'opportunité de devenir la première dame des États-Unis, Cecelia ! Un jour, je me retrouverai à la Maison Blanche, et je veux t'y emmener.

Il glissa sa main dans sa poche et en sortit la bague de fiançailles qu'elle lui avait rendue le jour de leur rupture.

— Tu ne vas tout de même pas tourner le dos à la vie magnifique qui se profile devant nous pour l'unique raison que tu as des sentiments pour ce raté !

— Tu sais quoi, Chip ? C'est exactement ce que je vais faire ! Tes cinq minutes sont écoulées.

Sur ces mots, elle passa devant lui, ignorant la bague qu'elle avait portée, et repartit d'un pas vif en direction de la salle de réception.

Elle fulminait. Comment avait-elle pu un jour accepter d'épouser un homme tel que Chip ! Elle n'en revenait pas d'avoir pu être aussi naïve. Enfin, si… Elle savait pourquoi elle l'avait fait. Elle avait accepté parce que c'était ce que ses parents voulaient.

Elle était vraiment lasse de tout cela. Aujourd'hui, elle était décidée à faire ce dont elle avait envie, elle. Et tant pis si cela ne plaisait pas à ses parents ! Elle était sur le point de commencer une nouvelle étape de sa vie, et c'était avec Deacon qu'elle voulait franchir le pas.

Mais où diable ce dernier était-il passé ?

Apercevant Shane, elle le rejoignit dans l'espoir qu'il pourrait la renseigner.

Celui-ci l'accueillit avec un sourire poli mais empreint de froideur.

— Bonsoir, Cecelia.

— Bonsoir, Shane. As-tu vu Deacon ? Je le cherche depuis le début de la soirée mais ne l'ai vu nulle part !

Shane hocha la tête.

— Je l'ai vu, mais il a dû partir. Il m'a demandé de te féliciter pour tes fiançailles…

Cecelia sentit son sang se glacer dans ses veines.

— Quelles fiançailles ?

— Celles de Chip et toi ! Chip et tes parents racontent à tous les invités de la soirée que vous vous êtes réconciliés et qu'un mariage est à nouveau à l'ordre du jour.

Tout le monde ne parle que de ça ! Je dois admettre que c'est une tactique habile pour étouffer l'autre scandale.

Cecelia ouvrit la bouche et la referma. Elle était sidérée. Chip était à ce point sûr de lui qu'il claironnait partout qu'ils allaient se fiancer, et ce, avant même de lui en avoir parlé ! Comment osait-il !

— Je n'arrive pas à le croire, murmura-t-elle, consternée.

Soudain, elle réalisa que la situation était encore bien pire qu'elle ne le pensait…

Deacon devait croire que Chip et elle étaient à nouveau ensemble !

Mais non, il ne pouvait tout de même pas croire une chose pareille ! Il ne lui avait même pas demandé si c'était vrai.

Pas étonnant qu'il ait quitté la soirée si tôt.

Elle prit sa tête entre ses mains et poussa un gémissement.

— Que se passe-t-il ? s'enquit Shane.

Elle ne prit pas le temps de lui répondre. Elle ne voulait pas perdre une seule minute pour retrouver Deacon et clarifier la situation. Elle s'en alla précipitamment, se frayant un chemin parmi les invités en direction du hall d'entrée.

Au moment où elle sortait de la salle de réception, elle entendit dans son dos la voix autoritaire de son père qui l'appelait. Elle s'arrêta et fit volte-face pour se retrouver nez à nez avec ses parents qui la dévisagèrent avec une mine désappointée.

— Je ne peux pas vous parler maintenant, décréta-t-elle.

— Bien que si, tu vas nous parler, jeune demoiselle !

rétorqua sévèrement son père. Chip nous apprend que tu as refusé ses excuses, ainsi que sa proposition de t'épouser. Mais qu'est-ce qui t'est passé par la tête ! Es-tu consciente des efforts que nous avons dû fournir pour regagner les bonnes grâces des Ashford, après le scandale de la révélation de tes origines ? Comme tu avais disparu, ta mère et moi avons dû gérer les répercussions négatives de ce scandale !

— Je t'en prie, accepte cette proposition, intervint sa mère, sur un ton un peu moins sévère. Je pense vraiment que Chip est le meilleur choix que tu puisses faire. Il est issu d'une excellente famille et a tellement de potentiel... Nous devrions être reconnaissants que sa famille soit disposée à accepter ces fiançailles malgré les révélations sur ton ascendance. Que vont penser les Ashford quand Chip va leur apprendre que tu l'as rejeté au profit du fils d'un mécanicien !

Cecelia serra les poings. S'il y avait une leçon qu'elle avait apprise de son séjour à Cannes, c'était qu'elle ne laisserait plus jamais ses parents lui dicter quoi faire de sa vie.

— Franchement, je me moque totalement de ce que ces gens pensent de moi, décréta-t-elle. Je ne veux plus jamais avoir affaire à eux, et encore moins devenir une des leurs ! Je n'épouserai pas Chip Ashford. C'est avec Deacon Chase que j'ai l'intention de me marier.

Son père et sa mère la fixèrent avec une expression de profonde consternation mêlée d'horreur.

Elle ne leur laissa pas le temps de lui expliquer pourquoi elle avait tort et poursuivit :

— Je suis fatiguée de devoir sans cesse faire ce que vous attendez de moi. Si vous m'aimez vraiment, alors vous m'aimerez et m'accepterez telle que je suis et non pour celle que vous voulez que je sois ! Et certainement pas en fonction de l'homme que j'accepterai d'épouser ! Si vous n'êtes pas prêts à accepter cela, alors je ne veux plus que vous fassiez partie de ma vie !

Elle n'attendit pas la réaction de ses parents et s'éloigna, le cœur battant. Jamais elle ne se serait crue capable de tenir un tel discours à ses parents.

Mais, pour l'heure, tout ce qui l'intéressait, c'était de retrouver Deacon. Une fois à l'extérieur de l'hôtel, elle ôta ses chaussures à talons aiguilles et courut sur le parking.

Ne voyant pas la Corvette de Deacon, elle se précipita vers sa voiture et parcourut à vive allure la distance qui la séparait de la maison du jeune homme. Lorsqu'elle s'engagea dans l'allée de gravier, elle constata avec angoisse que le véhicule de Deacon ne se trouvait pas là non plus. La maison était plongée dans l'obscurité.

Deacon avait annoncé à Shane qu'il partait. Elle avait d'abord cru qu'il voulait dire qu'il quittait la soirée mais, désormais, elle redoutait qu'il n'ait voulu signifier qu'il quittait Royal…

Retournant sur la voie rapide, elle se rendit jusqu'au petit aéroport où se trouvait son jet privé. S'il avait réellement l'intention de partir, sa voiture serait là.

Hélas, ses espoirs furent à nouveau déçus. L'aéroport était presque vide, et une seule voiture était garée sur le parking.

Il ne s'agissait pas de celle de Deacon.

Découragée, elle resta un long moment immobile, le front posé sur le volant. Elle ne savait plus que faire, ni où chercher Deacon.

Elle s'adossa à son siège et laissa ses larmes couler.

Ce n'était pas ainsi qu'elle avait envisagé cette soirée… Normalement, cela aurait dû être un moment heureux puisqu'elle s'apprêtait à annoncer une merveilleuse nouvelle à l'homme qu'elle aimait.

Au lieu de cela, elle se retrouvait seule au beau milieu d'un parking désert, avec la sensation que tout ce qu'elle avait toujours attendu de la vie lui filait entre les doigts.

Fonder une famille était ce qui comptait le plus pour elle. Un peu plus tôt dans la journée, après être passée à la pharmacie, elle avait regardé les deux lignes apparues sur le test de grossesse et avait cru qu'enfin son rêve se réalisait.

Si elle ne trouvait pas un moyen de clarifier la situation avec Deacon, elle allait se retrouver dans une position qu'elle n'avait jamais envisagée…

Celle de mère célibataire.

- 11 -

Deacon restait introuvable.

Cela faisait trois jours que l'hôtel avait été inauguré et personne, pas même Shane, n'avait entendu parler de lui. Tout du moins était-ce ce que ce dernier affirmait... Deacon ne s'était pas présenté au Bellamy pour travailler et son ordinateur avait disparu de son bureau. Sa voiture n'avait pas non plus été vue devant chez lui.

C'était comme s'il s'était volatilisé de la surface de la terre !

Cecelia avait tenté de le contacter sur son portable, mais il ne décrochait jamais, pas plus qu'il ne répondait à ses textos. Son téléphone ne semblait même pas être allumé, car elle tombait automatiquement sur sa messagerie.

À moins qu'il n'ait bloqué que ses appels à elle...

Si elle lui annonçait la nouvelle par texto, il répondrait certainement, mais elle répugnait à l'idée d'annoncer à un homme qu'il allait être père de cette façon.

Elle se surprenait à vérifier sans cesse son téléphone dans l'espoir d'un message. Invariablement, elle était déçue. Lorsque son téléphone sonnait, il s'agissait d'appels de personnes à qui elle n'avait aucune envie de parler. Son père était trop fier pour revenir vers elle, mais sa mère avait tenté de la joindre à trois reprises et lui avait laissé plusieurs messages.

Oui, mais voilà, elle n'était pas prête à leur parler. Ils n'avaient pas hésité à la « vendre » pour entrer à nouveau dans les bonnes grâces des Ashford. Elle avait besoin de temps pour digérer leur trahison et avoir une conversation adulte avec eux sur la façon dont elle entendait dorénavant mener sa vie. Si ses parents souhaitaient pouvoir côtoyer leur petit-fils ou petite-fille, il leur faudrait s'adapter à la nouvelle Cecelia qu'elle était devenue.

Elle ignorait même les appels de Naomi et de Simone car elle savait que, si elle leur parlait, elle ne pourrait s'empêcher de leur révéler qu'elle était enceinte. Or, elle tenait à ce que Deacon soit le premier à l'apprendre.

Chaque jour qui passait, elle se sentait de plus en plus désespérée. Son travail pour l'hôtel Bellamy étant achevé, elle était retournée dans les locaux de sa société. Était venu le temps où elle était censée se prévaloir de ce qu'elle avait accompli au Bellamy pour lancer sa ligne de mobilier de luxe. Néanmoins, le cœur n'y était pas… Pour mener à bien ce projet, elle avait besoin d'être motivée et concentrée, ce qui n'était absolument pas le cas.

Peut-être sa grossesse expliquait-elle ses difficultés. Elle avait entendu dire qu'être enceinte pouvait provoquer des problèmes de concentration. Sans doute cela jouait-il.

Mais le plus probable, c'était qu'elle était angoissée à l'idée que Chip ait réussi à gâcher l'avenir dont elle rêvait avec Deacon. Comparé à cela, tout, y compris la réussite de Luna Fine Furnishings, lui paraissait insignifiant.

Appuyée au dossier de son fauteuil de bureau, elle caressa doucement son ventre plat. Selon son médecin, elle n'était enceinte que de quatre semaines mais son ventre ne tarderait pas à s'arrondir. Comment sa vie avait-elle pu changer de façon aussi radicale en si peu de temps ? Elle se revoyait en train de se préparer pour son entretien à l'hôtel Bellamy, de planifier son mariage avec Chip et d'effectuer un premier versement à Maverick… Pour elle, c'était hier !

Aujourd'hui, son travail pour l'hôtel était terminé, ses fiançailles étaient rompues, ses secrets révélés à toute la ville… et elle était enceinte d'un homme qui ne voulait manifestement plus avoir affaire à elle !

Elle songea qu'elle aurait pu blâmer Maverick pour tout ce qui lui arrivait. Si ce dernier ne s'était pas mêlé de sa vie, elle n'aurait pas avoué la vérité sur ses origines à Chip, qui n'aurait pas rompu leurs fiançailles… Certes, mais elle ne se serait pas non plus jetée dans les bras de Deacon au motif qu'il était le seul à connaître la vérité et qu'il ne la jugerait pas. Elle n'aurait pas sauté dans un avion avec lui en direction de la France pour fuir les retombées négatives de la révélation de son secret. Et elle ne serait pas, ainsi, retombée amoureuse de lui dans un champ de lavande.

Elle ne serait pas non plus, aujourd'hui, enceinte de Deacon Chase.

Il était ironique de penser que la seule chose qu'elle ait toujours désirée, à savoir devenir mère, lui était accordée à la suite d'une série d'événements provoqués par le maître chanteur de la ville. Finalement, si Maverick était un jour démasqué, peut-être lui enverrait-elle une invitation pour la fête prénatale !

Elle sentit son estomac se soulever. Elle sortit un tube d'antiacides du tiroir de son bureau, mais s'aperçut qu'elle avait avalé le dernier comprimé une heure plus tôt. En raison de ses nausées matinales, elle avait de plus en plus de mal à manger, ces derniers temps. À ce rythme-là, elle serait bientôt la première femme enceinte de l'histoire à perdre du poids !

Elle referma le tiroir en soupirant et regarda l'heure sur son écran d'ordinateur. Il était presque temps de déjeuner et de faire quelques courses. Elle irait acheter quelque chose qui conviendrait à son estomac et reconstituer son stock de médicaments.

Elle prit son sac à main et sortit.

Les bureaux de To the Moon se trouvant dans le centre-ville de Royal, elle put se rendre à pied jusqu'au Royal Diner. Il s'agissait de l'un des rares bons restaurants de Royal, tout du moins l'était-ce avant que l'hôtel Bellamy n'ouvre ses portes. L'ambiance rétro du diner était cependant beaucoup plus décontractée que celle du Bellamy.

Lorsqu'elle pénétra dans la salle, Amanda Battle, la propriétaire et femme du shérif, lui fit un geste de bienvenue de la main.

Elle choisit de s'installer dans un box aux banquettes en cuir rouge plutôt qu'au comptoir, préférant ainsi décourager toute tentative de discussion. Il y avait du poulet et de la soupe de riz au menu. Elle en commanda. Amanda nota la commande sur son carnet tout en l'observant d'un air intrigué. Elle ne posa néanmoins aucune question.

Elle revint quelques minutes plus tard avec un plateau.

— J'ai apporté des crackers, déclara-t-elle. Je pense que cela ne te fera pas de mal.

Cecelia leva les yeux sur elle. Avait-il une si mauvaise mine ?

— Merci, dit-elle.

— Quand j'étais enceinte, expliqua Amanda, j'avais d'épouvantables nausées matinales. Sais-tu ce qui m'a aidée ?

Cecelia se raidit. Pourquoi Amanda lui disait-elle cela ? Elle avait beau avoir mauvaise mine, il n'était pas obligatoire que l'on en déduise qu'elle était enceinte !

— Ce qui m'a aidée, ce sont les bracelets qu'on nous donne quand on part en croisière, reprit Amanda. Ils exercent une pression sur un point précis du poignet, ce qui empêche d'avoir la nausée. On en trouve à la pharmacie. Sans ça, j'aurais eu du mal à arriver au deuxième trimestre, qui est, je dois l'admettre, beaucoup moins terrible.

— Merci, murmura Cecelia. Je vais voir ça…

Amanda lui sourit, visiblement heureuse de pouvoir l'aider.

— C'est chouette que tu aies bientôt une nouvelle joie dans ta vie, déclara-t-elle. J'ai été tellement triste de découvrir ces posts malveillants au sujet de ta mère biologique. Ce salaud de Maverick ne parviendra pas à tout gâcher, crois-moi ! Tôt ou tard, il devra payer pour tout le mal qu'il a fait aux habitants de Royal.

Sur ces mots, elle s'éloigna, laissant Cecelia songeuse. Amanda avait raison, pensa-t-elle. Tout lui paraissait chaotique en ce moment, mais elle était certaine que la situation s'arrangerait.

À mesure qu'elle réfléchissait, une idée germait dans son esprit. Maverick avait réussi à répandre des ragots sur presque tous les habitants de la ville par le biais des réseaux sociaux. Peut-être pourrait-elle utiliser ses méthodes pour reconquérir Deacon ! Le pouvoir des réseaux sociaux avait été concluant pour Maverick. Pourquoi ne le serait-il pas pour elle ?

Elle termina rapidement son déjeuner, laissa de l'argent sur la table et se rendit à la pharmacie. Les nausées matinales qui avaient pesé sur son moral en début de journée passaient peu à peu au second plan, tandis qu'elle élaborait mentalement son plan d'action. Elle acheta les médicaments dont elle avait besoin et suivit la recommandation d'Amanda en faisant l'acquisition d'un bracelet anti-nausée pour femmes enceintes.

Une fois de retour au bureau, elle s'attela immédiatement à la rédaction d'un message relativement concis. Quand elle le publierait, elle utiliserait le hashtag « Maverick », puisque la plupart des habitants de Royal le suivaient. Ainsi, la nouvelle se répandrait comme une traînée de poudre…

Elle commença par poster sur Snapshat et Instagram une photo de son doigt libre de toute bague de fiançailles. Elle publia ensuite son message sur Facebook et sur Twitter. Tous en ville, y compris ses parents, les Ashford, et Deacon lui-même, utilisaient au moins l'un de ces réseaux.

> Malgré des rumeurs persistantes prétendant le contraire, je ne suis pas fiancée à Chip Ashford et ne le serai jamais plus. Je préférerais de loin devenir Mme Deacon Chase, et j'espère qu'après tout ce qui s'est passé entre nous il le croira et réalisera à quel point je l'aime.

Une fois son message publié, elle s'adossa à son fauteuil, confiante que tout ceci se finirait bien. Chaque mot de son message était sincère. Même si Deacon ne voulait plus d'elle, jamais elle ne retournerait en arrière. Jamais elle ne deviendrait Mme Ashford ! Être avec Deacon l'avait aidée à prendre conscience qu'une relation amoureuse, c'était bien plus que jouer le faire-valoir au bras d'un homme qui ne s'intéressait qu'à lui.

Ce qu'elle désirait, c'était une relation amoureuse avec un homme qui la respecterait et l'apprécierait pour ce qu'elle était. Et elle avait la conviction, plus que jamais, que c'était avec Deacon qu'elle voulait cette relation. Leur bébé serait la cerise sur le gâteau. Ainsi, elle aurait la famille dont elle avait toujours rêvé.

Deacon ne pouvait tout de même pas croire qu'elle pourrait retourner avec Chip après ce que ce dernier lui avait fait ! Pourtant, il avait fui… Qu'avait donc bien pu lui dire Chip pour qu'il disparaisse sans même venir la trouver afin de lui demander des explications ?

Elle poussa un long soupir. Elle avait fait tout ce qui était en son pouvoir pour arranger la situation entre Deacon et elle. Son message était en train de circuler à vitesse grand v sur le web et atteindrait Deacon sans tarder.

Tout du moins l'espérait-elle.

Elle entendait déjà les messages arriver sur son portable. Les habitants de Royal découvraient la nouvelle. Son père, lui, était sans nul doute en train de faire une attaque sur le tapis de son salon tandis que sa mère cherchait à la joindre pour la réprimander et la renier…

Peu lui importait ! Elle préférait être une Chase qu'une Morgan.

Si tout le monde prenait connaissance de ce message, il en serait de même pour Deacon. Quand il le découvrirait, il sortirait de sa tanière.

Comme elle n'était pas parvenue à localiser sa cachette, elle lui avait laissé une piste numérique pour qu'il revienne jusqu'à elle.

Elle n'avait plus qu'à attendre.

Attendre que l'amour de sa vie vienne la retrouver, et se préparer à une nouvelle vie.

Deacon avait l'habitude de passer inaperçu à Royal.

Quand il était adolescent, les gens ne lui prêtaient guère attention, et il semblait que rien n'avait changé, malgré l'heure de gloire qu'il avait vécue à l'occasion de l'inauguration du Bellamy.

Après son altercation avec Chip, il avait envisagé de quitter définitivement la ville, mais quelque chose l'en avait dissuadé. Était-ce en raison de ses obligations envers Shane ou de ses sentiments pour Cecelia ? Il n'en savait rien lui-même. De toute façon, il ne resterait pas bien longtemps dans cette ville qui, visiblement, ne voulait pas de lui.

La meilleure option pour lui, pour le moment, était de rester caché… à l'intérieur même de l'hôtel Bellamy !

Il sortit son ordinateur portable de sa sacoche et le posa sur l'imposant bureau en verre et en chrome qui était un des atouts de la suite principale. Il ne voulait pas aller travailler dans son bureau de crainte de croiser quelqu'un et de devoir répondre à des questions. Shane était le seul à savoir qu'il était ici et avait promis de ne révéler sa cachette à personne.

En fait, Deacon n'avait jamais quitté l'hôtel. Le soir de l'inauguration, il avait erré dans le bâtiment en essayant de dompter sa colère, puis il avait demandé à la réception qu'on lui donne accès à la suite principale, encore inoccupée. Il n'était ressorti, le soir même, que pour déplacer sa voiture du parking des employés à celui quasiment vide de la clientèle. Au rez-de-chaussée, il avait aperçu Chip tenant la main de Cecelia pendant que tous deux discutaient dans la pénombre d'un couloir. Entendre Chip fanfaronner avait déjà été difficile, mais voir Cecelia en compagnie de ce salaud lui avait fait l'effet d'un coup de poignard en plein cœur.

Il était à peu près sûr de ne manquer à personne… Et si quelqu'un le cherchait, ce dont il doutait, il ne le trouverait jamais ici ! Pourquoi resterait-il dans un hôtel alors qu'il avait une magnifique maison à quelques kilomètres ?

Tout simplement pour éviter Cecelia !

Il était conscient que son attitude était puérile. Probablement la jeune femme se fichait-elle complètement de l'endroit où il se trouvait ! Elle devait être en train de commencer à organiser une somptueuse fête de mariage qui serait, à n'en pas douter, l'événement de l'année.

Si par hasard elle le cherchait, c'était peut-être uniquement pour s'excuser de l'avoir induit en erreur ou pour le remercier pour leur séjour en France.

Merci… Et au revoir !

Quoi qu'il en soit, Deacon ne voulait pas savoir ce qu'elle avait à lui dire. Il avait entendu suffisamment de choses de la bouche de Chip. Cecelia avait pris sa décision, et, aussi mauvaise soit-elle, il la respecterait. En revanche, il n'avait pas besoin qu'elle lui jette son bonheur en pleine figure.

Après s'être assuré que l'hôtel était sur de bons rails, il en confierait sans tarder les rênes à Shane. Il mettrait ensuite sa maison en vente et rendosserait le costume qu'il n'aurait jamais dû quitter : celui du bailleur de fonds invisible de l'hôtel Bellamy. D'ailleurs, si Shane voulait lui racheter ses parts, il accepterait son offre. Il n'aurait alors plus aucune raison ou obligation de remettre les pieds au Texas.

Une fois de retour à Cannes, peut-être parviendrait-il à effacer de sa mémoire l'air suffisant de Chip Ashford. Il n'avait même pas été conscient qu'ils se disputaient tous deux la même femme jusqu'au moment où Chip lui avait annoncé qu'il avait gagné !

Évidemment qu'il avait gagné…

Chip n'avait pas considéré un seul instant que le fils du garagiste était un adversaire à sa hauteur. Et, malgré tout ce qu'il avait accompli au fil des années, Deacon ne le croyait pas lui-même. En dehors de leur pouvoir de séduction et de leur argent, Chip et lui n'avaient pas les mêmes choses à offrir à Cecelia. Chip pouvait lui offrir une appartenance à une bonne famille, des connexions politiques et une réconciliation avec ses parents.

Deacon, lui, ne le pouvait pas.

Pourtant, Chip ne méritait aucunement une femme comme Cecelia. Car Chip Ashford n'était pas une bonne personne. Il n'était pas plus aimable avec Cecelia qu'avec les petites gens dont il espérait le vote. Deacon ignorait si Cecelia en était consciente et si elle savait ce que cela signifiait pour elle, dans le futur.

En France, loin de la pression de ses parents et de la ville de Royal, elle avait été libre d'être la femme qu'elle voulait être. C'était cette Cecelia que Deacon aimait. Malheureusement, cette Cecelia n'existait visiblement plus quand elle revenait dans sa ville natale. Depuis son retour au Texas, elle avait non seulement changé d'avis à son sujet, mais aussi quant à la femme qu'elle voulait être, à la façon dont elle entendait mener sa vie.

Elle avait décidé de retourner avec Chip, oubliant la cruauté de ce dernier et la façon dont il l'avait rejetée quand elle avait été en difficulté. Quand Chip avait finalement été disposé à fermer les yeux sur son adoption et sur sa mère toxicomane, elle était aussitôt retombée dans ses bras !

De toute évidence, elle préférait être le pantin que ses parents attendaient plutôt que l'esprit libre que Deacon voyait en elle.

Si tel était le cas, il était d'accord pour reprendre le cours de sa vie sans elle.

Car il ne voulait pas de cette Cecelia !

La sonnerie de la suite retentit.

Il n'avait pas la moindre idée de qui il pouvait s'agir. Il n'avait rien commandé, et le ménage avait déjà été fait un peu plus tôt. Il se leva pour jeter un coup d'œil par le judas. Constatant qu'il s'agissait de Shane, il ouvrit la porte, non sans réticences. S'il y avait un problème à gérer à l'hôtel, il allait devoir se ressaisir, plutôt que de se barricader dans cette suite. Et ce, même si cela signifiait croiser Cecelia…

— Salut, dit-il, essayant d'agir comme si son ami ne savait pas qu'il se terrait dans cette chambre parce qu'on lui avait brisé le cœur.

— Bonjour, répondit Shane en le regardant fixement.

Il arborait une expression à la fois impatiente et inquiète, ce qui rendit Deacon d'autant plus curieux de connaître la raison de cette visite inattendue.

— Es-tu allé sur Internet ? lui demanda Shane.

Deacon recula d'un pas pour laisser son ami pénétrer dans la suite.

— Non, répondit-il. J'ai travaillé un peu et lu mes mails, mais je n'ai pas vraiment eu envie d'aller voir ce qui se passe dans le monde, ces temps-ci.

Il n'avait surtout pas envie de tomber sur une annonce des fiançailles de Cecelia et Chip ou de lire un article de la presse locale racontant comment leur mariage était à nouveau à l'ordre du jour, malgré le passé secret et tragique de Cecelia…

Il espérait bien être très loin de Royal le jour où cet événement aurait lieu !

Shane paraissait étrangement fébrile.

— Alors tu ne l'as pas vu ? s'enquit-il.

Deacon referma la porte derrière lui, légèrement agacé par cette intrusion.

— Vu quoi, Shane ? Je viens de te le dire, je vis dans une caverne ces derniers jours.

— Eh bien ! Je suis vraiment heureux d'être monté ! Il faut que tu voies ça…

Sans préciser davantage sa pensée, Shane se dirigea vers l'ordinateur de Deacon devant lequel il s'assit. Il ouvrit le navigateur Internet et tapa sur le clavier.

— Peux-tu me dire ce qui se passe ? marmonna Deacon en s'approchant derrière lui.

— Non. Il faut que tu voies ça par toi-même.

Deacon réprima un soupir. Il croisa les bras sur sa poitrine et, rongeant son frein, attendit que Shane termine ses manipulations. Il vit qu'il ouvrait Facebook. Deacon, lui, n'avait pas de profil Facebook. Il n'avait pas besoin qu'un réseau social lui rappelle qu'il n'avait pas vraiment d'amis avec lesquels interagir en ligne…

— Voilà ! s'exclama enfin Shane.

Il se leva et pointa son doigt sur l'écran.

— Assieds-toi et lis ça !

Deacon obtempéra. Ce que son ami voulait qu'il lise était un post du profil Facebook de Cecelia. La photo de profil de la jeune femme était un selfie que Deacon et elle avaient fait pendant qu'ils marchaient sur la plage à Cannes. *Quel curieux choix de la part d'une femme fiancée à un autre homme !* pensa-t-il. Puis il prit connaissance du texte, et son cœur fit une embardée dans sa poitrine.

> Malgré des rumeurs persistantes prétendant le contraire, je ne suis pas fiancée à Chip Ashford et ne le serai jamais plus. Je préférais de loin devenir Mme Deacon Chase, et j'espère qu'après tout ce qui s'est passé entre nous il le croira et réalisera à quel point je l'aime.

Deacon s'adossa au fauteuil du bureau, essayant de comprendre ce qu'il venait de lire. Cecelia n'était donc pas fiancée à Chip ? Ce salaud avait-il osé lui mentir aussi effrontément ? Était-il arrogant au point de supposer que Cecelia reviendrait vers lui s'il le lui demandait ? Il semblait bien que oui…

Mais… donc… si Cecelia et Chip n'étaient pas ensemble, cela voulait dire qu'elle voulait toujours de lui !

À en juger par ses mots, elle souhaitait même davantage qu'une relation amoureuse avec lui puisqu'elle prétendait vouloir passer le reste de sa vie avec lui !

Elle l'aimait…

— Tu as vu ça ? demanda Shane. Quand j'ai parlé à Cecelia, le soir de l'inauguration, j'ai bien noté qu'elle semblait perturbée au moment où je lui ai présenté mes félicitations pour ses fiançailles. J'ai cru qu'elle était contrariée que la nouvelle se répande avant que Chip et elle aient pu en faire l'annonce officielle, mais je crois comprendre aujourd'hui que c'était parce qu'elle ne voyait pas du tout de quoi je lui parlais !

Deacon était encore abasourdi et se retenait de sauter de joie. Il avait été déçu tant de fois à cause de Cecelia qu'il avait peur de se laisser aller à croire que tout cela était bel et bien la réalité.

Il voulait que ce soit vrai, évidemment ! Il avait fait l'erreur de retomber amoureux de Cecelia, ces dernières semaines. Après leur après-midi dans la campagne provençale, il avait totalement replongé.

Il était fou amoureux de Cecelia Morgan.

Se pouvait-il qu'elle soit, elle aussi, vraiment amoureuse de lui ?

— Que vas-tu faire ? s'enquit Shane.

— Je n'en ai pas la moindre idée.

Il ne voulait pas tout gâcher. Si Cecelia et lui renouaient, c'était pour la vie. Il allait l'épouser officiellement et ne plus jamais laisser cette femme magnifique s'éloigner de lui à nouveau. Même si cela signifiait qu'il devait vivre à Royal pour le restant de ses jours. C'était un sacrifice qu'il était prêt à faire pour être aux côtés de la femme de sa vie.

— Tu ne vas tout de même pas rester assis dans ce fauteuil ! s'exclama Shane, visiblement contrarié par son manque de réaction. Tu devrais déjà être en train de courir pour la retrouver ! Cecelia veut t'épouser, Deacon. Cesse de te cacher dans cette suite ! Agis !

Deacon fit pivoter son fauteuil pour faire face à son ami.

— Je ne veux pas faire les choses à moitié. Cecelia mérite mieux. Je ne pense pas que la petite bijouterie de Royal ait ce qu'il me faut… Ça te dirait de m'accompagner en Floride pour aller chercher la seule bague de fiançailles digne de Cecelia ?

Shane sourit.

— En Floride ? Pour une bague ? Tu peux sans doute trouver ton bonheur à Houston !

— Non. Il y a une seule bague au monde pour Cecelia, et cette bague est en Floride.

— D'accord. Veux-tu que mon assistante nous réserve des billets en première classe ?

— En première classe ?

Deacon esquissa un sourire narquois avant de secouer la tête et de prendre son téléphone portable.

— Pas la peine. Nous prendrons mon jet.

- 12 -

Cecelia glissa la carte dans la fente du panneau de l'ascenseur. Elle s'apprêtait à monter au dernier étage de l'hôtel Bellamy, dont l'accès était restreint.

Elle avait décidé de passer à l'action. En effet, le message qu'elle avait posté sur les réseaux sociaux semblait avoir été lu par le monde entier… sauf par Deacon !

Quelqu'un devait bien savoir où il se trouvait…

Elle se doutait que Shane savait quelque chose mais elle avait choisi de s'adresser à Brandee. C'était un risque, car elle savait qu'elle n'était pas dans ses petits papiers, mais il s'agissait de son seul espoir.

Et elle ne s'était pas trompée. Non seulement Brandee lui avait appris où se terrait Deacon, mais elle lui avait également remis une carte permettant d'accéder au dernier étage de l'hôtel. Brandee avait lu son message sur Facebook et, malgré leurs différends, n'avait pas hésité à l'aider à renouer avec Deacon.

La sonnerie de l'ascenseur retentit. Cecelia sortit de la cabine et se retrouva sur un palier. À chaque extrémité se trouvait une suite. La Lone Star Suite et la Rio Grande Suite. C'était dans la première que Deacon s'était installé depuis le soir de l'inauguration, avait-elle appris.

Elle prit une grande inspiration pour rassembler tout

son courage et s'avança vers la Lone Star Suite et, elle l'espérait, vers son avenir !

Une fois devant la porte en chêne massif, elle tendit la main vers la sonnette.

Avant qu'elle ait pu le faire, la porte s'ouvrit et Deacon apparut devant elle.

Il parut totalement abasourdi de la trouver sur le pas de sa porte.

Il portait un costume gris sombre rehaussé par une chemise bleu saphir qui lui rappela la couleur de la mer à Cannes. Il était grand, puissant, si beau…

Cette soudaine apparition la laissa muette.

— Cecelia ? Que fais-tu ici ?

Elle se mordilla nerveusement la lèvre inférieure.

— Brandee m'a appris que je te trouverais ici. Je suis désolée mais je dois te parler de quelque chose… J'ai l'impression que tu allais partir. Je peux revenir, si tu veux.

— Non ! s'exclama Deacon en lui attrapant le bras. Je m'apprêtais justement à venir te voir.

Cecelia sentit la pression qui comprimait sa cage thoracique se relâcher un peu.

— Vraiment ?

— Oui. Entre, je t'en prie…

Deacon fit un pas en arrière et esquissa un geste du bras pour l'inviter à entrer. Elle pénétra dans la suite et prit place sur l'un des sofas hyper modernes qu'elle avait conçus et fait confectionner. C'était une sensation étrange que de prendre place sur ces canapés en tant qu'invitée…

— J'ai eu du mal à te trouver, déclara-t-elle enfin.

Deacon, qui s'était assis à côté d'elle, se tourna de manière à lui faire face.

— Je ne voulais pas que l'on me trouve. Que tu me trouves.

Ces mots atteignirent Cecelia en plein cœur, mais elle décida de ne pas s'attarder sur cette sensation. Elle devait comprendre pourquoi Deacon réagissait ainsi.

Ne connaissait-il donc pas la vérité ?

— Tu sais que Chip n'est qu'un sale menteur, n'est-ce pas ? demanda-t-elle. Je ne lui avais pas parlé depuis notre rupture. Je n'avais donc certainement pas donné mon accord pour l'épouser avant que vous ayez cette petite discussion, le soir de l'inauguration !

Deacon hocha la tête.

— Je le sais. Shane m'a montré ton message hier.

— Hier ?

Elle se rembrunit. Il connaissait la vérité depuis la veille, et il n'était pas venu la trouver ? Pourquoi avait-il attendu ? Elle avait déballé sa vie privée sur Internet, exprimé son amour pour lui à la terre entière et, lui, il s'était contenté de rester terré dans sa suite !

S'il n'était pas perturbé par sa déclaration d'amour et par son désir de l'épouser, alors il fallait au moins qu'il sache qu'il allait être père !

— Après avoir découvert ton message, j'ai eu besoin de prendre du recul, expliqua Deacon.

— Écoute, je suis venue aujourd'hui car j'ai quelque chose à te dire qui ne regarde en rien les réseaux sociaux. Certaines choses doivent rester privées.

Elle ferma les yeux un instant pour se concentrer. Elle avait beaucoup à dire et tenait à l'exprimer correctement. Mais Dieu que c'était difficile !

— D'abord, je voulais te remercier.

— Me remercier ? répéta Deacon, surpris.

— Oui, car tu m'as appris à ressentir à nouveau. À aimer véritablement. Après notre première rupture, je souffrais tellement de t'avoir perdu que je me suis renfermée sur moi-même. Je ne voulais pas retomber amoureuse et risquer de perdre à nouveau quelqu'un. J'ai donc décidé de tirer un trait sur l'amour et de me consacrer exclusivement à ma carrière. Je me suis spécialisée dans l'ameublement pour enfants, sans doute parce que je savais, au fond de moi, que je n'aurais pas d'enfants. En tout cas, pas avec un homme dont je serais amoureuse… Je me suis convaincue qu'un mariage sans amour, mais avantageux du point de vue des affaires, était le meilleur choix pour moi.

Elle fit une pause, le regard dans le vague, avant de reprendre :

— Je me suis trompée sur toute la ligne. Je ne me rendais pas compte à quel point j'étais affamée d'amour jusqu'à ce que tu me donnes un aperçu de ce qui me manquait. C'est alors que j'ai pris conscience que j'avais tort de fermer mon cœur. Tort de croire que Chip était le genre d'homme dont j'avais besoin à mes côtés. Mais, surtout, j'ai compris que je me fourvoyais en pensant que je pourrais cesser de t'aimer…

Elle parut hésiter un instant, puis elle leva les yeux sur Deacon pour qu'il puisse voir à quel point elle était sincère.

— Tu es la seule personne à m'avoir aimée pour ce que je suis, Deacon, murmura-t-elle. Tu n'as jamais émis la moindre exigence, la moindre réserve… Voilà pourquoi je tenais à te remercier.

Deacon l'observa en silence pendant plusieurs secondes avant de se pencher pour prendre sa main dans la sienne.

— Je n'ai jamais cessé de t'aimer, Cecelia. Même après notre rupture, alors que je souffrais tant, je t'aimais encore. Tu es la raison pour laquelle je n'ai pas encore quitté Royal. Je n'avais plus aucune raison de rester, mais une partie de moi ne parvenait pas s'éloigner de toi, même si tu avais choisi cet odieux homme politique plutôt que moi.

— Jamais je n'aurais fait ça ! Chip ne t'arrive pas à la cheville ! Je ne comprends pas pourquoi mes parents ne voient pas quel genre d'homme il est vraiment. Peu importe, de toute façon ! C'est quand nous étions en France que j'ai décidé que j'allais vivre ma vie comme je l'entendais, et je n'ai pas changé d'avis. Si mes parents ouvrent enfin les yeux et changent de comportement envers moi, alors j'accepterai qu'ils fassent partie de ma vie mais, dans le cas contraire, je me passerai de leur présence. Jamais plus je ne les choisirai plutôt que toi !

Deacon lui serra fortement la main.

— Tu n'as pas idée à quel point je suis heureux d'entendre ça, murmura-t-il, ému. Moi aussi, j'ai des choses à te dire…

— Attends, je n'ai pas fini.

Cependant, Deacon leva la main pour l'empêcher de poursuivre.

Elle n'insista pas. Elle n'était pourtant pas encore arrivée au point crucial de leur conversation…

— J'ai beaucoup réfléchi pendant que j'étais réfugié dans cette suite, déclara Deacon. Ton message sur Facebook et ta visite me rendent les choses plus faciles, mais j'étais déterminé à agir avant cela. Lorsque Chip m'a défié, l'autre soir, je me suis effacé. Or je n'aurais pas dû ! J'ai eu la sensation d'avoir à nouveau dix-huit ans et de ne pas être digne de toi. Au lieu de me battre pour toi, j'ai fui, comme je l'ai fait treize ans plus tôt. Je ne referai jamais cette erreur, car tu mérites que l'on se batte pour toi !

Il plongea son regard dans le sien et poursuivit :

— Lorsque j'ai ouvert la porte tout à l'heure et me suis retrouvé face à toi, je m'apprêtais à aller te trouver pour te dire combien je t'aime. Chip ne pourra jamais te donner ce dont tu as besoin. Je suis le seul qui puisse t'aimer comme tu le souhaites. Je veux te donner la vie et la famille dont tu as toujours rêvé. Je suis déterminé à t'offrir tout ce que ton cœur désire. À commencer par ça…

Il enfouit sa main dans la poche de son manteau et en sortit un écrin en velours noir.

— Je m'apprêtais à te rejoindre pour t'offrir ce présent… Tu as dit que tu souhaitais devenir Mme Deacon Chase, alors je ne veux pas te faire attendre davantage. Si je ne suis pas revenu vers toi hier quand j'ai lu ton message sur Internet, c'est parce que je voulais avoir la bague parfaite, réfléchir aux mots les plus adaptés, porter mon plus beau costume… Je tenais à ce que ce moment soit parfait.

Cecelia secoua la tête, les yeux embués de larmes.

— Tout est parfait, Deacon, ne t'inquiète pas. Tu pourrais être en jean et en chemise hawaïenne que je te dirais tout de même oui, car tu es la plus belle chose qui me soit jamais arrivée…

Deacon sourit et ouvrit l'écrin… Une magnifique bague ancienne composée d'un diamant serti sur un anneau en or rose jeta un éclair de lumière. Un cercle de petits diamants entourait le diamant principal.

Cecelia n'avait jamais rien admiré de tel !

— Je ne voulais pas entrer en concurrence avec Chip en t'offrant le diamant le plus gros et le plus tape-à-l'œil de la Terre, lui expliqua Deacon. Non, ce que je souhaitais, c'était t'offrir quelque chose qui ait du sens. Cette bague appartenait à ma grand-mère. Shane et moi sommes allés en Floride hier pour la récupérer chez mes parents.

Il retira la bague de son écrin de velours et la leva devant elle.

— Cecelia, veux-tu être ma femme ? demanda-t-il, la voix tremblante.

Cecelia avait déjà entendu cette question une première fois dans sa vie, mais il s'agissait là de quelque chose de tout à fait différent. Elle ressentait un immense trac, et son cœur battait à coups précipités. Elle ne pouvait détourner les yeux de la bague somptueuse…

Lorsqu'elle avait accepté la proposition de mariage de Chip, elle avait eu l'impression de conclure l'achat d'une nouvelle voiture ! Cela avait été un moment satisfaisant mais pas, comme en l'instant présent, un bouleversement du cœur et de l'esprit.

— Oui ! s'exclama-t-elle, rayonnante de bonheur. J'attends depuis l'âge de dix-sept ans de devenir Mme Deacon Chase !

Deacon passa la bague au doigt de Cecelia.

Elle lui allait parfaitement…

Dès l'instant où il avait lu le message de Cecelia sur Facebook, il avait su que cette bague était pour elle.

Quand il était petit, sa grand-mère lui avait conseillé de conserver ce bijou jusqu'à ce qu'il trouve l'amour de sa vie.

Sa grand-mère ayant vécu un mariage heureux et serein, elle souhaitait la même chose pour son petit-fils. Même dans les périodes de difficultés financières, les parents de Deacon n'avaient jamais voulu se défaire de cette bague. « Tu en feras bon usage un jour », lui disaient-ils.

À en juger par le visage radieux de Cecelia, il avait fait mouche ! songea-t-il, ému comme il ne l'avait jamais été.

Les muscles de son cou et de ses épaules s'étaient détendus depuis que Cecelia lui avait dit oui. Il passa ses bras autour de sa taille et l'attira contre lui. Leurs lèvres se rencontrèrent et, soudain, Deacon eut la sensation que tout était parfait dans le meilleur des mondes.

Cecelia allait devenir sa femme.

C'était tout ce qui comptait.

Lorsqu'ils s'écartèrent l'un de l'autre, Deacon étudia le visage de Cecelia avec attention.

— Tu as eu à patienter longtemps avant de pouvoir devenir ma femme, fit-il remarquer. Combien de temps es-tu prête à attendre encore pour que notre union devienne officielle ? Si tu le souhaites, nous pouvons sauter dans mon jet et être à Las Vegas dans une heure !

Elle fronça le nez, réfléchissant visiblement à cette offre.

— L'idée de devenir ta femme avant le coucher du soleil est séduisante… Mais non. Je rêve de devenir ta femme plus que tout, mais je n'ai pas envie que nous nous enfuyions. Je veux que tous les habitants de cette ville chaussent leurs plus belles bottes de cow-boy, se rendent à l'église et nous voient nous promettre de nous aimer jusqu'à la fin de nos jours. Je veux que mes parents soient témoins de cela. Ainsi que les Ashford. J'espère même que Maverick fera partie de l'assistance ! Il verra ainsi qu'il n'a pas gagné.

Ces mots remplirent Deacon d'une profonde joie. Il était heureux de constater à quel point Cecelia était fière de devenir sa femme.

— Tous ces gens vont devoir s'habituer à me voir traîner dans les rues de Royal, déclara-t-il.

Cecelia lui lança un regard plein d'espoir.

— Est-ce que cela signifie que tu pourrais envisager de t'installer ici ?

Il n'y avait pas vraiment réfléchi mais, si c'était ce que souhaitait Cecelia, cela lui convenait.

— Je serais prêt à vivre sur la lune si c'était là que tu habitais ! répliqua-t-il en riant. Il faudra que je me déplace fréquemment à l'étranger pour gérer mes différents établissements mais, si tu veux que notre maison soit à Royal, je suis d'accord !

— Pourrons-nous passer les étés en France ?

— Absolument ! s'exclama-t-il avec un large sourire. Je ne peux rien te refuser, de toute façon. Si tu veux vivre ici, nous vivrons ici. Si tu veux te marier à l'église devant quatre cents invités, c'est ce que nous ferons. Il se trouve que je connais bien le propriétaire du tout nouvel hôtel de cette ville… Nous pourrions y organiser notre réception. Je te donnerai tout ce que tu souhaites, Cecelia. La robe blanche, l'église, les fleurs… Le mariage parfait ! J'accéderai à toutes tes folies !

— Je n'ai pas l'intention de faire de folies, rassure-toi, répondit-elle, même s'il voyait à l'intensité de son regard qu'elle se projetait déjà. Ce que je veux, c'est t'épouser le plus tôt possible. Pas ce soir… mais très vite !

Deacon se moquait des modalités de leur union. Tout ce qu'il voulait, c'était être marié à Cecelia. Peu lui importait le gâteau, les fleurs et autres détails de la cérémonie, mais il comprenait que cela soit important pour la jeune femme.

— D'accord. Nous ferons paraître l'annonce de nos fiançailles dans le journal de dimanche. À moins que nous ne décidions de publier la nouvelle en ligne, de manière à devancer Maverick s'il venait à l'apprendre !

Cecelia éclata de rire.

— C'est tentant, mais non. Ne faisons rien pour l'instant. Je veux que cette nouvelle reste entre nous un jour ou deux. De toute façon, Maverick ne peut pas être au courant puisque nous venons tout juste de nous dire oui ! Et puis il y a un autre petit secret dont je souhaiterais te faire part…

Deacon haussa un sourcil curieux.

— Ah oui ? De quoi s'agit-il ?

Elle lui prit les mains pour les poser sur son ventre.

— Je porte l'enfant de Deacon Chase.

Deacon cilla. Cecelia attendait un bébé ? Son enfant à lui ?

Il fixa ses mains sur le ventre encore plat de la jeune femme.

— Tu es enceinte ?

— Oui ! Tu es heureux, n'est-ce pas ? S'il te plaît, dis-moi que tu es heureux !

— Je suis aux anges ! s'exclama-t-il. Mais comment cela a-t-il pu se produire ? Nous avons fait attention. De combien es-tu enceinte ?

— De quatre semaines… Je crois que c’est arrivé la première nuit que nous avons passée ensemble. Le préservatif a dû céder.

Deacon eut un petit sourire ironique.

— Tu veux parler de cette nuit à l’issue de laquelle tu t’es enfuie ?

— Oui, admit-elle avec un sourire penaud.

— Depuis combien de temps le sais-tu ?

— J’ai commencé à ressentir les premiers symptômes pendant notre vol de retour de Cannes. J’ai pensé que j’avais le mal de l’air mais, comme cela persistait, j’ai pris conscience qu’il y avait peut-être autre chose. J’ai acheté un test de grossesse le soir de l’inauguration du Bellamy. C’est la raison pour laquelle j’étais en retard. Quand je suis arrivée, je t’ai cherché partout pour t’annoncer la nouvelle, mais tu étais déjà parti après ta dispute avec Chip. Lorsque j’ai compris ce qui s’était passé, mon cœur s’est brisé. Et je n’arrivais pas à te retrouver pour rétablir la vérité !

Deacon secoua la tête avec amertume. Il s’en voulait terriblement d’avoir gâché un beau moment pour l’unique raison qu’il se croyait inférieur à Chip. Il imaginait Cecelia en train de scruter la foule pour le retrouver et lui annoncer qu’ils allaient avoir un bébé, pendant que lui se terrait pour panser ses blessures…

— Je suis tellement désolé, murmura-t-il. J’ai laissé Chip gâcher notre soirée. Nous aurions dû passer la semaine dernière ensemble, à réfléchir au prénom que nous donnerons à notre bébé, et au lieu de ça…

— Ce n’est pas grave. Il ne s’agit que de quelques jours dans une vie. Ce temps nous a permis à tous les deux de déterminer ce que nous voulions vraiment. Ce qui importe, c'est que toi et moi, nous nous aimons, que nous allons nous marier et avoir un bébé. J'ai toujours voulu fonder une famille, et cela va enfin arriver… Avec toi.

Deacon l'attira contre lui et la prit sur ses genoux. Elle se blottit contre lui, et ils s'embrassèrent avec une douceur qui valait mille promesses. Un baiser dont il rêvait depuis leur retour au Texas. Le contact du corps de Cecelia lui avait tellement manqué…

— Si tu es enceinte, peut-être devrions-nous envisager sérieusement l'option de nous marier ce soir à Las Vegas, fit-il remarquer.

Cecelia secoua obstinément la tête.

— Je ne veux pas d'un mariage précipité, Deacon, et je ne veux pas que certains pensent que c'est ce dont il s'agit. En outre, je trouve qu'un bébé est un cadeau de mariage idéal, non ?

Deacon lui sourit.

— Si c'est ce que tu souhaites, je suis heureux d'être celui qui t'offre ce cadeau.

Cecelia nicha sa tête dans le creux de son épaule et laissa échapper un soupir de contentement. Deacon sentait son souffle chaud effleurer sa joue. Un long frisson le parcourut. Il était las de parler. Ce qu'il voulait, c'était…

Il se leva brusquement. Cecelia poussa un cri de protestation et s'accrocha à son cou.

— Que fais-tu ! s'exclama-t-elle.

— Je veux tirer profit du lit king-size de cette suite pour faire l'amour à ma fiancée !

Cecelia sembla séduite par cette idée. Elle resta agrippée à lui jusqu'à ce qu'il la dépose doucement sur le lit.

— Après tout ce qui s'est passé, crois-tu que les gens seront surpris que tu m'aies reconquise ? murmura-t-elle.

Deacon se pencha au-dessus d'elle et posa un baiser sur ses lèvres. Ses doigts se frayèrent un chemin jusqu'aux boutons de son chemisier qu'ils commencèrent à défaire un à un.

Puis, il prit l'un de ses seins dans sa paume, le caressant à travers la dentelle de son soutien-gorge.

Cecelia se cambra et retint sa respiration.

— Je ne t'ai pas reconquise, Cecelia. Tu as toujours été mienne…

Retrouvez prochainement,
dans votre collection

PASSIONS

Un mariage pour l'héritier, de J. Margot Critch - N°1055

Willa n'a jamais pu oublier la délicieuse nuit qu'elle a passée avec Garrett dix ans plus tôt. Le revoir est un choc d'autant plus grand qu'il lui propose de l'épouser afin de toucher un héritage ! D'abord outrée, Willa finit par accéder à sa folle requête. En lui permettant d'éloigner son ex insistant, ce faux mariage pourrait lui être profitable – à la condition expresse qu'elle garde son cœur à l'abri de Garrett qui l'a autrefois brisé…

Cette aventure imprévue, de Niobia Bryant

Montgomery est dans tous ses états ! Jamais elle n'aurait dû céder au désir entre les bras de Sean Cress, un chef et play-boy notoire, qui excelle aussi bien au lit que derrière les fourneaux. Alors que son amant refuse toute forme d'engagement, comment lui révéler aujourd'hui qu'elle attend son enfant ?

Le bébé d'un rival, de Jules Bennett - N°1056

Impossible. . Consternée, Morgan fixe son test de grossesse positif, résultat de la nuit torride qu'elle a passée avec Ryan Carter. Le rancher a beau l'agacer prodigieusement depuis toujours, il l'attire aussi plus que de raison. Alors qu'elle se résout, pleine d'appréhension, à lui annoncer qu'elle est enceinte, Ryan lui fait une proposition inattendue : se marier avec lui…

La passion à sa porte, de Marie Ferrarella

Daniel Stockton, sur le pas de sa porte ? Anne est émue au-delà des mots. Depuis que son amour de jeunesse a disparu douze ans plus tôt, elle a rêvé cette scène tant de fois… Tandis que les questions fusent et que ses sentiments pour Daniel resurgissent avec force, Anne se demande comment lui révéler l'impensable : sans qu'il l'ait jamais su, il est le papa d'une petite fille…

Une union de papier, de Shannon McKenna - N°1057

Série : Mariés par devoir 1/4

Un mariage sur le papier, un simple accord commercial. Voilà ce que Caleb ose proposer à Tilda ! A-t-il oublié qu'il l'a brutalement quittée neuf ans plus tôt, lui brisant le cœur au passage ? Hélas, alors qu'elle voudrait l'effacer de sa mémoire à jamais, Tilda n'est pas en position de force : pour sauver l'entreprise de son père, elle est obligée d'accepter ce pacte scandaleux…

Attirée par un *bad boy*, de Shannon McKenna

Série : Mariés par devoir 2/4

Maddie doit absolument se marier ou elle perdra le contrôle de l'entreprise familiale. Acculée, elle décide de présenter à sa grand-mère tyrannique le dernier homme que cette dernière aurait choisi pour elle : Jack Daly. L'ancien associé de son frère, considéré comme un traître par la matriarche, dissuadera à coup sûr celle-ci de se mêler de sa vie sentimentale ! Si toutefois Maddie parvient à convaincre Jack de se prêter au jeu…

Une liaison si grisante, de Jules Bennett - N°1058

Série : Idylles à Angel's Share 1/3

Propriétaire de la distillerie Angel's Share, Elise a toujours fait passer le travail en premier. Jusqu'à ce que, par une nuit d'orage, elle se retrouve coincée dans le domaine avec un client très important, le séduisant Antonio Rodriguez, et se laisse emporter par la passion entre ses bras… Dès le lendemain, Elise est tiraillée : elle, qui n'a jamais mêlé les affaires et le plaisir, a soudain très envie de poursuivre cette grisante liaison…

Nouveau départ pour Carissa, de Kerri Carpenter

Après une douloureuse rupture, Carissa vient se ressourcer à Bayside, sa ville natale. Or à peine arrivée, voilà qu'elle se retrouve nez à nez avec Jasper, son premier amour. Si autrefois elle a dû le quitter la mort dans l'âme, elle se surprend à éprouver des sentiments toujours aussi vifs pour lui… Et bientôt, l'espoir s'immisce en elle : Jasper pourrait-il lui pardonner d'être partie et leur offrir une seconde chance ?

Un père presque parfait, de Barbara Dunlop - N°1059

Lorsque Kate apprend le décès de sa sœur, elle est bouleversée. D'autant qu'à la douleur du deuil vient s'ajouter une angoisse irrépressible... Car c'est désormais Quentin, son beau-frère, qui veillera sur Annabelle, sa nièce de six mois. Quentin, un noceur invétéré dont Kate s'est toujours méfiée. Résolue à obtenir la garde d'Annabelle, Kate décide d'espionner Quentin, dans l'espoir de recueillir contre lui les preuves de son inconséquence en tant qu'homme, mais aussi en tant que père...

Sauvée par un milliardaire, de Joss Wood

Lorsque Jonas Halstead lui propose ce marché, Kat est troublée. Épouser le séduisant milliardaire avec qui elle a eu une brève aventure et incarner son épouse durant un an, le projet aurait tout pour la séduire. Tout, si le contrat ne stipulait pas qu'aucun sentiment n'était permis entre eux... alors que le regard de braise de Jonas lui fait déjà bien trop d'effet...

L'étau du secret, de Karen Booth - N°1060

Se réfugier dans les bras de Logan, son amour de jeunesse, pour se remettre d'une rupture compliquée était une très mauvaise idée, Julia le comprend à présent. Mais en revoyant Logan au mariage de sa sœur – si beau, si attentionné, à l'exact opposé de son ex-fiancé –, elle a senti son cœur chavirer. Pourtant, elle ne peut se permettre de souffrir à nouveau et doit quitter Logan au plus vite. Même si celui-ci est le père de l'enfant qui arrondit déjà son ventre...

Séduction passagère, de Katherine Garbera

Quand Will lui annonce son départ du ranch où elle le loge, Amberley ne peut calmer sa fureur. Comment ose-t-il lui faire cela après les délicieux moments qu'ils ont vécus ensemble ? Ne voit-il pas combien elle tient à lui et à sa petite Faye ? Bien sûr, elle sait depuis le début que Will n'est que de passage au Texas. Ce qu'elle ignorait, c'est que les dernières semaines passées avec elle signifiaient si peu pour lui...

L'enfant de Donovan Murphy

Le passé entre nous

YVONNE LINDSAY

L'enfant de Donovan Murphy

Traduction française de
ROSA BACHIR

PASSIONS

HARLEQUIN

Collection : PASSIONS

Titre original :
ONE HEIR… OR TWO?

Ce roman a déjà été publié en 2018

HARPERCOLLINS FRANCE
83-85, boulevard Vincent-Auriol, 75646 PARIS CEDEX 13
Service Lectrices — Tél. : 01 45 82 47 47 - www.harlequin.fr
ISBN 978-2-2804-8506-7 — ISSN 1950-2761

Composé et édité par HarperCollins France.
Imprimé en février 2023 par CPI Black Print (Barcelone)
en utilisant 100% d'électricité renouvelable.
Dépôt légal : mars 2023.

FSC
www.fsc.org
MIXTE
Papier issu de sources responsables
FSC® C159065

Pour limiter l'empreinte environnementale de ses livres, HarperCollins France s'engage à n'utiliser que du papier fabriqué à partir de bois provenant de forêts gérées durablement et de manière responsable.